QUARTO

EMMA DONOGHUE

Tradução
Vera Ribeiro

10ª edição
Rio de Janeiro-RJ / São Paulo-SP, 2024

VERUS
EDITORA

Editora: Raïssa Castro
Coordenadora Editorial: Ana Paula Gomes
Copidesque: Ana Paula Gomes
Capa e Projeto Gráfico: André S. Tavares da Silva, sobre design original de Fearn Cutler de Vicq
Diagramação: Daiane Avelino

Título original: *Room*

Citações de *Alice no País das Maravilhas*, às páginas 224 e 308, extraídas de: Lewis Carroll, *Alice: edição comentada*. Trad. Maria Luiza X. de A. Borges. Rio de Janeiro: Jorge Zahar, 2002.

Copyright © Emma Donoghue Ltd, 2010
Edição publicada por acordo com Little, Brown and Company, Nova York, Nova York, EUA.
Todos os direitos reservados.

Tradução © Verus Editora, 2011

ISBN: 978-85-7686-131-7

Direitos reservados em língua portuguesa, no Brasil, por Verus Editora.
Nenhuma parte desta obra pode ser reproduzida ou transmitida por qualquer forma e/ou quaisquer meios (eletrônico ou mecânico, incluindo fotocópia e gravação) ou arquivada em qualquer sistema ou banco de dados sem permissão escrita da editora.

Verus Editora Ltda. Rua Argentina, 171, São Cristóvão, Rio de Janeiro/RJ, 20921-380
www.veruseditora.com.br

CIP-BRASIL. CATALOGAÇÃO NA FONTE
SINDICATO NACIONAL DOS EDITORES DE LIVROS, RJ

D74q
10ª ed.

Donoghue, Emma, 1969-
   Quarto / Emma Donoghue ; tradução Vera Ribeiro. - 10ª ed. - Campinas, SP : Verus, 2024.
   23 cm

   Tradução de: Room : a novel
   ISBN 978-85-7686-131-7

   1. Romance americano. I. Ribeiro, Vera. I. Título.

11-1726   CDD: 813
                                    CDU: 821.111(73)-3

Revisado segundo o Acordo Ortográfico da Língua Portuguesa de 1990.

Quarto é para Finn e Una, minhas melhores obras

Meu filho,
Que aflições tenho eu.
E tu dormes, asserenado o coração;
sonhas nesse lenho entristecido;
na noite cravejada de bronze,
tens o corpo estendido no azul das trevas e brilhas.

– SIMÔNIDES (c. 556-468 a.C.),
"Dânae" (traduzido da versão em inglês
de Richmond Lattimore)

Agradecimentos

Quero agradecer à minha amada Chris Roulston e à minha agente, Caroline Davidson, pela recepção delas ao manuscrito inicial, assim como a Caroline (ajudada por Victoria X. Kwee e Laura Macdougall) e à minha agente nos Estados Unidos, Kathy Anderson, pelo exuberante comprometimento de todas com este romance, desde o primeiro dia. Agradeço a Judy Clain, da Little, Brown; a Sam Humphreys, da Picador; e a Iris Tupholme, da HarperCollins Canadá, pelo trabalho editorial inteligente. Sou grata também a minhas amigas Debra Westgate, Liz Veecock, Arja Vainio-Mattila, Tamara Sugunasiri, Hélène Roulston, Andrea Plumb, Chantal Phillips, Ann Patty, Sinéad McBrearty e Ali Dover, por suas sugestões a respeito de tudo, desde o desenvolvimento infantil até o desenvolvimento da trama. Acima de tudo, agradeço ao meu cunhado, Jeff Miles, por seus conselhos desconcertantemente perspicazes sobre os aspectos práticos do Quarto.

Sumário

Presentes   13

Desmentidos   65

Morrer   115

Depois   175

Viver   275

Presentes

Hoje eu tenho cinco anos. Tinha quatro ontem de noite, quando fui dormir no Guarda-Roupa, mas quando acordei na Cama, no escuro, tinha mudado pra cinco, abracadabra. Antes disso eu tinha três, depois dois, depois um, depois zero.

– Eu fui um número negativo?
– Hã? – disse a Mãe, dando uma espreguiçadona.
– Lá no Céu. Eu fiz menos um, menos dois, menos três...?
– Não, os números só começaram quando você desceu zunindo.
– Pela Claraboia. Você andava toda triste até eu acontecer na sua barriga.
– Falou e disse.

A Mãe se inclinou pra fora da cama para acender o Abajur, que faz tudo clarear, *zás*.

Fechei os olhos bem na hora, aí abri uma frestinha de um, depois os dois.

– Eu chorava até não ter mais lágrimas – ela me contou. – Só fazia ficar deitada aqui, contando os segundos.
– Quantos segundos? – perguntei.
– Milhões e milhões.
– Não, mas quantos, exatamente?
– Perdi a conta – disse a Mãe.
– Aí você torceu e fez um desejo pro seu ovo, até engordar.

Ela sorriu.

– Eu sentia você chutar.

– O que eu chutava?

– A mim, é claro.

Sempre rio desse pedaço.

– Pelo lado de dentro, *tum, tum* – a Mãe levantou a camiseta de dormir e fez a barriga pular. – Eu pensei: *O Jack está chegando*. Logo de manhã cedo, você saiu escorregando para o tapete, com os olhos arregalados.

Olhei para o Tapete, com o vermelho, o marrom e o preto fazendo zigue-zagues um em volta do outro. Estava lá a mancha que eu tinha derramado por engano na hora de nascer.

– Você cortou o cordão e eu fiquei livre. Aí eu virei um menino.

– Na verdade, você já era um menino.

Ela se levantou da Cama e foi até o Termostato esquentar o ar.

Acho que ontem de noite ele não veio, depois das nove. O ar sempre fica diferente quando ele vem. Não perguntei, porque ela não gosta de falar dele.

– Diga-me, sr. Cinco Anos, gostaria de receber seu presente agora ou depois do café da manhã?

– O que é? O que é?

– Sei que você está agitado – ela disse –, mas lembre-se de não roer a unha, porque os micróbios podem se infiltrar no buraco.

– E me adoecer como quando eu tinha três anos, com vômito e diarreia?

– Pior até – disse a Mãe. – Os micróbios podem fazer você morrer.

– E voltar cedo pro Céu?

– Você continua a roer – ela disse, e puxou minha mão.

– Desculpe. – Sentei em cima da mão malvada. – Me chame de sr. Cinco Anos de novo.

– E então, sr. Cinco Anos – disse ela –, agora ou depois?

Pulei na Cadeira de Balanço para ver o Relógio, que dizia 7:14. Sei fazer skate na Cadeira de Balanço sem me segurar nela, depois *upa* de novo, na volta pro Edredom, e aí já estou surfando na neve.

– A que hora é pra abrir os presentes?

– Agora ou depois, qualquer um é divertido. Quer que eu escolha por você? – a Mãe perguntou.

– Agora eu tenho cinco anos, tenho que escolher. – Meu dedo foi de novo para minha boca, aí botei ele na axila e tranquei firme. – Eu escolho... já.

Ela puxou uma coisa de baixo do travesseiro, acho que tinha ficado escondida, invisível a noite inteira. Era um tubo de papel pautado, todo enrolado na fita roxa dos mil chocolates que ganhamos no dia que aconteceu o Natal.

– Abra – ela me disse. – Devagarzinho.

Descobri como desdar o nó e abri o papel, era um desenho só a lápis, sem cores. Eu não sabia o que era, aí virei o papel.

– Eu! – Era que nem no Espelho, só que mais, tinha minha cabeça e braço e ombro, de camiseta de dormir. – Por que os olhos do eu estão fechados?

– Você estava dormindo – disse a Mãe.

– Como você fez um desenho dormindo?

– Não, eu estava acordada. Ontem de manhã e anteontem, e no dia antes desse, acendi o abajur e desenhei você. – Ela parou de sorrir. – O que foi, Jack? Não gostou?

– Não... não quando você fica acesa na mesma hora que eu estou apagado.

– Bem, eu não podia desenhá-lo com você acordado, senão não seria surpresa, não é? – a Mãe disse, e esperou. – Achei que você gostaria de uma surpresa.

– Prefiro surpresa com eu sabendo.

Ela meio que riu.

Subi na Cadeira de Balanço para tirar uma tachinha do Kit da Prateleira; menos uma quer dizer que agora vai sobrar zero das cinco. Eram seis, mas uma sumiu. Uma está prendendo as *Grandes obras-primas da arte ocidental nº 3: A Virgem, o Menino, sant'Ana e são João Batista*, atrás da Cadeira de Balanço, e outra prende as *Grandes obras-primas da arte ocidental nº 8: Impressão: nascer do sol*, do lado da Banheira, e outra segura o polvo azul, e a outra, o desenho maluco de cavalos chamado *Grandes obras-primas da arte ocidental nº 11: Guernica*. As obras-primas vieram nos flocos de aveia, mas fui eu que fiz o polvo, foi o meu melhor de março, e ele está ficando meio ondulado por causa do vapor que sobe da Banheira. Prendi o desenho-surpresa da Mãe na cortiça bem do meio, acima da Cama.

Ela abanou a cabeça.

– Aí não.

Não quer que o Velho Nick veja.

– Que tal no Guarda-Roupa, no fundo? – perguntei.

– Boa ideia.

O Guarda-Roupa é de madeira, por isso tive que empurrar a tachinha um bocadão extra. Fechei as portas bobas, que vivem rangendo, mesmo depois que a gente botou óleo de milho nas dobradiças. Olhei pelas tabuinhas, mas estava muito escuro. Abri ele um pouco para dar uma espiada, o desenho secreto é branco, menos as linhas pequenininhas de cinza. O vestido azul da Mãe ficou pendurado em cima de um pedaço do meu olho dormindo, quer dizer, do olho do desenho, mas o vestido é de verdade no Guarda-Roupa.

Senti o cheiro da Mãe do meu lado, eu tenho o melhor nariz da família.

– Puxa, eu se esqueci de tomar um pouco quando acordei.

– Tudo bem. Talvez a gente possa pular isso de vez em quando, agora que você está com cinco anos, não é?

– Nem vem, neném.

Aí ela deitou no lado branco do Edredom, e eu também, e tomei um montão.

Contei cem bolinhas de cereal e fiz uma cascata com o leite, que é quase do mesmo branco das tigelas, sem respingar, e agradecemos ao Menino Jesus. Escolhi a Colher Derretida, com o branco todo embolotado no cabo, de quando ela encostou sem querer na panela de macarrão fervendo. A Mãe não gosta da Colher Derretida, mas ela é a minha favorita, porque não é igual.

Fiz carinho nos riscos da Mesa pra eles melhorarem, ela é um círculo todo branco, menos o cinza dos riscos, por causa de picar os alimentos.

Na hora de comer nós brincamos de Hum, que é cantarolar, porque não precisa de boca. Adivinhei "Macarena" e "She'll Be Coming 'Round the Mountain" e "Swing Low, Sweet Chariot", mas essa era na verdade "Stormy Weather". Quer dizer, acertei duas, ganhei dois beijos.

Cantarolei "Row, Row, Row Your Boat", que a Mãe adivinhou na mesma hora. Depois fiz Hum de "Tubthumping", e ela fez uma careta e disse:

– Droga, eu sei qual é, é aquela sobre ser derrubado e levantar de novo, como é que se chama?

Bem no finzinho, ela se lembrou direito. Na minha terceira vez escolhi "Can't Get You Out of My Head", e a Mãe não fazia a menor ideia.

– Você escolheu uma bem complicada... Escutou essa na televisão?

– Não, em você. – Desatei a cantar o refrão, e a Mãe disse que era uma pateta.

– Anta – falei. Dei dois beijos nela.

Empurrei minha cadeira até a Pia pra lavar a louça; com as tigelas tenho de lavar devagarinho, mas com as colheres posso fazer *plim, plam, plum*. Espichei a língua para o Espelho. A Mãe estava atrás de mim, vi meu rosto grudado no dela que nem a máscara que a gente fez quando aconteceu o Dia das Bruxas.

– Eu queria que o desenho estivesse melhor, mas pelo menos ele mostra como você é – ela disse.

– Como eu sou?

Ela deu um tapinha no Espelho onde estava a minha testa e seu dedo deixou um círculo.

– Minha cópia cuspida e escarrada.

– Por que sou sua cópia cuspida e escarrada? – perguntei. O círculo estava sumindo.

– Isso só quer dizer que você é parecido comigo. Acho que é por ser feito de mim, como o meu cuspe. Os mesmos olhos castanhos, a mesma bocona, o mesmo queixo pontudo...

Fiquei olhando para nós dois ao mesmo tempo, e o nós do Espelho olhou de volta.

– Não é o mesmo nariz.

– Bem, no momento você tem nariz de criança.

Segurei meu nariz.

– Ele vai cair pra crescer um nariz de adulto?

– Não, não, só vai ficar maior. O mesmo cabelo castanho...

– Mas o meu vai até embaixo, no meio de mim, e o seu só vai até o ombro.

– É verdade – disse a Mãe, estendendo a mão para a Pasta de Dentes. – Todas as suas células são duas vezes mais vivas que as minhas.

Eu não sabia que as coisas podiam ser só metade vivas. Tornei a olhar para o Espelho. Nossas camisetas de dormir também são diferentes, e a nossa roupa de baixo, a dela não tem ursinhos.

Quando ela cuspiu pela segunda vez, foi a minha vez com a Escova de Dentes, esfreguei todos os meus dentes em toda a volta. O cuspe da Mãe na pia não parecia nada comigo, nem o meu também. Lavei os dois e fiz um sorriso de vampiro.

– Aaai! – disse a Mãe, cobrindo os olhos. – Os seus dentes estão tão limpos que estão me ofuscando.

Os dela estão bem podres, porque ela esquecia de escovar, e ela sente muito e não esquece mais, só que eles continuam estragados.

Dobrei as cadeiras e botei do lado da Porta, encostadas no Secador de Roupa. Ele sempre resmunga e diz que não tem espaço, mas tem muito, se ficar em pé bem direitinho. Também sei me dobrar até ficar achatado, mas não tanto, por causa dos meus músculos, porque eu estou vivo. A Porta é de metal mágico brilhante e faz *bipe bipe* depois das nove horas, quando é pra eu ficar desligado no Guarda-Roupa.

Hoje o rosto amarelo de Deus não vai chegar, a Mãe disse que está difícil pra ele se espremer pela neve.

– Que neve?

– Olhe – ela disse, apontando para cima.

Tem um pouquinho de luz no alto da Claraboia, o resto dela está todo escuro. A neve da televisão é branca, mas a de verdade não é, isso é esquisito.

– Por que ela não cai em nós?

– Porque está do lado de fora.

– No Espaço Sideral? Eu queria que ela ficasse do lado de dentro, pra eu poder brincar com ela.

– Ah, mas aí ela derreteria, porque aqui está quentinho e gostoso.

Ela começou a cantarolar e na mesma hora adivinhei que era "Let It Snow". Cantei o segundo verso. Depois cantarolei "Winter Wonderland" e a Mãe cantou junto, mais agudo.

Temos mil coisas pra fazer todo dia de manhã, como dar uma xícara de água à Planta na Pia, pra não derramar, depois botar ela de novo no pires em cima da Cômoda. A Planta morava na Mesa, mas o rosto de Deus queimou uma folha dela e a fez cair. Sobraram nove, que são da largura da minha mão e todas felpudas, como a Mãe diz que são os cachorros. Mas os cachorros são só da TV. Não gosto de nove. Achei uma folhinha aparecendo, então isso dá dez.

A Aranha é real. Eu a vi duas vezes. Procurei por ela agora, mas só tem uma teia entre a perna e o pedaço chato da Mesa. A Mesa se equilibra bem, o que é um bocado difícil; quando fico numa perna só, posso continuar assim por séculos, mas aí sempre caio. Não falei da Aranha com a Mãe. Ela tira as teias com a escova, diz que elas são sujas, mas pra mim elas parecem prata superfina. A Mãe gosta dos bichos que correm e comem uns aos outros no planeta dos animais selvagens, mas não dos de verdade. Quando eu tinha quatro anos, fiquei olhando umas formigas subirem pelo Fogão e ela veio e achatou todas com um tapa, pra elas não comerem a nossa comida. Num minuto elas estavam vivas e no minuto seguinte tinham virado pó. Chorei tanto que meus olhos quase derreteram. Teve também outra vez, de noite, que uma coisa ficou fazendo *nhnnnn nhnnnn nhnnnn* e me picando, e a Mãe achatou ela na Parede da Porta embaixo da Prateleira, era um mosquito. A marca ainda está na cortiça, mesmo a Mãe tendo esfregado; era o meu sangue que o mosquito estava roubando, feito um vampiro bem pequenininho. Foi a única vez que o meu sangue saiu de mim.

A Mãe tirou seu comprimido do pacote prateado que tem vinte e oito navezinhas espaciais e eu peguei uma vitamina do vidro que tem o menino plantando bananeira, e ela tirou outro do vidro grande que tem o retrato de uma mulher jogando Tênis. As vitaminas são remédios pra gente não ficar doente e não voltar ainda pro Céu. Não quero voltar nunca, não gosto de morrer, mas a Mãe diz que pode ser legal, quando a gente tem cem anos e se cansa de brincar. Ela também tomou um mata-dor. Às vezes toma dois, nunca mais de dois, porque umas coisas são boas pra nós, mas, de repente, demais faz mal.

– É o Dente Ruim? – perguntei. Ele fica na parte de cima, perto do fundo da boca, é o pior de todos.

A Mãe fez que sim.

– Por que você não toma dois mata-dores toda hora de todo dia?

Ela fez uma careta.

– Aí eu ficaria dependente.

– O que é...?

– É como ficar pendurada num gancho, porque eu precisaria deles o tempo todo. Na verdade, talvez precisasse de cada vez mais.

– O que tem de errado em precisar?

– É difícil explicar.

A Mãe sabe tudo, menos as coisas que ela não lembra direito, ou às vezes diz que eu sou muito pequeno pra ela me explicar uma coisa.

– Meus dentes melhoram um pouco quando paro de pensar neles – ela me disse.

– Como é que pode?

– Isso se chama a vitória da mente sobre a matéria. Quando a mente não liga, a matéria não tem importância.

Quando dói um pedaço de mim, eu sempre ligo. A Mãe ficou esfregando meu ombro, só que meu ombro não está doendo, mas eu gostei assim mesmo.

Continuei sem falar da teia. É esquisito ter uma coisa que é minha e não é da Mãe. O resto tudo é de nós dois. Acho que o meu corpo é meu, e as ideias que acontecem na minha cabeça. Mas as minhas células são feitas de células dela, quer dizer que eu sou meio dela. E também, quando eu digo pra ela o que estou pensando e ela diz pra mim o que está pensando, nossas ideias de cada um pulam na cabeça do outro, que nem lápis de cera azul em cima do amarelo, que dá verde.

Às 8:30 eu apertei o botão da TV e experimentei entre os três. Achei *Dora, a aventureira*, oba! A Mãe mexeu o Coelhinho pra lá e pra cá, bem devagar, para melhorar a imagem com as orelhas e a cabeça dele. Um dia, quando eu tinha quatro anos, a televisão morreu e eu chorei, mas de noite o Velho Nick trazeu uma caixa mágica de conversor pra fazer a TV ressuscitar. Os outros canais depois dos três são todos borrados e por isso a gente não vê, porque dá dor nos olhos; só quando tem música é que a gente bota o Cobertor por cima e fica escutando através do cinza dele e balançando o bumbum.

Hoje botei os dedos na cabeça da Dora pra dar um abraço e contei a ela dos meus superpoderes, agora que tenho cinco anos, e ela sorriu. Ela tem um cabelo grandão, que parece um capacete marrom de verdade, com uns pedaços pontudos recortados, e é do tamanho do resto dela. Sentei de novo na Cama para assistir no colo da Mãe, e me remexi até sair de cima dos ossos pontudos. Ela não tem muitos pedaços macios, mas eles são supermacios.

A Dora diz coisas que não são numa língua de verdade, são espanhol, que nem *lo hicimos*. Ela sempre usa o Mochila, que é maior dentro do que fora e leva tudo que ela precisa, tipo escadas e roupas espaciais, pra dançar e jogar futebol e tocar flauta e viver aventuras com o Botas, o macaco que é seu melhor amigo. A Dora sempre diz que vai precisar da *minha* ajuda, tipo, será que eu consigo encontrar uma coisa mágica, e espera eu dizer "Sim". Aí eu grito "Atrás do coqueiro", e a setinha azul clica bem atrás do coqueiro e ela diz "Obrigada". Todas as outras pessoas da televisão não escutam. O Mapa mostra três lugares de cada vez, a gente tem que ir no primeiro pra chegar no segundo pra chegar no terceiro. Eu ando de mãos dadas com a Dora e o Botas e canto junto todas as músicas, especialmente as que têm cambalhotas ou batidas de toca-aqui, ou a Dança da Galinha Boba. Temos que ficar de olho no Raposo sorrateiro, a gente grita três vezes "Raposo, não roube!", e ele fica todo zangado e diz "Puxa vida!" e sai correndo. Uma vez, o Raposo fez uma borboleta-robô com controle remoto, mas deu errado e ela roubou a máscara e as luvas dele, foi superengraçado. Às vezes a gente apanha estrelas e põe no bolso do Mochila, eu escolhi a Estrela Barulhenta, que acorda qualquer coisa, e a Estrela Troca-Troca, que pode se transformar em todas as formas.

Nos outros planetas, quase todos são pessoas que cabem na tela às centenas, só que muitas vezes uma fica toda grandona e próxima. Elas têm roupa em vez de pele, rosto cor-de-rosa ou amarelo ou marrom ou irregular ou cabeludo, com a boca muito vermelha e olhos grandes, pretos em volta. Elas riem e gritam muito. Eu ia adorar ver televisão o tempo todo, mas ela estraga o cérebro da gente. Antes de eu descer do Céu, a Mãe deixava a TV ligada o dia inteiro e virou um zumbi, que é igual a um fantasma só que anda, *tum, tum, tum*. Por isso, agora ela sempre desliga depois de um programa, e aí as células se multiplicam de novo de dia e podemos ver outro programa depois do jantar e fazer crescer mais cérebro durante o sono.

– Só mais um, porque é meu aniversário! Por favor!

A Mãe abriu a boca, depois fechou. Aí disse:

– Por que não? – Pôs os comerciais sem som, porque eles fazem purê do cérebro ainda mais depressa e ele escorre pelos ouvidos.

Fiquei olhando os brinquedos, tinha um caminhão excelente e um trampolim e Bionicles. Dois garotos lutavam com Transformers na mão, mas eram amigos, não pareciam bandidos.

Depois veio o programa, era *Bob Esponja Calça Quadrada*. Corri pra tocar nele e no Patrick, a estrela-do-mar, mas não no Lula Molusco, que é nojento. Foi uma história sinistra sobre um lápis gigante e fiquei assistindo por entre os dedos da Mãe, que são todos duas vezes mais compridos que os meus.

Nada assusta a Mãe. Menos o Velho Nick, talvez. Quase sempre ela só o chama de *ele*, eu nem sabia o nome pra ele até ver um desenho sobre um cara que chega de noite, chamado Velho Nick. Eu dou esse nome ao de verdade porque ele vem de noite, mas ele não parece o cara da TV, que tem barba e chifres e outras coisas. Uma vez perguntei à Mãe se ele é velho e ela disse que ele tem quase o dobro da idade dela, o que é bem velho.

Ela levantou pra desligar a TV assim que apareceram os créditos.

Meu xixi é amarelo por causa das vitaminas. Eu me sentei pra fazer cocô e disse "Até logo, pode ir pro mar". Depois de puxar a descarga, fiquei vendo o tanque encher, fazendo *glube, blube, glupe*. Aí esfreguei as mãos até parecer que a pele ia cair, é assim que eu sei que me lavei direito.

— Tem uma teia embaixo da Mesa — eu contei, nem sabia que ia falar.
— É da Aranha, ela é de verdade. Eu vi duas vezes.

A Mãe sorriu, mas não muito.

— Você pode não tirar ela, por favor? É que ela nem está lá, mas pode ser que volte.

A Mãe ficou de joelhos, olhando embaixo da Mesa. Só consegui ver seu rosto quando ela empurrou o cabelo pra trás da orelha.

— Seguinte, vou deixá-la ficar até fazermos a limpeza, está bem?

Isso é na terça-feira, faltavam três dias.

— Tá bem.

— Sabe de uma coisa? — Ela se levantou. — Temos de marcar a sua altura, agora que você fez cinco anos.

Dei um pulo bem alto no ar.

Em geral, não é permitido eu desenhar em nenhum pedaço do Quarto nem dos móveis. Quando eu tinha dois anos, rabisquei a perna da Cama que fica perto do Guarda-Roupa, por isso toda vez que fazemos faxina a Mãe dá um tapinha nos rabiscos e diz "Olhe, teremos de conviver com isso para sempre". Mas a minha altura do aniversário é diferente, são numerinhos do lado da Porta, um 4 preto, e um 3 preto embaixo, e um 2 vermelho, que era a cor da nossa Caneta velha, até ela secar, e o mais baixo é um 1 vermelho.

— Fique em pé, bem reto — disse a Mãe. A Caneta fez cócega no alto da minha cabeça.

Quando me afastei, tinha um 5 preto um pouquinho acima do 4. Adoro o cinco mais do que todos os números, tenho cinco dedos em cada mão e o mesmo em cada pé, e a Mãe também, somos a cara cuspida e escarrada um do outro. O nove é o meu número menos favorito.

— Qual é meu alto?

— A sua altura. Bem, não sei exatamente. Talvez um dia desses a gente possa pedir uma fita métrica, como presente de domingo.

Eu pensava que as fitas métricas eram só da televisão.

— Não, vamos pedir chocolate.

Botei o dedo no 4 e parei com o rosto virado para ele, e meu dedo ficou no meu cabelo.

– Não fiquei muito mais alto desta vez.

– Isso é normal.

– O que é normal?

– É... – a Mãe mordeu a boca. – Significa que está tudo bem. *No hay problema.*

– Mas olha o tamanhão dos meus músculos – falei. Pulei na Cama, sou Jack, o Matador de Gigantes, com suas botas de sete léguas.

– São vastos – disse a Mãe.

– Gigantescos.

– Maciços.

– Imensos.

– Enormes – disse a Mãe.

– Imensormes – falei. Isso é um sanduíche de palavras, quando a gente espreme duas juntas.

– Boa!

– Sabe de uma coisa? Quando eu tiver dez anos, vou ser grandão.

– Ah, é?

– Vou ficar maior e maior e maior, até virar uma pessoa humana.

– Na verdade, você já é humano – disse a Mãe. – Humanos é o que nós dois somos.

Eu pensava que a palavra para nós era *reais*. As pessoas da televisão são feitas só de cores.

– Você quis dizer uma humana, uma mulher?

– É – respondi –, uma mulher com um menino num ovo na minha barriga, e ele também vai ser real. Ou então, vou crescer e virar um gigante, mas um gigante bonzinho, até aqui – e pulei para tocar na Parede da Cama bem alto, quase onde o Teto começa a se inclinar pra cima.

– Parece ótimo – disse a Mãe.

O rosto dela ficou chocho, o que significa que eu disse uma coisa errada, mas não sei qual.

– Eu vou arrebentar a Claraboia e ir pro Espaço Sideral e sair quicando entre os planetas, *toin, toin, toin* – falei. – Vou visitar a Dora e o Bob Esponja e todos os meus amigos, e vou ter um cachorro chamado Sortudo.

A Mãe mostrou um sorriso. Estava arrumando a Caneta de novo na Prateleira.

Perguntei:

– Quantos anos você vai fazer no seu aniversário?

– Vinte e sete.

– Puxa!

Acho que isso não animou ela.

Enquanto a Banheira enchia, a Mãe pegou o Labirinto e o Forte no alto do Guarda-Roupa. Nós montamos o Labirinto desde que eu tinha dois anos; ele é todo de rolinhos de dentro dos rolos de papel higiênico, presos com durex, e eles formam túneis que se viram pra uma porção de lados. A Bola Saltitante adora se perder no Labirinto e se esconder, eu tenho que chamar por ela e sacudir e virar o Labirinto de lado e de cabeça pra baixo pra ela sair rolando, *fiu*! Depois eu jogo outras coisas no Labirinto, como um amendoim e um pedaço quebrado de Lápis Azul e um espaguete curtinho que não cozinhou. Eles se perseguem nos túneis e se escondem e gritam *buu*; não consigo ver, mas escuto com o ouvido encostado no papelão e descubro onde eles estão. A Escova de Dentes quis dar uma volta, mas eu lhe pedi desculpas, ela é muito comprida. Em vez disso, ela pulou no Forte para guardar uma torre. O Forte é de latas e vidros de vitaminas, a gente faz ele ficar maior toda vez que um fica vazio. O Forte enxerga em todas as direções e esguicha óleo fervendo nos inimigos, que não sabem das suas fendas secretas de faca, ha ha ha. Eu queria levar ele pra Banheira para virar uma ilha, mas a Mãe disse que a água ia fazer a fita adesiva desgrudar.

Soltamos os nossos rabos de cavalo pra deixar o cabelo nadar. Eu deito em cima da Mãe sem nem falar nada, gosto da batida do coração dela. Quando ela respira, a gente sobe e desce um pouquinho. O pênis fica boiando.

Por causa do meu aniversário, fui eu que escolhi a roupa pra nós dois. A da Mãe mora na gaveta de cima da Cômoda e a minha, na de baixo. Escolhi sua calça jeans favorita, com pesponto vermelho, que ela só usa nas ocasiões especiais, porque está ficando com cordas nos joelhos. Para mim, escolhi o moletom amarelo de capuz e tomei cuidado com a gaveta, mas assim mesmo o canto direito saiu do lugar e a Mãe teve que botar ele de volta com um soco. Nós dois puxamos o meu moletom pra baixo e ele mastigou o meu rosto, mas aí, *ploct*, ficou direito.

– E se eu cortasse só um pouquinho no meio do V? – a Mãe perguntou.

– Nem vem, neném.

Na hora da Educação Física, ficamos sem meias, porque descalço o pé gruda mais. Hoje escolhi primeiro a Pista; levantamos a Mesa de cabeça pra baixo em cima da Cama, com a Cadeira de Balanço em cima dela e o Tapete no alto das duas. A Pista contorna a Cama desde o Guarda-Roupa até o Abajur, e o desenho no Piso é um C preto.

– Ei, olha, eu sei fazer uma ida e volta em dezesseis passos.

– Puxa! Quando você tinha quatro anos, eram dezoito passos, não eram? – disse a Mãe. – Quantas idas e voltas você acha que pode correr hoje?

– Cinco.

– Que tal cinco vezes cinco? Seria o quadrado do seu número predileto.

Contamos nos dedos e cheguei a vinte e seis, mas a Mãe falou que eram vinte e cinco, por isso contei de novo e também cheguei a vinte e cinco. Ela fez minha contagem no Relógio:

– Doze – gritou. – Dezessete. Você está indo muito bem.

Eu respirava *ufa ufa ufa*.

– Mais depressa...

Fui mais maior que depressa, que nem o Super-Homem voando.

Quando chegou a vez da Mãe correr, tive de escrever no Bloco Pautado da Faculdade o número do começo e o número da chegada dela, e depois separamos um do outro para ver a velocidade dela. Hoje o total dela foi nove segundos maior que o meu, o que quer dizer que eu ganhei, por isso fiquei dando pulos e vaiando.

– Vamos fazer uma corrida ao mesmo tempo.

– Parece divertido, não é? – disse ela. – Mas você lembra que um dia nós tentamos e eu bati com o ombro na cômoda?

Às vezes, quando eu esqueço as coisas, a Mãe me diz e aí eu lembro.

Tiramos todas as mobílias da Cama e botamos de novo o Tapete onde ele estava, para cobrir a Pista e o Velho Nick não ver o C sujo.

A Mãe escolheu a Cama Elástica e fui só eu que pulei na Cama, porque a Mãe podia quebrar ela. A Mãe fez o comentarista:

– Um ousado rodopio aéreo do jovem campeão dos Estados Unidos...

Minha escolha seguinte foi O Mestre Mandou, e depois a Mãe disse para a gente calçar as meias outra vez e fazer o Cadáver, que é deitar feito uma estrela-do-mar, com os dedos do pé moles, o umbigo mole, a língua mole e até o cérebro mole. A Mãe sentiu uma coceira atrás do joelho e se mexeu, ganhei de novo.

Eram 12:13, então dava pra almoçar. Meu pedaço favorito da oração é o pão nosso de cada dia. Eu sou o chefe das brincadeiras, mas a Mãe é a chefa das refeições: por exemplo, ela não deixa a gente comer cereal no café da manhã e no almoço e no jantar, pro caso de a gente adoecer, e, de qualquer jeito, isso ia acabar com ele muito depressa. Quando eu tinha zero anos e um ano, a Mãe costumava picar e mastigar minha comida pra mim, mas aí eu ganhei todos os meus vinte dentes e posso morder qualquer coisa. Esse almoço foi de atum com bolacha de água e sal, e a minha tarefa é enrolar a tampa da lata para trás, porque o pulso da Mãe não consegue.

Eu estava meio agitado, aí a Mãe disse pra brincarmos de Orquestra, que é quando a gente circula batendo nas coisas pra ver que barulhos consegue arrancar. Tamborilei na Mesa e a Mãe fez *toc toc* nas pernas da Cama, depois *puf puf* nos travesseiros, e eu usei o garfo e a colher na Porta, *plim plim*, e os nossos dedos dos pés fizeram *bum* no Fogão, mas o meu favorito é pular no pedal da Lixeira, porque isso faz a tampa abrir com um *pingue*. Meu melhor instrumento é o Dlendlem, que é uma caixa de cereal onde eu colei todas as pernas e sapatos e casacos e cabeças diferentes e coloridas do catálogo velho, e depois estiquei três elásticos no meio. O Velho Nick não traz mais catálogos para escolhermos nossa roupa, a Mãe diz que ele está ficando mais mesquinho.

Trepei na Cadeira de Balanço pra tirar os livros da Prateleira e fazer um arranha-céu de dez andares no Tapete.

– Dez andares – a Mãe disse e riu, e não era muito engraçado.

Nós tínhamos nove livros, mas só quatro com figuras:

Meu grande livro de rimas infantis
Dylan, o escavador

O coelhinho fujão
Aeroporto de armar

E cinco com figuras só na capa:

A cabana
Crepúsculo
O guardião
Amor agridoce
O código Da Vinci

A Mãe quase nunca lê os sem figuras, exceto quando está desesperada. Quando eu tinha quatro anos, pedimos mais um ilustrado como presente de domingo e veio *Alice no País das Maravilhas*, que eu gosto, só que ele tem palavras demais e muitas delas são velhas.

Hoje escolhi *Dylan, o escavador*, que estava perto da base, por isso fez uma demolição no arranha-céu, *craaaaque*.

– O Dylan de novo – a Mãe fez uma careta, mas depois soltou sua voz mais grandona:

"Chegooooou o Dylan, o escavador troncudo!
Cada pazada dele faz um monte mais bojudo.
Veja o braço longo na terra mergulhar,
Nenhum escavador mais terra quer papar.
Essa megaenxada rola e gira pela obra,
Cava e limpa dia e noite, depois repete a manobra."

Tem um gato no segundo desenho, no terceiro ele está na pilha de rochas. Rochas são pedras, quer dizer, pesadas feito a cerâmica da Banheira e da Pia e do Vaso Sanitário, mas não tão lisas. Os gatos e as pedras só existem na televisão. No quinto desenho o gato cai, mas os gatos têm sete vidas, não são como eu e a Mãe, que só temos uma cada um.

A Mãe quase sempre escolhe *O coelhinho fujão*, por causa do jeito como a mamãe coelha pega o bebê coelhinho no fim e diz "Coma uma cenoura".

Os coelhinhos são da TV, mas as cenouras são reais, gosto do barulho que elas fazem. Meu desenho favorito é o bebê coelho transformado numa pedra na montanha, e a mamãe coelha tem que subir, subir, subir para achar ele. As montanhas são muito grandes para ser reais, eu vi uma na TV com uma mulher pendurada nela por cordas. As mulheres não são reais como a Mãe, nem as meninas e os meninos. Os homens não são reais, menos o Velho Nick, e não tenho muita certeza se ele é real de verdade. Meio real, talvez? Ele traz mantimentos e presentes de domingo e faz o lixo desaparecer, mas não é humano como nós. Só acontece de noite, feito os morcegos. Vai ver que a Porta o inventa com um *bipe bipe* e o ar se modifica. Acho que a Mãe não gosta de falar dele, pra ele não ficar mais real.

Eu me remexi no colo da Mãe para olhar pro meu quadro favorito, do Menino Jesus brincando com João Batista, que é amigo e primo mais velho dele ao mesmo tempo. Maria também aparece, aninhada no colo da Mãe dela, que é a avó do Menino Jesus, como a *abuela* da Dora. É um quadro esquisito, sem cores, e tem uns pés e mãos faltando, a Mãe disse que ele não foi concluído. O que fez o Menino Jesus começar a crescer na barriga da Maria foi um anjo que desceu voando que nem um fantasma, só que um fantasma superlegal, com penas. A Maria ficou toda surpresa e disse "Como é possível?", e depois "Está bem, assim seja". Quando o Menino Jesus pipocou da vagina dela no Natal, ela colocou ele numa manjedoura, mas não para as vacas comerem, só para elas deixarem ele aquecido com seu bafo, porque ele era mágico.

A Mãe apagou o Abajur e nós deitamos, e primeiro fizemos a oração do pastor sobre os verdes pastos; acho que eles são como o Edredom, só que felpudos e verdes, em vez de brancos e chatos. (O cálice que transborda deve fazer uma lambança danada.) Tomei um pouco, do direito, porque o esquerdo não tinha grande coisa. Quando eu tinha três anos, ainda tomava muito a qualquer hora, mas, depois que fiz quatro, fico tão ocupado fazendo coisas que só tomo um pouco algumas vezes de dia e de noite. Eu queria poder falar e tomar ao mesmo tempo, mas só tenho uma boca.

Quase apaguei, mas não de verdade. Acho que a Mãe apagou, por causa da respiração dela.

Depois da soneca, a Mãe disse ter descoberto que não precisamos pedir uma fita métrica, nós mesmos podemos fazer uma régua.

Reciclamos a caixa de cereal da Pirâmide do Antigo Egito e a Mãe me mostrou como cortar uma tira do tamanho do pé dela, é por isso que se chama pé, e depois desenhou doze risquinhos. Medi o nariz dela, que tem duas polegadas de comprimento. Meu nariz tem uma polegada e um quarto, escrevi isso. A Mãe fez a Régua dar cambalhotas em câmera lenta, subindo a Parede da Porta onde estão minhas alturas, e disse que eu tenho três pés e três polegadas.

– Ei, vamos medir o Quarto – sugeri.

– Como, ele todo?

– A gente tem outra coisa pra fazer?

Ela me deu um olhar estranho:

– Acho que não.

Escrevi todos os números, e o alto da Parede da Porta até a linha onde começa o Teto é igual a seis pés e sete polegadas.

– Adivinha só – eu disse à Mãe –, cada placa de cortiça é quase um pouquinho maior do que a Régua.

– Que tonta – disse ela, dando um tapa na cabeça. – Acho que elas têm um pé quadrado, devo ter feito a régua um pouquinho curta demais. Então, vamos só contar as placas, é mais fácil.

Comecei a contar o alto da Parede da Cama, mas a Mãe disse que todas as paredes são iguais. Outra regra é que o largo das paredes é igual ao largo do Piso; contei onze pés indo nas duas direções, o que significa que o Piso é um quadrado. A Mesa é um círculo, por isso fiquei confuso, mas a Mãe mediu o meio dela, onde ela é mais mais larga, e deu três pés e nove polegadas. Minha cadeira tem três pés e duas polegadas de altura e a da Mãe é igualzinha, quer dizer, uma polegada menos do que eu. Depois, a Mãe ficou meio enjoada de medir e nós paramos.

Colori tudo diferente atrás dos números com os nossos cinco lápis de cor, que são azul, laranja, verde, vermelho e marrom, e quando acabei tudo a página parecia o Tapete, só que mais maluca, e a Mãe perguntou por que não a uso como minha bandeja no jantar.

Esta noite escolhi espaguete, e tinha também brócolis frescos, que eu não escolhi, mas é que eles fazem bem pra gente. Cortei os brócolis em pedaços com a Faca de Zigue-Zague e de vez em quando engolia um, quando a Mãe não estava olhando, e ela dizia "Ah, não, onde foi parar aquele pedaço grande?", mas não estava zangada de verdade, porque as coisas cruas deixam a gente supervivo.

A Mãe esquenta as coisas nos dois queimadores do Fogão, que ficam vermelhos; eu não tenho licença para mexer nos botões, porque é tarefa da Mãe garantir que nunca haja um incêndio como na TV. Se um dia os queimadores encostassem numa coisa como um pano de prato ou até a nossa roupa, as chamas iam correr por toda parte com línguas cor de laranja e queimar o Quarto até ele virar cinza, com a gente tossindo e engasgando e gritando, com a pior dor do mundo.

Não gosto do cheiro de brócolis cozinhando, mas não é tão ruim quanto vagem. Os legumes e verduras são reais, mas sorvete é da televisão, eu queria que também fosse de verdade.

– A Planta é uma coisa crua?

– Bem, é, mas não do tipo que se come.

– Por que ela não tem mais flor?

A Mãe deu de ombros e mexeu o espaguete.

– Ela ficou cansada.

– Devia ir dormir.

– Ela vai continuar cansada quando acordar. Talvez já não haja comida suficiente na terra do vaso dela.

– Ela podia comer os meus brócolis.

A Mãe riu.

– Não é esse tipo de comida, é comida de planta.

– A gente podia pedir, como presente de domingo.

– Já tenho uma longa lista de coisas pra pedir.

– Onde?

– Só na minha cabeça – ela respondeu. Puxou uma minhoca de espaguete e deu uma mordida. – Acho que elas gostam de peixe.

– Quem?

– As plantas, elas gostam de peixe podre. Ou será que é de espinhas de peixe?

– Eca!

– Quem sabe, da próxima vez que comermos palitinhos de peixe, possamos enterrar um pedaço embaixo da Planta.

– Dos meus não.

– Está bem, um pedaço de um dos meus.

O porquê eu gosto mais que tudo de espaguete é a musiquinha da almôndega, que eu cantei enquanto a Mãe enchia os nossos pratos.

Depois do jantar, uma coisa incrível: fizemos um bolo de aniversário. Eu podia apostar que ia ficar *una delicia*, com velas do mesmo número que eu e acesas, como eu nunca vi de verdade.

Sou o melhor furador de ovos que existe, faço a gosminha derramar sem parar. Tive que furar três para o bolo e usei a tachinha do quadro *Impressão: nascer do sol*, porque acho que o cavalo maluco ia ficar zangado se eu descesse *Guernica*, mesmo eu sempre botando a tachinha de volta logo depois. A Mãe acha que *Guernica* é a melhor obra-prima, porque é a mais real, mas na verdade ela é toda bagunçada, o cavalo fica berrando com uma porção de dentes, porque tem uma lança cravada nele, e depois tem um touro e uma mulher segurando uma criança molenga com a cabeça virada ao contrário, e uma lâmpada que parece um olho, e o pior é aquele pezão grande no canto, que eu sempre acho que vai me pisotear.

Lambi a colher e a Mãe pôs o bolo na barriga quente do Fogão. Tentei fazer malabarismo com todas as cascas de ovo ao mesmo tempo. A Mãe pegou uma delas.

– Quer uns Jacks com carinhas?

– Naaah – respondi.

– Vamos fazer um ninho de massa de farinha para elas? Se amanhã nós descongelarmos a beterraba, podemos usar o sumo para fazer o ninho ficar roxo...

Abanei a cabeça.

– Vamos juntar essas à Cobra de Ovos.

A Cobra de Ovos é mais maior de comprida que tudo no Quarto; nós fazemos ela desde que eu tinha três anos, ela mora no Embaixo da Cama, toda enroscada, para cuidar da nossa segurança. Quase todos os ovos dela são marrons, mas de vez em quando tem um branco; alguns têm desenhos feitos a lápis ou lápis de cera ou Caneta, ou pedacinhos grudados com cola de farinha, uma coroa de papel-alumínio e um cinto de fita amarela, e fiapos de linha e pedaços de tecido pra fazer o cabelo. A língua dela é uma agulha que prende a linha vermelha que passa por ela toda. Já não tiramos muito a Cobra de Ovos do lugar, porque às vezes ela se enrosca e os ovos racham em volta dos buraquinhos, ou até caem, e aí temos que usar os pedaços em mosaicos. Hoje eu enfiei a agulha num dos buracos dos ovos novos, tive que balançar até ela sair toda afiada pelo outro buraco, é complicado à beça. Agora ela está três ovos mais comprida e eu a enrolei de novo com supergentileza, pra ela caber toda no Embaixo da Cama.

A espera pelo meu bolo levou horas e horas, ficamos respirando o ar delicioso. Depois, enquanto ele esfriava, fizemos uma coisa chamada glacê, mas que não tem nada a ver com frio glacial, é açúcar derretido com água. A Mãe o espalhou por cima de todo o bolo.

– Agora você pode pôr os chocolates enquanto eu lavo a louça.

– Mas não tem nenhum.

– Arrá! – disse ela, levantando o saquinho e chacoalhando, *choct choct*.

– Guardei alguns do presente de domingo de três semanas atrás.

– Sua Mãe sem-vergonha! Onde?

Ela fechou o zíper da boca.

– E se eu precisar de um esconderijo em outra ocasião?

– Me diz!

A Mãe parou de sorrir.

– Gritaria machuca os meus ouvidos.

– Me fala do escondijo.

– Jack...

– Não gosto que tenha escondijos.

– Qual é o problema?

– Zumbis.

– Ah.

– Ou senão ogros, ou vampiros...

Ela abriu o Armário e tirou a caixa de arroz. Apontou para o buraco escuro.

– Foi só aqui com o arroz que eu os escondi. Está bem?

– Está bem.

– Nada de assustador caberia aí. Você pode verificar quando quiser.

Tinha cinco chocolates no saquinho, rosa, azul, verde e dois vermelhos. Saiu um pouco da cor nos meus dedos quando pus eles no lugar; eu me sujei de glacê e lambi todos os pedacinhos.

Aí chegou a hora das velas, mas não tinha nenhuma.

– Você está gritando de novo – disse a Mãe, tapando os ouvidos.

– Mas você disse bolo de aniversário, não é bolo de aniversário se não tem cinco velas acesas.

Ela bufou.

– Eu devia ter explicado melhor. É isso que os chocolates dizem, eles dizem que você está fazendo cinco anos.

– Não quero esse bolo – falei. Detesto quando a Mãe fica esperando, toda quieta. – Porcaria de bolo.

– Acalme-se, Jack.

– Você devia ter pedido velas de presente de domingo.

– Bem, na semana passada nós precisávamos de analgésicos.

– Eu não precisava de nada, só você – gritei.

A Mãe me olhou como se eu tivesse um rosto novo, que ela nunca tinha visto. Depois disse:

– De qualquer jeito, lembre-se, nós temos de escolher coisas que ele possa arranjar com facilidade.

– Mas ele pode arranjar qualquer coisa.

– Bem, é, se ele se desse o trabalho...

– Por que ele se dá pro trabalho?

– Só estou querendo dizer que talvez ele tivesse que ir a duas ou três lojas, e que isso o deixaria de mau humor. E, se ele não encontrasse a coisa impossível, provavelmente não ganharíamos nenhum presente de domingo.

– Mas, Mãe – eu ri –, ele não vai a lojas. Loja é coisa da televisão.
Ela mordeu o lábio. Depois, olhou para o bolo.
– Bem, enfim, sinto muito. Achei que os chocolates funcionariam.
– Mãe bobinha.
– Pateta – ela disse, dando um tapa na cabeça.
– Anta – falei, mas não de um jeito malvado. – Na semana que vem, quando eu fazer seis anos, é melhor você arranjar velas.
– No ano que vem – corrigiu a Mãe –, você quer dizer no ano que vem.
Ela ficou com os olhos fechados. Eles sempre fazem isso, às vezes, e ela passa um minuto sem dizer nada. Quando eu era pequeno, achava que a pilha dela tinha acabado, como aconteceu uma vez com o Relógio, e tivemos que pedir uma pilha nova a ele, de presente de domingo.
– Promete?
– Prometo – ela disse, abrindo os olhos.
Cortou um pedaço supergrandão para mim e eu afanei os cinco chocolates quando ela não estava olhando, os dois vermelhos, o rosa, o verde e o azul, e ela disse:
– Ah, não, mais um foi afanado, como foi que isso aconteceu?
– Agora você jamais saberá, ha ha ha – eu disse, falando igual ao Raposo quando ele rouba coisas da Dora. Peguei um dos vermelhos e o zuni na boca da Mãe, e ela o passou para os dentes da frente, que estão menos estragados, e ficou mordiscando e sorrindo.
– Olha – mostrei –, tem buracos no meu bolo, onde estavam os chocolates até agora há pouco.
– Como crateras – ela disse, e pôs a ponta do dedo numa.
– O que são crateras?
– São buracos onde aconteceu alguma coisa. Como um vulcão, ou uma explosão, ou coisa assim.
Repus o chocolate verde em sua cratera e contei dez, nove, oito, sete, seis, cinco, quatro, três, dois, um, *bum*! Ele voou para o Espaço Sideral e deu a volta para a minha boca. Meu bolo de aniversário foi a melhor coisa que eu já comi.
A Mãe não estava com fome dele nessa hora. A Claraboia estava sugando toda a luz, estava quase preta.

– É o equinócio de primavera – disse a Mãe. – Eu me lembro de terem dito isso na televisão, na manhã em que você nasceu. Também ainda havia neve naquele ano.

– O que é equinócio?

– Quer dizer igual, é quando existe a mesma quantidade de escuridão e de luz.

Era tarde demais para a TV por causa do bolo, o Relógio dizia 8:33. Meu moletom amarelo de capuz quase me arrancou a cabeça quando a Mãe o puxou. Vesti minha camiseta de dormir e escovei os dentes, enquanto a Mãe amarrou o saco de lixo e botou do lado da Porta, com a nossa lista que eu escrevi, hoje ela diz: "Por favor, macarrão, lentilha, atum, queijo (se não for muito $), suco de laranja. Obrigado".

– Podemos pedir uva? Faz bem pra gente.

No fim da página, a Mãe escreveu: "Uvas, se poss. (ou qualquer fruta fresca ou enlatada)".

– Me conta uma história?

– Só uma rapidinha. Que tal... *João Biscoito*?

Ela contou a história depressa e engraçada mesmo: o João Biscoito pula do fogão e sai correndo e rolando e rolando e correndo, e ninguém consegue alcançá-lo, nem a velhinha, nem o velhinho, nem os debulhadores, nem os lavradores. Mas no fim ele é um idiota, deixa a raposa carregar ele pro outro lado do rio e é devorado, *nhac*.

Se eu fosse feito de bolo, eu me comia antes que alguém mais pudesse comer.

Fizemos uma oração ligeirinha, que é juntar as mãos e fechar os olhos. Rezei para João Batista e o Menino Jesus aparecerem para brincar com a Dora e o Botas. A Mãe rezou para o sol derreter a neve da Claraboia.

– Posso tomar um pouco?

– De manhã cedinho – disse a Mãe, puxando a camiseta pra baixo.

– Não, hoje.

Ela apontou para o Relógio, que dizia 8:57, faltavam só três minutos para as nove. Assim, corri para dentro do Guarda-Roupa e deitei no meu travesseiro e me enrolei no Cobertor, que é todo cinza e lanudo, com debrum vermelho. Fiquei bem embaixo do desenho de mim, que eu tinha esquecido que estava lá. A Mãe pôs a cabeça dentro do Guarda-Roupa:

– Três beijos?

– Não, cinco para o sr. Cinco Anos.

Ela me deu os cinco, depois fechou as portas, rangendo.

Continuou a entrar luz pelas tabuinhas e por isso pude ver um pouco de mim no desenho, os pedaços que parecem com a Mãe e o nariz que só parece comigo. Alisei o papel, é todo sedoso. Fiquei reto, com a cabeça fazendo pressão no Guarda-Roupa e os pés também. Ouvi a Mãe vestir a camiseta de dormir e tomar os mata-dores, sempre dois por noite, porque ela diz que a dor é que nem água, se espalha assim que ela deita. Cuspiu a pasta de dentes.

– O nosso amigo Zé tem coceira no pé – ela disse.

Pensei em outra.

– O nosso amigo Zá diz blá-blá-blá.

– O nosso amigo Ebeneezer mora num freezer.

– A nossa amiga Doris foi embor-is.

– Essa rima é tapeação – disse a Mãe.

– Puxa vida! – gemi igual ao Raposo. – O nosso amigo Menino Jesus... gosta de comer cuscuz.

– A nossa amiga Colher cantou pra lua uma canção de mulher.

A lua é o rosto prateado de Deus, que só aparece em ocasiões especiais.

Sentei e encostei o rosto nas tabuinhas, e pude ver fatias da TV desligada, do Vaso Sanitário, da Banheira, do meu desenho do polvo azul que está ficando ondulado, da Mãe guardando nossa roupa na Cômoda.

– Mãe?

– Hmmm?

– Por que eu fico no escondijo feito os chocolates?

Acho que ela estava sentada na cama. Falou tão baixo que mal pude ouvir.

– Só não quero que ele olhe para você. Mesmo quando você era bebê, sempre o enrolei no Cobertor antes de ele chegar.

– Ia machucar?

– O que ia machucar?

– Se ele me visse.

– Não, não. Agora, vá dormir – a Mãe disse.

– Faz os Percevejos.

– Boa noite, durma bem, não deixe os percevejos picarem ninguém.

Os Percevejos são invisíveis, mas eu converso com eles e às vezes os conto, da última vez cheguei a trezentos e quarenta e sete. Ouvi o estalido do interruptor e o Abajur apagou, tudo no mesmo segundo. Sons da Mãe entrando embaixo do Edredom.

Eu vi o Velho Nick pelas tabuinhas umas noites, mas nunca ele todo de perto. O cabelo dele tem um pouco de branco e é menor que as orelhas. Vai ver que os olhos dele iam me fazer virar pedra. Os zumbis mordem as crianças pra elas virarem mortas-vivas, os vampiros sugam até elas ficarem molengas, os ogros penduram elas pelas pernas e devoram. Os gigantes podem ser igualmente malvados, *Esteja ele vivo ou não, moerei seus ossos pra fazer meu pão*, mas o João fugiu com a galinha dos ovos de ouro e desceu escorregando pelo Pé de Feijão, rapidinho, rapidinho. O Gigante foi descendo atrás, mas o João gritou para a Mãe dele trazer o machado, que é igual às nossas facas, só que maior, e a Mãe ficou com muito medo de derrubar o Pé de Feijão sozinha, mas, quando o João chegou ao chão, eles o derrubaram juntos, e o Gigante se espatifou com todas as entranhas saindo, ha ha ha. Aí o João virou Joãozinho, o Matador de Gigantes, feito eu.

Fiquei pensando se a Mãe já tinha desligado.

No Guarda-Roupa, sempre tento espremer os olhos com força e desligar depressa, para não ouvir o Velho Nick chegar, e depois acordo e é de manhã e estou na Cama com a Mãe, tomando um pouco, e está tudo legal. Mas nessa noite continuei ligado, com o bolo chiando na minha barriga. Contei os dentes de cima com a língua, da direita para a esquerda, até dez, depois os de baixo, da esquerda para a direita, e depois voltei no sentido inverso, tenho que chegar a dez todas as vezes e duas vezes dez são vinte, é esse o número que eu tenho.

Não houve *bipe bipe*, devia passar muito das nove. Contei meus dentes de novo e cheguei a dezenove; devo ter errado, ou então um deles sumiu. Roí o dedo só um pouquinho, e depois mais um pouco. Esperei horas.

– Mãe? – murmurei. – Ele não vem ou vem?
– Parece que não. Venha para cá.

Dei um pulo e abri o Guarda-Roupa com um safanão, em dois segundos estava na Cama. Estava superquente embaixo do Edredom, tive que pôr os pés pra fora para eles não queimarem. Tomei um montão, primeiro do esquerdo, depois do direito. Não queria dormir, porque aí não seria mais meu aniversário.

Tinha uma luz piscando em mim, fazendo meus olhos doerem. Olhei para fora do Edredom, mas espremendo os olhos. A Mãe estava parada do lado do Abajur com tudo claro, aí, *pimba*, escuro outra vez. Luz de novo, que ela deixava durar três segundos, depois escuridão, depois luz, só por um segundo. A Mãe olhava para a Claraboia. Escuro de novo. Ela faz isso de madrugada, acho que a ajuda a voltar a dormir.

Esperei o Abajur apagar direito. Cochichei no escuro:
– Acabou?
– Desculpe ter acordado você – ela disse.
– Tudo bem.

Ela voltou para a Cama, mais fria do que eu, e pus os braços em volta do meio dela.

Agora tenho cinco anos e um dia.

O Pênis bobo está sempre em pé de manhã, eu empurro ele pra baixo.

Quando estávamos lavando as mãos depois do xixi, cantei "He's Got the Whole World in His Hands", depois não consegui pensar em outra que falasse de mãos, a não ser a dos passarinhos, mas essa é sobre os dedos.

"Voe, voe, Pedro,
Voe, voe, Paulo."

Meus dois dedos zuniram por todo o Quarto e quase tiveram uma colisão em pleno ar.

"Volte aqui, Pedro,
Volte aqui, Paulo."

– Acho que eles são anjos, na verdade – disse a Mãe.
– Hã?
– Ou, não, desculpe, santos.
– O que são santos?
– Pessoas supersagradas. Como anjos sem asas.
Fiquei confuso.
– Então, como é que eles podem sair voando do muro?
– Não, isso são os passarinhos, eles podem mesmo voar. Eu só quis dizer que os nomes deles são inspirados em são Pedro e são Paulo, dois amigos do Menino Jesus.
Eu não sabia que ele tinha mais amigos, depois do João Batista.
– Aliás, são Pedro esteve na prisão, uma vez...
Eu ri.
– Os bebês não vão pra cadeia.
– Isso aconteceu quando eles todos eram adultos.
Eu não sabia que o Menino Jesus crescia.
– São Pedro é bandido?
– Não, não, ele foi posto na cadeia por engano, quer dizer, foi um policial malvado que o pôs lá. Enfim, ele rezou e rezou para sair, e sabe o que aconteceu? Um anjo desceu voando e abriu a porta com um golpe.
– Legal – comentei, mas prefiro quando eles são bebês, correndo juntos, todos nus.
Houve um som engraçado de batida e um *ract, ract*. Estava entrando luz na Claraboia, a neve escura tinha quase sumido. A Mãe também olhou para cima com um sorrisinho, acho que a oração fez mágica.
– Ainda é aquele negócio dos iguais?
– Ah, o equinócio? – disse ela. – Não, a luz está começando a levar a melhor, um pouquinho.
Ela me deixou comer bolo no café da manhã, o que eu nunca tinha feito. Ficou meio crocante, mas continua bom.

Na televisão veio o *Super Fofos!*, muito cheio de chuvisco; a Mãe ficou mexendo o Coelhinho, mas ele não deu muito mais nitidez. Fiz um laço na sua orelha de arame com a fita roxa. Queria que fosse o *Backyardigans*, faz séculos que não encontro com eles. O presente de domingo não veio, porque ontem o Velho Nick não apareceu, o que, aliás, foi a melhor parte do meu aniversário. O que nós tínhamos pedido não era mesmo muito empolgante, foi uma calça nova, porque a minha calça preta tem buracos em vez de joelhos. Não me incomodo com os buracos, mas a Mãe diz que eles me fazem parecer um sem-teto, e não conseguiu explicar o que é isso.

Depois do banho, fui brincar com a roupa. Hoje a saia rosa da Mãe virou uma cobra e teve uma briga com a minha meia branca.

– Eu sou a melhor amiga do Jack.

– Não, sou eu a melhor amiga do Jack.

– Eu bati em você.

– Eu dei uma surra em você.

– Vou socar você com a minha bomba atiradora voadora.

– Ah, é?, pois eu tenho um transformer exterminador megatrônico supergigante...

– Ei – disse a Mãe –, vamos jogar Pegue a Bola?

– Não temos mais a Bola de Praia – lembrei. Ela estourou sem querer quando a chutei no Armário com supervelocidade. Eu queria pedir outra, em vez da idiota da calça.

Mas a Mãe disse que podíamos fazer uma, então amassamos todas as páginas em que eu tinha feito exercícios de escrever e enchemos uma sacola de compras, e espremos até ela ficar com uma espécie de formato de bola, depois desenhamos nela uma cara de assustar, com três olhos. A Bola de Palavras não sobe tão alto quanto a Bola de Praia, mas toda vez que a gente a agarra ela faz um *crec* alto. A Mãe é melhor pra agarrar, só que às vezes a bola bate no pulso ruim dela, e eu sou melhor pra arremessar.

Por causa do bolo no café da manhã, comemos panquecas de domingo no almoço. Não tinha sobrado muita massa pronta, por isso elas ficaram finas, daquelas espalhadas; eu gosto delas assim, porque posso dobrar e algumas quebram. Não tem muita geleia, então também misturamos água nela.

Um canto da minha pingou e a Mãe limpou o Piso com a Esponja.

– A cortiça está se desgastando – ela disse, trincando os dentes –, como é que vamos mantê-la limpa?

– Onde?

– Aqui, onde nossos pés fazem atrito.

Desci para baixo da Mesa e tinha um buraco no Piso, com um treco marrom por baixo que ficou mais duro na minha unha.

– Não piore as coisas, Jack.

– Não estou piorando, só estou olhando com o dedo – falei. Parecia uma craterinha.

Afastamos a Mesa para o lado da Banheira, pra poder tomar banho de sol no Tapete bem embaixo da Claraboia, onde é superquente. Cantei "Ain't No Sunshine", a Mãe emendou com "Here Comes the Sun" e eu escolhi "You Are My Sunshine". Depois eu quis tomar um pouco, o esquerdo estava supercremoso hoje.

O rosto amarelo de Deus faz ficar vermelho por baixo das minhas pálpebras. Quando abri os olhos, tinha brilho demais pra olhar. Meus dedos fizeram sombras no Tapete, umas sombrinhas espremidas.

A Mãe cochilou.

Ouvi um som e me levantei sem ela acordar. Perto do Fogão, um sonzinho de raspa raspa.

Uma coisa viva, um bicho real de verdade, não da TV. Estava no Piso comendo alguma coisa, talvez uma migalha de panqueca. Tinha cauda, acho que o que ele é é um camundongo.

Cheguei mais perto e *zum*, ele foi pra baixo do Fogão e quase não vi; eu nunca sube que uma coisa podia ser tão veloz.

– Ô, Camundongo – cochichei, pra ele não se assustar. É assim que se fala com um camundongo, está na *Alice*, só que ela fala sem querer da sua gata Dinah, e o camundongo fica nervoso e sai nadando. Juntei as mãos em prece:

– Ô, Camundongo, volta, por favor, por favor, por favor...

Passei horas esperando, mas ele não veio.

A Mãe estava decididamente dormindo.

Abri a Geladeira, não tinha muita coisa dentro. Camundongo gosta de queijo, mas não havia sobrado nenhum. Peguei o pão e esfarelei umas migalhas num prato e botei onde estava o Camundongo. Fiquei bem agachadinho e esperei mais horas e horas.

Depois, veio a coisa mais maravilhosa. O Camundongo pôs o focinho pra fora, era pontudo. Quase dei um pulo, mas não dei, fiquei superquieto. Ele chegou perto das migalhas e farejou. Eu só estava a uns dois pés de distância, queria ter a Régua para medir, mas ela estava guardada na Caixa no Embaixo da Cama e eu não quis me mexer e assustar o Camundongo. Olhei as mãos dele, os bigodes, a cauda toda enroscada. Ele estava vivo de verdade, era a maior coisa viva que eu já vi, milhões de vezes maior do que as formigas ou a Aranha.

Aí uma coisa bateu forte no Fogão, *pou*! Dei um grito e pisei no prato sem querer, e o Camundongo sumiu, pra onde ele foi? Será que o livro quebrou ele? Era o *Aeroporto de armar*; olhei todas as páginas, mas ele não estava. O Setor de Bagagem rasgou todo e não fica mais em pé.

A Mãe mostrou uma cara esquisita.

– Você fez ele ir embora! – gritei.

Ela estava com a Escova e a Pá, varrendo os cacos quebrados do prato.

– O que isso estava fazendo no chão? Agora estamos reduzidos a dois pratos grandes e um pequeno, e *é só...*

A cozinheira da *Alice* atira pratos no bebê e uma panela que quase arranca o nariz dele.

– O Camundongo estava gostando das migalhas.

– Jack!

– Ele era real, eu vi.

A Mãe arrastou o Fogão, tinha uma frestinha na base da Parede da Porta, e ela pegou o rolo de papel-alumínio e começou a enfiar bolas dele na fenda.

– Não. Por favor.

– Desculpe, mas onde há um, há dez.

Isso era uma matemática maluca.

A Mãe largou o papel-alumínio e me segurou com força pelos ombros.

– Se o deixarmos ficar, logo estaremos infestados de filhotes dele. Roubando a nossa comida, trazendo micróbios nas patas imundas...

– Eles podem ficar com a minha comida, não estou com fome.

A Mãe não estava escutando. Empurrou o Fogão de volta para a Parede da Porta.

Depois, usamos um pedacinho de fita adesiva para fazer a página do Hangar ficar em pé melhor no *Aeroporto de armar*, mas o Setor de Bagagem rasgou demais pra ser consertado.

Sentamos enroscados na Cadeira de Balanço e a Mãe leu *Dylan, o escavador* pra mim três vezes, o que significa que ela sente muito.

– Vamos pedir um livro novo de presente de domingo – eu disse.

Ela torceu a boca.

– Eu pedi, semanas atrás; queria que você ganhasse um de aniversário. Mas ele disse para eu parar de chateá-lo, já não temos uma prateleira inteira?

Olhei por cima da cabeça dela para a Prateleira, onde dava pra caber mais centenas de livros, se a gente botasse algumas das outras coisas no Embaixo da Cama, do lado da Cobra de Ovos. Ou em cima do Guarda-Roupa... mas é lá que moram o Forte e o Labirinto. É complicado descobrir onde é a casa de tudo, às vezes a Mãe diz que temos que jogar coisas no lixo, mas em geral eu acho um cantinho pra elas.

– Ele acha que deveríamos apenas assistir à televisão, o tempo todo.

Parece divertido.

– Aí o nosso cérebro apodreceria, como o dele – continuou a Mãe. Ela se inclinou para apanhar o *Meu grande livro de rimas infantis*. Leu pra mim uma que escolhi em cada página. As minhas melhores são as dos Jacks, como "Jack Sprat" ou "Little Jack Horner".

"Jack, seja esperto,
Jack, seja ligeiro,
Jack, pule por cima do candeeiro."

Acho que ele queria ver se conseguia não queimar o camisolão. Na televisão eles não usam isso, usam pijama, ou senão camisola pras meninas. Minha camiseta de dormir é a minha maior, e tem um buraco no ombro onde eu gosto de enfiar o dedo e fazer cócegas em mim quando estou desligando. Tem o "Jackie Wackie Pudding and Pie", mas, quando aprendi a ler, vi que era mesmo "Georgie Porgie". A Mãe mudou o nome pra combinar comigo; isso não é mentir, é só fingir. Também foi assim com

"Jack, Jack, o filho do flautista,
Roubou um porco e fugiu pela pista."

Na verdade, o livro diz Tom, mas Jack soa melhor. Roubar é quando um menino tira o que pertence a outro menino, porque nos livros e na televisão todas as pessoas têm coisas que são só delas, é complicado.

Eram 5:39, então a gente podia jantar, foi macarrão instantâneo. Enquanto ele estava na água quente, a Mãe achou palavras difíceis na embalagem do leite para me testar, como *nutritivo*, que quer dizer comida, e *pasteurizado*, que quer dizer que pistolas a laser destruíram os micróbios. Eu queria mais bolo, mas a Mãe disse que primeiro era a beterraba picada, toda suculenta. Depois comi bolo, que agora está bem crocante, e a Mãe também comeu um pouquinho.

Subi na Cadeira de Balanço para pegar a Caixa de Jogos no fim da Prateleira; esta noite escolhi Damas e vou ser as vermelhas. As peças parecem chocolatinhos, mas já lambi todas uma porção de vezes e elas não têm gosto de nada. Grudam no tabuleiro por magia magnética. A Mãe gosta mais de Xadrez, mas ele faz minha cabeça doer.

Na hora da televisão, ela escolheu o planeta dos animais selvagens e tinha tartarugas enterrando ovos na areia. Quando a Alice estica, por comer o cogumelo, a pomba se zanga, porque acha que a Alice é uma cobra malvada tentando comer os seus ovos de pomba. Lá vêm os filhotes de tartaruga saindo da casca, mas as mães tartarugas já foram embora, é esquisito. Fico pensando se um dia eles se encontram no mar, as mães e os filhotes, se eles se reconhecem, ou vai ver que só passam nadando uns pelos outros.

A vida selvagem acabou muito depressa, por isso mudei para dois homens só de shorts e tênis e pingando de suor.

– Opa, bater não pode – eu disse a eles. – O Menino Jesus vai ficar zangado.

O de shorts amarelo socou o cabeludo no olho.

A Mãe gemeu como se estivesse com dor.

– Nós temos que ver isso? – perguntou.

Eu disse a ela:

– Daqui a um minuto a polícia vai chegar, *iiiiá iiiiá*, e trancar esses bandidos na cadeia.

– Na verdade, o boxe... é um horror, mas é um esporte, é meio que permitido, se eles usarem essas luvas especiais. Agora, acabou-se o tempo.

– Um jogo do Papagaio, que é bom pro vocabulário.

– Está bem.

Ela se levantou e trocou para o planeta do sofá vermelho, onde a mulher de cabelo estufado que é a dona faz perguntas a outras pessoas e centenas de outras pessoas batem palmas.

Escutei com superatenção; ela estava falando com um homem de uma perna só, acho que ele perdeu a outra numa guerra.

– Papagaio! – a Mãe gritou e apertou o botão pra eles ficarem mudos.

– "O aspecto mais pungente para todos os nossos telespectadores, eu acho, é o que há de mais profundamente comovente no que você suportou..." – acabaram-se as minhas palavras.

– Boa pronúncia – disse a Mãe. – *Pungente* significa triste.

– De novo.

– O mesmo programa?

– Não, outro diferente.

Ela achou um noticiário, que era ainda mais difícil.

– Papagaio! – e tornou a tirar o som.

– "Ah, com todo esse debate sobre a rotulação trabalhista vindo logo depois da reforma da assistência médica, e tendo em mente, é claro, as eleições municipais..."

– Mais alguma? – fez a Mãe, e esperou. – Foi ótimo de novo. Mas era *legislação trabalhista*, não *rotulação trabalhista*.

– Qual é a diferença?

– *Rotular* é pôr etiquetas em tomates, digamos, e *legislação trabalhista*...

Dei um grande bocejo.

– Deixe pra lá – a Mãe sorriu e desligou a TV.

Detesto quando as imagens somem e a tela fica só cinza de novo. Sempre tenho vontade de chorar, mas só por um segundo.

Sentei no colo da Mãe na Cadeira de Balanço, com nossas pernas todas misturadas. Ela é o mágico transformado numa lula gigante e eu sou o Príncipe SuperJack, e no fim eu fujo. Brincamos de cócegas e Pula Pula e de sombras pontudas na Parede da Cama.

Aí eu pedi o Coelho SuperJack, que vive pregando peças espertas na Raposa Brer. Ele deita na estrada, bancando o morto, e a Raposa Brer o cheira e diz: "É melhor eu não o levar para casa, ele está fedido demais..." A Mãe me cheira todo e faz caras horrorosas e eu tento não rir, pra Raposa Brer não saber que estou vivo de verdade, mas eu sempre dou risada.

De música, pedi uma engraçada, e ela começou:

– Os vermes rastejam pra dentro, os vermes rastejam pra fora...

– Comem suas tripas feito chucrute... – cantei.

– Comem seus olhos, comem seu nariz...

– Comem a sujeira entre seus dedos dos pés...

Na Cama eu tomei um montão, mas minha boca estava com sono. A Mãe me carregou para o Guarda-Roupa, prendeu o Cobertor em volta do meu pescoço e eu o afrouxei de novo. Meus dedos fizeram trenzinho *piuí* no debrum vermelho.

Bipe bipe, fez a Porta. A Mãe deu um pulo e fez um som, acho que bateu a cabeça. Fechou bem o Guarda-Roupa.

O ar que entrou foi gelado, acho que é um pedaço do Espaço Sideral, tem um cheiro gostoso. A porta fez seu *tum*, que significa que agora o Velho Nick está aqui dentro. Meu sono passou. Fiquei de joelhos e espiei pelas tabuinhas, mas só consegui ver a Cômoda e a Banheira e uma curva da Mesa.

– Parece saboroso. – A voz do Velho Nick é ultragrave.

– Ah, é só o finzinho do bolo de aniversário – disse a Mãe.

– Você devia ter me lembrado, eu podia ter trazido alguma coisa pra ele. Agora ele está com quantos anos, quatro?

Esperei a Mãe dizer, mas ela não disse.

– Cinco – cochichei.

Mas ela deve ter me ouvido, porque chegou perto do Guarda-Roupa e disse "Jack" com a voz zangada.

O Velho Nick riu, eu não sabia que ele era capaz.

– Isso fala.

Por que ele disse *isso*, e não *ele*?

– Quer sair daí e experimentar suas calças jeans novas?

Não foi para a Mãe que ele disse isso, foi pra mim. Meu peito começou a fazer *tum tum tum*.

– Ele está quase dormindo – a Mãe falou.

Não estou, não. Eu queria não ter cochichado *cinco* pra ele me ouvir, queria não ter feito nada.

Teve mais alguma coisa que não consegui ouvir direito...

– Está bem, está bem – disse o Velho Nick. – Posso comer uma fatia?

– Está ficando seco. Se você quer mesmo...

– Não, esqueça, você é quem manda.

A Mãe não disse nada.

– Eu sou apenas o garoto da mercearia, levo o seu lixo, fico percorrendo as alas de roupas infantis, subo na escada para tirar o gelo da sua claraboia, às suas ordens, madame...

Acho que ele estava fazendo sarcasmo quando falou tudo ao contrário, com uma voz toda torta.

– Obrigada por ter feito isso – disse a Mãe, que não parecia ela falando. – Ficou muito mais claro.

– Pronto, não doeu, não é?

– Desculpe. Muito obrigada.

– Às vezes é como arrancar um dente – disse o Velho Nick.

– E obrigada pelas compras e pelos jeans.

– De nada.

– Tome, vou buscar um prato, pode ser que o meio não esteja muito ruim.

Houve uns sons tilintantes, acho que ela deu bolo pra ele. O meu bolo. Depois de um minuto, ele falou engrolado:

– É, tá bem seco.

Estava com a boca cheia do meu bolo.

O Abajur apagou, *clique*, isso fez eu me assustar. Não me incomodo com o escuro, mas não gosto quando ele me pega de surpresa. Deitei embaixo do Cobertor e esperei.

Quando o Velho Nick fez a Cama ranger, escutei e contei de cinco em cinco nos dedos, hoje foram duzentos e dezessete rangidos. Sempre tenho de contar até ele fazer aquele som engasgado e parar. Não sei o que podia acontecer se eu não contasse, porque sempre conto.

E nas noites que estou dormindo?

Não sei, vai ver que a Mãe faz as contas.

Depois de duzentos e dezessete, ficou tudo quieto.

Ouvi a televisão ligar, era só o planeta das notícias, vi pelas tabuinhas uns pedaços com tanques que não eram muito interessantes. Pus a cabeça embaixo do Cobertor. A Mãe e o Velho Nick ficaram conversando um pouco, mas não escutei.

Acordei na Cama e estava chovendo, é nessa hora que a Claraboia fica toda embaçada. A Mãe me deu um pouco e cantou bem baixinho "Singing in the Rain".

O direito não estava gostoso. Sentei e me lembrei:

– Por que você não disse a ele antes que era meu aniversário?

A Mãe parou de sorrir.

– Você tem que estar dormindo quando ele vem aqui.

– Mas, se você tivesse falado pra ele, ele me traria alguma coisa.

– *Traria* alguma coisa para você. Isso é o que ele diz.

– Que tipo de alguma coisa? – esperei. – Você devia ter lembrado ele.

A Mãe espichou os braços acima da cabeça.

– Não quero que ele lhe traga coisas.

– Mas o presente de domingo...

– Isso é diferente, Jack. O que eu peço a ele são coisas de que precisamos. – Ela apontou para a Cômoda, onde tinha um azul dobrado. – A propósito, ali estão os seus jeans novos.

Ela foi fazer xixi.

– Você podia pedir a ele um presente pra mim. Nunca na vida ganhei um presente.

– O seu presente veio de mim, lembra? Foi o desenho.

– Não quero aquele desenho idiota – comecei a chorar.

A Mãe enxugou as mãos e veio me abraçar.

– Está tudo bem.

– Podia...

– Não consigo ouvi-lo. Respire fundo.

– Podia...

– Me diga qual é o problema.

– Podia ser um cachorro.

– O que podia?

Eu não conseguia parar, tive que falar no meio do choro:

– O presente. Podia ser um cachorro que virasse real, e a gente podia chamar ele de Sortudo.

A Mãe enxugou meus olhos com a palma das mãos.

– Você sabe que não temos espaço.

– Temos, sim.

– Cachorros precisam andar.

– Nós andamos.

– Mas um cachorro...

– Nós corremos um pedação comprido na Pista, o Sortudo podia ir do nosso lado. Aposto que ele ia ser mais rápido que você.

– Jack, um cachorro nos levaria à loucura.

– Não levaria, não.

– Levaria, sim. Confinado, com os latidos, as coceiras...

– O Sortudo não ia se coçar.

A Mãe revirou os olhos. Foi até o Armário pegar o cereal e o derramou nas nossas tigelas sem nem contar.

Fiz uma cara de leão rugindo:

– De noite, quando você dormir, vou ficar acordado e vou tirar o papel--alumínio dos buracos pro Camundongo voltar.

– Não seja bobo.

– Não sou bobo, você é que é a anta boba.

– Escute, eu compreendo...

– O Camundongo e o Sortudo são meus amigos. – Comecei a chorar de novo.

– Não existe nenhum Sortudo – a Mãe falou com os dentes cerrados.

– Existe, sim, e eu adoro ele.

– Você acabou de inventá-lo.

– E também existe o Camundongo, que é meu amigo de verdade e que você fez sumir...

– É – gritou a Mãe –, para ele não passar por cima do seu rosto de noite e morder você.

Eu estava chorando tanto que a minha respiração ficou toda chiada. Eu nunca sube que o Camundongo ia morder meu rosto, pensava que eram só os vampiros.

A Mãe desabou no Edredom e não se mexeu.

Depois de um minuto, fui pro lado dela e me deitei. Levantei sua camiseta para tomar um pouco e tive que ficar parando para enxugar o nariz. O esquerdo estava bom, mas não tinha muita coisa.

Mais tarde, experimentei minhas calças novas. Elas ficaram caindo.

A Mãe puxou um fio que estava aparecendo.

– Não.

– Já estava solto. Porcaria barata de... – Ela não disse de quê.

– Brim – eu falei –, é disso que são os jeans. – Botei o fio de linha no Armário, na Caixa de Artes.

A Mãe pegou o Kit para costurar uns pontos na cintura, e aí meus jeans não caíram mais.

Nossa manhã foi muito ocupada. Primeiro desmanchamos o Navio Pirata que fizemos na semana passada e transformamos ele num Tanque. O motorista é o Balão, que antigamente era do tamanho da cabeça da Mãe e cor-de-rosa e gordo, mas agora é pequeno feito o meu punho, só que vermelho e enrugado. A gente só enche um balão quando é o primeiro dia do mês, por isso não dá pra fazer uma irmã para o Balão até chegar abril. A

Mãe também brincou com o Tanque, mas não por muito tempo. Ela enjoa depressa das coisas, é por ser adulta.

  Segunda-feira é dia de lavar roupa, aí a gente entrou na Banheira com meias, roupas de baixo, minha calça cinza onde espirrou ketchup, os lençóis e panos de prato, e espremu a sujeira até ela sair. A Mãe esquentou o Termostato bem alto pra secar, puxou o Secador do lado da Porta, botou ele aberto e disse pra ele ser forte. Eu queria muito montar nele como quando era pequeno, mas agora sou tão enorme que podia quebrar as costas dele. Seria legal às vezes ficar menor de novo e às vezes maior, que nem a Alice. Depois de torcer a água de tudo e pendurar a roupa, a Mãe e eu precisamos tirar a camiseta e quase entrar na Geladeira pra esfriar, uma vez ela, uma vez eu.

  O almoço foi salada de feijão, meu segundo menos favorito. Todo dia, depois da sesta, a gente faz a Gritaria, menos sábado e domingo. A gente limpa a garganta e sobe na Mesa, pra ficar mais perto da Claraboia, de mãos dadas para não cair. Dizemos "A postos, preparar, vai!", aí escancaramos os dentes e gritamos berramos uivamos bradamos urramos guinchamos nos esgoelamos o mais alto possível. Hoje gritei mais alto que nunca, porque os meus pulmões estão espichando, por eu ter cinco anos.

  Depois ficamos quietinhos, com um dedo na boca. Um dia eu perguntei à Mãe o que era que a gente tentava escutar, e ela disse que era por via das dúvidas, nunca se sabe.

  Depois fiz decalques de um garfo e do Pente e de tampas de potes e dos lados dos meus jeans. O papel pautado é o mais liso pra decalcar, mas o papel higiênico é bom pra fazer desenhos que não acabam nunca, que nem hoje, quando eu me desenhei com um gato e um papagaio e um iguana e um guaxinim e Papai Noel e uma formiga e o Sortudo e todos os meus amigos da TV num cortejo, e eu era o Rei Jack. Depois de terminar, eu enrolo tudo de novo pra gente poder usar o papel no bumbum. Tirei um pedaço novo do rolo seguinte pra escrever uma carta para a Dora, tive de afiar o lápis vermelho com a Faca Lisa. Apertei o lápis com força, porque ele está tão curto que quase acabou; eu escrevo perfeitamente, só que às vezes as minhas letras ficam de trás pra frente. "Fiz cinco anos antes de ontem, você pode comer o último pedacinho de bolo, mas não tem velas, tchau, com amor, Jack." Só rasgou um pouquinho no *de*.

– Quando ela vai receber a carta?

– Bem – disse a Mãe –, imagino que a carta leve algumas horas para chegar ao mar, depois vai desaguar numa praia...

Ela falou engraçado, porque estava chupando um cubo de gelo por causa do Dente Ruim. As praias e o mar são da televisão, mas acho que, quando mandamos uma carta, ela faz eles virarem reais por um tempo. Os cocôs afundam e as cartas flutuam nas ondas.

– Quem vai encontrá-la? O Diego?

– É provável. E vai levá-la para sua prima Dora...

– No seu jipe de safári. *Vrum vrum* pela selva.

– Portanto, amanhã de manhã, eu diria. Na hora do almoço, no máximo.

Agora o cubo de gelo estava fazendo um bolo menor no rosto da Mãe.

– Quer ver?

Ela mostrou o gelo na língua.

– Acho que também estou com um dente estragado.

– Ah, Jack – a Mãe gemeu.

– É mesmo, real de verdade. Ai, ai, ai.

O rosto dela mudou.

– Você pode chupar um cubo de gelo se quiser, não precisa estar com dor de dente.

– Legal.

– Não me assuste desse jeito.

Eu não sabia que podia assustá-la.

– Pode ser que doa quando eu tiver seis anos.

Ela bufou enquanto pegava os cubos no Freezer.

– A mentira tem pernas curtas.

Mas eu não estava mentindo, só fingindo.

Choveu a tarde inteira, Deus nem apareceu. Cantamos "Stormy Weather" e "It's Raining Men" e aquela sobre o deserto que sente falta da chuva.

No jantar foram palitos de peixe com arroz e eu espremi o limão, que não é de verdade, mas de plástico. Uma vez a gente teve um limão de verdade, mas ele murchou muito depressa. A Mãe pôs um pedaço do seu palito de peixe na terra embaixo da Planta.

O planeta dos desenhos não aparece de noite, vai ver é porque lá fica escuro e eles não têm lâmpada. Hoje escolhi um de culinária, mas não é que nem comida de verdade, eles nem têm nenhuma lata. O ele e a ela sorriram um pro outro e fizeram uma carne com uma torta por cima e umas coisas verdes em volta de outras coisas verdes em cachos. Depois mudei para o planeta da musculação, onde umas pessoas de roupa de baixo com uma porção de aparelhos têm que ficar repetindo as coisas sem parar, acho que estão trancadas lá dentro. Isso acabou logo e vieram os reformadores, que fazem as casas mudar de forma e também de milhões de cores com tinta, que eles não passam só num desenho, mas em tudo. Uma casa é como uma porção de Quartos grudados; as pessoas da televisão ficam quase sempre dentro delas, mas às vezes vão para o lado de fora e aí o clima acontece com elas.

– E se puséssemos a cama ali? – a Mãe perguntou.

Olhei para ela, depois para o lugar que ela estava apontando.

– Aquela é a Parede da TV.

– Isso é só como nós a chamamos, mas provavelmente a cama caberia ali, entre o vaso sanitário e... teríamos de afastar um pouquinho o guarda-roupa. Aí a cômoda ficaria aqui, em vez da cama, com a televisão em cima.

Abanei muito a cabeça.

– Aí a gente não ia poder ver.

– Poderíamos, estaríamos sentados bem aqui, na cadeira de balanço.

– Má ideia.

– Está bem, esqueça. – A Mãe cruzou os braços.

A mulher da televisão estava chorando porque a casa dela tinha ficado amarela.

– Ela gostava mais do marrom? – perguntei.

– Não – disse a Mãe –, ela está tão feliz que isso a faz chorar.

Era esquisito.

– Ela está tristealegre, como você quando tem música encantadora na televisão?

– Não, ela é só uma idiota. Agora vamos desligar a TV.
– Mais cinco minutos! Por favor.
Ela abanou a cabeça.
– Eu faço o Papagaio, estou ficando melhor ainda.
Ouvi com atenção a mulher da TV e disse:
– "Um sonho realizado, eu tenho que lhe dizer, Darren, isso vai além das minhas fantasias mais desvairadas, as sancas..."
A Mãe apertou o botão de desligar. Eu queria perguntar o que era um sancas, mas acho que ela ainda estava aborrecida com a mudança dos móveis, que era um plano maluco.

Dentro do Guarda-Roupa, eu devia estar indo dormir, mas fiquei contando brigas. Foram três que tivemos em três dias, uma sobre as velas e uma sobre o Camundongo e uma sobre o Sortudo. Eu preferia ter quatro anos de novo, se cinco significa brigar todo dia.

– Boa noite, Quarto – eu disse, bem baixinho. – Boa noite, Abajur e Balão.
– Boa noite, fogão – disse a Mãe –, e boa noite, mesa.
Eu sorri.
– Boa noite, Bola de Palavras. Boa noite, Forte. Boa noite, Tapete.
– Boa noite, ar – disse a Mãe.
– Boa noite, barulhos de todo canto.
– Boa noite, Jack.
– Boa noite, Mãe. E os Percevejos, não esqueça os Percevejos.
– Boa noite, durma bem, não deixe os percevejos picarem ninguém.

Quando acordei, a Claraboia estava toda azul no vidro, não tinha sobrado nenhuma neve, nem mesmo nos cantos. A Mãe estava sentada na sua cadeira segurando o rosto, quer dizer, sentindo dor. Olhava para alguma coisa na Mesa, duas coisas.

Dei um pulo e peguei.
– É um jipe! Um jipe com controle remoto!
Fui zunindo com ele pelo ar, era vermelho, do tamanhão da minha mão. O controle era prateado e retangular, e quando balancei um dos botões com o polegar as rodas do jipe giraram, *zzzuuuum*.

– É um presente de aniversário atrasado.

Eu sabia quem trazeu, foi o Velho Nick, mas ela não quis falar.

Eu não queria comer meu cereal, mas a Mãe disse que eu poderia brincar de novo com o jipe logo depois. Comi vinte e nove, depois não senti mais fome. A Mãe disse que isso era desperdício e comeu as sobras.

Descobri como movimentar o Jipe só com o Controle Remoto. A antena fininha de prata eu podia deixar bem comprida ou bem curta. Um botão fazia o Jipe ir pra frente e pra trás, com o outro ele ia pra um lado e pro outro. Se eu apertasse os dois ao mesmo tempo, o Jipe ficava paralisado, como por uma flecha envenenada, e dizia *arghhhh*.

A Mãe falou que era melhor começar a limpeza, porque hoje é terça-feira.

– Devagar – recomendou –, lembre-se de que ele quebra.

Eu já sabia disso, tudo pode quebrar.

– E, se você o deixar ligado por muito tempo, as pilhas vão acabar e não temos nenhuma sobressalente.

Posso fazer o Jipe circular pelo Quarto todo, é fácil, menos na borda do Tapete, que se enrosca embaixo das rodas. O Controle é o chefe, ele diz: "Vamos lá, seu Jipe molengão. Duas vezes em volta daquela perna da Mesa, ligeirinho. Faça essas rodas girarem." Às vezes o Jipe se cansa e o Controle gira as rodas dele, *grrrrrrrr*. O Jipe levado se escondeu no Guarda-Roupa, mas o Controle encontrou ele por mágica e o fez zunir pra frente e pra trás, batendo nas tabuinhas.

As terças e sextas sempre têm cheiro de vinagre. A Mãe foi esfregar embaixo da Mesa com um trapo que era uma das minhas fraldas que eu usei até fazer um ano. Aposto que ela está tirando a teia da Aranha, mas não me incomodo muito. Depois ela pegou o Aspirador, que faz tudo barulhento e empoeirado, *uaaá uaaá uaaá*.

O Jipe escapuliu pro Embaixo da Cama. "Volte, meu Jipinho nenenzinho", disse o Controle Remoto. "Se você virar um peixe no rio, serei pescador e vou pegá-lo na minha rede." Mas o Jipe esperto ficou quieto, até o Controle tirar um cochilo, com a antena toda abaixada, se esgueirou de fininho para trás dele e tirou suas pilhas, ha ha ha.

Brinquei o dia inteiro com o Jipe e o Controle, menos quando estava na Banheira e eles tiveram que estacionar na Mesa, pra não enferrujar. Quando fizemos a Gritaria, empurrei os dois pro alto, bem perto da Claraboia, e o Jipe fez *vrum* com as rodas o mais alto que pôde.

A Mãe deitou de novo, segurando os dentes. De vez em quando soltava um grande sopro, *puf puf puf*.

– Por que você está soprando tanto?

– Tentando controlar a situação.

Fui sentar perto da cabeça dela e fiz festa no seu cabelo, tirei de cima dos olhos; a testa dela estava escorregando. Ela pegou minha mão e apertou com força.

– Está tudo bem.

Não parecia bem.

– Você quer brincar com o Jipe e o Controle e comigo?

– Mais tarde, talvez.

– Se você brincar, a sua mente não liga e a matéria não vai importar.

Ela deu um sorrisinho, mas a bufada seguinte saiu mais alta, feito um gemido.

Às 5:57, eu disse:

– Mãe, são quase seis horas – e ela se levantou pra fazer o jantar, mas não comeu nada. O Jipe e o Controle esperaram na Banheira, que agora está seca e é a caverna secreta deles. – Na verdade, o Jipe morreu e foi pro Céu – eu disse, comendo minhas fatias de frango bem depressa.

– Ah, é?

– Mas aí, de noite, quando Deus estava dormindo, o Jipe saiu de mansinho e deslizou pelo Pé de Feijão até o Quarto, para me visitar.

– Foi esperto da parte dele.

Comi três vagens e tomei uma golada de leite e mais outras três, elas descem um pouco mais depressa de três em três. Cinco ia ainda mais depressa de ligeiro, mas isso eu não consigo, minha garganta ia fechar. Uma vez, eu tinha quatro anos e a Mãe escreveu "Vagem/outros legumes congelados" na lista de compras, e eu rabisquei "Vagem" com o lápis laranja e ela achou engraçado. No final, comi o pão macio, porque gosto de ficar com ele na boca, feito uma almofada.

– Obrigado, Menino Jesus, especialmente pelas fatias de frango – eu disse –, e, por favor, chega de vagem por muito tempo. Ei, por que nós agradecemos ao Menino Jesus e não a ele?

– Ele?

Fiz sinal com a cabeça para a Porta.

O rosto dela ficou chocho, mesmo sem eu ter dito o nome dele.

– Por que deveríamos agradecer a ele?

– Você agradeceu, outro dia, pelas compras e por ele tirar a neve e pelas calças.

– Você não deveria escutar – ela disse. Às vezes, quando a Mãe fica zangada pra valer, sua boca não abre direito. – Foi um agradecimento falso.

– Por que foi...?

Ela me interrompeu:

– Ele é só a pessoa que traz as coisas. Não faz realmente o trigo crescer no campo.

– Que campo?

– Ele não pode fazer o sol brilhar no campo, nem a chuva cair, nem coisa nenhuma.

– Mas, Mãe, o pão não vem do campo.

Ela apertou a boca.

– Por que você disse...?

– Deve estar na hora da televisão – ela falou depressa.

Eram videoclipes, uma coisa que eu adoro. Quase sempre a Mãe faz os passos comigo, mas hoje não. Pulei na Cama e ensinei o Jipe e o Controle a balançarem o bumbum. Teve Rihanna e T.I. e Lady Gaga e Kanye West.

– Por que os cantores de rap usam óculos escuros até de noite? – perguntei à Mãe. – Eles sentem dor nos olhos?

– Não, eles só querem ficar bonitos. E não ter os fãs olhando para a cara deles o tempo todo, por serem tão famosos.

Fiquei confuso.

– Por que os fãs são famosos?

– Não, as estrelas é que são.

– E não querem ser?

– Bem, acho que sim – disse a Mãe, levantando para desligar a TV –, mas também querem ter um pouco de privacidade.

Quando eu tomei um pouco, a Mãe não me deixou levar o Jipe nem o Controle para a Cama, apesar de serem meus amigos. E depois disse que eles têm que ir para a Prateleira enquanto eu estiver dormindo.

– Caso contrário, eles vão cutucar você de madrugada.

– Não vão, não, eles juram.

– Escute, vamos guardar o seu jipe, e depois você pode dormir com o controle remoto, porque ele é menor, desde que a antena esteja toda abaixada. Fechado?

– Fechado.

Quando eu estava no Guarda-Roupa, conversamos pelas tabuinhas.

– Deus abençoe o Jack – ela disse.

– Deus abençoe a Mãe e faça uma mágica pra melhorar o dente dela. Deus abençoe o Jipe e o Controle Remoto.

– Deus abençoe os livros.

– Deus abençoe tudo aqui e no Espaço Sideral e o Jipe também. Mãe?

– Sim.

– Onde a gente fica quando está dormindo?

Ouvi ela bocejar.

– Aqui mesmo.

– Mas os sonhos – esperei. – Eles são da TV? – Ela continuou sem responder. – A gente entra na televisão pra sonhar?

– Não. Nunca estamos em nenhum outro lugar senão aqui – ela disse, com uma voz que soou muito distante.

Deitei enroscado, com os dedos encostados nos botões do Controle. Cochichei:

– Vocês não conseguem dormir, botõezinhos? Tudo bem, tomem um pouco.

Pus os dois nos meus mamilos e eles se revezaram. Eu estava meio adormecido, mas só quase.

Bipe bipe. Foi a Porta.

Ouvi com muita atenção. Entrou o ar frio. Se eu estivesse com a cabeça fora do Guarda-Roupa, a Porta ia abrir e aposto que eu podia enxergar direto as estrelas e as naves espaciais e os planetas e os alienígenas zunindo pra lá e pra cá nos óvnis. Eu queria queria queria poder ver.

Bum, fez a Porta fechando, e o Velho Nick foi dizendo à Mãe que não tinha achado nada de uma coisa e que uma outra coisa estava mesmo com um preço ridículo.

Fiquei pensando se ele tinha olhado para a Prateleira e visto o Jipe. É, ele trazeu o Jipe pra mim, mas nunca brincou com ele, eu acho. Não vai saber como ele faz, de repente, quando eu ligo o Controle, *vruuummm*.

A Mãe e ele só conversaram um pouquinho hoje. O Abajur apagou, *clique*, e o Velho Nick fez a cama ranger. Contei de um em um algumas vezes, em vez de cinco, só pra fazer diferente. Mas comecei a perder a conta e mudei pra cinco em cinco, que vai mais depressa, e contei até trezentos e setenta e oito.

Tudo quieto. Acho que ele deve estar dormindo. Será que a Mãe desliga quando ele desliga, ou fica acordada esperando ele ir embora? Vai ver que os dois estão desligados e eu ligado, o que é esquisito. Eu podia sentar e sair de engatinhando do Guarda-Roupa, eles nem iam saber. Podia fazer um desenho deles na Cama, ou coisa assim. Fiquei pensando se eles estavam um do lado do outro ou virados ao contrário.

Aí me veio uma ideia terrível: e se ele estiver tomando um pouco? Será que a Mãe ia deixar, ou ia dizer "Nem vem, neném, isto é só para o Jack"?

Se tomasse um pouco, vai ver que ele começava a ficar mais real.

Tive vontade de dar pulos e gritos.

Achei o botão de ligar do Controle e botei no verde. Não ia ser engraçado se os superpoderes dele começassem a girar as rodas do Jipe lá em cima, na Prateleira? Podia ser que o Velho Nick acordasse todo surpreso, ha ha.

Experimentei o botão de avanço, não aconteceu nada. Idiota, esqueci de levantar a antena. Puxei todo o comprimento dela e tentei de novo, mas o Controle ainda não funcionou. Enfiei a antena pelas tabuinhas, ela ficou do lado de fora e eu dentro, tudo ao mesmo tempo. Cliquei o botão. Ouvi um sonzinho que devia ser as rodas do Jipe ganhando vida, e aí...

STAPLAAAAAFT!

O Velho Nick rugiu como eu nunca tinha ouvido, era qualquer coisa sobre Jesus, mas não foi o Menino Jesus que fez aquilo, fui eu. O Abajur acendeu, a luz bateu nas tabuinhas e em mim, meus olhos se espremeram até fechar. Voltei de fininho pro lugar e cobri a cabeça com o Cobertor.

Ele gritou:

– O que é que você está querendo aprontar?

A Mãe soou toda trêmula, dizendo:

– O que foi, o que foi? Você teve um pesadelo?

Mordi o Cobertor, macio feito pão de centeio na minha boca.

– Você tentou fazer alguma coisa? Tentou? – a voz dele foi descendo mais. – Porque eu já lhe disse que a culpa vai ser sua se...

– Eu estava dormindo – falou a Mãe, com uma vozinha minguada. – Por favor... olhe, olhe, foi o idiota do jipe que rolou da prateleira.

O Jipe não é idiota.

– Eu sinto muito – disse a Mãe. – Desculpe, eu devia tê-lo posto num lugar de onde ele não caísse. Eu estou mesmo, eu fico mesmo completamente...

– Está bem.

– Olhe, vamos apagar a luz...

– Não – disse o Velho Nick –, pra mim chega.

Ninguém falou nada. Contei um hipopótamo dois hipopótamos três hipopótamos...

Bipe bipe, a Porta abriu e fechou, *bum*. Ele foi embora.

O Abajur tornou a desligar com um clique.

Tateei o chão do Guarda-Roupa, procurando o Controle, e achei uma coisa terrível. A antena dele, toda curta e afiada, deve ter quebrado nas tabuinhas.

– Mãe – sussurrei.

Nenhuma resposta.

– O Controle quebrou.

– Vá dormir.

A voz dela estava tão rouca e assustadora que achei que não era ela.

Contei meus dentes cinco vezes, deu vinte em todas, mas mesmo assim tive que contar de novo. Nenhum deles dói ainda, mas pode ser que doam quando eu tiver seis anos.

Acho que peguei no sono, só que eu não sabia, porque aí acordei.

Ainda estava no Guarda-Roupa, com tudo escuro. A Mãe ainda não tinha me levado para a Cama. Por que não me levou?

Empurrei as portas e escutei a respiração dela. Ela estava dormindo, não podia estar zangada dormindo, podia?

Engatinhei pra baixo do Edredom. Deitei perto da Mãe sem encostar, estava tudo quente em volta dela.

Desmentidos

De manhã, estávamos comendo mingau de aveia e eu vi marcas.
– Você está suja no pescoço.
A Mãe apenas bebeu água, a pele se mexeu quando ela engoliu.
Na verdade, não é sujeira, acho que não.
Comi um pouquinho de mingau, mas estava muito quente, cuspi de volta na Colher Derretida. Acho que o Velho Nick fez aquelas marcas no pescoço dela. Tentei dizer isso, mas não saiu nada. Tentei de novo:
– Desculpe eu ter feito o Jipe cair de noite.
Levantei da cadeira, a Mãe me deixou sentar no seu colo.
– O que você estava tentando fazer? – perguntou, ainda com a voz rouca.
– Mostrar a ele.
– O quê?
– Eu estava, eu estava, eu estava...
– Tudo bem, Jack. Devagar.
– Mas o Controle quebrou e você está toda zangada comigo.
– Escute – disse a Mãe –, eu não dou a mínima para o jipe.
Pisquei os olhos para ela.
– Ele foi meu presente.
– O que me deixa zangada – a voz dela foi ficando maior e mais áspera – é que você o acordou.
– O Jipe?

– O Velho Nick.

Levei um susto por ela falar o nome dele em voz alta.

– Você o assustou.

– Ele ficou com medo *de mim*?

– Ele não sabia que era você. Achou que eu o estava agredindo, derrubando uma coisa pesada na cabeça dele.

Segurei a boca e o nariz, mas as risadas escapuliram.

– Não é engraçado, é o oposto de engraçado.

Vi o pescoço dela de novo, as marcas que ele pôs nela, e logo parei de rir.

O mingau continuava muito quente, por isso voltamos pra Cama para um aconchego.

Hoje de manhã tem *Dora*, oba! Ela estava num barco que quase bateu num navio, a gente tinha que sacudir os braços e gritar "Cuidado!", mas a Mãe não gritou. Os navios são só televisão, e o mar também, exceto quando nossos cocôs e nossas cartas chegam. Ou será que, na verdade, eles deixam de ser reais no minuto em que chegam lá? A Alice diz que, se estiver no mar, pode voltar para casa pela ferrovia, que é o nome antiquado dos trens. As florestas são da TV, e também as selvas e desertos e ruas e arranha-céus e carros. Os animais são da TV, menos as formigas e a Aranha e o Camundongo, mas agora ele foi embora. Os micróbios são reais, e o sangue. Os meninos são da TV, mas meio parecidos comigo, com o eu do Espelho, que também não é real, é só uma imagem. Às vezes eu gosto de soltar o rabo de cavalo e botar todo o cabelo pra frente e espichar a língua pelo meio dele feito um verme, e aí mostrar a cara e dizer *buuu*.

É quarta-feira, por isso lavamos a cabeça, fazendo turbantes de bolhas com o Detergente. Olhei pra tudo em volta do pescoço da Mãe, menos para ele.

Ela pôs um bigode em mim; fazia cócegas demais e por isso eu tirei.

– Então, que tal uma barba? – ela perguntou. Pôs todas as bolhas no meu queixo pra fazer a barba.

– Ho ho ho. Papai Noel é um gigante?

– Ah, acho que ele é bem grande – disse a Mãe.

Acho que ele deve ser real, porque trazeu pra nós os milhões de chocolates da caixa com a fita roxa.

– Eu vou ser o Jack, o Gigante Matador de Gigantes. Vou ser um gigante bonzinho, descobrir todos os malvados e arrancar a cabeça deles, *plaft pou*.

Fizemos tambores diferentes, enchendo mais os potes de vidro ou tirando um pouco a água em cascata. Fiz um deles virar um transformer marinho megatrônico gigante com um disparador antigravidade, que na verdade é a Colher de Pau.

Girei o corpo para olhar o *Impressão: nascer do sol*. Ele tem um barco preto com duas pessoas pequenininhas e o rosto amarelo de Deus no alto e um borrão de luz laranja na água e um negócio azul que eu acho que são outros barcos, é difícil saber, porque é arte.

Na Educação Física, a Mãe escolheu Ilhas, que é quando eu fico em pé na Cama e ela põe os travesseiros e a Cadeira de Balanço e as cadeiras e o Tapete todo dobrado e a Mesa e a Lixeira em lugares surpreendentes. Tenho que visitar todas as ilhas não duas vezes. A Cadeira de Balanço é a mais complicada, vive tentando me catapultar. A Mãe fica nadando em volta, sendo o Monstro do Lago Ness que tenta comer meus pés.

Na minha vez, escolhi a Briga de Travesseiros, mas a Mãe disse que, na verdade, a espuma do meu travesseiro está começando a sair, então era melhor escolher o Caratê. Nós sempre nos curvamos pra respeitar o adversário. Gritamos *Rá* e *Ri-iá* com verdadeira ferocidade. Uma vez, dei uma cutilada com muita força e machuquei o pulso dodói da Mãe, mas foi sem querer.

Ela estava cansada e escolheu o Alongamento Ocular, porque esse é deitar lado a lado no Tapete com os braços junto do corpo para nós dois cabermos. Olhamos pra coisas distantes, como a Claraboia, e depois próximas, como o nariz, e temos de enxergar entre elas rapidinho rapidinho.

Enquanto a Mãe esquentava o almoço, zuni o coitado do Jipe por toda parte, porque agora ele não pode mais andar sozinho. O Controle faz as coisas pararem, congela a Mãe feito um robô.

– Agora, ligada – eu disse.

Ela tornou a mexer a panela e avisou:

– A boia está pronta.

Sopa de legumes, *blaahhhhh*. Soprei bolhas pra ela ficar mais engraçada.

Ainda não estava cansado para a sesta, então desci uns livros. A Mãe fez a voz "Chegooooou o Dylan!", aí parou.

– Não suporto o Dylan – ela disse.

Olhei fixo pra ela.

– Ele é meu amigo.

– Ah, Jack... eu só não aguento o livro, está bem, eu não... não é que eu não suporte o Dylan em si.

– Por que você não suporta o *Dylan* livro?

– Eu já o li vezes demais.

Mas, quando eu quero uma coisa, quero ela sempre, que nem chocolate, nunca comi chocolate vezes demais.

– Você mesmo poderia lê-lo – ela disse.

Isso é bobagem, eu podia ler todos eles sozinho, até a *Alice*, com as suas palavras antiquadas.

– Prefiro quando você lê.

Os olhos dela ficaram todos duros e brilhantes. Aí ela tornou a abrir o livro.

– Chegooooou o Dylan!

Já que ela estava de mau humor, deixei que lesse *O coelhinho fujão* e depois um pouco da *Alice*. Minha melhor das canções é "A sopa da noite", aposto que não é de legumes. A Alice continua ficando num salão com uma porção de portas, uma é pequenininha, quando ela a abre com a chave de ouro tem um jardim com flores alegres e fontes frescas, mas ela está sempre do tamanho errado. Depois, quando finalmente entra no jardim, descobre que as rosas são só pintadas, não de verdade, e ela tem que jogar croqué com flamingos e ouriços.

Deitamos em cima do Edredom. Tomei um montão. Acho que o Camundongo podia voltar se a gente ficasse bem quieto, mas ele não voltou, a Mãe deve ter enchido todos os buraquinhos. Ela não é má, mas às vezes faz coisas malvadas.

Ao levantar, fizemos a Gritaria e eu bati as tampas das panelas feito címbalos. A Gritaria durou séculos, porque, toda vez que eu começava a parar, a Mãe se esgoelava um pouco mais, com a voz quase sumindo. As marcas no pescoço dela parecem de quando eu pinto com sumo de beterraba. Acho que as marcas são impressões digitais do Velho Nick.

Depois, brinquei de Telefone com rolos de papel higiênico, gosto de como as palavras ressoam quando falo num dos gordos. Em geral, a Mãe faz todas as vozes, mas hoje de tarde ela precisou deitar e ler. Foi *O código Da Vinci*, com os olhos de uma mulher espiando, ela parece a Mãe do Menino Jesus.

Liguei para o Botas e para o Patrick e para o Menino Jesus e contei tudo a eles sobre os meus novos poderes, agora que tenho cinco anos.

– Eu sei ficar invisível – murmurei no meu telefone. – Sei virar a língua pelo avesso e disparar feito um foguete para o Espaço Sideral.

As pálpebras da Mãe estão fechadas, como é que ela pode estar lendo através delas?

Brinquei de Teclado Numérico, que é eu ficar em pé na minha cadeira junto da Porta, e geralmente a Mãe diz os números, mas hoje eu tive que inventar. Eu aperto eles no Teclado rapidinho rapidinho, sem erros. Os números não fazem a Porta abrir com um bipe, mas gosto dos cliquezinhos quando aperto os botões.

Traje Empetecado é um jogo tranquilo. Eu ponho a coroa real, que são uns pedacinhos de papel dourado e uns pedacinhos de papel prateado, com embalagem de leite por baixo. Inventei uma pulseira para a Mãe amarrando duas meias dela, uma branca e uma verde.

Desci a Caixa de Jogos da Prateleira. Tirei medidas com a Régua: cada dominó tem quase uma polegada, e as damas têm meia. Fiz meus dedos serem são Pedro e são Paulo, primeiro eles se curvam um pro outro, e depois de cada vez eles voam.

Os olhos da Mãe se abriram de novo. Levei pra ela a pulseira de meias, que ela disse que estava linda e pôs no braço na mesma hora.

– Podemos jogar Rouba Monte?

– Me dê um segundo – ela disse. Foi até a Pia e lavou o rosto, não sei por quê, já que não estava sujo, mas vai ver que havia germes.

Robei ela duas vezes e ela me roubou uma, detesto perder. Depois vieram Cacheta e Pesca, e ganhei quase tudo. Depois só ficamos brincando com as cartas, dançando e lutando e outras coisas mais. O Valete de Ouros é o meu favorito, ele e os seus amigos, os outros valetes, todos chamados Jack.

– Olha – apontei para o Relógio. – São 5:01, podemos jantar.

Foi um cachorro-quente para cada um, nham!

Para ver TV, fui para a Cadeira de Balanço, mas a Mãe sentou na Cama com o Kit, para subir de novo a bainha do vestido marrom com pedacinhos cor-de-rosa. Assistimos ao planeta da medicina, onde médicos e enfermeiras cortam buracos nas pessoas pra tirar os micróbios. As pessoas ficam dormindo, não mortas. Os médicos não cortam a linha com os dentes, feito a Mãe, eles usam punhais superafiados e depois costuram as pessoas que nem o Frankenstein.

Quando entraram os comerciais, a Mãe me pediu para ir até lá e apertar o botão mudo. Tinha um homem de capacete amarelo furando um buraco numa rua, e ele segurou a testa e fez uma careta.

– Ele está com dor? – perguntei.

A Mãe levantou os olhos da costura.

– Deve estar com dor de cabeça por causa daquela britadeira barulhenta.

Não ouvimos a britadeira porque estava sem som. O homem da televisão apareceu junto de uma pia, tirando um comprimido de um vidro e depois sorrindo e jogando uma bola para um garoto.

– Mãe, Mãe.

– O que é? – ela estava dando um nó.

– Aquele é o nosso vidro. Você estava olhando? Estava olhando para o homem com dor de cabeça?

– Não.

– O vidro de onde ele tirou o comprimido é igualzinho ao nosso, o dos mata-dores.

A Mãe olhou para a televisão, mas agora ela estava mostrando um carro correndo em volta de uma montanha.

– Não, antes – eu disse. – Ele estava mesmo com o nosso vidro de mata-dores.

– Bem, talvez fosse do mesmo tipo que o nosso, mas não era o nosso.

– Era, sim.

– Não, existe uma porção deles.

– Onde?

A Mãe me olhou, depois olhou de novo para o vestido e puxou a bainha.

– Bem, o nosso vidro está bem aqui na Prateleira, e os outros estão...

– Na televisão? – perguntei.

Ela ficou olhando para as linhas e enrolando elas nos cartõezinhos, pra guardar de novo no Kit.

– Sabe de uma coisa? – perguntei, aos pulos. – Sabe o que isso quer dizer? Ele deve entrar na televisão.

O planeta médico tinha voltado, mas eu nem estava olhando.

– O Velho Nick – expliquei, pra ela não pensar que eu estava falando do homem de capacete amarelo. – Quando ele não está aqui, de dia, sabe de uma coisa? Ele entra mesmo na televisão. Foi lá que ele arranjou nossos mata-dores numa loja e trazeu pra cá.

– Trouxe – disse a Mãe, levantando. – Trouxe, não trazeu. Está na hora de dormir.

Ela começou a cantar "Indicate the Way to My Abode", mas não cantei junto.

Acho que ela não compreende como isso é incrível. Pensei no assunto o tempo todo enquanto vestia minha camiseta de dormir e escovava os dentes, e até quando estava tomando um pouco na Cama. Tirei a boca e perguntei:

– Como é que a gente nunca vê ele na televisão?

A Mãe bocejou e se sentou.

– Toda vez que estamos assistindo, nunca vemos ele, como é que pode?

– Ele não está lá.

– Mas o vidro, como foi que ele arranjou?

– Não sei.

O jeito de ela dizer isso foi estranho. Acho que estava fingindo.

– Você tem que saber. Você sabe tudo.

– Olhe, realmente não tem importância.

– Tem importância, sim, e eu me importo. – Eu estava quase gritando.

— Jack...

Jack o quê? O que quer dizer *Jack*?

A Mãe se reclinou nos travesseiros.

— É muito difícil explicar.

Acho que ela pode explicar, só não quer.

— Você consegue, porque agora eu tenho cinco anos.

O rosto dela estava virado para a Porta.

— O lugar onde o nosso vidro de comprimidos ficava, tudo bem, era uma loja. Foi lá que ele o comprou, e depois o trouxe para cá como presente de domingo.

— Uma loja da televisão? — perguntei, olhando pra Prateleira para ver se o vidro estava lá. — Mas os mata-dores são reais...

— É uma loja real. — A Mãe esfregou o olho.

— Como...?

— Está bem, está bem, está bem.

Por que ela está gritando?

— Escute. O que nós vemos na televisão são... são imagens de coisas reais.

Foi a coisa mais assombrosa que eu já escutei.

A Mãe tapou a boca com a mão.

— A Dora é real de verdade?

Ela tirou a mão.

— Não, desculpe. Muitas coisas na TV são imagens criadas; por exemplo, a Dora é só um desenho, mas as outras pessoas, as que têm rosto parecido com o seu e o meu, elas são reais.

— Humanos de verdade?

A Mãe fez que sim.

— E os lugares também são reais, como as fazendas e as florestas e os aviões e as cidades...

— Nããão. — Por que ela estava me enganando? — Onde eles iam caber?

— Lá fora — disse a Mãe. — Do lado de fora — e jogou a cabeça para trás.

— Fora da Parede da Cama? — olhei para a Parede.

— Fora do Quarto. — Nessa hora ela apontou para o outro lado, para a Parede do Fogão, com o dedo descrevendo um círculo.

– As lojas e as florestas ficam zunindo no Espaço Sideral?
– Não. Esqueça, Jack. Eu não devia ter...
– Devia, sim – e sacudi o joelho dela com força, dizendo:
– Me conta.
– Hoje não, eu não consigo pensar nas palavras certas para explicar.

A Alice diz que não pode se explicar porque ela não é ela mesma, ela sabe quem era de manhã, mas mudou várias vezes desde então.

De repente, a Mãe se levantou e pegou os mata-dores na Prateleira; achei que ia checar se eram os mesmos que os da TV, mas ela abriu o vidro e comeu um, depois outro.

– Amanhã você encontra as palavras?
– São 8:49, Jack, quer fazer o favor de se deitar?

Ela amarrou o saco de lixo e botou do lado da Porta.

Deitei no Guarda-Roupa, mas completamente acordado.

Hoje é um daqueles dias em que a Mãe fica Fora.

Ela não acorda direito. Está aqui, mas não de verdade. Fica na Cama com os travesseiros na cabeça.

O Pênis bobo estava levantado, espremi ele pra baixo.

Comi meus cem cereais e trepei na cadeira pra lavar a tigela e a Colher Derretida. Ficou muito silencioso depois que eu desliguei a água. Fiquei pensando se o Velho Nick veio de noite. Acho que não, porque o saco de lixo continua do lado da Porta, mas será que ele veio e só não levou o lixo? Pode ser que a Mãe não esteja só Fora. Vai ver que ele espremeu o pescoço dela com mais força ainda e agora ela está...

Cheguei bem perto e escutei até ouvir a respiração. Fiquei só a uma polegada de distância, meu cabelo encostou no nariz da Mãe e ela pôs a mão em cima do rosto e eu dei um passo pra trás.

Não tomei banho sozinho, só me vesti.

Foram horas e horas, centenas delas.

A Mãe se levantou pra fazer xixi, mas sem falar, com o rosto todo vazio. Eu já tinha posto um copo d'água do lado da Cama, mas ela só se enfiou de novo embaixo do Edredom.

Detesto quando ela fica Fora, mas gosto de poder ver televisão o dia inteiro. Liguei-a bem baixinho no começo, depois fui aumentando um pouquinho de cada vez. Televisão demais pode me transformar num zumbi, mas hoje a Mãe parece um zumbi e nem está assistindo. Teve *Bob, o construtor* e *Super Fofos!* e o *Barney*. Fui lá passar a mão em cada um e dizer oi. O Barney e seus amigos dão uma porção de abraços, corri para entrar no meio, mas às vezes chego tarde demais. Hoje foi sobre uma fada que entra de fininho durante a noite e transforma dentes velhos em dinheiro. Eu queria a Dora, mas ela não veio.

Quinta-feira quer dizer lavar roupa, mas não posso fazer tudo sozinho e a Mãe continua deitada nos lençóis, de qualquer jeito.

Quando senti fome de novo, olhei o Relógio, mas ele só dizia 9:47. Os desenhos animados acabaram, então assisti futebol americano e o planeta em que as pessoas ganham prêmios. A mulher do cabelo estufado estava no seu sofá vermelho, conversando com um homem que já foi um astro do golfe. Tem um outro planeta em que as mulheres mostram colares e falam de como eles são primorosos. "Babacas", a Mãe sempre diz quando vê esse planeta. Hoje ela não disse nada, nem notou que estou vendo televisão sem parar e que o meu cérebro já tá começando a ficar fedido.

Como é possível que a televisão seja de imagens de coisas reais?

Pensei em todas elas flutuando por aí no Espaço Lá Fora, fora das paredes, o sofá e os colares e o pão e os mata-dores e os aviões e todas as elas e os eles, os boxeadores e o homem de uma perna só e a mulher do cabelo estufado, todos a passar flutuando pela Claraboia. Dei adeusinho pra eles, mas também tem arranha-céus e vacas e navios e caminhões, está apinhado lá fora, contei todas as coisas que poderiam se espatifar no Quarto. Não consegui respirar direito, e aí tive de contar meus dentes, da esquerda para a direita em cima e da direita para a esquerda embaixo, depois de trás para frente, vinte todas as vezes, mas ainda acho que pode ser que eu esteja contando errado.

Quando deu 12:04, podia ser hora do almoço, por isso abri uma lata de feijão-branco, tomei muito cuidado. Fiquei pensando se a Mãe ia acordar se eu cortasse a mão e gritasse socorro. Eu nunca tinha comido feijão frio. Comi nove, aí não senti fome. Pus o resto num pote pra não desperdiçar. Uns ficaram presos no fundo da lata e eu joguei água. Pode ser que depois a Mãe acorde e lave ela. Pode ser que esteja com fome e diga "Ah, Jack, como você foi atencioso por guardar um pote de feijão para mim".

Medi mais coisas com a Régua, mas é difícil somar os números sozinho. Usei a Régua emendando uma ponta na outra e ela virou acrobata de circo. Brinquei com o Controle Remoto, apontei-o para a Mãe e cochichei "Acorda", mas ela não acordou. O Balão está todo molengo, foi dar uma volta na Garrafa de Suco de Ameixa lá em cima, perto da Claraboia, eles deixaram a luz toda amarronzada e cintilante. Ficaram com medo do Controle, por causa da ponta afiada, por isso botei ele no Guarda-Roupa e fechei as portas. Eu disse a todas as coisas que está tudo bem, porque amanhã a Mãe vai voltar. Li os cinco livros sozinho, mas só pedaços da *Alice*. Na maior parte do tempo só fiquei sentado.

Não fiz a Gritaria porque ia perturbar a Mãe. Acho que provavelmente não faz mal a gente pular um dia.

Depois liguei de novo a TV e mexi o Coelhinho, ele deixou os planetas com um pouquinho menos de chuvisco, mas só um pouquinho. Era uma corrida de automóveis, gosto de ver os carros andando supervelozes, mas não é muito interessante depois que eles correm na oval umas cem vezes. Senti vontade de acordar a Mãe e perguntar sobre o Lá Fora, com todos os humanos e coisas reais zunindo de um lado pro outro, mas ela ia ficar zangada. Ou podia ser que não acendesse nem nada, mesmo que eu sacudisse ela. Por isso não sacudi. Cheguei muito perto, metade do rosto dela estava aparecendo, e o pescoço. Agora as marcas estão roxas.

Vou chutar o Velho Nick até arrebentar ele. Vou abrir a Porta com o Controle e voar para o Espaço Lá Fora e pegar tudo nas lojas de verdade e trazer para a Mãe.

Chorei um pouco, mas sem fazer barulho.

Vi um programa do tempo e um de inimigos sitiando um castelo, os mocinhos construíram uma barricada para a porta não abrir. Roí a unha, a Mãe não podia me mandar parar. Fiquei pensando em quanto do meu cérebro já está gosmento e quanto ainda está legal. Pensei que talvez eu ia vomitar, como quando eu tinha três anos e também fiquei com diarreia. E se eu vomitar no Tapete todo, como vou lavar sozinho?

Olhei para a mancha dele de quando eu nasci. Ajoelhei e passei a mão, pareceu meio quente e áspero, igual ao resto do Tapete, não diferente.

A Mãe nunca ficou Fora mais de um dia. Não sei o que vou fazer se acordar amanhã e ela ainda estiver Fora.

Aí fiquei com fome e comi uma banana, apesar de estar meio verde.

A Dora é um desenho na TV, mas é minha amiga real, isso é confuso. O Jipe é real de verdade, posso sentir com os dedos. O Super-Homem é só televisão. As árvores são da TV, mas a Planta é real, ih, esqueci de regar. Peguei ela na Cômoda e carreguei até a Pia e fiz isso na mesma hora. Gostaria de saber se ela comeu o pedaço de peixe da Mãe.

Os skates são da TV e as meninas e meninos também, só que a Mãe disse que eles são de verdade; como é que pode, se eles são tão achatados? A Mãe e eu podíamos fazer uma barricada, podíamos empurrar a Cama contra a Porta pra ela não abrir, ora se ele não ia levar um susto, ha ha. "Deixem-me entrar", ele gritaria, "senão vou me irritar e bufar e derrubar a sua casa com um sopro." A grama é da TV e o fogo também, mas ele pode entrar no Quarto se eu esquentar o feijão e o vermelho pular na minha manga e me queimar. Isso eu queria ver, mas sem acontecer. O ar é real e a água só na Banheira e na Pia, os rios e os lagos são da TV; do mar eu não sei, porque se ele chispasse no Lá Fora ia molhar tudo. Tive vontade de sacudir a Mãe e perguntar se o mar é real. O Quarto é real de verdade, mas pode ser que o Lá Fora também seja, só que ele tem um manto de invisibilidade, que nem o Príncipe SuperJack da história, não é? O Menino Jesus é da TV, eu acho, menos no quadro com a Mãe e o primo e a Avó dele, mas Deus é real, quando olha pra dentro da Claraboia com seu rosto amarelo, só que hoje não, hoje só tem cinza.

Eu queria ficar na Cama com a Mãe. Em vez disso, sentei no Tapete, só com a mão no montinho do pé dela embaixo do Edredom. Meu braço cansou e eu deixei ele cair por um tempo, depois botei de volta. Enrolei a ponta do Tapete e soltei de novo pra ele abrir, fiz isso centenas de vezes.

Quando escureceu, tentei comer mais feijão-branco, mas estava nojento. Aí, comi pão com pasta de amendoim. Abri o Freezer e pus o rosto lá dentro, do lado dos sacos de ervilha e espinafre e da vagem horrorosa, e deixei ele lá até ficar com as pálpebras dormentes. Depois, pulei pra fora e fechei a porta e esfreguei as bochechas pra esquentar. Posso sentir elas com as mãos, mas não consigo sentir elas sentindo minhas mãos nelas, é esquisito.

Agora está escuro na Claraboia, tomara que Deus ponha o rosto prateado nela.

Vesti minha camiseta de dormir. Fiquei pensando se estou sujo, porque não tomei banho, e tentei me cheirar. No Guarda-Roupa, deitei embaixo do Cobertor, mas fiquei com frio. Hoje eu esqueci de ligar o Termostato, é por isso; acabei de me lembrar, mas agora não posso ligar porque é de noite.

Eu queria muito tomar um pouco, não tomei nada o dia inteiro. Podia até ser o direito, mas eu preferia o esquerdo. Se desse pra eu me deitar com a Mãe e tomar um pouco – mas pode ser que ela me empurre e aí ia ser pior.

E se eu estiver na Cama com ela e o Velho Nick chegar? Não sei se já são nove horas, está escuro demais para ver o Relógio.

Deitei de mansinho na Cama, bem devagar para a Mãe não perceber. Só vou ficar deitado perto. Se eu ouvir o *bipe bipe*, posso pular de volta no Guarda-Roupa bem depressinha.

E se ele chegar e a Mãe não acordar, será que vai ficar ainda mais zangado? Vai deixar marcas piores nela?

Fiquei acordado, pra poder ouvir quando ele chegasse.

Ele não veio, mas fiquei acordado.

O saco de lixo continua do lado da Porta. A Mãe levantou antes de mim hoje de manhã e abriu o nó e pôs lá dentro o feijão que raspou da lata. Se o saco ainda está aqui, acho que isso quer dizer que ele não veio, já são duas noites que não aparece, oba.

Sexta-feira significa dia do Colchão. A gente vira ele de trás pra frente e de lado também, pra ele não ficar cheio de calombos; ele é tão pesado que tive que usar todos os meus músculos, e quando caiu no lugar me derrubou no Tapete. Vi a marca marrom no Colchão, de quando eu saí da barriga da Mãe na primeira vez. Depois fizemos uma corrida pra limpar o pó; o pó são pedacinhos invisíveis da nossa pele que não precisamos mais, porque fazemos crescer outros novos, feito cobras. A Mãe deu um espirro agudo de verdade, como uma estrela da ópera que ouvimos uma vez na televisão.

Fizemos a nossa lista de compras e não conseguimos decidir sobre o presente de domingo.

– Vamos pedir doce – falei. – Nem tem que ser chocolate. Um tipo de doce que a gente nunca comeu.

– Um tipo bem grudento, para você acabar com dentes iguais aos meus? Não gosto quando a Mãe faz sarcasmo.

Agora estamos lendo frases dos livros sem figuras; esse é *A cabana*, que tem uma casa assombrada e neve toda branca.

– "Desde então" – eu li –, "ele e eu temos andado por aí, como diz a garotada hoje em dia, compartilhando um café – ou, para mim, um chai, bem quente e com soja."

– Excelente – disse a Mãe –, só que *soja* deve rimar com *loja*.

As pessoas dos livros e da televisão estão sempre com sede, tomam cerveja e suco e champanhe e café expresso e todo tipo de líquidos, e às vezes batem com os copos nos copos das outras quando estão contentes, mas eles não quebram. Li a frase de novo, mas ela continuou confusa.

– Quem é o *ele* e quem é o *eu*, eles são a garotada?

– Hmm – fez a Mãe, lendo por cima do meu ombro –, acho que *a garotada* significa os jovens em geral.

– O que é *em geral*?

– Uma porção de jovens.

Tentei ver a porção, todos brincando juntos.

– Humanos de verdade?

A Mãe passou um minuto sem dizer nada e depois disse "Sim", muito baixinho. Então era verdade tudo o que ela falou.

As marcas ainda estão no pescoço dela, fico pensando se algum dia vão sair.

De noite ela ficou piscando a luz, o que me acordou na Cama. Abajur aceso, contei até cinco. Abajur apagado, contei um. Abajur aceso, contei dois. Abajur apagado, contei dois. Dei um gemido.

– Só mais um pouco – ela disse. Continuou a olhar para a Claraboia, que estava toda preta.

Não havia saco de lixo do lado da Porta, o que significa que ele deve ter vindo aqui quando eu dormia.

– Por favor, Mãe.

– Só um minuto.

– Dói meus olhos.

Ela se debruçou sobre a Cama e me beijou do lado da boca e pôs o Edredom em cima do meu rosto. A luz continuou a piscar, só que mais escura.

Depois de algum tempo, ela voltou para a Cama e me deu um pouco, para eu tornar a dormir.

No sábado, a Mãe fez três tranças em mim, pra variar; elas dão uma sensação engraçada. Sacudi o rosto pra bater em mim com elas.

Não assisti o planeta dos desenhos hoje de manhã, escolhi um negócio de jardinagem e um de musculação e um de notícias, e tudo que eu via eu perguntava "Mãe, isso é real?", e ela dizia que sim, exceto um pedaço sobre um filme com lobisomens e uma mulher estourando feito um balão, esses eram efeitos especiais, que são desenhos no computador.

O almoço foi uma lata de curry de grão-de-bico e também arroz.

Eu queria fazer uma Gritaria extragrande, mas nos fins de semana a gente não pode.

Passamos quase a tarde inteira brincando de Cama de Gato; sabemos fazer as Velas e os Losangos e a Manjedoura e as Agulhas de Tricô e ficamos treinando o Escorpião, só que os dedos da Mãe sempre acabam presos.

No jantar comemos minipizza, uma pra cada um e uma pra dividir. Depois assistimos a um planeta em que as pessoas usavam uma porção de roupas cheias de fru-frus e cabeleiras brancas enormes. A Mãe disse que elas eram reais, mas estavam fingindo ser pessoas que morreram há centenas de anos. É uma espécie de brincadeira, mas não parece muito divertida.

Ela apagou a televisão e fungou.

– Ainda estou sentindo o cheiro daquele curry do almoço.

– Eu também.

– O gosto era bom, mas é horrível como ele fica no ar.

– O meu também tinha um gosto horrível – eu lhe disse.

Ela riu. As marcas no pescoço estão ficando menos, estão esverdeadas e amareladas.

– Posso ouvir uma história?

– Qual?

– Uma que você nunca tenha me contado.

A Mãe sorriu pra mim.

– Acho que, a esta altura, você conhece todas as que eu conheço. *O conde de Monte Cristo*?

– Essa eu já ouvi milhões de vezes.

– *O JackGulliver em Lilliput*?

– Zilhões.

– *Nelson na ilha Robben*?

– Aí ele saiu depois de vinte e sete anos e virou o governo.

– *Cachinhos Dourados*?

– Dá muito medo.

– Os ursos só rosnam para ela – disse a Mãe.

– Mesmo assim.

– *A princesa Diana*?

– Devia ter usado o cinto de segurança.

– Viu? Você conhece todas. – A Mãe soltou a respiração soprando. – Espere, há uma sobre uma sereia...

– *A pequena sereia*.

– Não, uma outra, diferente. Essa sereia estava sentada nas pedras, uma noite, penteando o cabelo, quando um pescador chegou sorrateiramente e a apanhou na sua rede.

– Pra fritar ela no jantar?

– Não, não, ele a levou para seu chalé e ela teve de se casar com ele – disse a Mãe. – O pescador tirou o pente mágico da sereia, para ela nunca mais poder voltar para o mar. Assim, depois de algum tempo, a sereia teve um bebê...

– ...chamado SuperJack – eu disse.

– Isso mesmo. Mas, toda vez que o pescador saía para pescar, ela examinava o chalé, e um dia descobriu onde ele tinha escondido seu pente...

– Ha ha.

– E fugiu para as pedras e deslizou para o fundo do mar.

– Não.

A Mãe me olhou atentamente.

– Não gostou dessa história?

– Ela não devia ter ido embora.

– Está tudo bem – a Mãe tirou a lágrima do meu olho com o dedo. – Esqueci de dizer que é claro que a sereia levou o bebê SuperJack, que foi todo amarrado no cabelo dela. E, quando o pescador voltou, o chalé estava vazio e ele nunca mais os viu.

– Ele se afoga?

– O pescador?

– Não, o SuperJack, embaixo d'água.

– Ah, não se preocupe – disse a Mãe. – Ele era metade sereia, lembra? Podia respirar ar ou água, qualquer um dos dois.

Ela foi olhar o Relógio, eram 8:27.

Passei séculos deitado no Guarda-Roupa, mas não fiquei com sono. Cantamos músicas e rezamos.

– Só uma rima infantil, por favor! – eu disse. Escolhi "A casa construída pelo Jack", porque é a mais comprida.

A voz da Mãe estava sonolenta.

– Esse é o homem todo rasgado e esfarrapado...

– Que beijou a donzela abandonada...

– Que ordenhou a vaca do chifre amassado...

Pulei alguns versos às pressas:

– Que despachou o cachorro que assustou o gato que matou o rato que...

Bipe bipe.

Fechei bem a boca.

A primeira coisa que o Velho Nick disse eu não ouvi.

– Hmm, eu sinto muito – disse a Mãe –, nós comemos curry. Aliás, eu estava pensando se haveria alguma chance... – A voz dela estava toda aguda. – Se seria possível, um dia, instalar um exaustor ou coisa assim.

Ele não disse nada. Acho que estão sentados na Cama.

– Só um exaustor pequeno – ela disse.

– Ah, taí uma bela ideia – disse o Velho Nick. – Vamos fazer todos os vizinhos começarem a se perguntar por que eu estou cozinhando uma coisa picante na minha oficina.

Acho que isso foi sarcasmo outra vez.

– Ah, desculpe – disse a Mãe –, eu não pensei...

– Por que também não prendo uma seta piscante de neon no telhado, enquanto estiver com a mão na massa?

Fiquei pensando em como uma seta pisca.

– Eu realmente sinto muito – disse a Mãe –, não me dei conta de que o cheiro, de que ele, de que um exaustor iria...

– Acho que você não reconhece como está bem instalada aqui – disse o Velho Nick. – Não é?

A Mãe não disse nada.

– No nível do chão, luz natural, ar central, isso está bem acima de alguns lugares, eu lhe garanto. Frutas frescas, artigos de toalete e sabe-se lá o que mais, é só você estalar os dedos e pronto. Muitas garotas dariam graças à sua boa estrela por um arranjo como este, completamente seguro. Especialmente com o garoto...

Esse sou eu?

– Nada de motoristas bêbados com que se preocupar – ele continuou –, traficantes de drogas, pervertidos...

A Mãe interrompeu bem depressa:

– Eu não devia ter pedido um exaustor, foi burrice minha, está tudo ótimo.

– Então, está bem.

Ninguém disse nada por algum tempo.

Contei meus dentes e fiquei chegando ao número errado, dezenove, depois vinte, depois dezenove outra vez. Mordi a língua até ela doer.

— É claro que existe um desgaste, isso é de praxe — ele disse. Sua voz se mexeu, acho que agora ele ficou perto da Banheira. — Essa emenda aqui está empenando, vou ter que pôr areia e vedar outra vez. E olhe só, a forração aqui de baixo está aparecendo.

— Nós somos cuidadosos — disse a Mãe, muito baixinho.

— Não o bastante. A cortiça não foi feita para tráfego pesado, eu tinha feito planos para um único usuário sedentário.

— Você vem para a cama? — perguntou a Mãe, com aquela voz aguda engraçada.

— Deixe eu tirar os sapatos. — Houve uma espécie de grunhido e ouvi alguma coisa cair no chão. — É você que fica me apoquentando com reformas antes de eu passar dois minutos aqui...

O Abajur apagou.

O Velho Nick fez ranger a Cama, contei até noventa e sete, depois acho que errei um e perdi a conta.

Fiquei acordado escutando, mesmo quando não tinha nada para ouvir.

━━━✎━━━

No domingo, estávamos jantando roscas, dessas de mastigar muito, com geleia e também pasta de amendoim. A Mãe tirou sua rosca da boca e tinha uma coisa pontuda espetada nela.

— Até que enfim — ela disse.

Peguei a coisa, toda amarelada, com uns pedaços marrons.

— O Dente Ruim?

A Mãe fez que sim. Estava apalpando o fundo da boca.

Era muito esquisito.

— A gente pode grudar ele de novo, talvez com cola de farinha.

Ela abanou a cabeça, sorrindo.

— Estou contente por ele ter saído, agora não pode mais doer.

Um minuto antes ele era parte dela, agora não é. Só uma coisa.

– Ei, sabe de uma coisa, se você botar ele embaixo do travesseiro, vem uma fada de noite, invisível, e faz ele virar dinheiro.

– Aqui não, lamento – disse a Mãe.

– Por que não?

– A fada dos dentes não sabe do Quarto. – Os olhos dela olhavam através das paredes.

O Lá Fora tem tudo. Agora, toda vez que eu penso numa coisa, como esquis ou fogos de artifício ou ilhas ou elevadores ou ioiôs, tenho que lembrar que eles são reais, acontecem todos juntos de verdade no Lá Fora. Isso deixa minha cabeça cansada. E as pessoas também, bombeiros, professores, ladrões, bebês, santos, jogadores de futebol e gente de todo tipo, eles todos estão mesmo no Lá Fora. Mas eu não estou lá, eu e a Mãe, nós somos os únicos que não estão lá. Será que ainda somos reais?

Depois do jantar, a Mãe me contou *João e Maria*, *Como caiu o Muro de Berlim* e *Rumpelstiltskin*. Gosto quando a rainha tem que adivinhar o nome do homenzinho, senão ele leva o bebê dela embora.

– Os contos são verdadeiros?

– Quais?

– O da mãe sereia e *João e Maria* e todos eles.

– Bem – disse a Mãe –, não literalmente.

– O que é...?

– Eles são mágicos, não são sobre pessoas reais que andam por aí hoje em dia.

– Então, são mentira?

– Não, não. Os contos são um tipo diferente de verdade.

Meu rosto ficou todo franzido de tanto tentar entender.

– O Muro de Berlim é de verdade?

– Bem, houve um muro, mas agora ele não existe mais.

Estou tão cansado que vou me rasgar em dois, como fez o Rumpelstiltskin no final.

– Boa noite – disse a Mãe, fechando as portas do Guarda-Roupa –, durma bem, não deixe os percevejos picarem ninguém.

Achei que eu não estava desligado, mas aí o Velho Nick estava aqui, todo barulhento.

– Mas as vitaminas... – a Mãe estava dizendo.

– Um assalto à mão armada.

– Você quer que fiquemos doentes?

– É uma enganação danada – disse o Velho Nick. – Vi um documentário uma vez, elas acabam todas no vaso sanitário.

Quem acaba no Vaso?

– É só que, se tivéssemos uma dieta melhor...

– Pronto, lá vamos nós. Resmunga, resmunga, resmunga...

Eu o via por entre as tabuinhas, estava sentado na borda da Banheira.

A voz da Mãe se zangou:

– Aposto que somos mais baratos para manter do que um cachorro. Nem sequer precisamos de sapatos.

– Você não faz ideia do mundo de hoje. Quer dizer, de onde acha que o dinheiro vai continuar chegando?

Ninguém disse nada. Aí, a Mãe:

– O que você quer dizer? Dinheiro em geral ou...?

– Seis meses – ele falou. Estava de braços cruzados, são enormes. – Faz seis meses que fui despedido, e por acaso você teve que preocupar a sua linda cabecinha?

Vi a Mãe também pelas tabuinhas, estava quase do lado dele.

– O que aconteceu?

– Como se isso tivesse importância.

– Você está procurando outro emprego?

Eles se encararam.

– Você está endividado? Como é que vai...?

– Cale a boca.

Não era minha intenção, mas fiquei com tanto medo de ele machucar ela de novo que o som simplesmente escapou da minha cabeça.

O Velho Nick olhou direto pra mim, deu um passo e outro e mais outro e bateu nas tabuinhas. Vi a sombra da mão dele.

– Oi, você aí dentro.

Estava falando comigo. Meu peito fez *catapum catapum*. Abracei os joelhos e trinquei os dentes. Quis entrar embaixo do Cobertor, mas não consegui, não consegui fazer nada.

– Ele está dormindo. – Isso foi a Mãe.

– Ela deixa você no armário o dia inteiro, além da noite inteira?

O *você* era eu. Esperei a Mãe dizer *não*, mas ela não disse.

– Isso não parece natural – ele disse.

Olhei nos olhos dele, eram todos pálidos. Será que ele podia me ver, eu estava virando pedra? E se ele abrisse a porta? Acho que eu ia...

– Imagino que deve haver alguma coisa errada – ele estava dizendo à Mãe –, você nunca me deixou dar uma boa olhada desde o dia em que ele nasceu. O coitado do monstrinho tem duas cabeças, ou coisa parecida?

Por que ele disse isso? Quase tive vontade de botar minha única cabeça do lado de fora do Guarda-Roupa, só pra mostrar a ele.

A Mãe parou em frente às tabuinhas, dava para ver as saliências das omoplatas dela por baixo da camiseta.

– Ele é apenas tímido.

– Não tem razão para ser tímido comigo – disse o Velho Nick. – Nunca encostei um dedo nele.

Por que ele ia encostar um dedo em mim?

– Comprei aquele jipe chique para ele, não foi? Eu conheço os meninos, também já fui menino. Vamos lá, Jack...

Ele disse o meu nome.

– Saia daí e pegue seu pirulito.

Um pirulito!

– Vamos logo para a cama. – A voz da Mãe estava estranha.

O Velho Nick deu uma espécie de risada.

– Eu sei do que você precisa, mocinha.

Do que a Mãe precisa? É alguma coisa da lista?

– Venha logo – ela disse de novo.

– A sua mãe nunca lhe ensinou a ter bons modos?

O Abajur apagou.

Mas a Mãe não tem mãe.

A Cama fez barulho, era ele deitando.

Cobri a cabeça com o Cobertor e tapei os ouvidos para não escutar. Não queria contar os rangidos, mas contei.

Quando acordei, ainda estava no Guarda-Roupa e a escuridão era total.

Eu me perguntei se o Velho Nick ainda estava lá. E o pirulito?

A regra é ficar no Guarda-Roupa até a Mãe me buscar.

Fiquei pensando de que cor era o pirulito. Existe cor no escuro?

Tentei desligar de novo, mas estava todo aceso.

Eu podia pôr a cabeça do lado de fora, só para...

Abri as portas, bem devagar e em silêncio. Só consegui ouvir o zumbido da Geladeira. Fiquei em pé, dei um passo, dois, três. Dei uma topada com o dedão em alguma coisa, *aaaiiiii*. Peguei e era um sapato, um sapato gigantesco. Olhei para a Cama, lá estava ele, o Velho Nick, seu rosto era de pedra, eu acho. Estiquei o dedo, não pra encostar nele, só quase.

Os olhos dele piscaram, tudo branco. Pulei pra trás, deixei cair o sapato. Pensei que ele ia gritar, mas ele estava sorrindo com uns dentões brilhantes e disse:

– Oi, filhote.

Não sei o que isso...

Aí a Mãe gritou mais alto do que eu jamais tinha ouvido, mais até do que na Gritaria:

– Sai, sai de perto dele!

Voltei correndo para o Guarda-Roupa, dei uma cabeçada, *aaaaiiiii*, e ela continuou guinchando:

– Sai de perto dele!

– Cala a boca – disse o Velho Nick –, cala a boca.

Chamou-a de nomes que eu não consegui ouvir no meio da gritaria. Aí a voz dela ficou engrolada.

– Pare com esse barulho – ele disse.

A Mãe disse *mmmmmmm*, em vez de palavras. Segurei a cabeça onde ela havia batido, abracei-a com as duas mãos.

– Você é histérica, sabia?

– Eu posso ficar quieta – ela disse, quase sussurrando; ouvi a sua respiração toda arranhada. – Você sabe como eu posso ficar quieta, desde que você o deixe em paz. Isso é tudo que eu jamais pedi.

O Velho Nick deu um grunhido.

– Você pede coisas toda vez que eu abro a porta.

– É tudo para o Jack.

– É, bom, não esqueça onde você o arranjou.

Ouvi com muita atenção, mas a Mãe não disse nada.

Sons. Ele vestindo a roupa? Os sapatos, acho que estava calçando os sapatos.

Não dormi depois que ele foi embora. Fiquei aceso a noite toda dentro do Guarda-Roupa. Esperei centenas de horas, mas a Mãe não veio me buscar.

Eu estava olhando para o Teto quando, de repente, ele saiu voando e o céu entrou correndo e os foguetes e as vacas e as árvores despencaram na minha cabeça...

Não, eu estava na Cama e começava a pingar luz da Claraboia, devia ser de manhã.

– Foi só um pesadelo – disse a Mãe, fazendo carinho na minha bochecha.

Tomei um pouco, mas não muito, do esquerdo gostoso.

Depois lembrei e me remexi na Cama para ver se havia novas marcas nela, mas não vi nenhuma.

– Desculpe eu ter saído do Guarda-Roupa de noite.

– Eu sei – ela disse.

Isso era o mesmo que perdoar? Lembrei de mais coisas.

– O que é um monstrinho?

– Ah, Jack.

– Por que ele disse que tinha alguma coisa errada comigo?

A Mãe gemeu.

– Não há nada errado com você, você é todo certo, da cabeça aos pés. – Ela beijou meu nariz.

– Mas por que ele disse isso?
– Ele só está tentando me enlouquecer.
– Por que ele...?
– Sabe como você gosta de brincar com carros e balões e coisas parecidas? Bem, ele gosta de brincar com a minha cabeça – e deu um tapinha nela.
Não sei brincar com cabeças.
– *Despedido* é o mesmo que despido?
– Não, quer dizer que ele perdeu o emprego – disse a Mãe.
Eu pensava que só era possível perder coisas, como uma das nossas tachinhas das seis. Deve ser tudo diferente no Lá Fora.
– Por que ele disse pra você não esquecer onde me arranjou?
– Ah, pare com isso um minuto, sim?
Fiquei contando sem som, um hipopótamo, dois hipopótamos, e em todos os sessenta segundos as perguntas ficaram quicando na minha cabeça.
A Mãe estava enchendo um copo de leite pra ela, mas não pôs um pra mim. Ficou olhando para a Geladeira, a luz não acendeu, foi esquisito. Tornou a fechar a porta.
O minuto acabou.
– Por que ele disse pra você não esquecer onde me arranjou? Não foi no Céu?
A Mãe acendeu e apagou o Abajur, mas ele também não quis acordar.
– Ele quis dizer... a quem você pertence.
– Eu pertenço a você.
Ela me deu um sorrisinho.
– A lâmpada do Abajur queimou?
– Não acho que seja isso – ela disse. Estremeceu e foi olhar o Termostato.
– Por que ele disse pra você não esquecer?
– Bem, na verdade, ele entende tudo errado, acha que você pertence a ele.
Ha!
– Ele é uma anta.
A Mãe ficou olhando para o Termostato.

– Corte de energia.

– O que é isso?

– Não há energia em nada neste momento.

Era um tipo estranho de dia.

Comemos nosso cereal e escovamos os dentes e vestimos a roupa e molhamos a Planta. Tentamos encher a Banheira, mas, depois do primeiro pedaço, a água saiu toda gelada, por isso só nos lavamos com um pano molhado. Ficou mais claro pela Claraboia, só que não muito. A televisão também não funcionava, senti falta dos meus amigos. Fingi que estavam aparecendo na tela, fiz festinha neles com os dedos. A Mãe disse pra gente vestir outra camisa e outra calça para esquentar, e até duas meias em cada pé. Corremos milhas e milhas e milhas na Pista para aquecer, depois a Mãe me deixou tirar as meias de fora, porque meus dedos estavam todos espremidos.

– Meus ouvidos estão doendo – eu disse.

Ela levantou as sobrancelhas.

– Tem silêncio demais neles.

– Ah, é porque não estamos ouvindo todos os barulhinhos a que estamos acostumados, como o do aquecimento entrando ou o zumbido da geladeira.

Brinquei com o Dente Ruim e o escondi em lugares diferentes, como embaixo da Cômoda e no arroz e atrás do Detergente. Procurei esquecer onde ele estava e depois fiquei todo surpreso. A Mãe foi picando todas as vagens do Freezer, por que estava picando tantas?

Foi aí que me lembrei do único pedaço bom da noite de ontem.

– Ah, Mãe, o pirulito.

Ela continuou picando.

– Está na lixeira.

Por que ele o deixou lá? Corri até a lata, pisei no pedal e a tampa fez *plim*, mas não vi o pirulito. Fui apalpando em volta das cascas de laranja e do arroz e do ensopado e do plástico.

A Mãe me segurou pelos ombros.

– Deixe pra lá.

– É meu doce de presente de domingo.
– É porcaria.
– Não é, não.
– Deve ter custado uns cinquenta centavos, talvez. Ele está rindo de você.
– Nunca comi pirulito – e me soltei das mãos dela.

Não dava pra esquentar nada no Fogão porque a energia estava cortada. Assim, o almoço foi vagem congelada e escorregante, que é pior ainda que vagem cozida. Tivemos que comer tudo, porque senão elas iam derreter e estragar. Eu não ia me incomodar, mas é desperdício.

– Quer ouvir *O coelhinho fujão*? – a Mãe perguntou, depois de lavarmos a louça em tudo frio.

Abanei a cabeça.

– Quando a energia vai ser descortada?
– Não sei, desculpe.

Deitamos na Cama para esquentar. A Mãe levantou todas as roupas e tomei um montão, o esquerdo, depois o direito.

– E se o Quarto ficar mais frio e mais pior de frio?
– Ah, não vai ficar. Daqui a três dias estaremos em abril – ela disse, me abraçando feito duas colheres. – Não pode estar tão frio lá fora.

Cochilamos, mas eu só um pouquinho. Esperei a Mãe ficar toda pesada, aí saí de fininho e fui olhar de novo na Lixeira.

Achei o pirulito quase no fundo, ele tinha a forma de uma bola vermelha. Lavei os braços e meu pirulito também, porque tinha um ensopado nojento em cima dele. Tirei o plástico na mesma hora e chupei sem parar, foi a coisa mais doce que eu já comi. Fiquei pensando se é esse o gosto do Lá Fora.

Se eu fugisse, eu virava uma cadeira e a Mãe não ia saber qual. Ou então me tornava invisível e grudava na Claraboia e ela ia olhar direto através de mim. Ou então virava um grãozinho de poeira, e aí subia pelo nariz dela e ela me espirrava.

Os olhos da Mãe estavam abertos.
Botei o pirulito nas costas.
Ela tornou a fechá-los.

Continuei a chupar por horas, mesmo me sentindo meio enjoado. Depois ficou só o palito e eu botei ele na Lixeira.

Quando a Mãe levantou, não falou nada do pirulito, vai ver que ainda estava dormindo de olhos abertos. Experimentou de novo o Abajur, mas ele continuava apagado. Ela disse que ia deixar ligado pra gente saber no instante em que o corte de energia acabasse.

– E se ela chegar no meio da noite e nos acordar?

– Acho que não será no meio da noite.

Jogamos Boliche com a Bola Saltitante e a Bola de Palavras e derrubamos vidros de vitamina em que a gente tinha colocado cabeças diferentes quando eu tinha quatro anos, como Dragão e Alienígena e Princesa e Crocodilo, e fui eu que mais ganhei. Pratiquei minha soma e subtração e sequências e multiplicação e divisão e escrever os maiores números que existem. A Mãe costurou dois fantoches novos pra mim com meinhas de quando eu era bebê; eles têm um sorriso feito de pontos e olhos de botão, todos diferentes. Eu sei costurar, mas não é muito divertido. Queria conseguir lembrar de mim bebê, de como eu era.

Escrevi uma carta para o Bob Esponja com um desenho de mim e da Mãe atrás, dançando pra ficar quentes. Jogamos Rouba Monte e Jogo da Memória e Pescaria; a Mãe queria Xadrez, mas ele deixa meu miolo mole e ela concordou com o jogo de Damas.

Meus dedos ficaram tão duros que eu botei eles na boca. A Mãe disse que isso espalha micróbios e me fez lavar eles de novo na água gelada.

Fizemos uma porção de contas de massa de farinha para um colar, mas só podemos enfiá-las depois que estiverem secas e duras. Fizemos uma nave espacial de caixas e potes; a fita adesiva estava quase acabando, mas a Mãe disse "Ora, por que não?" e usou o último pedaço.

A Claraboia está escurecendo.

O jantar foi um queijo todo suado e brócolis derretendo. A Mãe disse que eu tenho que comer, senão vou sentir mais frio ainda.

Ela tomou dois mata-dores e uma golada grande pra fazer eles descerem.

– Por que você ainda está com dor, se o Dente Ruim já saiu?

– Acho que agora estou notando mais os outros.

Vestimos nossa camiseta de dormir, mas pusemos mais roupas por cima.
A Mãe começou uma música:
– O outro lado da montanha...
– O outro lado da montanha... – cantei.
– O outro lado da montanha...
– Era tudo que ele podia ver.
Cantei "Noventa e nove garrafas de cerveja na parede" até chegar a setenta.
A Mãe tapou os ouvidos e pediu por favor se a gente podia fazer o resto amanhã.
– Até lá é provável que a energia já tenha voltado.
– Beleza – respondi.
– E, mesmo que não tenha, ele não pode impedir o sol de brilhar.
O Velho Nick?
– Por que ele ia impedir o sol?
– Eu disse que ele não pode – a Mãe respondeu. Me deu um abraço apertado e falou:
– Sinto muito.
– Por que você sente muito?
Ela bufou.
– A culpa é minha, eu o deixei com raiva.
Olhei para o rosto dela, mas quase não dava para enxergar.
– Ele não suporta quando começo a gritar, há anos eu não fazia isso. Ele quer nos castigar.
Meu peito bateu alto de verdade.
– Como ele vai nos castigar?
– Não, eu quero dizer que ele já está castigando. Cortando a energia.
– Ah, então tudo bem.
A Mãe riu.
– O que você quer dizer? Estamos congelando, comendo legumes gosmentos...
– É, mas eu pensei que ele também ia nos castigar – eu disse, e procurei imaginar. – Tipo assim, se existissem dois Quartos, ele me botava em um e você no outro.

– Jack, você é maravilhoso.

– Por que eu sou maravilhoso?

– Não sei, você simplesmente saiu assim.

Deitamos ainda mais juntinhos feito duas colheres na Cama.

– Não gosto do escuro – eu disse a ela.

– Bem, agora é hora de dormir, de modo que estaria escuro de qualquer jeito.

– Acho que sim.

– Nós conhecemos um ao outro sem olhar, não é?

– É.

– Boa noite, durma bem, não deixe os percevejos picarem ninguém.

– Não tenho que ir pro Guarda-Roupa?

– Hoje não – disse a Mãe.

Acordamos e o ar estava mais gelado. O Relógio dizia 7:09, ele tem uma pilha, que é sua própria energiazinha escondida lá dentro.

A Mãe ficou bocejando, porque passou a noite acordada.

Estou com a barriga doendo, ela disse que talvez sejam todos os legumes crus. Eu quis um mata-dor do vidro, mas ela só me deu metade. Esperei e esperei, mas minha barriga não ficou diferente.

A Claraboia foi ficando mais clara.

– Que bom que ele não veio ontem – eu disse à Mãe. – Aposto que, se ele nunca mais voltar, vai ser supergenial.

– Jack – ela meio que franziu o rosto –, pense bem.

– Estou pensando.

– Eu digo, no que aconteceria. De onde vem a nossa comida?

Essa eu sabia.

– Do Menino Jesus nos campos do Lá Fora.

– Não, mas... quem é que traz?

Ah.

A Mãe levantou, disse que era bom sinal as torneiras ainda estarem funcionando.

– Ele podia ter desligado a água também, mas não desligou.
Não sei do que isso é sinal.
Teve rosca no café da manhã, mas estava fria e borrachuda.
– O que acontece se ele não ligar a energia de novo? – perguntei.
– Tenho certeza de que ele a ligará. Talvez hoje, mais tarde.
Experimentei os botões da televisão algumas vezes. Era só uma caixa cinza idiota, onde eu via meu rosto, mas não tão bem quanto no Espelho.
Fizemos todos os exercícios de Educação Física que conseguimos pensar pra aquecer. Caratê e Ilhas e O Mestre Mandou e Cama Elástica. E Amarelinha, quando a gente tem que pular de uma placa de cortiça pra outra sem nunca pisar nas linhas nem cair. A Mãe escolheu Cabra-Cega e amarrou minhas calças de camuflagem em volta dos olhos. Eu me escondi no Embaixo da Cama, do lado da Cobra de Ovos, sem nem respirar, achatado que nem página de livro, e ela levou centenas de horas pra me achar. Depois escolhi Rapel, a Mãe segurou minhas mãos e subi andando pelas pernas dela até ficar com os pés acima da cabeça, depois me pendurei de cabeça pra baixo e as minhas tranças bateram no meu rosto e me fizeram rir. Dei uma cambalhota e tornei a ficar de cabeça pra cima. Eu queria uma porção de vezes mais, só que o pulso ruim dela doeu.
Depois, ficamos cansados.
Fizemos um móbile com um espaguete comprido e fios de linha amarrados com coisas coladas, desenhinhos de mim todo laranja e da Mãe toda verde e papel laminado torcido e tufos de papel higiênico. A Mãe prendeu a linha de cima no Teto, com a última tachinha do Kit, e o espaguete balançava com todas as coisinhas que voavam dele quando a gente ficava embaixo e soprava com força.
Senti fome e a Mãe disse que eu podia comer a última maçã.
E se o Velho Nick não trouxer mais maçãs?
– Por que ele ainda está castigando a gente? – perguntei.
A Mãe torceu a boca.
– Ele acha que nós somos coisas que pertencem a ele, porque o Quarto é dele.
– Como assim?
– Bem, ele o construiu.

Isso era esquisito, eu achava que o Quarto só existia.

– Não foi Deus que fez tudo?

A Mãe passou um minuto sem dizer nada, depois afagou meu pescoço.

– Todas as coisas boas, pelo menos.

Brincamos de Arca de Noé na Mesa e todas as coisas, como o Pente e o Pratinho e a Espátula e os livros e o Jipe, tiveram que fazer fila e entrar na Caixa depressa depressa, antes que viesse a inundação gigante. A Mãe não estava mais brincando de verdade, pôs o rosto nas mãos, como se ele fosse pesado.

Mordi a maçã.

– Os seus outros dentes estão doendo?

Ela olhou pra mim por entre os dedos, com os olhos mais grandões.

– Quais?

Levantou tão de repente que quase me assustei. Sentou na Cadeira de Balanço e estendeu as mãos.

– Venha cá. Tenho uma história para você.

– Uma nova?

– É.

– Excelente.

Ela esperou eu ficar todo dobrado no seu colo. Mordisquei o segundo lado da maçã pra fazer ela durar.

– Você sabe que a Alice nem sempre esteve no País das Maravilhas, não sabe?

Era um truque, esse eu já conhecia.

– É, ela entra na casa do Coelho Branco e fica tão grande que tem que pôr o braço pra fora da janela e o pé na chaminé, e aí ela chuta o Lagarto Bill pra fora, *catapum*, e é meio engraçado.

– Não, antes disso. Lembra que ela estava deitada na grama?

– Aí ela caiu quatro mil milhas no buraco, mas não se machucou.

– Bom, eu sou como a Alice – disse a Mãe.

Eu ri.

– Naaah. Ela é uma garotinha de cabeça enorme, maior até que a da Dora.

A Mãe estava mordendo o lábio, tinha um pedaço escuro.

– É, mas eu sou de outro lugar, assim como ela. Há muito tempo, eu estava...

– Lá no Céu.

Ela pôs o dedo na minha boca pra eu ficar quieto.

– Eu desci e fui criança como você, e morava com meu pai e minha mãe.

Sacudi a cabeça.

– A mãe é *você*.

– Mas eu tive a minha, que eu chamava de mamãe. Ainda tenho.

Por que ela estava fingindo assim? Era uma brincadeira que eu não conhecia?

– Ela é... Acho que você a chamaria de vovó.

Como a *abuela* da Dora. Como sant'Ana, no quadro em que a Virgem Maria está sentada no colo dela. Eu estava comendo o miolo, agora ele era quase nada. Coloquei ele na Mesa.

– Você cresceu na barriga dela?

– Bem... na verdade... não eu fui adotada. Ela e o meu pai... você o chamaria de vovô. E eu também tinha... tenho um irmão mais velho, chamado Paul.

Abanei a cabeça.

– Ele é um santo, que nem o são Paulo.

– Não, é um nome diferente. Você o chamaria de tio Paul.

Eram nomes demais, minha cabeça ficou cheia. Minha barriga continuou vazia, como se a maçã não estivesse lá dentro.

– O que tem para o almoço?

A Mãe não sorriu.

– Estou lhe falando da sua família.

Abanei a cabeça.

– Só porque você nunca os conheceu, não quer dizer que eles não sejam reais. Há mais coisas na terra do que você jamais sonhou.

– Sobrou algum queijo que não esteja suado?

– Jack, isto é importante. Eu morava numa casa com a mamãe, o papai e o Paul.

Tive que entrar na brincadeira, pra ela não ficar zangada.

– Uma casa na televisão?

– Não, lá fora.

Isso é ridículo, a Mãe nunca foi no Lá Fora.

– Mas parecia uma casa das que você vê na televisão, sim. Uma casa nos arredores de uma cidade, com um quintal nos fundos e uma rede.

– O que é rede?

A Mãe tirou o lápis da Prateleira e fez um desenho de duas árvores, com cordas todas cheias de nós entre elas e uma pessoa deitada nas cordas.

– Isso é um pirata?

– Essa sou eu, balançando na rede – e fez o papel ir de um lado para o outro, toda animada. – E eu ia à pracinha com o Paul e também brincava nos balanços, e tomava sorvete. A sua avó e o seu avô nos levavam para passear de carro, ao zoológico e à praia. Eu era a menininha deles.

– Naaah.

A Mãe amarrotou o desenho. Tinha um molhado na Mesa, que deixou o branco dela todo brilhante.

– Não chora – eu disse.

– Não posso evitar. – Ela esfregou as lágrimas no rosto.

– Por que você não pode evitar?

– Queria poder descrever isso melhor. Eu sinto saudade.

– Você sente saudade da rede?

– De tudo. De estar lá fora.

Segurei a mão dela. Ela queria que eu acreditasse, então eu tentei, mas doía minha cabeça.

– Você morou mesmo na televisão um dia?

– Eu já disse que não é televisão. É o mundo real, você nem imagina como ele é grande. – Ela abriu os braços, apontando para todas as paredes. – O Quarto é só uma porcaria de um pedacinho dele.

– O Quarto não é porcaria – quase rosnei. – Só é porcaria às vezes, quando você solta pum.

A Mãe tornou a enxugar os olhos.

– Os seus puns são muito mais fedorentos que os meus. Você só está querendo me enganar, e é melhor parar já já – falei.

– Está bem – ela disse, e toda a sua respiração saiu sibilando feito um balão. – Vamos comer um sanduíche.

– Por quê?
– Você disse que estava com fome.
– Não, não estou.
O rosto dela tornou a ficar bravo.
– Vou fazer um sanduíche e você vai comer – ela disse. – Está bem?
Foi só pasta de amendoim, porque o queijo estava todo melado. Quando eu estava comendo, a Mãe sentou do meu lado, mas não comeu.
– Sei que é muito para você absorver.
O sanduíche?
De sobremesa, dividimos uma lata de tangerinas; fiquei com os pedaços grandes, porque ela prefere os pequenininhos.
– Eu não mentiria para você sobre isso – a Mãe disse, enquanto eu chupava o sumo. – Antes eu não podia contar, porque você era pequeno demais para compreender, por isso acho que andei meio que mentindo para você, naquela época. Mas agora você tem cinco anos e acho que pode entender.
Abanei a cabeça.
– O que eu estou fazendo é o contrário de mentir. É assim como desfazer a mentira, um desmentido.
Fizemos uma sesta comprida.
A Mãe já estava acordada, olhando pra mim a umas duas polegadas de distância. Fui rebolando pra baixo, pra tomar um pouco do esquerdo.
– Por que você não gosta daqui? – perguntei.
Ela se sentou e puxou a camiseta pra baixo.
– Eu não tinha acabado – eu disse.
– Tinha, sim. Você estava falando.
Também me sentei.
– Por que você não gosta de ficar no Quarto comigo?
A Mãe me abraçou apertado.
– Eu sempre gosto de ficar com você.
– Mas você disse que ele era pequenininho e porcaria.
– Ah, Jack. – Ela passou um minuto sem dizer nada. – Sim, eu preferiria estar lá fora. Mas com você.

– Eu gosto daqui com você.

– Está bem.

– Como ele construiu?

Ela sabe de quem estou falando. Achei que não ia me contar, e aí ela disse:

– Na verdade, primeiro era um galpão no jardim. Só um galpão comum de doze pés por doze, de aço revestido de vinil. Mas ele acrescentou uma claraboia à prova de som e muita espuma isolante por dentro das paredes, além de uma camada de chumbo laminado, porque o chumbo elimina qualquer som. Ah, e uma porta de segurança com um código. Ele se gaba do belo trabalho que fez.

A tarde passou devagar.

Lemos todos os nossos livros ilustrados naquele tipo gelado de luz. Hoje a claraboia estava diferente. Tinha um treco preto que parecia um olho.

– Olha, Mãe.

Ela ergueu os olhos e sorriu.

– É uma folha.

– Por quê?

– O vento deve tê-la arrancado de uma árvore e jogado no vidro.

– Uma árvore de verdade no Lá Fora?

– É. Viu? Isso prova o que eu disse. O mundo inteiro está lá fora.

– Vamos brincar de Pé de Feijão. A gente bota a minha cadeira aqui, em cima da Mesa... – Ela me ajudou a fazer isso. – Depois, a Lixeira em cima da cadeira – eu disse. – Aí eu subo até lá no alto...

– Isso não é seguro.

– É, sim, se você ficar em cima da Mesa segurando a Lixeira pra eu não balançar.

– Hmmm – fez a Mãe, o que é quase não.

– Vamos tentar, por favor, por favor!

Funcionou perfeitamente, não caí nem nada. Quando trepei em cima da Lixeira, deu pra segurar as bordas de cortiça do Teto onde elas ficam inclinadas na Claraboia. Tinha uma coisa em cima do vidro que eu nunca tinha visto antes.

– Favo de mel – eu disse à Mãe, passando a mão nele.

– É uma tela de policarbonato – ela disse –, inquebrável. Eu costumava ficar em pé aí muitas vezes, olhando para fora, antes de você nascer.

– A folha é toda preta com uns buracos.

– É, deve ser uma folha morta do inverno passado.

Vi o azul em volta dela, era o céu, com uns brancos nele que a Mãe diz que são nuvens. Fiquei olhando pelo favo de mel, olhando e olhando, mas só vi o céu. Não havia nada como navios nem trens nem cavalos nem meninas nem arranha-céus passando zunindo.

Quando desci da Lixeira e da minha cadeira, empurrei o braço da Mãe.

– Jack...

Pulei no Chão sozinho.

– Mentirosa, mentirosa, não existe Lá Fora nenhum.

Ela começou a explicar mais coisas, mas eu botei os dedos nos ouvidos e gritei:

– Blá blá blá blá blá.

Fiquei brincando sozinho com o Jipe. Estava quase chorando, mas fingi que não estava.

A Mãe olhou todo o Armário, saiu batendo com as latas, acho que ouvi ela contar. Estava contando o que ainda sobrou.

Agora estou super com frio, minhas mãos todas dormentes dentro das meias que eu calcei nelas.

No jantar, fiquei perguntando se a gente podia comer o finzinho do cereal e a Mãe acabou dizendo que sim. Derramei um pouco porque não sentia os dedos.

O escuro está voltando, mas a Mãe tem na cabeça todas as rimas do *Grande livro de rimas infantis*. Pedi "Laranjas e limões", meu verso favorito é "Eu não sei, diz o grande sino de Bow", porque é tudo grave feito um leão. E o do cutelo que vem cortar a cabeça da gente.

– O que é cutelo?

– Uma faca bem grande, eu acho.

– Acho que não – eu disse a ela. – É um helicóptero de hélices que rodam superdepressa e decepam cabeças.

– Credo!

Não estávamos com sono, mas não tinha muito pra fazer sem enxergar. Sentamos na Cama e fizemos nossas próprias rimas:

– Nosso amigo russo está com soluço.

– Nossos amigos Backyardigans vão brincar nos tobogãs.

– Essa é boa – eu disse à Mãe. – Nossa amiga Graça trazeu a taça.

– Trouxe a taça – a Mãe disse. – Nossa amiga Lina gosta de piscina.

– Nosso amigo Barney não gosta de carne-y.

– Trapaceiro.

– Está bem – eu disse. – Nosso amigo tio Paul levou um tombo no beisebol.

– Uma vez ele caiu da motocicleta.

Eu estava esquecendo que ele era de verdade.

– Por que ele caiu da motocicleta?

– Foi um acidente. Mas a ambulância o levou para o hospital e os médicos o deixaram bonzinho.

– Abriram ele com uma faca?

– Não, não, só engessaram o braço dele para parar de doer.

Quer dizer que os hospitais também são reais, e as motocicletas. Minha cabeça vai explodir, com todas essas coisas novas em que eu tenho que acreditar.

Agora está tudo preto, menos a Claraboia, que tem uma espécie de brilho escuro. A Mãe diz que nas cidades tem sempre alguma luz dos postes e das lâmpadas nos prédios e outras coisas.

– Onde é a cidade?

– Logo ali – disse ela, apontando para a Parede da Cama.

– Eu olhei pela Claraboia e não vi cidade nenhuma.

– É, foi por isso que você se zangou comigo.

– Não estou zangado com você.

Ela devolveu meu beijo.

– A claraboia é virada direto para cima, para o ar. A maioria das coisas de que eu lhe falei fica no chão, por isso, para vê-las, precisaríamos de uma janela voltada para o lado.

– Podíamos pedir uma janela para o lado de presente de domingo.

A Mãe deu uma espécie de risada.

Eu ia me esquecendo que o Velho Nick não vem mais. Talvez o meu pirulito tenha sido o último presente de domingo de todos.

Achei que ia chorar, mas o que veio foi um enorme bocejo.

– Boa noite, Quarto – eu disse.

– Está na hora? Está bem. Boa noite – disse a Mãe.

– Boa noite, Abajur e Balão. – Esperei a Mãe, mas ela não disse mais nenhum deles. – Boa noite, Jipe, e boa noite, Controle. Boa noite, Tapete, e boa noite, Cobertor, e boa noite, Percevejos, e não piquem ninguém.

O que me acordou foi um barulho repetido. A Mãe não estava na Cama. Havia um pouco de luz, o ar continuava gelado. Olhei pela borda, ela estava no meio do Piso, fazendo *tum tum tum* com a mão.

– O que o Piso fez?

A Mãe parou e bufou uma respiração comprida.

– Preciso bater em alguma coisa, mas não quero quebrar nada.

– Por quê?

– Na verdade, eu adoraria quebrar alguma coisa. Adoraria quebrar tudo. Não gosto dela desse jeito.

– O que tem pro café?

A Mãe me encarou. Depois, levantou e foi até o Armário e tirou uma rosca, acho que é a última.

Ela só comeu um quarto dela, não estava com muita fome.

Quando a gente solta a respiração, ela fica esfumaçada.

– É porque hoje está mais frio – disse a Mãe.

– Você disse que não ia esfriar mais.

– Desculpe, eu me enganei.

Terminei a rosca.

– Eu ainda tenho uma Vovó e um Vovô e um Tio Paul?

– Tem – ela disse, e sorriu um pouquinho.

– Eles estão no Céu?

– Não, não – ela torceu a boca. – Pelo menos, acho que não. O Paul é só três anos mais velho que eu, tem... puxa, ele deve ter vinte e nove anos.

– Na verdade, eles estão aqui – cochichei. – Escondidos.

A Mãe olhou em volta.

– Onde?

– No Embaixo da Cama.

– Puxa, deve estar um aperto danado. Eles são três, e são bem grandes.

– Grandes como hipopótamos?

– Não tão grandes assim.

– Vai ver que eles estão... no Guarda-Roupa.

– Com os meus vestidos?

– É. Quando a gente ouvir um barulhão, são eles derrubando os cabides.

O rosto da Mãe ficou chocho.

– É só brincadeira – eu disse.

Ela concordou com a cabeça.

– Um dia eles podem vir aqui de verdade?

– Eu queria que pudessem. Rezo muito por isso, todas as noites.

– Eu não escuto você.

– Só na minha cabeça – ela disse.

Eu não sabia que ela rezava coisas na cabeça, onde eu não posso ouvir.

– Eles também desejam isso, mas não sabem onde eu estou.

– Você está no Quarto comigo.

– Mas eles não sabem onde é, e não sabem nada sobre você.

Isso é esquisito.

– Eles podiam olhar no Mapa da Dora, e aí, quando vierem, eu pulo na frente deles de surpresa.

A Mãe quase riu, mas não muito.

– O Quarto não está em mapa nenhum.

– Podíamos contar para eles por telefone. O Bob, o construtor, tem um.

– Mas nós não.

– A gente podia pedir um de presente de domingo – eu disse. Aí me lembrei. – Se o Velho Nick parar de ficar zangado.

– Jack, ele nunca nos daria um telefone nem uma janela. – A Mãe segurou meus polegares e apertou. – Somos como pessoas num livro que ele não deixa mais ninguém ler.

Na Educação Física, corremos na Pista. Foi difícil carregar a Mesa e as cadeiras, porque as mãos não parecem estar aqui. Corri dez idas e voltas, mas continuei sem esquentar, meus dedos dos pés estão tropeçantes. Fizemos a Cama Elástica e o Caratê, *Ri-iá*, e depois eu escolhi de novo o Pé de Feijão. A Mãe disse que tudo bem, se eu prometesse não ter um ataque quando não conseguisse ver nada. Trepei na Mesa e na minha cadeira e na Lixeira e nem balancei. Segurei as bordas onde o Teto se inclina pra Claraboia e olhei fixo para o azul pelo favo de mel, o que me fez piscar. Depois de algum tempo, a Mãe disse que queria descer e cuidar do almoço.

– Sem legumes, por favor, a minha barriga não aguenta eles.
– Temos que consumi-los antes que eles estraguem.
– Podíamos comer macarrão.
– Estamos quase sem nenhum.
– Então, arroz. E se...?

Aí eu esqueci de falar, porque vi aquilo pra lá do favo de mel, uma coisa tão pequena que achei que era só uma daquelas mosquinhas do meu olho, mas não era. Era uma linhazinha fazendo um risco grosso e branco no céu.

– Mãe...
– O que é?
– Um avião!
– É mesmo?
– É mesmo, real de verdade. Ah...

Aí caí em cima da Mãe e depois no Tapete. A Lixeira veio batendo na gente, e a minha cadeira também. A Mãe disse *ai ai ai* e esfregou o pulso.

– Desculpe, desculpe – eu disse, e dei beijinho pra passar. – Eu vi, era um avião de verdade, só que pequenininho.
– É só porque ele está longe – ela disse, toda risonha. – Aposto que, se você o visse de perto, na verdade ele seria enorme.
– O mais incrível é que ele estava escrevendo uma letra *I* no céu.
– Isso se chama... – ela deu um tapa na cabeça. – Não consigo me lembrar. É uma espécie de risco, é a fumaça do avião, ou coisa assim.

No almoço, comemos todos os sete restos de bolacha com o queijo gosmento, prendemos o fôlego pra não sentir o gosto dele.

A Mãe me deu um pouco, embaixo do Edredom. Tinha um brilho do rosto amarelo de Deus, mas não o bastante para um banho de sol. Não consegui desligar, fiquei olhando fixo com tanta força pra Claraboia que os meus olhos coçaram, mas não vi nenhum outro avião. Mas eu vi mesmo aquele quando estava no alto do Pé de Feijão, não foi um sonho. Eu vi ele voando no Lá Fora, então existe mesmo um Lá Fora em que a Mãe foi pequenininha.

Levantamos e brincamos de Cama de Gato e Dominó e Submarino e Fantoches e uma porção de outras coisas, mas só um pouquinho de cada um. Brincamos de Hum, mas as músicas foram muito fáceis de adivinhar. Voltamos para a Cama pra aquecer.

– Vamos no Lá Fora amanhã – eu disse.

– Ah, Jack.

Eu estava deitado no braço da Mãe, todo grosso dentro de dois suéteres.

– Eu gosto do cheiro de lá.

Ela virou a cabeça e me olhou.

– Quando a Porta abre depois das nove e o ar entra soprando, não é igual ao nosso ar – eu disse.

– Você notou – ela disse.

– Eu noto tudo.

– É, é mais puro. No verão cheira a grama cortada, porque estamos no quintal dele. Às vezes vejo de relance arbustos e cercas.

– Quintal de quem?

– Do Velho Nick. O Quarto foi feito a partir do galpão dele, lembra?

É difícil lembrar todos os pedaços, nenhum deles parece muito verdadeiro.

– Ele é o único que sabe os números do código para digitar no teclado externo.

Olhei para o Teclado Numérico, não sabia que existia outro.

– Eu digito números.

– É, mas não os secretos, que abrem a porta... como uma chave invisível – disse a Mãe. – Depois, quando ele vai voltar para casa, tecla de novo o código neste aqui – e apontou para o Teclado.

– Pra casa da rede?

– Não – a voz da Mãe ficou alta. – O Velho Nick mora numa casa diferente.

– Nós podemos ir na casa dele um dia?

A Mãe apertou a boca com a mão.

– Eu preferiria ir à casa da sua avó e do seu avô.

– A gente podia balançar na rede.

– A gente podia fazer o que quisesse, seríamos livres.

– Quando eu tiver seis anos?

– Um dia, com certeza.

Tinha um molhado escorrendo pelo rosto da Mãe e caindo no meu. Dei um pulo, era salgado.

– Eu estou bem – ela disse, esfregando a bochecha –, está tudo bem. Só estou... com um pouquinho de medo.

– Você não pode ficar com medo – eu estava quase gritando. – Má ideia.

– Só um pouquinho. Nós estamos bem, temos o essencial.

Aí eu fiquei com um medo mais maior de grande.

– Mas e se o Velho Nick não descortar a energia e não trouxer mais comida, nunca nunca nunca?

– Ele vai trazer – ela disse, ainda respirando engasgada. – Tenho quase cem por cento de certeza de que vai.

Quase cem são noventa e nove. Será que noventa e nove bastam?

A Mãe sentou e esfregou o rosto com o braço do suéter.

Minha barriga roncou, fiquei pensando no que teria sobrado. Já estava escurecendo de novo. Acho que a luz não está vencendo.

– Escute, Jack, preciso lhe contar outra história.

– Uma história verdadeira?

– Completamente verdadeira. Sabe como eu era toda triste?

Dessa eu gosto.

– Aí eu desci do Céu e cresci na sua barriga.

– É, mas sabe, a razão de eu ser triste... era *por causa* do Quarto. O Velho Nick... eu nem o conhecia, eu tinha dezenove anos. Ele me roubou.

Fiquei tentando entender. Não roube, Raposo! Mas nunca ouvi falar de roubarem gente.

A Mãe me apertou com muita força demais.

– Eu era estudante. Era de manhã cedo, eu estava atravessando um estacionamento para ir à biblioteca da faculdade, ouvindo... é um aparelhinho que guarda mil músicas e as toca no ouvido da gente, fui a primeira entre as minhas amigas a ganhar um.

Eu queria ter esse aparelho.

– Enfim, veio um homem correndo, pedindo socorro, porque o cachorro dele estava passando mal e ele pensou que o animal pudesse estar morrendo.

– Como ele se chama?

– O homem?

Abanei a cabeça.

– O cachorro.

– Não, o cachorro era só um truque para me fazer entrar na picape dele, a picape do Velho Nick.

– Ela é de que cor?

– A picape? Marrom. Ele ainda tem a mesma, vive reclamando dela.

– Quantas rodas?

– Preciso que você se concentre no que é importante – disse a Mãe.

Fiz que sim. As mãos dela estavam muito apertadas, eu afrouxei.

– Ele pôs uma venda em mim...

– Como na Cabra-Cega?

– É, só que não foi engraçado. Ele dirigiu sem parar, fiquei apavorada.

– Onde eu estava?

– Você ainda não tinha acontecido, lembra?

Eu tinha esquecido.

– O cachorro também estava na picape?

– Não havia cachorro nenhum – fez a Mãe, de novo parecendo mal-humorada. – Você tem que me deixar contar esta história.

– Posso escolher outra?

– Foi essa que aconteceu.

– Pode me contar *Jack, o Matador de Gigantes*?

– Escute – disse a Mãe, pondo a mão em cima da minha boca. – Ele me fez tomar um remédio ruim, para eu dormir. Depois, quando acordei, estava aqui.

Está quase preto e agora não consigo ver nada do rosto da Mãe, que virou para o outro lado, então só posso escutar.

– Na primeira vez que ele abriu a porta, eu gritei socorro e ele me derrubou com um murro, e nunca mais tentei fazer isso.

Minha barriga ficou toda cheia de nós.

– Eu tinha medo de dormir e ele voltar – disse a Mãe –, mas, quando estava dormindo, era a única hora em que eu não chorava, então eu dormia umas dezesseis horas por dia.

– Você fez um lago?

– O quê?

– A Alice chorou um lago, porque não conseguia lembrar de todos os poemas e números, e aí ela ia se afogar.

– Não – disse a Mãe –, mas a minha cabeça doía o tempo todo e os meus olhos coçavam. O cheiro das placas de cortiça me enjoava.

Que cheiro?

– Quase fiquei maluca, olhando para o meu relógio e contando os segundos. As coisas me assustavam, pareciam ficar maiores ou menores quando eu olhava, mas, quando eu desviava o olhar, começavam a deslizar. Quando ele finalmente trouxe a televisão, eu a deixava ligada vinte e quatro horas por dia; coisas idiotas, comerciais de comida de que eu me lembrava, minha boca chegava a doer, de tanto querer aquilo tudo. Às vezes eu ouvia vozes na televisão me dizendo coisas.

– Como a Dora?

Ela balançou a cabeça.

– Quando ele estava trabalhando, eu tentava sair, tentei de tudo. Passei dias na ponta dos pés em cima da mesa, raspando a área em volta da claraboia, quebrei todas as unhas. Atirei nela tudo em que consegui pensar, mas a tela é muito forte, nunca cheguei nem mesmo a trincar o vidro.

A Claraboia é só um quadrado de não muito escuro.

– Tudo o quê?

– A panela grande, as cadeiras, a lata de lixo...

Puxa, eu queria ter visto ela atirar a Lixeira.

– E, uma outra vez, cavei um buraco.

Fiquei confuso.

– Onde?
– Você pode apalpá-lo, quer ver? Teremos de nos espremer...

A Mãe afastou o Edredom e puxou a Caixa do Embaixo da Cama, e deu um gemidinho quando entrou. Eu me esgueirei do lado dela, ficamos perto da Cobra de Ovos, mas não podia amassar.

– Tirei a ideia de *Fugindo do inferno*. – A voz dela estava toda sonora do lado da minha cabeça.

Lembrei da história sobre o campo nazista, não era um acampamento de verão com nacos de marshmallow, mas de inverno, com milhões de pessoas tomando sopa de vermes. Os Aliados arrebentaram os portões e todo mundo saiu correndo, acho que os Aliados são anjos que nem o de são Pedro.

– Me dê os seus dedos... – a Mãe os puxou. Senti a cortiça do Piso. – Bem aqui.

De repente, tinha um pedaço abaixado, de bordas ásperas. Meu peito fez *bum bum*, eu nunca sube que tinha um buraco.

– Cuidado, não vá se cortar. Eu o fiz com a faca serrilhada – ela disse. – Arranquei a cortiça, mas a madeira demorou um pouco. Depois, a lâmina de chumbo e a espuma foram razoavelmente fáceis, mas aí, sabe o que eu encontrei?

– O País das Maravilhas?

A Mãe fez um som de raiva tão alto que eu dei uma cabeçada na Cama.

– Desculpe.

– O que eu achei foi uma cerca de argolas de aço.

– Onde?

– Bem ali no buraco.

Uma cerca num buraco? Enfiei a mão lá embaixo e mais embaixo.

– É uma coisa de metal, já chegou lá?

– Já.

Era fria, toda lisa, agarrei ela com os dedos.

– Quando ele estava transformando o galpão no Quarto – a Mãe disse –, escondeu uma camada de cerca embaixo dos barrotes do piso e em todas as paredes, e até no teto, para que eu nunca, nunca conseguisse atravessá-los.

Tínhamos retorcido o corpo todo pra sair. Agora estávamos sentados com as costas na Cama. Fiquei completamente sem fôlego.

– Quando ele descobriu o buraco, deu verdadeiros uivos – disse a Mãe.

– Como um lobo?

– Não, de tanto rir. Tive medo de que ele me machucasse, mas, daquela vez, ele só achou engraçadíssimo.

Meus dentes se juntaram com força.

– Naquela época ele ria mais – a Mãe disse.

O Velho Nick é um ladrão zumbi gatuno nojento.

– A gente pode fazer um motim contra ele – eu disse. – Eu quebro ele todo em pedacinhos com o meu transformer exterminador megatrônico supergigante.

Ela deu um beijo do lado do meu olho.

– Machucá-lo não adianta. Uma vez eu tentei, quando fazia mais ou menos um ano e meio que estava aqui.

Isso era a coisa mais incrível.

– Você machucou o Velho Nick?

– O que eu fiz foi tirar a tampa do vaso sanitário, e também ficar segurando a faca lisa, e uma noite, pouco antes das nove, fiquei encostada na parede do lado da porta...

Fiquei confuso.

– O Vaso não tem tampa.

– Costumava ter, em cima do reservatório de água. Era a coisa mais pesada que havia no Quarto.

– A Cama é superpesada.

– Mas eu não podia levantar a cama, podia? Então, quando o ouvi entrando...

– O *bipe bipe*.

– Exato. Dei com a tampa do vaso na cabeça dele.

Fiquei com o polegar na boca, roendo, roendo.

– Mas não bati com força suficiente, a tampa caiu no chão e quebrou em dois pedaços, e ele, o Velho Nick, ele conseguiu fechar a porta com um tranco.

Senti o gosto de uma coisa esquisita.

A voz da Mãe estava toda engasgada.

– Eu sabia que a minha única chance era fazer com que ele me desse o código. Por isso, encostei a faca no pescoço dele, assim. – Ela pôs a unha embaixo do meu queixo, não gostei. – E falei: "Me diga qual é o código".

– E ele disse?

Ela deu uma bufadela.

– Ele disse uns números e eu fui lá teclá-los.

– Que números?

– Acho que não eram os números verdadeiros. Ele se levantou de um salto e torceu meu pulso e pegou a faca.

– O seu pulso ruim?

– Bem, ele não era ruim antes disso. Não chore – disse a Mãe para o meu cabelo –, isso foi há muito tempo.

Tentei falar, mas a voz não saiu.

– Por isso, Jack, nós não devemos tentar machucá-lo de novo. Quando ele voltou na noite seguinte, disse que, número um, nada jamais o faria me revelar o código. E, número dois, se eu voltasse a tentar uma gracinha daquelas, ele iria embora e eu ficaria com mais e mais fome, até morrer.

Acho que ela parou.

Minha barriga roncou alto à beça e eu descobri por que a Mãe estava me contando essa história terrível. Ela estava me dizendo que nós vamos...

Aí eu pisquei e cobri os olhos, ficou tudo ofuscante, porque o Abajur voltou a acender.

Morrer

Está tudo quente. A Mãe já se levantou. Na Mesa tem uma caixa nova de cereal e quatro bananas, oba! O Velho Nick deve ter vindo de noite. Dei um pulo da Cama. Também tem macarrão e cachorro-quente e tangerinas e...

A Mãe não comeu nada disso, ficou parada diante da Cômoda, olhando para a Planta. Tinha três folhas caídas. Ela segurou a haste da Planta e...

– Não!

– Ela já estava morta.

– Você quebrou ela.

A Mãe abanou a cabeça.

– As coisas vivas se curvam, Jack. Acho que foi o frio, ele fez a Planta ficar toda dura por dentro.

Fiquei tentando juntar os pedaços da haste.

– Ela precisa de durex – eu disse. Lembrei que não temos mais nenhum, a Mãe pôs o último pedacinho na Nave Espacial, Mãe idiota. Corri para puxar a Caixa do Embaixo da Cama, achei a Nave Espacial e arranquei os pedaços de durex.

A Mãe só ficou olhando.

Apertei o durex na Planta, mas ele só fez escorregar e ela está em pedaços.

– Eu sinto muito.

– Faz ela ficar viva de novo – eu disse à Mãe.

– Eu faria, se pudesse.

Ela esperou eu parar de chorar e enxugou meus olhos. Agora estava muito calor, tirei as roupas extras.

– Acho que é melhor pormos a planta no lixo – disse a Mãe.

– Não. No Vaso Sanitário.

– Isso pode entupir os canos.

– Podemos quebrar ela em pedacinhos...

Beijei algumas folhas da Planta e puxei a descarga, depois mais algumas e puxei de novo, e depois a haste, em pedacinhos.

– Adeus, Planta – murmurei. Pode ser que no mar ela se junte toda de novo e cresça até chegar no Céu.

O mar é real, acabei de lembrar. É tudo real no Lá Fora, tudo o que existe, porque eu vi o avião no azul entre as nuvens. A Mãe e eu não podemos ir lá porque não sabemos o código secreto, mas assim mesmo é real.

Antes eu nem sabia ficar com raiva porque não podemos abrir a Porta, a minha cabeça era pequena demais para o Lá Fora caber nela. Quando eu era pequeno, eu pensava feito uma criança pequena, mas agora que tenho cinco anos eu sei tudo.

Tomamos banho logo depois do café, com a água toda cheia de vapor, nham. Enchemos tanto a Banheira que ela quase fez uma inundação. A Mãe deitou de costas e quase dormiu, eu a acordei pra lavar o cabelo dela e ela lavou o meu. Também lavamos a roupa, mas aí tinha fios compridos de cabelo nos lençóis e a gente teve que catá-los, fizemos uma corrida para ver quem pegava mais mais depressa.

Os desenhos já acabaram, as crianças estão colorindo ovos para o Coelhinho Fujão. Eu olho pra cada criança diferente e digo na minha cabeça: *Você é real*.

– É o Coelho da Páscoa, não o Coelhinho Fujão – disse a Mãe. – Eu e o Paul costumávamos... Quando éramos pequenos, o Coelhinho da Páscoa trazia ovos de chocolate de noite e os escondia em todo o nosso quintal, embaixo dos arbustos e em buracos nas árvores, até na rede.

– Ele levava os seus dentes? – perguntei.

– Não, era tudo de graça – ela disse. Fez uma cara murcha.

Acho que o Coelho da Páscoa não sabe onde é o Quarto e, de qualquer jeito, não temos arbustos nem árvores, eles ficam do lado de fora da Porta.

Hoje é um dia muito feliz, por causa do calor e da comida, mas a Mãe não está feliz. Provavelmente, está com saudade da Planta.

Escolhi o exercício de Educação Física, foi Caminhada, no qual a gente anda de mãos dadas na Pista e vai dizendo o que consegue ver.

– Olha, Mãe, uma cascata.

Depois de um minuto, eu disse:

– Olha, um gnu.

– Puxa!

– Sua vez.

– Ah, olha – disse a Mãe –, um caramujo.

Eu me curvei para olhar.

– Olha, um buldôzer gigante derrubando um arranha-céu.

– Olha, um flamingo voando – ela disse.

– Olha, um zumbi todo babado.

– Jack!

Isso a fez sorrir por meio segundo.

Depois, marchamos mais depressa e cantamos "This Land Is Your Land".

Aí tornamos a pôr o Tapete no Piso e ele virou nosso tapete voador, e zunimos por cima do Polo Norte.

A Mãe escolheu Cadáver, quando a gente deita superimóvel, mas eu esqueci e cocei o nariz e ela ganhou. Depois escolhi Cama Elástica, mas ela disse que não queria mais fazer Educação Física.

– Você faz só o comentário e eu fico pulando.

– Não, desculpe, vou voltar para a cama um pouquinho.

Hoje ela não está muito divertida.

Tirei a Cobra de Ovos do Embaixo da Cama bem devagarinho, acho que escutei ela sibilar com a sua língua de agulha, *Saudaçõessss*. Fiz carinho nela, especialmente nos ovos que estão rachados ou lascados. Um deles desmoronou nos meus dedos, aí fui fazer cola com uma pitada de farinha de trigo e grudei os pedaços num papel pautado, para fazer uma montanha de cume recortado. Quis mostrar à Mãe, mas ela estava de olhos fechados.

Fui para o Guarda-Roupa e brinquei de ser mineiro de carvão. Achei uma pepita de ouro embaixo do travesseiro, na verdade era o Dente. Ele não está vivo e não se curvou, partiu, mas não temos que jogá-lo no Vaso Sanitário. Ele é feito da Mãe, é ela cuspido e escarrado.

Espichei a cabeça pra fora e os olhos da Mãe abriram.

– O que você está fazendo? – perguntei.

– Apenas pensando.

Eu posso pensar e fazer coisas interessantes ao mesmo tempo. Ela não pode?

Ela levantou para fazer o almoço, foi uma caixa de macarrão todo alaranjado, *una delicia*.

Depois brinquei de Ícaro, com as asas dele derretendo. A Mãe ficou lavando a louça bem devagar. Esperei ela terminar para podermos brincar, mas ela não quis, sentou na Cadeira de Balanço e só ficou balançando.

– O que você está fazendo?

– Ainda pensando.

Depois de um minuto, ela perguntou:

– O que tem dentro da fronha?

– É a minha mochila – eu disse. Amarrei duas pontas dela no pescoço. – É pra ir no Lá Fora quando nos resgatarem. – Pus dentro dela o Dente e o Jipe e o Controle e uma roupa de baixo pra mim e uma pra Mãe, e também meias e a Tesoura e quatro maçãs, pra se ficarmos com fome. – Lá tem água? – perguntei.

A Mãe fez que sim.

– Rios, lagos...

– Não, mas pra beber, tem uma torneira?

– Uma porção de torneiras.

Fiquei contente por não ter que levar uma garrafa d'água, porque a minha mochila está bem pesada, tenho que ficar segurando no pescoço pra ela não espremer a minha fala.

A Mãe balançou, balançou.

– Antigamente eu sonhava com um resgate – disse. – Escrevia bilhetes e os escondia nos sacos de lixo, mas ninguém jamais os encontrou.

– Você devia ter mandado eles pelo Vaso Sanitário.

– E, quando gritamos, ninguém nos ouve. Passei metade da noite de ontem piscando a luz, depois pensei: *Não há ninguém olhando*.

– Mas...

– Ninguém vai nos resgatar.

Eu não disse nada. Depois, falei:

– Você não sabe tudo que existe.

O rosto dela está o mais estranho que eu já vi.

Eu preferia que ela passasse o dia inteiro Fora, em vez de ser toda não--Mãe assim.

Desci os meus livros da Prateleira e li todos, *Aeroporto de armar* e as *Rimas infantis* e *Dylan, o escavador*, que é o meu favorito, e *O coelhinho fujão*, mas parei na metade e deixei esse para a Mãe, e em vez dele li um pouco da *Alice*, mas pulei a Duquesa, que dá medo.

A Mãe finalmente parou de balançar.

– Posso tomar um pouco?

– É claro, venha cá – ela disse.

Sentei no seu colo e levantei a camiseta e tomei um montão por muito tempo.

– Terminou? – ela disse no meu ouvido.

– Sim.

– Escute, Jack. Está escutando?

– Estou sempre escutando.

– Nós temos que sair daqui.

Olhei para ela.

– E temos que fazer isso inteiramente sozinhos.

Mas ela disse que éramos feito pessoas num livro, como é que as pessoas de um livro fogem dele?

– Precisamos bolar um plano. – A voz dela estava toda aguda.

– Como o quê?

– Não sei, não é? Faz sete anos que tento pensar em algum.

– Podíamos derrubar as paredes – sugeri. Mas não temos jipe para derrubar elas, nem mesmo um buldôzer. – Nós podíamos... explodir a Porta.

– Com o quê?

– O gato fez isso no *Tom e Jerry*...

– É ótimo você se empenhar em dar ideias e sugestões, mas precisamos de uma ideia que realmente funcione.

– Uma explosão *grandona* mesmo – disse eu.

– Se for grandona mesmo, vai nos explodir também.

Eu não tinha pensado nisso. Fiz outro empenho em dar sugestões.

– Ah, Mãe! A gente pode... esperar o Velho Nick chegar uma noite, e aí você diz "Ah, olhe este bolo gostoso que nós fizemos, coma uma fatia grande do nosso bolo gostoso de Páscoa", e na verdade ia ser veneno.

A Mãe abanou a cabeça.

– Se nós o fizermos adoecer, mesmo assim ele não nos dará o código.

Pensei tanto que chegou a doer.

– Alguma outra ideia?

– Você diz não pra todas elas.

– Desculpe. Desculpe. Só estou tentando ser realista.

– Quais ideias são realistas?

– Não sei. Não sei. – A Mãe passou a língua nos lábios. – Fico obcecada com o momento em que a porta se abre. Se cronometrássemos o tempo certinho nessa fração de segundo, será que conseguiríamos passar correndo por ele?

– Ah, essa é uma ideia maneira.

– Se você conseguisse ao menos escapulir para o lado de fora, enquanto eu partia pra cima dos olhos dele... – A Mãe abanou a cabeça. – Não dá.

– Dá, sim.

– Ele agarraria você, Jack, ele o alcançaria antes de você correr metade do quintal e...

Ela parou de falar.

Depois de um minuto, eu disse:

– Alguma outra ideia?

– Só as mesmas, girando e girando feito ratos numa roda – disse a Mãe entre dentes.

Por que os ratos giram numa roda? Será como a Roda-Gigante num parque de diversões?

– A gente devia fazer um truque esperto – eu disse.

– Como o quê?

– Que nem, assim, quando você era estudante e ele tapeou você pra você entrar na picape com o cachorro que não era de verdade.

A Mãe soltou a respiração.

– Sei que você está tentando ajudar, mas será que pode ficar quieto um pouquinho, agora, para eu poder pensar?

Mas nós estávamos pensando, estávamos pensando muito juntos. Levantei e fui comer a banana com a parte marrom grande, a parte marrom é a mais doce.

– Jack! – Os olhos da Mãe ficaram todos grandões e ela falou superdepressa. – O que você disse sobre o cachorro... na verdade, foi uma ideia brilhante. E se fingíssemos que você está doente?

Fiquei confuso, depois entendi.

– Como o cachorro que não existia?

– Exatamente. Quando ele vier... eu poderia dizer que você está muito doente.

– Que tipo de doente?

– Talvez uma gripe muito, muito forte. Experimente tossir muito.

Tossi e tossi e ela escutou.

– Hmm – disse.

Acho que não sou muito bom nisso. Tossi mais alto, minha garganta parecia que ia rasgar.

A Mãe abanou a cabeça.

– Esqueça a tosse.

– Posso tossir ainda maior...

– Você está fazendo um ótimo trabalho, mas continua a soar falso.

Soltei a maior e mais horrível tosse do mundo.

– Não sei – disse a Mãe –, talvez tosse seja difícil demais de fingir. De qualquer modo... – Ela deu um tapa na testa. – Eu sou muito burra.

– Não é, não. – Fiz festa onde ela tinha batido.

– Tem que ser alguma coisa que você tenha pegado do Velho Nick, entendeu? Ele é o único que traz micróbios para cá, e não está gripado. Não, nós precisamos de... alguma coisa na comida, será? – Olhou toda furiosa para as bananas. – *E. coli*? Será que isso deixaria você com febre?

Não é para a Mãe me perguntar coisas, é para ela saber.

– Uma febre muito alta, que faça você não poder falar nem acordar direito...

– Por que eu não posso falar?

– Será mais fácil você fingir se não falar. É, isso mesmo – a Mãe disse, com os olhos todos brilhantes. – Eu digo a ele: "Você tem que levar o Jack ao hospital na picape, para os médicos poderem dar o remédio certo a ele".

– Eu, andando na picape marrom?

A Mãe fez que sim.

– Até o hospital.

Nem pude acreditar. Mas aí pensei no planeta médico.

– Não quero que me abram cortando.

– Não, os médicos não farão nada com você de verdade, porque não haverá nada errado com você, lembra? – Ela fez um carinho no meu ombro. – É só um truque para a nossa Fuga do Inferno. O Velho Nick levará você para o hospital e, quando você vir o primeiro médico, ou enfermeira, seja quem for, você grita: "Socorro!"

– Você pode gritar.

Acho que vai ver a Mãe não ouviu. Aí ela disse:

– Eu não estarei no hospital.

– Onde você vai estar?

– Bem aqui, no Quarto.

Tive uma ideia melhor.

– Você também pode ficar doente de mentirinha, como naquela vez que a gente teve diarreia ao mesmo tempo, aí ele levava nós dois na picape.

A Mãe mordeu o lábio.

– Ele não vai cair nessa. Sei que vai ser bem estranho você ir sozinho, mas estarei falando com você na sua cabeça a cada minuto, eu prometo. Lembra quando a Alice estava caindo, caindo, caindo, e conversou o tempo todo com sua gata Dinah na cabeça dela?

A Mãe não vai estar de verdade na minha cabeça. A minha barriga dói só de pensar.

– Não gosto desse plano.
– Jack...
– É má ideia.
– Na verdade...
– Não vou para o Lá Fora sem você.
– Jack...
– Nem vem, neném, nem vem, neném, nem vem, neném.
– Está bem, fique calmo. Esqueça.
– Mesmo?
– Sim, não adianta tentar se você não estiver pronto.
Ela continuou a parecer mal-humorada.

Hoje é abril, então eu posso encher um balão. Sobraram três, vermelho, amarelo e outro amarelo; escolhi o amarelo, pra ainda ter um de cada cor, vermelho e amarelo, no mês que vem. Enchi ele de ar e deixei zunir pelo Quarto uma porção de vezes, gosto do barulho chiado. É difícil decidir a hora de dar o nó, porque depois o balão não vai mais zunir, só voar devagarinho. Mas preciso dar o nó pra brincar de Tênis de Balão. Por isso, deixei ele *chiarzunir* de montão e enchi mais três vezes, e depois dei o nó, com meu dedo preso sem querer. Quando ele ficou amarrado direito, a Mãe e eu jogamos Tênis de Balão e eu ganhei cinco das sete vezes.

Ela perguntou:
– Você quer um pouco?
– O esquerdo, por favor – respondi, deitando na Cama.
Não tinha muito, mas estava gostoso.

Acho que cochilei um pouco, mas aí a Mãe falou no meu ouvido.
– Lembra de como eles engatinharam pelo túnel escuro para fugir dos nazistas? Um de cada vez.
– É.
– É assim que nós vamos fazer, quando você estiver pronto.
– Que túnel? – Olhei para todos os lados.
– *Como* no túnel, não num túnel de verdade. O que estou dizendo é que os prisioneiros tiveram que ser muito corajosos e sair um de cada vez.
Abanei a cabeça.

– É o único plano viável. – Os olhos da Mãe estavam brilhando demais. – Você é o meu valente Príncipe SuperJack. Primeiro você vai ao hospital, sabe?, e depois volta com a polícia...

– Eles vão me prender?

– Não, não, eles vão ajudar. Você os trará de volta aqui para me salvar e voltaremos a ficar juntos para sempre.

– Eu não posso salvar, só tenho cinco anos.

– Mas você tem superpoderes – a Mãe me disse. – É a única pessoa capaz de fazer isso. Você quer?

Eu não sabia o que dizer, mas ela ficou esperando, esperando.

– Está bem.

– Isso quer dizer sim?

– Sim.

Ela me deu um beijo enorme.

Saímos da Cama e comemos uma lata de tangerina cada um.

Nosso plano tem uns pedaços com problema e a Mãe fica pensando neles e dizendo ah, não, mas depois descobre um jeito.

– A polícia não vai saber o código secreto pra tirar você daqui – eu disse.

– Eles pensarão em alguma coisa.

– No quê?

Ela esfregou o olho.

– Sei lá, um maçarico?

– O que é...?

– É uma ferramenta de onde sai uma chama, capaz de queimar a porta até ela abrir.

– A gente pode fazer um – eu disse, dando pulos. – Pode, a gente pode pegar o vidro de vitamina com a cabeça de Dragão e botar ele no Fogão aceso até ele pegar fogo e...

– E morrer queimados – disse a Mãe, pouco amistosa.

– Mas...

– Jack, isso não é brincadeira. Vamos rever o plano...

Eu me lembro de todas as partes, mas continuo pegando elas na ordem errada.

– Olhe, é como na *Dora* – disse a Mãe –, quando ela vai a um lugar e depois a um segundo lugar, para chegar ao terceiro lugar. Para nós, é *Picape, Hospital, Polícia*. Repita.

– *Picape, Hospital, Polícia*.

– Ou talvez sejam cinco passos, na verdade: *Doente, Picape, Hospital, Polícia, Salvar a Mãe*.

Ela esperou.

– *Picape*...

– *Doente*.

– *Doente* – eu disse.

– *Hospital*... não, desculpe, *Picape. Doente, Picape*...

– *Doente, Picape, Hospital, Salvar a Mãe*.

– Você esqueceu a *Polícia* – ela disse. – Conte nos dedos. *Doente, Picape, Hospital, Polícia, Salvar a Mãe*.

Repetimos uma porção de vezes. Fizemos um mapa em papel pautado com desenhos; o do doente mostrava eu de olhos fechados e a língua toda pendurada, depois tinha uma picape marrom, depois uma pessoa de casacão branco, que quer dizer os médicos, depois um carro de polícia com uma sirene de piscar, depois a Mãe acenando e sorrindo por estar livre, com o maçarico todo soltando fogo, que nem um dragão. Minha cabeça ficou cansada, mas a Mãe disse que temos que praticar o pedaço de ficar doente, esse é o mais importante.

– Porque, se ele não acreditar, nada do resto vai acontecer. Tive uma ideia: vou deixar a sua testa quente pra valer, e vou deixar que ele a toque...

– Não.

– Está tudo bem, não vou queimar você.

Ela não entendeu.

– Sem ele tocando em mim.

– Ah – disse a Mãe. – Só uma vez, prometo, e eu estarei bem do seu lado.

Continuei abanando a cabeça.

– É, isso pode funcionar – ela falou –, talvez você possa se deitar encostado na saída de ar quente... – Ajoelhou-se e pôs a mão no Embaixo da Cama, perto da Parede da Cama, depois franziu o rosto e disse:

– Não é quente o bastante. Quem sabe... um saco de água bem quente na sua testa, logo antes de ele chegar? Você ficará na cama e, quando ouvirmos a porta fazer *bipe bipe*, eu escondo o saco de água.

– Onde?

– Não tem importância.

– Tem, sim.

A Mãe me olhou.

– Tem razão, nós temos que imaginar todos os detalhes, para que nada estrague o nosso plano. Eu deixo o saco de água embaixo da cama, certo? Depois, quando o Velho Nick puser a mão na sua testa, ela estará superquente. Vamos experimentar?

– Com o saco de água?

– Não, apenas deite na cama, por enquanto, e pratique ficar todo mole, como quando brincamos de Cadáver.

Sou muito bom nisso, deixei a boca aberta. Ela fingiu que era ele, com uma voz bem grave. Pôs a mão acima das minhas sobrancelhas e disse, toda ríspida:

– Puxa, está quente.

Eu ri.

– Jack.

– Desculpe.

Fiquei superquieto.

Praticamos muito mais, aí eu enjoei de ficar doente de mentirinha e a Mãe me deixou parar.

O jantar foi cachorro-quente. A Mãe mal comeu o dela.

– E então, você se lembra do plano? – perguntou.

Fiz que sim.

– Diga-me.

Engoli meu bico do pão.

– *Doente, Picape, Hospital, Polícia, Salvar a Mãe.*

– Que maravilha! Então, você está pronto?

– Pra quê?

– Para a nossa Fuga do Inferno. Logo à noite.

Eu não sabia que era hoje de noite. Não estava pronto.
– Por que é esta noite?
– Não quero esperar mais. Depois que ele cortou a energia...
– Mas ele ligou de novo ontem de noite.
– É, depois de três dias. E a Planta morreu de frio. E quem sabe o que ele fará amanhã? – A Mãe levantou com seu prato, estava quase gritando. – Ele parece humano, mas por dentro não tem nada.

Fiquei confuso.
– Feito um robô?
– Pior.
– Uma vez tinha um robô no *Bob, o construtor*...

A Mãe interrompeu.
– Sabe o seu coração, Jack?
– *Tum tum* – mostrei ele pra Mãe no meu peito.
– Não, a sua parte que sente, quando você fica triste ou com medo ou rindo ou outra coisa?

Essa é mais embaixo, acho que é na minha barriga.
– Bem, ele não tem isso.
– Barriga?
– Uma parte que sente – disse a Mãe.

Olhei para minha barriga.
– O que ele tem, então?

Ela deu de ombros.
– Só um vazio.

Como uma cratera? Mas ela é um buraco onde aconteceu alguma coisa. O que aconteceu?

Continuei não entendendo por que o Velho Nick ser um robô queria dizer que tínhamos que executar o plano esperto hoje de noite.
– Vamos fazer isso outra noite.
– Está bem – disse a Mãe, arriando na cadeira.
– Tá bem?
– Sim. – Ela esfregou a testa. – Desculpe, Jack, sei que estou apressando você. Tive muito tempo para elaborar essas ideias, mas para você é tudo novo.

Concordei com a cabeça um montão de vezes.

– Acho que mais uns dois dias não farão muita diferença. Desde que eu não o deixe começar outra briga. – Ela sorriu para mim. – Daqui a uns dois dias, talvez?

– Talvez quando eu fizer seis anos.

A Mãe me olhou fixo.

– É, vou ficar pronto pra tapear ele e ir no Lá Fora quando eu tiver seis anos.

Ela baixou o rosto em cima dos braços.

Puxei a Mãe.

– Não faz assim.

Quando o rosto levantou, era de assustar.

– Você disse que seria o meu super-herói.

Não me lembro de ter dito isso.

– Você não quer fugir?

– Quero. Só que não de verdade.

– Jack!

Olhei para o meu último pedaço de cachorro-quente, mas não quis comer.

– Vamos só continuar aqui.

A Mãe abanou a cabeça.

– Está ficando pequeno demais.

– O quê?

– O Quarto.

– O Quarto não é pequeno. Olha – falei. Subi na minha cadeira, pulei de braços abertos e rodei, e não bati em nada.

– Você nem sabe o que isso está lhe causando – ela disse, com a voz tremendo. – Você precisa ver coisas, tocar em coisas...

– Eu já faço isso.

– Mais coisas, outras coisas. Você precisa de mais espaço. De grama. Achei que queria conhecer a vovó e o vovô e o tio Paul, brincar nos balanços da pracinha, tomar sorvete...

– Não, obrigado.

– Tudo bem, esqueça.

A Mãe tirou a roupa e vestiu a camiseta de dormir. Fiz a mesma coisa. Ela não disse nada, de tão furiosa comigo. Amarrou o saco de lixo e botou do lado da Porta. Nessa noite ele não tinha lista.

Escovamos os dentes. Ela cuspiu. Ficou com o branco na boca. Seus olhos olharam para os meus no Espelho.

– Eu lhe daria mais tempo, se pudesse – disse. – Juro, eu esperaria o tempo que fosse necessário para você, se achasse que estamos seguros. Mas não estamos.

Virei depressa para a ela real e escondi o rosto na sua barriga. Sujei sua camiseta de pasta de dentes, mas ela não se incomodou.

Deitamos na Cama e a Mãe me deu um pouco, do esquerdo. Não conversamos.

No Guarda-Roupa, não consegui pegar no sono. Cantei baixinho:

– John Jacob Jingleheimer Schmidt. – Esperei. Cantei de novo.

A Mãe finalmente respondeu:

– O nome dele é o meu também.

– Toda vez que eu saio...

– As pessoas sempre gritam...

– Lá vai o John Jacob Jingleheimer Schmidt...

Em geral, ela canta junto o "na na na na na na na", que é o pedaço mais engraçado, mas não desta vez.

A Mãe me acordou, mas ainda era de noite. Estava encostada no Guarda-Roupa, e eu bati com o ombro ao me sentar.

– Venha ver – ela cochichou.

Paramos do lado da Mesa e olhamos pra cima, e tinha o mais grandalhão e redondo rosto prateado de Deus. Brilhava tanto que iluminava o Quarto todo, as torneiras e o Espelho e as panelas e a Porta e até as bochechas da Mãe.

– Sabe – ela sussurrou –, às vezes a lua é um semicírculo, e às vezes é um crescente, e às vezes só uma curvinha, como uma ponta de unha cortada.

– Naaah. – Só na televisão.

Ela apontou para a Claraboia.

– Você acabou de vê-la quando está cheia e bem lá no alto. Mas, quando sairmos, poderemos vê-la mais baixa no céu, quando ela tem todo tipo de forma. E até durante o dia.

– Nem vem, neném.

– Estou lhe dizendo a verdade. Você vai gostar muito do mundo. Espere só para ver o sol quando ele se põe, todo cor-de-rosa e roxo...

Dei um bocejo.

– Desculpe – ela disse, sussurrando de novo. – Venha para a cama.

Olhei pra ver se o saco de lixo tinha sumido, e tinha.

– O Velho Nick veio aqui?

– Veio. Eu disse que você estava adoecendo com alguma coisa. Cólicas, diarreia.

A voz da Mãe estava quase rindo.

– Por que você...?

– Assim ele vai começar a acreditar no nosso truque. Amanhã à noite, é amanhã que vamos executá-lo.

Arranquei minha mão da dela.

– Você não devia ter dito isso a ele.

– Jack...

– Má ideia.

– É um bom plano.

– É um plano burro idiota.

– É o único que temos – disse a Mãe, muito alto.

– Mas eu disse não.

– Foi, e antes disso você disse talvez, e antes disso disse sim.

– Você é uma trapaceira.

– Eu sou sua mãe – ela quase rugiu. – Isso significa que às vezes tenho que escolher por nós dois.

Deitamos na Cama. Eu me enrosquei todo, com ela atrás de mim.

Queria que a gente ganhasse aquelas luvas especiais de boxe de presente de domingo, assim eu podia bater nela.

Acordei com medo e continuei com medo.

A Mãe não deixou a gente puxar a descarga depois do cocô, quebrou ele todo com o cabo da Colher de Pau, até parecer sopa de cocô, e o cheiro era um horror.

Não brincamos de nada, só treinamos eu ficar todo mole e não dizer uma só palavra. Eu me senti meio doente de verdade, a Mãe disse que era só o poder da sugestão.

– Você finge tão bem que está enganando até a si mesmo.

Tornei a arrumar minha mochila, que na verdade é uma fronha, e dentro botei o Controle Remoto e o meu balão amarelo, mas a Mãe disse não.

– Se você levar alguma coisa, o Velho Nick vai adivinhar que você está fugindo.

– Eu podia esconder o Controle no bolso da calça.

Ela abanou a cabeça.

– Você estará apenas de camiseta de dormir e cueca, porque é isso que usaria se estivesse realmente ardendo em febre.

Pensei no Velho Nick me carregando para a picape e fiquei tonto, como se fosse cair.

– Assustado, é isso que você está, mas o que está fazendo é corajoso.

– Hein?

– Assustajoso.

– Assustoso.

Os sanduíches de palavra sempre fazem ela rir, mas eu não estava fazendo graça.

O almoço foi sopa de carne, eu só chupei os biscoitos.

– Com que parte você está preocupado neste momento? – a Mãe perguntou.

– O hospital. E se eu não falar as palavras certas?

– Você só tem que dizer a eles que a sua mãe está trancada e que foi o homem que levou você que fez isso.

– Mas as palavras...

– O que é que tem? – ela esperou.

– E se elas não saírem de jeito nenhum?

A Mãe apoiou a boca nos dedos:

– Fico esquecendo que você nunca falou com ninguém, a não ser comigo.

Esperei.

Ela soltou uma respiração comprida e barulhenta.

– Vamos fazer o seguinte, eu tenho uma ideia. Vou escrever um bilhete para você guardar escondido, um bilhete explicando tudo.

– Boa!

– É só você entregá-lo à primeira pessoa... quer dizer, não a um paciente, à primeira pessoa de uniforme.

– O que a pessoa vai fazer com ele?

– Ler, é claro.

– As pessoas da televisão sabem ler?

Ela me encarou.

– São pessoas reais, lembre-se, iguaizinhas a nós.

Continuei sem acreditar, mas não disse nada.

A Mãe escreveu o bilhete num pedaço de papel pautado. Foi uma história toda sobre nós e o Quarto e "Mandem ajuda, por favor, com urgência", que quer dizer superdepressa. Perto do começo havia duas palavras que eu nunca tinha visto, a Mãe disse que são os nomes dela, como as pessoas da televisão têm, era como todo mundo no Lá Fora a chamava, sou só eu que digo Mãe.

Minha barriga doeu, não gosto de ela ter outros nomes que eu nunca nem conheci.

– Eu tenho outros nomes?

– Não, você é sempre o Jack. Ah, mas... acho que você também teria meu sobrenome – e apontou para o segundo.

– Pra quê?

– Bem, para mostrar que você não é o mesmo que todos os outros Jacks do mundo.

– Que outros Jacks? Como nos contos mágicos?

– Não, meninos de verdade. Há milhões de pessoas lá fora, e não há nomes suficientes para todas, então elas têm que dividir.

Não quero dividir o meu nome. Minha barriga doeu mais forte. Eu não tenho bolso, por isso pus o bilhete dentro da cueca, ele arranha.

A luz está toda vazando. Eu queria que o dia demorasse mais, pra não ser de noite.

São 8:41 e eu estou na Cama treinando. A Mãe encheu um saco plástico de água quente de verdade, amarrou bem pra não derramar nenhuma, pôs o saco dentro de outro e amarrou esse também.

– Ai.

Tentei escapulir.

– São seus olhos? – Ela o botou de novo no meu rosto. – Tem que estar quente, senão não vai funcionar.

– Mas dói.

Ela experimentou no próprio rosto.

– Mais um minuto.

Botei meus punhos entre nós.

– Você tem que ser valente como o Príncipe SuperJack – disse a Mãe –, senão isso não vai funcionar. Será que devo apenas dizer ao Velho Nick que você melhorou?

– Não.

– Aposto que o Jack Matador de Gigantes poria um saco quente no rosto, se tivesse que fazer isso. Vamos, só mais um pouquinho.

– Deixa que eu faço.

Pus o saco no travesseiro, espremi o rosto e o botei na quentura. De vez em quando eu fazia uma parada e a Mãe sentia a minha testa ou as minhas bochechas e dizia "Fervilhando", depois fazia eu pôr o rosto de novo. Chorei um pouco, não por causa do calor, mas porque o Velho Nick ia chegar, se viesse nessa noite, eu não queria que ele viesse, achei que eu ia ficar doente de verdade. Passei o tempo todo escutando se vinha o *bipe bipe*, torci pra ele não vir, eu não estava assustoso, só com medo comum.

Corri para o Vaso Sanitário e fiz mais cocô e a Mãe o mexeu. Eu queria puxar a descarga, mas ela disse que não, o Quarto tinha que ficar fedido como se eu estivesse com diarreia o dia inteiro.

Quando voltei para a Cama, ela beijou minha nuca e disse:

– Você está indo muito bem, chorar é uma grande ajuda.

– Por que é...?

– Porque faz você parecer mais doente. Vamos fazer alguma coisa com o seu cabelo... Eu devia ter pensado nisso antes.

Ela pôs um pouco de detergente nas mãos e esfregou com força na minha cabeça toda.

– Está parecendo bem oleoso. É, mas está com um cheiro muito bom, você precisa cheirar pior – ela disse, e foi correndo olhar o Relógio de novo. – Estamos ficando sem tempo – falou, toda tremendo. – Eu sou uma idiota, você tem que cheirar mal, você realmente... Espere aí.

Debruçou sobre a Cama, fez uma tosse esquisita e pôs a mão na boca. Continuou a fazer o som estranho. Aí caiu um treco da sua boca, parecido com cuspe, mas muito mais grosso. Vi os palitos de peixe que a gente tinha jantado.

Ela esfregou aquilo no travesseiro e no meu cabelo.

– Para! – berrei, tentando me desvencilhar.

– Desculpe, tenho que fazer isso. – Os olhos da Mãe estavam estranhos e brilhantes. Ela esfregou o vômito na minha camiseta, até na minha boca. O cheiro era o pior do mundo, todo ácido e venenoso. – Ponha o rosto de novo no saco de água quente.

– Mas...

– Ande logo, Jack, depressa.

– Agora eu quero parar.

– Não estamos brincando, não podemos parar. Faça o que eu mandei.

Eu estava chorando, por causa do fedor e do meu rosto no saco tão quente que achei que ele ia derreter.

– Você é má.

– Tenho uma boa razão – a Mãe disse.

Bipe bipe. Bipe bipe.

A Mãe tirou o saco de água que estava arrancando o meu rosto fora.

– Psssiu. – Apertou meus olhos pra eles fecharem, empurrou meu rosto no travesseiro horroroso e puxou o Edredom até em cima, cobrindo minhas costas.

O ar mais frio entrou com ele. A Mãe foi logo dizendo:
– Ah, você chegou.
– Fale baixo – disse o Velho Nick, baixinho feito um rosnado.
– Eu só...
– Pssiu.
Outro *bipe bipe*, depois o *bum*.
– Você conhece a rotina – ele disse–, nem um pio até a porta fechar.
– Desculpe, desculpe. É só que o Jack está muito mal.

A voz da Mãe estava trêmula e, por um minuto, quase acreditei. Ela é até melhor pra fingir do que eu.
– Isso aqui está fedendo.
– É que ele está vazando por cima e por baixo.
– Deve ser só um desses vírus de vinte e quatro horas – disse o Velho Nick.
– Já está mais para umas trinta horas. Ele está com calafrios, ardendo em febre...
– Dê-lhe um daqueles comprimidos para dor de cabeça.
– O que você acha que eu tentei o dia inteiro? Ele só faz vomitar de novo. Não consegue reter nem água.

O Velho Nick bufou.
– Vamos dar uma olhada nele.
– Não – disse a Mãe.
– Ande, saia da frente...
– Não, eu disse que não...

Deixei o rosto no travesseiro, que estava grudento. Fiquei de olhos fechados. O Velho Nick estava ali, bem do lado da Cama, podia me ver. Senti a mão dele na minha bochecha e fiz um som, porque eu estava com muito medo, a Mãe tinha dito que seria a minha testa, mas não foi, o que ele tocou foi a minha bochecha, e a mão dele não era como a da Mãe, era fria e pesada...

E aí ela saiu.
– Vou trazer uma coisa mais forte para ele da farmácia de plantão.
– Uma coisa mais forte? Ele mal fez cinco anos, está completamente desidratado, com uma febre de Deus sabe quanto!

A Mãe estava gritando, não devia gritar, o Velho Nick ia ficar zangado.

– Cale a boca um segundo e me deixe pensar.

– Ele precisa ir para o pronto-socorro agora mesmo, é disso que ele precisa, e você sabe.

O Velho Nick fez um som, não sei o que aquilo quis dizer.

A voz da Mãe foi como se ela estivesse chorando:

– Se você não o internar agora, ele vai, ele pode...

– Chega de histeria – ele disse.

– Por favor. Estou implorando.

– De jeito nenhum.

Eu quase disse *nem vem, neném*. Pensei, mas não disse, não vou dizer nada, só estou molengo, todo Fora.

– É só você falar que ele é um imigrante ilegal, sem documentos – disse a Mãe. – Ele não está em condições de dizer uma palavra, você pode trazê--lo de volta direto para cá, assim que o tiverem hidratado... – A voz dela ia andando atrás dele. – Por favor, eu faço qualquer coisa.

– Não tem conversa com você – ele disse. Parecia estar perto da Porta.

– Não vá. Por favor, por favor...

Caiu alguma coisa. Fiquei com tanto medo que nunca mais vou abrir os olhos.

A Mãe deu um gemido. *Bipe bipe, bum*, a Porta fechou, ficamos sozinhos. Tudo quieto. Contei meus dentes cinco vezes, sempre vinte, menos uma vez que deu dezenove, mas contei de novo até dar vinte. Dei uma espiada de lado. Depois, levantei a cabeça do travesseiro fedorento.

A Mãe estava sentada no Tapete, com as costas apoiadas na Parede da Porta. Olhava para o nada. Cochichei:

– Mãe?

Ela fez uma coisa estranhíssima, meio que sorriu.

– Estraguei o fingimento? – perguntei.

– Ah, não. Você foi uma estrela.

– Mas ele não me levou pro hospital.

– Tudo bem.

A Mãe levantou, molhou uma toalha na Pia e veio limpar meu rosto.

– Mas você disse. – Todo aquele rosto queimando, e o vômito, e ele tocando em mim. – *Doente, Picape, Hospital, Polícia, Salvar a Mãe.*

A Mãe concordou com a cabeça, levantou minha camiseta e limpou meu peito.

– Esse foi o Plano A, valeu a tentativa. Mas, como eu imaginei, ele ficou assustado demais.

Ela entendeu errado.

– *Ele* ficou assustado?

– Com a hipótese de você falar do Quarto com os médicos e de a polícia enfiá-lo na cadeia. Torci para ele correr o risco, se achasse que você estava em grande perigo... mas nunca achei realmente que ele fosse fazer isso.

Entendi.

– Você me enganou! – rugi. – E eu não andei na picape marrom.

– Jack – ela disse, me apertando contra o corpo, seus ossos machucando meu rosto.

Empurrei a Mãe.

– Você disse chega de mentiras e que agora estava desmentindo as mentiras, mas aí mentiu de novo.

– Estou fazendo o melhor que posso – disse a Mãe.

Chupei meu lábio.

– Escute. Quer me escutar um minuto?

– Estou cheio de escutar você.

Ela balançou a cabeça.

– Eu sei. Mas escute assim mesmo. Existe um Plano B. O Plano A, na verdade, foi a primeira parte do Plano B.

– Você nunca disse isso.

– É muito complicado. Faz alguns dias que estou quebrando a cabeça com isso.

– É, bom, eu tenho milhões de cérebros pra quebrar.

– Tem, sim – disse a Mãe.

– Muito mais do que você.

– É verdade. Mas eu não queria que você guardasse os dois planos na cabeça ao mesmo tempo, podia ficar confuso.

– Já estou confuso, estou cem por cento confuso.

Ela me beijou por cima do cabelo todo pegajoso.

– Deixe eu lhe falar do Plano B.

– Não quero ouvir a porcaria dos seus planos idiotas.

– Está bem.

Fiquei tremendo por estar sem camiseta. Achei uma limpa na Cômoda, uma azul.

Deitamos na Cama, o cheiro era horrível. A Mãe me ensinou a respirar pela boca, só porque a boca não sente cheiro de nada.

– Podemos deitar com a cabeça pro outro lado?

– Brilhante ideia – disse a Mãe.

Estava sendo boazinha, mas eu não ia desculpar ela.

Pusemos os pés na extremidade fedida da parede e a cabeça na outra. Achei que nunca mais ia desligar.

Já são 8:21, dormi muito e agora estou tomando um pouco, o esquerdo está todo cremoso. O Velho Nick não voltou, acho que não.

– Hoje é sábado? – perguntei.

– Isso mesmo.

– Legal, vamos lavar a cabeça.

A Mãe abanou a dela.

– Você não pode ter cheiro de limpo.

Por um minuto, eu ia esquecendo.

– Como é?

– O quê?

– O Plano B.

– Já está pronto para ouvir?

Não falei nada.

– Bem, lá vai – a Mãe pigarreou. – Tenho pensado e repensado nele de todas as maneiras, acho que é capaz de funcionar. Não sei, não posso ter certeza, parece loucura e sei que é incrivelmente perigoso, mas...

– Só me conta.

– Está bem, está bem. – Ela respirou alto. – Lembra do conde de Monte Cristo?

– Ele ficou trancado num calabouço numa ilha.

– É, mas você se lembra de como ele saiu? Ele fingiu que era o amigo morto, se escondeu na mortalha e os guardas o jogaram no mar, mas o conde não se afogou, livrou-se da mortalha e saiu nadando.

– Conte o resto da história.

A Mãe abanou a mão.

– Não vem ao caso. O importante, Jack, é que é isso que você vai fazer.

– Ser jogado no mar?

– Não, fugir como o conde de Monte Cristo.

Tornei a ficar confuso.

– Não tenho um amigo morto.

– Eu só quis dizer que você vai se disfarçar de morto.

Olhei fixo para ela.

– Na verdade, é mais parecido com uma peça a que assisti na escola secundária. Uma mocinha, Julieta, para fugir com o rapaz que ela amava, fingiu que estava morta, tomando um remédio, e dias depois acordou, ta-rá!

– Não, esse foi o Menino Jesus.

– Ah... não exatamente. – A Mãe esfregou a testa. – Na verdade, ele ficou morto por três dias, depois voltou à vida. Você não vai ficar morto, de jeito nenhum, vai apenas fingir, como a garota da peça.

– Não sei fingir que sou garota.

– Não, fingir que está morto. – A voz da Mãe estava meio aborrecida.

– Não temos mortalha.

– Arrá, vamos usar o tapete.

Olhei para o Tapete, com todo aquele desenho vermelho e preto e marrom em zigue-zague.

– Quando o Velho Nick voltar, hoje à noite, ou amanhã à noite, ou seja lá quando for, vou dizer a ele que você morreu e lhe mostrar o tapete todo enrolado, com você lá dentro.

Era a coisa mais maluca que eu já tinha ouvido.

– Por quê?

– Porque seu corpo já não tinha água suficiente e acho que a febre fez seu coração parar.

– Não, por que no Tapete?

– Ah – disse a Mãe –, pergunta inteligente. É o seu disfarce, para ele não adivinhar que na verdade você está vivo. Sabe, você se saiu superbem ontem de noite, fingindo que estava doente, mas morto é muito mais difícil. Se ele notar que você está respirando, nem que seja uma vezinha, vai saber que é um truque. Além disso, os mortos ficam frios que só eles.

– A gente podia usar um saco de água gelada...

Ela abanou a cabeça.

– Frios no corpo todo, não só no rosto. Ah, e também ficam duros, você precisará se deitar como se fosse um robô.

– Não molengo?

– O contrário de molengo.

Mas o robô é ele, o Velho Nick, eu tenho coração.

– Por isso, acho que enrolar você no tapete é a única maneira de impedir que ele descubra que na verdade você está vivo. Aí eu digo que ele tem que levar você para algum lugar para enterrá-lo, entendeu?

Minha boca começou a tremer.

– Por que ele tem que me enterrar?

– Porque os cadáveres começam a feder muito depressa.

O Quarto já está bem fedido hoje, por causa de não puxarmos a descarga e do travesseiro vomitado e tudo.

– Os vermes rastejam pra dentro, os vermes rastejam pra fora...

– Exatamente.

– Não quero ser enterrado e ficar gosmento, com os vermes rastejando.

A Mãe afagou minha cabeça.

– É só um truque, lembra?

– Feito uma brincadeira.

– Mas sem rir. Uma brincadeira séria – ela disse.

Fiz que sim. Achei que ia chorar.

– Acredite – disse a Mãe –, se houvesse alguma outra coisa que eu achasse que tinha uma desgraçada de uma chance...

Não sei o que é uma desgraçada de uma chance.

– Muito bem – disse a Mãe, levantando da Cama. – Vou lhe contar como vai ser, para você não ficar com tanto medo. O Velho Nick vai teclar os números para abrir a porta, depois vai carregar você para fora do Quarto, todo enrolado no tapete.

– Você também vai estar no Tapete?

Eu sabia a resposta, mas perguntei, por via das dúvidas.

– Estarei bem aqui, esperando – disse a Mãe. – Ele vai carregá-lo para a picape e colocar você na traseira, a parte aberta...

– Também quero esperar aqui.

Ela pôs o dedo na minha boca para me calar.

– E essa é a sua chance.

– Qual?

– A picape! Na primeira vez que ela parar num sinal de trânsito, você vai se soltar do tapete, pular para a rua, sair correndo e trazer a polícia para me salvar.

Fiquei olhando para ela.

– Então, dessa vez o plano é *Morto, Picape, Fugir, Polícia, Salvar a Mãe*. Diga!

– *Morto, Picape, Fugir, Polícia, Salvar a Mãe*.

Tomamos nosso café da manhã, cento e vinte e cinco cereais para cada um, porque precisamos de força extra. Eu não estava com fome, mas a Mãe disse que eu devia comer todos eles.

Depois, a gente se vestiu e treinou o treco do morto. Foi o exercício de Educação Física mais estranho que já fizemos. Deitei na ponta do Tapete e a Mãe o enrolou por cima de mim e me disse pra ficar de bruços, depois de costas, depois de bruços, depois de costas de novo, até eu ficar todo enrolado e apertado. O Tapete tinha um cheiro engraçado, de poeira e alguma coisa, diferente de quando eu só deito nele.

A Mãe me levantou, eu estava espremido. Ela disse que eu parecia um embrulho comprido e pesado, mas que o Velho Nick vai me levantar com facilidade, porque ele tem mais músculos.

– Ele vai carregar você pelo quintal, provavelmente até a garagem, assim...

Senti que a gente andava pelo Quarto. Fiquei com o pescoço amassado, mas não me mexi nem um pouquinho.

– Ou talvez ele o carregue no ombro, assim...

Ela me levantou, deu um grunhido e fiquei apertado no meio.

– É longe?

– O que foi?

Minhas palavras se perderam no Tapete.

– Espere aí – disse a Mãe. – Acabo de pensar que talvez ele ponha você no chão umas duas vezes, para abrir portas. – Ela me pousou, primeiro pela cabeça.

– Ai.

– Mas você não vai fazer nenhum som, não é?

– Desculpa.

O Tapete estava no meu rosto, dando coceira no meu nariz, mas eu não conseguia levar a mão até lá.

– Ele vai deixar você cair na traseira da picape, assim.

Ela me soltou, *catapimba*, e mordi a boca pra não gritar.

– Fique duro, duro, duro feito um robô, haja o que houver, está bem?

– Tá.

– Porque, se você amolecer ou fizer um único som, Jack, se fizer qualquer dessas coisas sem querer, ele saberá que na verdade você está vivo, e vai ficar com tanta raiva que...

– O quê? – esperei. – Mãe. O que ele vai fazer?

– Não se preocupe, ele vai acreditar que você morreu.

Como é que ela sabe com certeza?

– Depois, ele vai entrar na frente da picape e começar a dirigir.

– Pra onde?

– Ah, para fora da cidade, provavelmente. Para algum lugar onde não haja ninguém que o veja cavando um buraco, como uma floresta ou coisa assim. Mas o importante é que, logo que o motor der partida, e a sensação vai ser de uma coisa alta, zumbindo e chacoalhando, assim – ela encheu as bochechas de ar, encostou a boca no tapete e soprou com força, fazendo um barulhão, em geral essas sopradas me fazem rir, mas não nessa hora –, esse será o sinal para você começar a se soltar do tapete. Vamos tentar?

Eu me retorci, mas não deu, estava apertado demais.

– Estou preso, estou preso, Mãe.

Ela me desenrolou na mesma hora. Respirei uma porção de ar.

– Tudo bem?

– Tudo.

Ela sorriu para mim, mas foi um sorriso esquisito, como se estivesse fingindo. Depois tornou a me enrolar, um pouco mais frouxo.

– Continua espremido.

– Desculpe, não achei que ele seria tão duro. Espere aí... – A Mãe me desenrolou de novo. – Experimente cruzar os braços com os cotovelos um pouquinho para fora, para criar algum espaço.

Dessa vez, depois que ela me enrolou de braços cruzados, consegui esticar os dois por cima da cabeça e balancei os dedos fora da ponta do Tapete.

– Ótimo. Agora, tente se remexer para sair, como se fosse um túnel.

– Está muito apertado. – Não sei como o conde conseguiu, quando estava se afogando. – Deixa eu sair.

– Espere um minuto.

– Deixa eu sair já!

– Se você entrar em pânico – disse a Mãe –, nosso plano não vai funcionar.

Voltei a chorar, o Tapete ficou molhado no meu rosto.

– Quero sair!

O Tapete desenrolou, voltei a respirar.

A Mãe pôs a mão no meu rosto, mas eu a empurrei pra longe.

– Jack...

– Não.

– Escute.

– Plano B anta.

– Eu sei que dá medo. Você acha que eu não sei? Mas nós temos que tentar.

– Não temos, não. Só quando eu tiver seis anos.

– Existe uma coisa chamada execução de hipoteca.

– O quê? – Fiquei olhando para a Mãe.

– É difícil de explicar. – Ela soltou a respiração. – O Velho Nick não é realmente o dono desta casa, o dono é o banco. E, se ele perdeu o emprego e não tem mais dinheiro, e se parar de pagar, o banco... o banco vai ficar zangado e pode tentar levar a casa dele.

Fiquei pensando em como um banco ia fazer isso. Com uma escavadeira gigante, será?

– Com o Velho Nick dentro, que nem a Dorothy quando o tornado levou a casa dela pelos ares?

– Escute – a Mãe disse, segurando meus cotovelos com tanta força que eles quase doeram. – O que estou tentando lhe dizer é que ele nunca deixaria ninguém entrar na casa ou no quintal dele, porque aí encontrariam o Quarto, não é?

– E nos salvariam!

– Não, ele nunca deixaria isso acontecer.

– O que ele ia fazer?

A Mãe sugou tanto os lábios pra dentro que ficou sem nenhum.

– A questão é que precisamos fugir antes disso. Agora você vai entrar de novo no tapete e praticar um pouco mais, até pegar o jeito de se esgueirar para fora.

– Não.

– Jack, por favor...

– Estou com muito medo – gritei. – Não vou fazer isso nunca, e eu odeio você!

A Mãe respirou engraçado e sentou no Piso.

– Está tudo bem.

Como é que está tudo certo, se eu odeio ela?

Ela pôs as mãos na barriga.

– Eu trouxe você para o Quarto. Não era minha intenção, mas eu fiz isso, e nunca me arrependi, nem uma única vez.

Olhei fixo pra ela e ela me encarou de volta.

– Eu trouxe você para cá, e esta noite vou tirá-lo daqui.

– Tá bem – falei bem pequenininho, mas ela ouviu e concordou com a cabeça.

– E você, com o maçarico. Um de cada vez, mas os dois – completei.
Ela continuou a fazer que sim.
– Mas é você que importa. Só você.
Abanei a cabeça até ela ficar bamba, porque não tem só eu.
Olhamos um para o outro sem sorrir.
– Está pronto para entrar de novo no tapete?
Fiz que sim. Deitei e a Mãe me enrolou extra-apertado.
– Não consigo...
– É claro que consegue. – Senti ela me dar tapinhas por cima do Tapete.
– Não consigo, não consigo.
– Você pode contar até cem para mim?
Contei, foi fácil, bem depressa.
– Você já está parecendo mais calmo. Vamos decifrar isso num minuto – disse a Mãe. – Hmm. Estou pensando... se contorcer o corpo para sair não está funcionando, será que em vez disso você consegue... se desenrolar?
– Mas eu estou do lado de dentro.
– Eu sei, mas pode alcançar o alto do tapete com as mãos e achar a ponta. Vamos tentar.
Tateei até achar uma coisa pontuda.
– Isso mesmo – disse a Mãe. – Ótimo, agora puxe. Não, assim não, para o outro lado, até você sentir que ele está afrouxando. Como descascar uma banana.
Descasquei um pouquinho.
– Você está deitado na beirada, fazendo peso em cima dela.
– Desculpa. – As lágrimas estavam voltando.
– Você não tem que pedir desculpas, está se saindo muito bem. E se você rolasse?
– Pra que lado?
– Qualquer um que pareça mais frouxo. Fique de bruços, talvez, depois ache de novo a ponta do tapete e puxe.
– Não consigo.
Mas puxei. Soltei um cotovelo.
– Excelente – disse a Mãe. – Você afrouxou o tapete direitinho na parte de cima. Ei, que tal se sentar? Acha que conseguiria se sentar?

Doía, era impossível.

Mas sentei e botei os dois cotovelos para fora e o Tapete foi desenrolando em volta do meu rosto. Consegui puxar todo ele pra longe.

– Consegui! – gritei. – Eu sou a banana.

– Você é a banana – a Mãe repetiu. Beijou meu rosto, que estava todo molhado. – Agora, vamos tentar de novo.

Quando fiquei tão cansado que tive que parar, a Mãe me disse como ia ser no Lá Fora:

– O Velho Nick vai sair dirigindo pela rua. Você estará na traseira, na parte aberta da picape, e ele não poderá vê-lo, certo? Segure a borda da picape para não cair para fora, porque ela vai andar depressa, assim – e ela me puxou e me gingou de um lado pro outro. – Depois, quando ele pisar no freio, você vai se sentir... meio que jogado para o outro lado, à medida que a picape for diminuindo a velocidade. Isso significa um sinal de trânsito, onde os motoristas têm que parar por um segundo.

– Até ele?

– Ah, sim. Por isso, logo que você sentir que a picape quase não está mais andando, será seguro pular por cima da lateral dela.

Para o Espaço Sideral. Eu não falei isso, sabia que estava errado.

– Você vai cair na rua, que será dura como... – ela olhou em volta – como a cerâmica, só que mais áspera. E aí, você vai correr, correr, correr que nem o João Biscoito.

– A raposa comeu o João Biscoito.

– Certo, exemplo ruim – disse a Mãe. – Mas dessa vez nós é que somos os trapaceiros astutos. "Jack, seja esperto, Jack, seja ligeiro..."

– Jack, pule por cima do candeeiro.

– Você tem que correr pela rua, para longe da picape, superligeiro, como... lembra daquele desenho que vimos uma vez, o *Papa-Léguas*?

– Tom e Jerry, eles também correm.

A Mãe fez que sim.

– Só o que importa é você não deixar que o Velho Nick o pegue. Ah, mas procure subir na calçada, se puder, ela é a parte mais alta, para não ser derrubado por nenhum carro. E você também vai precisar gritar, para que alguém o ajude.

– Quem?

– Não sei, qualquer pessoa.

– Quem é qualquer pessoa?

– Simplesmente corra para a primeira pessoa que você vir. Ou então... vai ser bem tarde, talvez não haja ninguém andando na rua. – Ela mordeu o polegar, a unha dele, e não mandei que parasse. – Se você não vir ninguém, terá que fazer sinal para um carro parar, e diga às pessoas lá dentro que você e a sua mãe foram sequestrados. Ou então, se não houver nenhum carro... puxa vida... acho que você terá que correr para uma casa, qualquer casa que tenha luzes acesas, e bater na porta com os punhos, com toda a força que tiver. Mas só uma casa que tenha luzes acesas, não uma casa vazia. Tem que ser a porta da frente, será que você vai saber qual é?

– A que fica na frente.

– Vamos testar? – A Mãe esperou. – Fale com eles como você fala comigo. Finja que eu sou eles. O que você diz?

– Eu e você fomos...

– Não, finja que eu sou a pessoa da casa, ou do carro, ou da calçada, e diga a ela que você e sua mãe...

Tentei de novo:

– Você e sua mãe...

– Não, você diz: "A minha mãe e eu..."

– Você e eu...

Ela soltou uma bufada.

– Está bem, não faz mal, apenas entregue o bilhete. Ele ainda está bem guardado?

Olhei dentro da cueca.

– Sumiu!

Depois, tateei o lugar pra onde ele tinha escorregado, no meio de meu bumbum. Tirei de lá e mostrei pra ela.

– Guarde-o na frente. Se por acaso você o deixar cair, pode dizer a eles apenas isto: "Eu fui sequestrado". Repita, exatamente assim.

– Eu fui sequestrado.

– Fale bem alto, para eles poderem ouvir.

– Eu fui sequestrado – gritei.

– Fantástico. E eles vão chamar a polícia e... acho que a polícia vai procurar em todos os quintais por aqui, até encontrar o Quarto.

O rosto dela não estava muito seguro.

– Com o maçarico – lembrei.

Praticamos sem parar. *Morto, Picape, Sair Rastejando, Pular, Correr, Alguém, Bilhete, Polícia, Maçarico.* Eram nove coisas. Acho que não consigo guardar todas na cabeça ao mesmo tempo. A Mãe disse que é claro que eu consigo, sou o super-herói dela, o sr. Cinco Anos.

Queria ainda ter quatro.

No almoço eu pude escolher, porque é um dia especial, é o nosso último dia no Quarto. Foi o que a Mãe disse, mas não acredito de verdade. De repente fiquei morrendo de fome, escolhi macarrão e cachorro-quente e biscoito, o que parece três almoços juntos.

O tempo todo que jogamos Damas eu fiquei com medo da nossa Fuga do Inferno, aí perdi duas vezes e não quis brincar mais.

Tentamos tirar uma soneca, mas não conseguimos desligar. Tomei um pouco, o esquerdo, depois o direito, depois o esquerdo de novo, até não sobrar quase nada.

Não quisemos jantar, nenhum de nós. Tive que vestir a camiseta vomitada de novo. A Mãe disse que eu podia ficar de meia.

– Caso contrário, a rua pode machucar seus pés – ela disse e enxugou um olho, depois o outro. – Calce o seu par mais grosso.

Não sei por que ela ficou chorando por causa das meias. Entrei no Guarda-Roupa para achar o Dente embaixo do meu travesseiro.

– Vou enfiar ele na minha meia.

A Mãe abanou a cabeça.

– E se você pisar nele e machucar o pé?

– Não vou, ele vai ficar bem aqui do lado.

São 6:13, está ficando perto de ser de noite. A Mãe disse que eu já devia estar enrolado no Tapete, porque pode ser que o Velho Nick venha mais cedo por causa de eu estar doente.

– Ainda não.

— Bem...

— Não, por favor.

— Sente bem aqui, então, para eu poder enrolá-lo depressa, se precisarmos.

Dissemos o plano uma porção de vezes, para eu treinar os nove. *Morto, Picape, Sair Rastejando, Pular, Correr, Alguém, Bilhete, Polícia, Maçarico.*

Fico tremendo toda vez que escuto o *bipe bipe*, mas não é real, é só imaginação. Olhei para a Porta, que está toda brilhante feito um punhal.

— Mãe?

— Que é?

— Vamos fazer isso amanhã de noite.

Ela se inclinou e me abraçou apertado. Isso quer dizer não.

Estou odiando ela de novo, um pouquinho.

— Se eu pudesse fazer isso por você, eu faria.

— Por que você não pode?

Ela balançou a cabeça.

— Lamento muito ter que ser você e ter que ser agora. Mas eu estarei aí na sua cabeça, lembra? Estarei falando com você a cada minuto.

Repassamos o Plano B muito mais vezes.

— E se ele abrir o Tapete? — perguntei. — Só pra me ver morto?

A Mãe não disse nada por um minuto.

— Você sabe que bater é muito feio?

— Sei.

— Bem, esta noite é um caso especial. Não acho realmente que ele vá olhar, ele estará com pressa de... de acabar logo com tudo, mas se por acaso... o que você vai fazer é bater nele com toda a força que tiver.

Uau.

— Chute, morda, enfie os dedos nos olhos dele... — os dela furaram o ar. — Qualquer coisa, para você poder fugir.

Eu mal podia acreditar nisso, quase.

— É permitido até eu matar ele?

A Mãe correu até o Armário onde as coisas secam depois de lavadas. Pegou a Faca Lisa.

Olhei para o brilho da Faca e pensei na história da Mãe encostando a ponta dela no pescoço do Velho Nick.

– Você acha que poderia segurar isso com força dentro do tapete, e se...
– Ela olhou fixo para a Faca Lisa. Depois, foi recolocar ela com os garfos no Escorredor de Louça. – Onde é que eu estou com a cabeça?

Como é que eu vou saber, se ela não sabe?

– Você vai se esfaquear – disse a Mãe.

– Não vou, não.

– Vai, sim, Jack, como poderia não se esfaquear? Você vai se cortar em tirinhas, se mexendo dentro de um tapete com uma lâmina descoberta. Acho que estou perdendo a cabeça.

Abanei a minha.

– Ela está bem aqui – e dei um tapinha no cabelo dela.

A Mãe fez carinho nas minhas costas.

Chequei se o Dente estava na minha meia e o bilhete na minha cueca, na frente. Cantamos pra fazer o tempo passar, mas baixinho. "Lose Yourself" e "Tubthumping" e "Home on the Range".

– Onde brincam o cervo e o antílope... – cantei.

– Onde é raro ouvir uma palavra de desânimo...

– E os céus não ficam nublados o dia inteiro.

– Está na hora – disse a Mãe, segurando o Tapete aberto.

Eu não queria. Deitei e pus as mãos nos ombros e os cotovelos pra fora. Esperei a Mãe me enrolar.

Em vez disso, ela só me olhou. Meus pés minhas pernas meus braços minha cabeça, os olhos dela ficaram correndo por mim inteiro, como se ela estivesse contando.

– O que foi? – perguntei.

Ela não disse uma palavra. Inclinou o corpo, nem me deu um beijo, só encostou o rosto no meu até eu não saber qual era de quem. Meu peito fazia *tunquetunquetunque*. Eu não queria soltar ela.

– Está bem – disse a Mãe, com a voz toda arranhando. – Nós somos assustosos, não é? Completamente assustosos. Vejo você lá fora. – Ela pôs os meus braços do jeito especial, com os cotovelos pra fora. Dobrou o Tapete em cima de mim e a luz sumiu.

Fiquei enrolado no escuro comichante.

– Não está muito apertado?

Tentei ver se conseguia levantar os braços pra cima da cabeça e voltar, arranhando um pouco.

– Tudo bem?

– Tudo – eu disse.

Aí, só esperamos. Uma coisa entrou pelo alto do Tapete e alisou meu cabelo, era a mão dela, eu sube até sem ver. Ouvi minha respiração, que estava barulhenta. Pensei no conde dentro do saco com os vermes que entravam rastejando. E a queda, caindo, caindo, caindo, até se esborrachar no oceano. Os vermes sabem nadar?

Morto, Picape, Correr, Alguém... não, *Sair Rastejando*, depois *Pular, Correr, Alguém, Bilhete, Maçarico*. Esqueci da *Polícia* antes do *Maçarico*, é complicado demais, vou estragar tudo e o Velho Nick vai me enterrar de verdade e a Mãe vai ficar esperando pra sempre.

Depois de um tempão, cochichei:

– Ele vem ou não vem?

– Não sei – disse a Mãe. – Como poderia não vir? Se ele for minimamente humano...

Eu achava que os humanos eram ou não eram, não sabia que alguém podia ser humano só um pedaço. Então, os outros pedaços dele são o quê?

Esperei, esperei. Não conseguia sentir os braços. O Tapete estava deitado no meu nariz, eu queria coçar. Tentei, tentei e alcancei.

– Mãe?

– Estou bem aqui.

– Eu também.

Bipe bipe.

Dei um pulo, era pra eu estar morto, mas não consegui evitar, tive vontade de sair do Tapete na mesma hora, mas estava preso e não podia nem tentar, senão ele ia ver...

Alguma coisa me pressionando, devia ser a mão da Mãe. Ela precisa que eu seja o Superpríncipe SuperJack, por isso fiquei extraquieto. Nada mais de me mexer, eu sou o Cadáver, sou o Conde, não, sou o amigo dele, mais morto ainda, e fiquei todo duro feito um robô quebrado com um corte de energia.

– Pronto, tome aqui. – Era a voz do Velho Nick, com o mesmo jeito de sempre. Ele nem sabe o que aconteceu sobre eu morrer. – Antibiótico, mal venceu o prazo de validade. Para criança, o cara disse que é para partir ao meio.

A Mãe não respondeu.

– Onde ele está, no guarda-roupa?

Esse sou eu, o *ele*.

– Está no tapete? Você é maluca de enrolar uma criança doente desse jeito?

– Você não voltou – a Mãe disse, e a voz dela estava esquisita mesmo. – Ele piorou de madrugada e hoje de manhã não quis acordar.

Nada. Aí o Velho Nick fez um som engraçado.

– Tem certeza?

– Se eu tenho certeza? – a Mãe berrou, mas eu não me mexi, não me mexi, fiquei todo duro, sem ouvir sem ver sem nada.

– Ah, não. – Ouvi a respiração dele, toda comprida. – Isso é terrível. Pobre garota, você...

Ninguém disse nada por um minuto.

– Acho que deve ter sido alguma coisa grave mesmo – disse o Velho Nick –, os comprimidos não funcionariam, de qualquer jeito.

– Você o matou. – A Mãe estava uivando.

– Ora, vamos, acalme-se.

– Como é que eu posso me acalmar, se o Jack...? – Ela estava com a respiração estranha, as palavras saíam como se ela estivesse engasgada. Estava fingindo tão de verdade que eu quase acreditei.

– Deixe-me ver. – A voz dele estava muito perto, eu fiquei esticado e duro, duro, duro.

– Não toque nele.

– Está bem, está bem – disse o Velho Nick. – Você não pode ficar com ele aqui.

– Meu filhinho!

– Eu sei, é uma coisa terrível. Mas agora eu tenho que levá-lo embora.

– Não.

– Quanto tempo faz? – ele perguntou. – Você disse hoje de manhã? Talvez de madrugada? Ele deve estar começando a... Não é saudável ficar com ele aqui. É melhor eu levá-lo e encontrar um lugar.

– No quintal, não. – A fala da Mãe foi quase um rosnado.

– Tudo bem.

– Se você o puser no quintal... Você nunca devia ter feito aquilo, é perto demais. Se você o enterrar aqui, eu vou ouvi-lo chorar.

– Eu disse tudo bem.

– Você tem que levá-lo para bem longe, está bem?

– Está bem. Deixe eu...

– Ainda não. – Ela chorava sem parar. – Você não pode incomodá-lo.

– Eu deixo o menino todo enrolado.

– Não se atreva a pôr um dedo...

– Está bem.

– Jure que não vai nem olhar para ele com esses seus olhos imundos.

– Certo.

– Jure.

– Eu juro, está bem?

Eu fiquei morto, morto, morto.

– Eu vou saber – disse a Mãe –, vou saber se você o puser no quintal, e vou gritar toda vez que aquela porta abrir, vou quebrar tudo aqui dentro, eu juro que nunca mais fico quieta. Você terá que me matar também para me fazer calar, eu não me importo mais.

Por que ela estava dizendo pra ele matar ela?

– Fique calma. – O Velho Nick parecia estar falando com um cachorro. – Agora eu vou pegá-lo e levar para a caminhonete, está bem?

– Devagar. Ache um lugar bonito – disse a Mãe, e chorava tanto que eu mal consegui ouvir o que ela dizia. – Um lugar com árvores, ou coisa assim.

– É claro. Está na hora de ir.

Fui agarrado pelo Tapete e apertado, era a Mãe, ela dizia "Jack, Jack, Jack".

Aí me levantaram. Achei que era ela, depois senti que era ele. Não se mexa não se mexa não se mexa, SuperJack, fique duro duro duro. Fui espremido, não conseguia respirar direito, mas morto não respira mesmo. *Não deixe ele me desenrolar.* Eu queria estar com a Faca Lisa.

O *bipe bipe* de novo, depois o *clique*, isso queria dizer que a Porta estava aberta. O ogro me pegou, *fa fi fo fum*. Um calor nas minhas pernas, ah, não, o Pênis soltou um pouco de xixi. E também esguichou um pouco de cocô do meu bumbum, a Mãe nunca disse que isso ia acontecer. Fedido. *Desculpe, Tapete.* Um grunhido perto do meu ouvido, o Velho Nick me segurando apertado. O medo é tanto que não consigo ser valente, para para para, mas não posso fazer nenhum som, senão ele descobre o truque e vai me comer pela cabeça, vai arrancar minhas pernas...

Contei os dentes, mas fico perdendo a conta, dezenove, vinte e um, vinte e dois. Sou o Príncipe Robô SuperUltraJack Sr. Cinco Anos, não me mexo. *Você está aí, Dente? Não consigo sentir, mas você deve estar na minha meia, no lado. Você é um pedaço da Mãe, um pedacinho cuspido e escarrado da Mãe que vai comigo.*

Não consigo sentir meus braços.

O ar está diferente. Ainda tem a poeira do Tapete, mas, quando levanto o nariz só um pouquinho, vem um ar que é...

Do Lá Fora.

Será que estou?

Sem me mexer. O Velho Nick está só parado. Por que está parado no quintal? O que ele vai...?

Andando de novo. Fico rijo rijo rijo.

Aaaaii, desabei numa coisa dura. Acho que não fiz nenhum som, não ouvi nada. Acho que mordi a boca, ela está com um gosto que é de sangue.

Veio outro bipe, mas diferente. Uma chacoalhação, como se fosse tudo metal. No alto de novo, depois me estatelando de cara, ai ai ai. *Pou*. Aí começou tudo a sacudir e pulsar e rugir embaixo da minha frente, era um terremoto...

Não, é a picape, deve ser. Não parece nem um pouquinho com uma soprada pra fazer cócegas, é um milhão de vezes mais. *Mãe!* gritei na minha cabeça. *Morto, Picape*, isso dá dois dos nove. Estou na traseira da picape marrom, igualzinho à história.

Não estou no Quarto. Será que eu ainda sou eu?

Agora, em movimento. Estou zunindo na picape pra valer, de verdade verdadeira.

Ah, eu tenho que *Sair Rastejando*, ia me esquecendo. Comecei a me mexer feito uma cobra, mas o Tapete ficou mais apertado, não sei como, estou preso estou preso. Mãe Mãe Mãe... *Não consigo sair do jeito que a gente treinou, apesar de termos praticado e praticado, deu tudo errado, desculpe.* O Velho Nick vai me levar pra um lugar e me enterrar e *os vermes rastejam pra dentro, os vermes rastejam pra fora...* Recomecei a chorar, meu nariz está escorrendo, meus braços deram um nó embaixo do meu peito, estou brigando com o Tapete, porque ele não é mais meu amigo, estou chutando feito Caratê, mas ele me pegou, ele é a mortalha para os cadáveres caírem no mar...

Pareceu mais quieto. Sem movimento. A picape parou.

É um sinal, é uma parada de sinal de trânsito, isso quer dizer que eu devia estar no *Pular*, que é o cinco da lista, mas ainda não cheguei no três, se não conseguir rastejar pra fora, como é que eu vou pular? Não posso chegar no quatro cinco seis sete oito nem nove, estou preso no três, ele vai me enterrar com os vermes...

Em movimento de novo, *vrum vrum*.

Consegui pôr uma das mãos no rosto todo melecado, minha mão foi raspando até sair pelo alto, e arrastei o outro braço pra cima. Meus dedos pegaram o ar novo, um negócio frio, um negócio de metal, uma outra coisa que não é metal, cheia de caroços. Agarrei e puxei puxei puxei e chutei e o meu joelho, ai ai ai. Não dá, não adianta. *Ache a ponta*, será que é a voz da Mãe falando na minha cabeça, como ela disse, ou estou só me lembrando? Tateei em toda a volta do Tapete e não tem ponta nenhuma, aí achei e puxei, ela se soltou só um pouquinho, eu acho. Rolei de costas, mas ficou ainda mais apertado e não consigo mais achar a ponta.

Parou, a picape parou de novo, ainda não estou do lado de fora, era pra eu pular no primeiro. Puxei o Tapete pra baixo até ele quase quebrar o meu cotovelo e consegui ver um ofuscante enorme, aí sumiu, porque a picape saiu andando de novo, *vruuummmm*.

Acho que foi o Lá Fora que eu vi, o Lá Fora é real e brilha muito, mas eu não consigo...

A Mãe não está aqui, não é hora de chorar, sou o Príncipe SuperJack, tenho que ser SuperJack, senão os vermes vão entrar rastejando. Fiquei de bruços de novo, dobrei os joelhos e empurrei o bumbum pra cima, vou explodir pelo Tapete, e agora ele ficou mais solto, está saindo do meu rosto...

Respirei todo o ar preto adorável. Fiquei sentado, desenrolando o Tapete, como se eu fosse uma espécie amassada de banana. Meu rabo de cavalo soltou, estou cheio de cabelo nos olhos. Achei minhas pernas um e dois, tirei o corpo todo pra fora, consegui, consegui, queria que a Dora me visse, ela ia cantar a musiquinha do "Nós conseguimos".

Outra luz que passa chispando no alto. Coisas deslizando no céu que eu acho que são árvores. E casas e luzes em postes gigantes e uns carros, tudo zunindo. Parece que estou num desenho, só que mais bagunçado. Segurei a borda da picape, é toda dura e fria. O céu é a coisa mais enorme, lá no alto tem um laranja rosado, mas o resto é cinza. Quando olhei pra baixo, vi a rua preta e comprida, comprida. Eu sei pular legal, mas não quando está tudo roncando e sacudindo e com as luzes todas borradas e o ar muito estranho, tem cheiro de maçã ou coisa parecida. Meus olhos não funcionam direito, estou apavorado demais pra ser assustoso.

A picape parou outra vez. Não consigo pular, não consigo nem me mexer. Consegui ficar em pé e olhar, mas...

Escorreguei e me estatelei na picape, minha cabeça bateu numa coisa que machuca, sem querer eu gritei *aaaaaii*...

Parou de novo.

Um som de metal. O rosto do Velho Nick. Ele está fora da picape, com a cara mais zangada que eu já vi e...

Pular.

O chão freou meus pés quebrou meu joelho bateu no meu rosto, mas saí correndo correndo correndo, onde está o *Alguém*, a Mãe disse pra eu gritar para um alguém ou um carro ou uma casa acesa, eu vi um carro mas está escuro por dentro e, de qualquer jeito, não sai nada da minha boca, que está cheia do meu cabelo, mas eu continuo correndo, *João Biscoito seja esperto seja ligeiro*. A Mãe não está aqui, mas ela prometeu, está na minha cabeça dizendo *corra corra corra*. Um rugido atrás de mim, é ele, é o Velho

Nick que vem me rasgar pela metade, *fa fi fo fum*, tenho que achar *Alguém*, gritar *socorro socorro*, mas não tem um alguém, não tem alguém nenhum, vou ter que continuar correndo pra sempre, mas o meu fôlego acabou e não consigo enxergar e...

Um urso.

Um lobo?

Um cachorro, será que cachorro é um alguém?

Alguém vem atrás do cachorro, mas é uma pessoa muito pequena, um neném andando, está empurrando uma coisa que tem rodas e um bebê menor dentro. Não consigo me lembrar do que gritar, estou no botão do mudo, só continuo correndo pra eles. O bebê ri, quase não tem cabelo. O pequenininho na coisa de empurrar não é real, eu acho, é uma boneca. O cachorro é pequeno mas é de verdade, está fazendo cocô no chão, nunca vi os cachorros da televisão fazerem isso. Uma pessoa vem atrás do neném e pega o cocô num saco como se fosse um tesouro, acho que é um ele, esse alguém de cabelo curto feito o Velho Nick, só que mais ondulado, e ele é mais moreno que o neném. Eu falei "Socorro", mas não saiu muito alto. Corri até quase chegar neles e o cachorro latiu e pulou e *me comeu...*

Abri a boca pra dar o gritão mais alto, mas não saiu som nenhum.

– Rajá!

Vermelho no meu dedo, cheio de pontinhos.

– Quieto, Rajá – a pessoa homem segurou o cachorro pelo pescoço.

Meu sangue caindo da minha mão.

Aí, *pimba*, agarrado por trás, era o Velho Nick, com as mãos gigantes nas minhas costelas. Estraguei tudo, ele me pegou, *desculpe desculpe desculpe, Mãe*. Ele me levantou. Aí eu gritei, gritei nem eram palavras. Ele me segurou embaixo do braço, foi me carregando para a picape, a Mãe disse que eu podia bater, podia matar ele, eu bati e bati mas não consegui alcançar, só fiquei batendo em mim...

– Com licença – chamou a pessoa que segurava o saco de cocô. – Ei, meu senhor? – A voz dele não era grave, era mais suave.

O Velho Nick nos virou para trás. Eu esqueci de gritar.

– Desculpe, a sua filhinha está bem?

Que filhinha?

O Velho Nick pigarreou, continuou a me carregar para a picape, mas andando de costas.

– Ótima.

– O Rajá costuma ser muito calmo, mas ela surgiu do nada, correndo na direção dele...

– Foi só um ataque de pirraça – disse o Velho Nick.

– Ei, espere um momento, acho que a mão dela está sangrando.

Olhei para o meu dedo comido, o sangue fazia gotas.

Aí ele pegou a pessoa bebê, ficou com ela no colo e o saco de cocô na outra mão e uma cara realmente confusa.

Nessa hora o Velho Nick me pôs no chão, com os dedos nos meus ombros de um jeito que chegava a queimar.

– Está tudo sob controle.

– E o joelho dela também, isso está feio. O Rajá não fez isso. Ela levou um tombo? – o homem perguntou.

– Não sou uma ela – eu disse, mas só dentro da garganta.

– Por que você não cuida da sua vida e eu cuido da minha? – o Velho Nick quase rosnou.

Mãe, Mãe, eu preciso de você pra falar. Ela não está mais na minha cabeça, não está em lugar nenhum. Ela escreveu o bilhete, eu ia me esquecendo, enfiei a mão não comida na cueca e não consegui achar o bilhete, mas aí achei, estava todo molhado de xixi. Não consegui falar, mas sacudi o papel para o moço alguém.

O Velho Nick arrancou o papel da minha mão e fez ele desaparecer.

– Certo, eu não... não estou gostando disso – disse o homem. Tinha um telefoninho na mão dele, de onde ele veio? E disse:

– Sim, a polícia, por favor.

Estava acontecendo exatinho como a Mãe disse, estávamos no oito, que já é *Polícia*, e eu nem mostrei o *Bilhete* nem falei do Quarto, estou fazendo as coisas de trás pra frente. Era pra eu falar com o alguém como se ele fosse humano. Comecei a dizer "Eu fui sequestrado", mas só saiu um cochicho, porque o Velho Nick me pegou de novo, foi andando para a picape, correndo, estou todo sacudido em pedaços, não consigo achar um lugar pra bater, ele vai...

– Eu anotei a sua placa, moço!

Foi a pessoa homem berrando, será que estava gritando comigo? Que placa?

– K nove três... – ele foi gritando números, por que estava gritando números?

De repente, *aaaaaiii*, a rua bateu na minha barriga nas mãos no rosto, o Velho Nick saiu correndo, mas sem mim. Ele me deixou cair. Foi ficando mais longe a cada segundo. Deviam ser números mágicos, pra fazer ele me largar.

Tentei levantar, mas não consegui lembrar como.

Um barulho feito um monstro, a picape fazendo *vruummmm* e vindo na minha direção, *rrrrrrrrrrr*, vai me esmigalhar em pedacinhos na rua, não sei como onde o quê... o neném chorando, nunca ouvi um neném de verdade chorar...

A picape foi embora. Só passou direto e virou a esquina, sem parar. Ouvi ela um pouquinho, depois não ouvi mais.

O pedaço mais alto, a calçada, a Mãe disse para eu subir na calçada. Tive que engatinhar, mas com o joelho machucado sem botar no chão. A calçada é toda de quadradões que arranham.

Um cheiro terrível. O nariz do cachorro bem do meu lado, ele voltou para me devorar, dei um grito.

– Rajá – o homem afastou o cachorro. Ele se agachou, com o bebê num dos joelhos, se remexendo. Não estava mais com o saco de cocô. Parecia uma pessoa da televisão, só que mais perto e maior e com cheiros, meio parecido com o Detergente e menta e curry, tudo misturado. A mão dele que não estava segurando o cachorro tentou tocar em mim, mas eu me desviei na hora agá.

– Está tudo bem, fofinha. Tudo bem.

Quem é fofinha? Os olhos dele estavam olhando para os meus, era eu que era fofinha. Não consegui olhar, foi esquisito demais ele me ver e falar comigo.

– Como é seu nome?

As pessoas da televisão nunca perguntam coisas, exceto a Dora, e ela já sabe o meu nome.

– Pode me dizer como você se chama?

A Mãe disse para eu falar com o alguém, é o que eu tenho que fazer. Tentei, mas não saiu nada. Passei a língua na boca.

– Jack.

– Como disse? – Ele se inclinou para mais perto e eu me enrosquei com a cabeça entre os braços. – Está tudo bem, ninguém vai machucá-la. Diga o seu nome um pouquinho mais alto, sim?

Era mais fácil falar se eu não olhasse para ele.

– Jack.

– Jackie?

– Jack.

– Ah. Certo, desculpe-me. O seu pai já foi embora, Jack.

Do que ele estava falando?

O neném começou a puxar a coisa, a coisa em cima da camisa dele, era uma jaqueta.

– A propósito, meu nome é Ajeet – disse a pessoa homem –, e esta é minha filha... espere um instante, Naisha. O Jack precisa de um band-aid naquele dodói no joelho, vamos ver se... – Ele foi tateando todos os pedaços da sua sacola. – O Rajá está muito, muito triste por ter mordido você.

O cachorro não parecia triste, tinha dentes todos pontudos e sujos. Será que tinha bebido meu sangue feito um vampiro?

– Você não está parecendo muito bem, Jack. Andou doente nos últimos tempos?

Abanei a cabeça.

– Mãe.

– Como é?

– A Mãe vomitou na minha camiseta.

A neném estava falando, mas não era uma língua. Agarrou as orelhas do cachorro Rajá, por que não tinha medo dele?

– Desculpe, não entendi direito – disse o homem Ajeet.

Não falei mais nada.

– A polícia deve chegar a qualquer momento, sim? – ele disse, virando para olhar para a rua, e a neném Naisha começou a chorar um pouco. Ele balançou ela no joelho. – Vamos voltar para a Ammi num instante, vamos para a caminha.

Pensei na Cama. No quentinho.

Ele apertou as teclinhas do telefone e falou mais, mas eu não escutei.

Tive vontade de ir embora. Mas achei que, se eu me mexesse, o cachorro Rajá ia me morder e beber mais do meu sangue. Eu estava sentado em uma linha, então tinha um pouco de mim em um quadrado e um pouco em outro. Meu dedo comido doía, doía, e o meu joelho também, o direito, tinha sangue saindo dele onde a pele estava rasgada, era vermelho, mas estava ficando preto. Tinha uma coisa oval pontuda do lado do meu pé, tentei pegar mas estava presa, aí se soltou nos meus dedos, era uma folha. Uma folha de uma árvore real, como a que estava na Claraboia naquele dia. Olhei para cima, tinha uma árvore em cima de mim que deve ter derrubado a folha. O poste enorme de luz estava me cegando. Agora o tamanhão todo do céu atrás dele estava preto, pra onde foram os pedaços cor-de-rosa e laranja? O ar se moveu no meu rosto, fiquei tremendo sem querer.

– Você deve estar com frio. Está com frio?

Achei que era pra neném Naisha que o homem Ajeet estava perguntando, mas era pra mim. Eu sei porque ele tirou a jaqueta e estendeu pra mim.

– Tome.

Abanei a cabeça, porque era a jaqueta de uma pessoa, eu nunca tive jaqueta.

– Como foi que você perdeu os sapatos?

Que sapatos?

Depois disso, o homem Ajeet parou de falar.

Um carro parou, eu sei de que tipo era, era um carro de polícia da televisão. Saíram pessoas, duas, de cabelo curto, uma de cabelo preto, uma de cabelo amarelo, todas andando depressa. Ajeet falou com elas. A neném Naisha ficou tentando fugir, mas ele a segurou no colo, não machucando, acho que não. O Rajá estava deitado numa coisa meio marrom, era grama;

eu pensava que ela seria verde, tinha uns quadrados dela em todo o comprido da calçada. Eu queria ainda ter o bilhete, mas o Velho Nick sumiu com ele. Não sabia as palavras, elas foram expulsas da minha cabeça aos solavancos.

A Mãe ainda estava no Quarto, eu queria ela aqui, muito muito muito. O Velho Nick fugiu dirigindo depressa na picape dele, mas pra onde ele vai? Não é mais para o lago nem as árvores, porque ele viu que eu não estou morto, era permitido eu matar ele, mas não consegui.

De repente, tive uma ideia terrível. Vai ver que ele voltou pro Quarto, vai ver que está lá neste instante, fazendo a Porta abrir *bipe bipe* e muito zangado, a culpa é minha por eu não ter morrido...

– Jack?

Olhei para a boca que se mexia. Era a polícia, a que era uma ela, eu acho, mas era difícil dizer, a do cabelo preto, não amarelo. Ela disse "Jack" de novo. Como é que sabia?

– Eu sou a policial Oh. Pode me dizer quantos anos você tem?

Eu tinha que *Salvar a Mãe*, tinha que dizer à polícia pra pegar o *Maçarico*, mas minha boca não funcionou. Tinha uma coisa no cinto dela, era um revólver, igualzinho a polícia da TV. E se eles fossem policiais malvados como os que prenderam são Pedro? Eu nunca tinha pensado nisso. Olhei para o cinto, não para o rosto, era um cinto legal, de fivela.

– Você sabe quantos anos tem?

Essa era moleza. Levantei cinco dedos.

– Cinco anos de idade, ótimo.

A Policial Oh disse alguma coisa que eu não ouvi. Depois falou de um adereço. Falou duas vezes.

Falei o mais alto que pude, mas sem olhar:

– Eu não tenho adereço.

– Não? Onde você dorme de noite?

– No Guarda-Roupa.

– Num guarda-roupa?

Tente, a Mãe disse na minha cabeça, mas o Velho Nick está do lado dela, ele está com mais raiva do que nunca e...

– Você disse num guarda-roupa?

– Você tem três vestidos – eu disse. – Quer dizer, a Mãe. Um é rosa e um é verde de listras e um é marrom, mas você... ela prefere jeans.

– A sua mamãe, foi isso que você disse? – perguntou a Policial Oh. – É ela que tem os vestidos?

Concordar com a cabeça é mais fácil.

– Onde está a sua mamãe hoje?

– No Quarto.

– Num quarto, certo. Que quarto?

– O Quarto.

– Você pode nos dizer onde fica?

Eu lembrei de uma coisa.

– Não fica em nenhum mapa.

Ela soltou uma bufada, acho que as minhas respostas não são nada boas.

O outro polícia era um ele, eu acho, eu nunca tinha visto cabelo igual àquele de verdade, era quase transparente. Ele disse:

– Estamos na Navaho com a Alcott, temos um menor perturbado, possível altercação doméstica. – Acho que ele estava falando com seu telefone. Foi como brincar de Papagaio, eu sabia as palavras, mas não sabia o que elas queriam dizer. Ele chegou mais perto da Policial Oh. – Alguma sorte?

– Vamos indo devagar.

– A testemunha também. O suspeito é um homem branco, talvez um metro e oitenta, na casa dos quarenta, cinquenta anos, fugiu da cena numa picape marrom ou marrom escura, possivelmente uma F-150 ou uma Ram, começa com K nove três, pode ser B ou P, sem indicação de estado...

– O homem com quem você estava era seu pai? – A Policial Oh falou comigo de novo.

– Eu não tenho um.

– Namorado da sua mamãe?

– Eu não tenho um. – Eu já tinha dito isso antes, será que podia dizer duas vezes?

– Você sabe o nome dele?

Fiz força para lembrar.

– Ajeet.

– Não, o outro sujeito, o que foi embora na caminhonete.

– Velho Nick – murmurei, porque ele não ia gostar de eu dizer.

– Como é?

– Velho Nick.

– Negativo – disse o homem polícia no telefone. – Suspeito evadido, prenome Nick, Nicholas, sem sobrenome.

– E como se chama a sua mamãe? – perguntou a Policial Oh.

– Mãe.

– Ela tem outro nome?

Levantei dois dedos.

– Tem dois? Ótimo. Você se lembra quais são?

Estavam no bilhete que ele desapareceu. De repente lembrei de uma parte.

– Ele nos roubou.

A Policial Oh sentou do meu lado no chão. Não era igual ao Piso, era todo duro e dava frio.

– Jack, você gostaria de um cobertor?

Não sei. O Cobertor não estava ali.

– Você está com uns cortes feios aí. Esse tal de Nick machucou você?

O homem polícia voltou, estendeu uma coisa azul pra mim, não toquei nela.

– Prossiga – ele disse no telefone.

A Policial Oh dobrou a coisa azul em volta de mim, não era cinza lanudo feito o Cobertor, era mais áspero.

– Como foi que você se cortou?

– O cachorro é um vampiro – eu disse. Procurei o Rajá e os humanos dele, mas eles tinham sumido. – Este dedo ele mordeu, e o meu joelho foi o chão.

– Como disse?

– A rua, ela bateu em mim.

– Prossiga – disse o homem polícia, falando no telefone outra vez. Depois, olhou para a Policial Oh e perguntou:

– Devo chamar a Proteção à Criança?

– Me dê mais dois minutos – ela respondeu. – Jack, aposto que você sabe contar histórias.

Como é que ela sabia? O homem polícia olhou para o relógio grudado no pulso dele. Lembrei do pulso da Mãe, que não funciona direito. Será que o Velho Nick está lá agora, está torcendo o pulso ou o pescoço dela, picando ela em pedacinhos?

– Você acha que poderia me contar o que aconteceu hoje? – a Policial Oh sorriu pra mim. – E talvez você possa falar bem devagar e claro, porque meus ouvidos não funcionam muito bem.

Vai ver que ela é surda, mas ela não fala com os dedos, como os surdos da televisão.

– Entendido – disse o homem polícia.

– Está pronto? – perguntou a Policial Oh.

Era em mim que ela estava com os olhos. Fechei os meus e fingi que estava falando com a Mãe, isso me deixou valente.

– Nós fizemos um truque – eu disse, bem devagar –, eu e a Mãe, fingimos que eu estava doente e depois que eu estava morto, mas na verdade eu ia me desenrolar e pular da picape, só que era pra eu pular na primeira parada, mas não consegui.

– Certo, e depois, o que aconteceu? – disse a voz da Policial Oh, bem do lado da minha cabeça.

Continuei sem olhar, senão esquecia a história.

– Eu tinha um bilhete na minha cueca, mas ele sumiu com ele. Ainda tenho o Dente. – Pus os dedos na meia pra pegar ele. Abri os olhos.

– Será que eu posso ver?

Ela tentou pegar o Dente, mas eu não deixei.

– Ele é da Mãe.

– Essa é a mãe de que você estava falando?

Acho que o cérebro dela não funciona, que nem os ouvidos. Como é que a Mãe podia ser um dente? Abanei a cabeça.

– É só um pedaço cuspido e escarrado dela que caiu.

A Policial Oh olhou bem de perto pro Dente e o rosto dela ficou todo duro. O homem polícia abanou a cabeça e disse uma coisa que não consegui ouvir.

– Jack – ela falou –, você me disse que era para pular da picape na primeira vez que ela parasse?

– É, mas eu ainda estava dentro do Tapete, aí eu descasquei a banana, mas não fui assustoso o bastante. – Eu estava olhando para a Policial Oh e falando ao mesmo tempo. – Mas, depois da terceira vez que ela parou, a picape fez *uuuuuu*...

– Fez o quê?

– Assim... – mostrei pra ela. – Num caminho todo diferente.

– Ela fez uma curva.

– É, e eu levei uma batida e ele, o Velho Nick, ele saltou todo zangado, e foi aí que eu pulei.

– Na mosca! – A Policial Oh bateu palmas.

– Hein? – disse o homem polícia.

– Três sinais e uma curva. Para a esquerda ou a direita? – ela perguntou e esperou. – Não faz mal, ótimo trabalho, Jack. – Ela olhou para a rua e depois segurou na mão uma coisa parecida com um telefone, de onde veio aquilo? Ficou olhando a telinha e disse:

– Mande checarem a placa parcial com... tente Avenida Carlingford, ou talvez Alameda Washington...

Não vi mais nada do Rajá e do Ajeet e da Naisha.

– O cachorro foi preso?

– Não, não – disse a Policial Oh –, foi um erro bem-intencionado.

– Prossiga – disse o homem polícia no telefone e abanou a cabeça para a Policial Oh.

Ela levantou.

– Ei, talvez o Jack possa achar a casa para nós. Quer dar uma volta numa radiopatrulha?

Não consegui levantar e ela estendeu a mão, mas fingi que não vi. Pus um pé no chão, depois outro, e fiquei em pé meio tonto. No carro, entrei onde a porta estava aberta. A Policial Oh também sentou atrás e prendeu o cinto de segurança em mim, eu me encolhi pra mão dela não encostar em mim, só no cobertor azul.

Aí o carro andou, não tão barulhento como a picape, era macio e tinha um zumbido. Meio parecido com aquele sofá do planeta da TV com a mulher de cabelo estufado que faz perguntas, só que era a Policial Oh.

– Esse quarto fica numa casa térrea, ou será que tem escada?

– Não é uma casa.

Fiquei olhando para o trequinho brilhante no meio, era parecido com o Espelho, mas pequenininho. Vi o rosto do homem polícia nele, ele era o motorista. Seus olhos olhavam pra trás pra mim no espelhinho, por isso eu olhei pra fora da janela. Tudo passava correndo, me deixando tonto. Tinha a luz toda que saía do carro para a rua e pintava tudo. Veio um outro carro, um branco superveloz, ele vai bater no...

– Está tudo bem – disse a Policial Oh.

Quando eu tirei as mãos do rosto, o outro carro tinha sumido, será que o da gente fez ele desaparecer?

– Alguma coisa que soe familiar?

Não ouvi som nenhum. Era tudo árvores e casas e carros escuros. *Mãe, Mãe, Mãe.* Não ouvi a voz dela na minha cabeça, ela não estava falando. As mãos dele estão muito apertadas no pescoço dela, mais apertado mais apertado mais apertado, ela não consegue falar, não consegue respirar, não consegue nada. As coisas vivas se curvam, mas ela está curvada e curvada e...

– Você acha que esta pode ser a sua rua? – perguntou a Policial Oh.

– Eu não tenho rua.

– Eu digo, a rua de onde esse tal de Nick tirou você hoje.

– Eu nunca vi ela.

– Como é?

Eu estava cansado de falar.

A Policial Oh estalou a língua.

– Nem sinal de picape, a não ser aquela preta lá no fundo – disse o homem polícia.

– A gente podia dar uma parada.

O carro parou, que pena.

– Você acha que pode ser algum tipo de culto? – ele perguntou. – Cabelo comprido, nenhum sobrenome, o estado daquele dente...

A Policial Oh franziu a boca.

– Jack, existe luz do dia nesse seu quarto?

– É de noite – respondi, será que ela não tinha notado?

– Eu me refiro a durante o dia. De onde vem a luz?

– Da Claraboia.

– Há uma claraboia, excelente.

– Prossiga – disse o homem polícia no telefone.

A Policial Oh estava olhando de novo pra sua telinha brilhante.

– O satélite mostra duas casas com claraboia no sótão na Carlingford...

– O Quarto não é numa casa – tornei a dizer.

– Estou com dificuldade de entender, Jack. Então, onde ele fica?

– Em nada. O Quarto é o lado de dentro.

A Mãe está lá e o Velho Nick também, ele quer alguém morto e não sou eu.

– E o que fica fora dele?

– O Lá Fora.

– Me fale mais do que há do lado de fora.

– Tenho que dar a mão à palmatória – disse o homem polícia –, você não desiste.

Eu era o *você*?

– Continue, Jack – disse a Policial Oh. – Diga-me o que fica do lado de fora desse quarto.

– O Lá Fora! – gritei. Tinha que explicar depressa por causa da Mãe, *espera, Mãe, espera por mim*. – Ele tem coisas de verdade, como sorvete e árvores e lojas e aviões e fazendas e a rede.

A Policial Oh foi concordando com a cabeça.

Eu tinha que tentar mais, só não sabia o quê.

– Mas ele fica trancado e a gente não sabe o código.

– Você queria destrancar a porta para sair para o lado de fora?

– Como a Alice.

– Alice é outra amiga sua?

Fiz que sim.

– Ela está no livro.

– *Alice no País das Maravilhas*. Tenha santa paciência! – disse o homem polícia.

Esse pedaço eu sabia. Mas como é que ele tinha lido o nosso livro? Ele nunca esteve no Quarto. Perguntei pra ele:

– Você sabe o pedaço em que o choro dela forma um lago?

– O que foi que disse? – ele olhou pra mim no espelhinho.

– O choro dela forma um lago, lembra?

– A sua mamãe estava chorando? – perguntou a Policial Oh.

As pessoas do Lá Fora não entendem nada, fiquei pensando se assistem TV demais.

– Não, a Alice. Ela está sempre querendo entrar no jardim, como nós.

– Vocês também queriam entrar no jardim?

– É um quintal, mas a gente não sabe o código secreto.

– Esse quarto fica bem junto do quintal? – ela me perguntou.

Abanei a cabeça.

A Policial Oh esfregou o rosto.

– Me ajude aqui, Jack. Esse quarto fica perto de um quintal?

– Não perto.

– Certo.

Mãe, Mãe, Mãe.

– Ele é todo em volta.

– Esse quarto fica *no* quintal?

– É.

Deixei a Policial Oh contente, mas não sei como.

– Lá vamos nós, lá vamos nós – disse ela, olhando para a telinha e apertando botões –, estruturas independentes nos fundos, na Carlingford e na Washington...

– Claraboia – disse o homem polícia.

– Certo, com uma claraboia...

– Isso é uma televisão? – perguntei.

– Hein? Não, é uma fotografia de todas essas ruas. A câmera fica lá no alto, no espaço.

– No Espaço Sideral?

– É.

– Legal.

A voz da Policial Oh ficou toda animada:

– Washington, três quatro nove, galpão nos fundos, claraboia acesa... Tem que ser.

– Washington, três quatro nove – disse o homem polícia no telefone. – Prossiga. – Ele olhou para trás pelo espelho. – O nome do proprietário não confere, mas é branco, nascimento doze do dez de sessenta e um...

– Veículo?

– Prossiga – ele disse de novo e esperou. – Silverado 2001, marrom, K nove três P sete quatro dois.

– Na mosca – disse a Policial Oh.

– Estamos a caminho – disse o polícia –, solicitamos reforço na Washington, três quatro nove.

O carro virou todo pro outro lado. Depois, andamos mais depressa, fiquei zonzo.

Paramos. A Policial Oh olhou para uma casa pela janela.

– Nenhuma luz acesa – disse.

– Ele está no Quarto – falei –, fazendo ela ficar morta – mas o choro derreteu minhas palavras e não consegui ouvir elas.

Atrás de nós veio outro carro igualzinho ao que eu estava. Mais pessoas policiais saindo.

– Fique aqui, Jack – disse a Policial Oh, abrindo a porta. – Nós vamos encontrar a sua mamãe.

Dei um pulo, mas a mão dela me fez ficar no carro.

– Eu também – tentei dizer, mas tudo que saiu foram lágrimas.

Ela pegou uma lanterna grande e acendeu.

– Este policial vai ficar bem aqui com você...

Um rosto que eu nunca tinha visto entrou.

– Não!

– Dê espaço a ele – disse a Policial Oh ao novo policial.

– O maçarico – lembrei, mas era tarde demais, ela já tinha ido embora.

Houve um rangido e a parte de trás do carro abriu de estalo, o porta-malas, é assim que ela se chama.

Botei as mãos na cabeça pra não poder entrar nada, nem rostos nem luzes nem barulhos nem cheiros. *Mãe Mãe não esteja morta não esteja morta não esteja morta...*

Contei até cem, como a Policial Oh disse, mas não fiquei mais calmo. Continuei até quinhentos, os números não estão funcionando. Minhas costas pulam e tremem, deve ser de frio, onde caiu o cobertor?

Um som terrível. O policial no banco da frente assoou o nariz. Deu um sorrisinho e enfiou o lenço de papel no nariz, virei para o outro lado.

Olhei pela janela para a casa sem luzes. Agora estava aberto um pedaço dela que não estava antes, eu acho, a garagem, um quadradão escuro. Passei centenas de horas olhando, meus olhos começaram a coçar. Alguém saiu do escuro, mas era outro policial que eu nunca tinha visto. Depois, uma pessoa que era a Policial Oh, e do lado dela...

Chutei e soquei a porta do carro, mas não sabia como, tenho que quebrar o vidro mas não consigo, *Mãe Mãe Mãe Mãe Mãe Mãe Mãe Mãe...*

A Mãe fez a porta abrir e quase caí lá fora. Ela me segurou, me apalpou todo. Era ela de verdade, estava cem por cento viva.

– Nós conseguimos – ela disse, quando estávamos juntos na traseira do carro. – Bem, *você* conseguiu, na verdade.

Abanei a cabeça.

– Eu fiquei estragando o plano.

– Você me salvou – a Mãe disse e me beijou no olho e me abraçou apertado.

– Ele estava lá?

– Não, eu estava sozinha, apenas esperando, foi a hora mais longa da minha vida. Quando eu menos esperava, a porta explodiu, pensei que eu estava tendo um infarto.

– O maçarico!

– Não, eles usaram uma espingarda.

– Quero ver a explosão.

– Durou só um segundo. Outra hora você pode ver, eu prometo. – A Mãe sorriu. – Agora podemos fazer qualquer coisa.

– Por quê?

– Porque estamos livres.

Fiquei zonzo, meus olhos se fecharam sem mim. Fiquei com tanto sono que achei que a minha cabeça ia cair.

A Mãe estava falando no meu ouvido, disse que precisávamos conversar com mais uns policiais. Eu me aninhei nela e disse:

– Quero ir pra Cama.

– Daqui a pouco vão encontrar um lugar para a gente dormir.

– Não. *Cama*.

– Você quer dizer no Quarto? – a Mãe chegou pra trás, me olhando nos olhos.

– É. Eu vi o mundo e agora estou cansado.

– Ah, Jack, nós nunca mais vamos voltar.

O carro começou a andar e eu chorei tanto que não consegui parar.

Depois

A Policial Oh foi sentada na frente, ela é diferente do lado contrário. Ela virou para mim e sorriu, dizendo:
– Aqui é a delegacia.
– Você consegue saltar? – a Mãe perguntou. – Eu carrego você.
Ela abriu o carro e o ar frio pulou para dentro. Eu me encolhi. Ela me puxou, me fez ficar em pé e eu dei com a orelha no carro. Ela foi andando comigo montado no quadril, agarrado em seus ombros. Estava escuro, mas depois vieram luzes, rapidinho rapidinho, feito fogos de artifício.
– Abutres – disse a Policial Oh.
Onde?
– Nada de fotos – gritou o homem polícia.
Que fotos? Não vi abutre nenhum, só rostos de pessoas com máquinas que faiscavam e uns bastões pretos gordos. Estavam gritando, mas não consegui entender. A Policial Oh tentou pôr o cobertor em cima da minha cabeça e eu empurrei ele. A Mãe corria, eu tremia todo, entramos num prédio e estava mil por cento claro, por isso cobri os olhos com a mão.
O chão era todo duro e brilhante, diferente do Piso, as paredes eram azuis e tinha uma porção delas, e fazia barulho demais. Em todo canto tinha pessoas que não eram minhas amigas. Tinha uma coisa feito uma nave espacial, toda iluminada com coisas dentro, tudo nos seus quadradinhos, como pacotes de batatas chips e barras de chocolate, fui olhar pra tentar pegar, mas estavam trancadas dentro do vidro. A Mãe puxou minha mão.

– Por aqui – disse a Policial Oh. – Não, aqui dentro...

Ficamos numa sala mais silenciosa. Um homenzão largo disse:

– Peço desculpas pela presença da mídia, nós fizemos um upgrade para um sistema de tronco, mas eles têm esses novos rastreadores de redes de rádio...

Ele esticou a mão. A Mãe me pôs no chão e sacudiu a mão dele pra cima e pra baixo, feito as pessoas da TV.

– E o senhor, pelo que sei, foi um rapazinho de uma coragem notável.

Era pra mim que ele estava olhando. Mas não me conhecia, e por que disse que eu era um rapazinho? A Mãe sentou numa cadeira que não era das nossas e me deixou ficar no colo dela. Tentei balançar, mas não era a Cadeira de Balanço. Estava tudo errado.

– Bem – disse o homem grandão –, reconheço que é tarde, e o seu filho está com umas escoriações que precisam de cuidados, e já estão à espera de vocês na Clínica Cumberland, que é uma instituição excelente.

– Que tipo de instituição?

– Ah, psiquiátrica.

– Nós não somos...

O homem interrompeu a Mãe:

– Eles poderão lhes dar toda a assistência apropriada, é um lugar de muita privacidade. Mas, por uma questão de prioridade, realmente preciso repassar o seu depoimento ainda hoje com mais detalhes, na medida em que lhe for possível.

A Mãe concordou com a cabeça.

– Bem, algumas das minhas linhas de questionamento podem causar certa angústia. A senhora prefere que a policial Oh acompanhe esta entrevista?

– Tanto faz, não – disse a Mãe, e deu um bocejo.

– O seu filho passou por um mau pedaço esta noite, talvez ele deva esperar lá fora enquanto abordamos... hã...

Mas nós já estávamos no Lá Fora.

– Está tudo bem – disse a Mãe, me embrulhando no cobertor azul. – Não feche a porta – ela disse muito depressa à Policial Oh, que estava saindo.

– É claro – disse a Policial Oh, e deixou a porta ficar meio aberta.

A Mãe ficou conversando com o grandão, que a chamava por um dos outros nomes dela. Fiquei olhando para as paredes, que tinham virado meio creme, como se fossem sem cor. Havia quadros com uma porção de palavras, um deles tinha uma águia, dizia *O céu não é o limite*. Alguém passou pela porta, dei um pulo. Eu queria que estivesse fechada. Queria muito tomar um pouco.

A Mãe tornou a puxar a camiseta pra baixo, para as calças.

– Agora não – cochichou –, estou conversando com o capitão.

– E isso aconteceu... a senhora se lembra da data? – ele perguntou.

A Mãe abanou a cabeça.

– Final de janeiro. Fazia umas duas semanas que eu tinha voltado para a faculdade...

Eu continuava com sede, levantei de novo a camiseta dela, e dessa vez ela respirou bufando e deixou, me aninhando contra o peito.

– A senhora, hmm, prefere...? – perguntou o Capitão.

– Não, vamos em frente – disse a Mãe. Foi o direito, não tinha muita coisa, mas eu não quis descer pra trocar de lado, porque podia ser que ela dissesse *já chega*, e não chegava.

A Mãe passou séculos falando do Quarto e do Velho Nick e essas coisas todas, e eu estava cansado demais pra escutar. Uma pessoa mulher entrou e disse alguma coisa pro Capitão.

A Mãe perguntou:

– Algum problema?

– Não, não – disse o Capitão.

– Então, por que ela está nos encarando? – e o braço dela me envolveu com força. – Estou amamentando meu filho, a senhora tem algum problema com isso?

Vai ver que no Lá Fora eles não sabiam sobre tomar um pouco, era segredo.

A Mãe e o Capitão falaram muito mais. Quase dormi, mas estava muito claro e eu não conseguia uma posição cômoda.

– O que foi? – ela perguntou.

– A gente precisa mesmo voltar pro Quarto – respondi. – Preciso do Vaso.

– Tudo bem, eles têm banheiros na delegacia.

O Capitão nos mostrou o caminho, passando pela máquina incrível, e eu toquei no vidro, quase nas barras de chocolate. Queria saber o código pra fazer elas saírem.

Tinha um dois três quatro vasos sanitários, cada um num quartinho dentro de um quarto maior, com quatro pias e tudo com espelhos. Era verdade, os vasos no Lá Fora tinham tampa em cima do reservatório de água, eu não podia olhar pra dentro. Quando a Mãe fez xixi e levantou, veio um ronco horrível e eu chorei.

– Está tudo bem – ela disse, enxugando meu rosto com a parte chata das mãos –, é só uma descarga automática. Olhe, o vaso enxerga com esse olhinho quando a gente termina e esguicha a água sozinho, não é esperto?

Não gostei de um vaso esperto olhando pro nosso bumbum.

A Mãe me fez tirar a cueca.

– Eu fiz um pouquinho de cocô sem querer quando o Velho Nick me carregou – contei.

– Não se preocupe com isso – ela disse, e fez uma coisa esquisita, jogou minha cueca numa lata de lixo.

– Mas...

– Você não precisa mais dela, vamos comprar outras novas.

– De presente de domingo?

– Não, no dia que quisermos.

Era esquisito. Eu preferia que fosse num domingo.

A torneira era igual às de verdade no Quarto, mas tinha o formato errado. A Mãe abriu ela, molhou um papel e limpou minhas pernas e meu bumbum. Pôs as mãos embaixo de uma máquina que soprou um ar quente, como as nossas entradas de ventilação, só que mais quente e barulhenta, de novo.

– É um secador para as mãos, olhe, quer experimentar?

Ela sorriu pra mim, mas eu estava cansado demais pra sorrir.

– Está bem, então seque as mãos na camiseta.

Depois, ela me embrulhou no cobertor azul e saímos de novo. Eu queria olhar para a máquina onde todas as latas e pacotes e barras de chocolate ficavam na cadeia, mas a Mãe foi me puxando para a sala onde estava o Capitão pra mais conversa.

Depois de centenas de horas, a Mãe me botou de pé, eu estava todo bambo. Dormir sem ser no Quarto me deixava enjoado.

A gente estava indo para uma espécie de hospital, mas isso não era o velho Plano A, *Doente, Picape, Hospital*? Agora a Mãe estava enrolada num cobertor azul, achei que era o que estava em mim, mas esse continuava em mim, então o dela devia ser diferente. A radiopatrulha parecia o mesmo carro, mas não sei, as coisas no Lá Fora são complicadas. Tropecei na rua e quase caí, mas a Mãe me agarrou.

Fomos andando no carro. Quando eu via um carro chegar perto, espremia os olhos todas as vezes.

– Eles estão do outro lado, sabe? – disse a Mãe.

– Que outro lado?

– Está vendo aquela linha no meio? Eles sempre têm que ficar do lado de lá da linha, e nós ficamos do lado de cá, por isso não batemos.

De repente, paramos. O carro abriu e uma pessoa sem rosto olhou pra dentro. Comecei a gritar.

– Jack, Jack – disse a Mãe.

– É um zumbi.

Fiquei com o rosto na barriga dela.

– Eu sou o dr. Clay, sejam bem-vindos a Cumberland – disse o sem--rosto, com a voz mais grave que já ressoou. – A máscara é só para mantê--los em segurança. Quer dar uma espiada por baixo? – Ele puxou o treco branco pra cima e era uma pessoa homem sorrindo, um rosto supermoreno com um tiquinho de triângulo de queixo preto. Deixou a máscara voltar pro lugar, *pimba*. A fala dele passou pelo branco. – Aqui está uma para cada um de vocês.

A Mãe pegou as máscaras.

– Temos que usar?

– Pense em tudo o que flutua por aí e com que seu filho provavelmente nunca entrou em contato.

– Está bem – a Mãe concordou.

Pôs uma máscara nela e uma em mim, com alças em volta das orelhas. Não gostei do jeito que ela me apertava.

– Não estou vendo nada flutuando por aí – cochichei para a Mãe.

– Micróbios – ela disse.

Eu achava que eles só existiam no Quarto, não sabia que o mundo também era todo cheio deles.

Fomos andando num edifício grande e iluminado, achei que era a Delegacia de novo, mas aí não era. Tinha um alguém chamado Coordenadora de Internações batendo num... eu sei, era um computador, igualzinho aos da televisão. Eram todos parecidos com as pessoas do planeta médico, tive que ficar me lembrando que eram reais.

Vi a coisa mais legal do mundo, era um vidro enorme com cantos, mas em vez de latas e chocolate tinha peixes vivos, nadando e se escondendo com pedras. Puxei a mão da Mãe, mas ela não quis vir, continuou falando com a Coordenadora de Internações, que também tinha um nome na etiqueta, era Pilar.

– Escute, Jack – disse o Dr. Clay, que dobrou as pernas pra baixo e ficou parecendo um sapo gigante, por que ele estava fazendo aquilo? Ficou com a cabeça quase do lado da minha, seu cabelo era só uma penugem, assim com um quarto de polegada de comprimento. Ele não estava mais de máscara, só eu e a Mãe. – Precisamos dar uma olhada na sua mamãe naquela sala do outro lado do corredor, tudo bem?

Foi pra mim que ele disse isso. Mas já não tinha olhado pra ela?

A Mãe abanou a cabeça.

– O Jack fica comigo.

– A dra. Kendrick, nossa residente de clínica geral que está de plantão, vai ter que usar o kit de coleta de provas agora mesmo, eu receio. Sangue, urina, cabelo, raspas das unhas, esfregaço oral, vaginal, anal...

A Mãe olhou fixo pra ele. Soltou a respiração.

– Vou estar logo ali – ela me disse, apontando para uma porta – e posso ouvir se você me chamar, está bem?

– Não está bem.

– Por favor. Você foi um SuperJack tão valente, só mais um pouquinho, sim?

Eu me agarrei nela.

– Hmm, talvez ele possa entrar e nós colocamos uma tela – disse a Dra. Kendrick. O cabelo dela tinha uma cor toda cremosa e era enrolado pra cima na cabeça.

– Uma TV? – cochichei para a Mãe. – Tem uma ali.

Era muito maior que a do Quarto, com gente dançando, e as cores eram muito mais maravilhosas de brilhantes.

– Pensando bem – disse a Mãe –, será que ele poderia sentar ali na recepção? Isso o distrairia mais.

A tal Pilar estava atrás da mesa falando no telefone, ela sorriu pra mim, mas eu fingi que não vi. Tinha uma porção de cadeiras, a Mãe escolheu uma pra mim. Fiquei vendo ela ir embora com os médicos. Tive que me agarrar na cadeira pra não correr atrás.

O planeta mudou para um jogo de futebol americano, com pessoas com ombros enormes e capacetes. Fiquei pensando se aquilo estava acontecendo mesmo, de verdade, ou se eram só imagens. Olhei para o vidro dos peixes, mas estava muito longe, não consegui ver os peixes, mas eles ainda deviam estar lá, eles não sabem andar. A porta onde a Mãe entrou estava meio aberta, acho que ouvi a voz dela. Por que iam tirar o sangue e o xixi e as unhas dela? A Mãe ainda estava lá, mesmo sem eu ver, como ficou no Quarto o tempo todo em que eu fazia a nossa Fuga do Inferno. O Velho Nick saiu zunindo na picape, agora não está no Quarto nem no Lá Fora e não vi ele na TV. Gastei a cabeça de tanto pensar.

Detesto a máscara me apertando, botei ela no alto da cabeça, ela tem um pedaço duro com um arame por dentro, eu acho. Tirou meu cabelo dos olhos. Aí apareceram tanques numa cidade toda quebrada em pedacinhos e uma pessoa idosa chorando. Faz muito tempo que a Mãe está na outra sala, será que estão machucando ela? A mulher Pilar continuou falando no telefone. Outro planeta com homens numa sala giganorme, todos de paletó, acho que estão brigando, sei lá. Falaram horas e horas.

Aí mudou de novo e apareceu a Mãe, e ela estava carregando alguém, e *era eu.*

Dei um pulo e fui direto até a tela. Tinha um eu como no Espelho, só que pequenininho. Embaixo corriam palavras, NOTÍCIAS LOCAIS ENQUANTO ACONTECEM. Tinha uma pessoa mulher falando, mas não dava pra eu ver: "...solteirão solitário transformou o galpão do jardim num calabouço inexpugnável do século XXI. As vítimas do déspota têm uma palidez fantasmagórica e parecem estar num estado catatônico fronteiriço, depois do longo pesadelo de seu encarceramento". *Nessa hora a Policial Oh tentou pôr o cobertor na minha cabeça e eu não deixei.* A voz invisível disse: "O menino desnutrido, que não consegue andar, aparece aqui estapeando convulsivamente uma das pessoas que o resgataram".

– Mãe! – gritei.

Ela não veio. Ouvi ela dizer "Só mais dois minutos".

– Somos nós. Somos nós na televisão!

Mas ela ficou branca. A Pilar estava em pé, apontando pra ela com um controle remoto e olhando pra mim. O Dr. Clay saiu e disse coisas zangadas para a Pilar.

– Liga de novo – eu falei. – Somos nós, eu quero ver.

– Desculpe, eu sinto muitíssimo... – disse a Pilar.

– Jack, você gostaria de ficar com a sua mamãe agora? – O Dr. Clay estendeu a mão, tinha um plástico branco engraçado nela. Não a toquei. – A máscara no lugar, lembra?

Botei a máscara no nariz. Andei atrás dele, não muito perto.

A Mãe estava sentada numa caminha alta, com um vestido de papel rasgado nas costas. As pessoas usam coisas engraçadas no Lá Fora.

– Tiveram que levar a minha roupa de verdade.

Era a voz dela, mas não consegui ver por onde saía da máscara.

Subi no colo dela, todo farfalhante.

– Vi nós dois na TV.

– Eu soube. Como estávamos?

– Pequenos.

Puxei o vestido dela, mas não tinha por onde entrar.

– Neste minuto não – ela disse e me beijou no lado do olho, mas não era beijo que eu queria. – Você ia dizendo...

Eu não ia dizendo nada.

— Sim, sobre o seu pulso — disse a Dra. Kendrick —, é provável que ele precise ser quebrado de novo, em algum momento.

— Não!

— Shhh, está tudo bem — a Mãe me disse.

— Ela estará dormindo quando isso acontecer — disse a Dra. Kendrick, olhando pra mim. — Os cirurgiões vão colocar um pino de metal para ajudar a articulação a funcionar melhor.

— Feito um ciborgue?

— O que é isso?

— Sim, é meio parecido com um ciborgue — disse a Mãe, sorrindo pra mim.

— Mas, a curto prazo, eu diria que o dentista é a prioridade máxima — disse a Dra. Kendrick —, por isso vou lhe fazer agora mesmo uma prescrição de antibióticos, além de analgésicos extrafortes...

Dei um bocejão.

— Eu sei, já passou muito da hora de dormir — a Mãe disse.

A Dra. Kendrick perguntou:

— Será que eu poderia dar só uma checada rápida no Jack?

— Eu já disse que não.

O que ela queria me dar?

— É um brinquedo? — cochichei pra Mãe.

— É desnecessário — ela disse para a Dra. Kendrick. — Eu lhe dou minha palavra.

— Só estamos seguindo o protocolo de casos como este — disse o Dr. Clay.

— Ah, vocês veem uma porção de casos como este, não é?

A Mãe estava zangada, deu pra ouvir.

Ele abanou a cabeça.

— Outras situações traumáticas, sim, mas, para ser franco com a senhora, nada como a sua. E é por isso que precisamos fazer as coisas direito e dar a vocês dois o melhor tratamento possível, desde o começo.

— O Jack não precisa de *tratamento*, ele precisa dormir — a Mãe falou entre os dentes. — Ele nunca ficou longe da minha vista e não lhe aconteceu nada, nada parecido com o que vocês estão insinuando.

Os médicos olharam um pro outro. A Dra. Kendrick falou:

– Eu não quis dizer...

– Durante todos estes anos, eu o mantive em segurança.

– Tudo indica que sim – concordou o Dr. Clay.

– Mantive, sim.

Agora havia lágrimas descendo pelo rosto todo da Mãe, tinha uma toda escura na beirada da máscara. Por que eles estavam fazendo ela chorar?

– E esta noite, o que ele teve que... ele está dormindo em pé...

Eu não estava dormindo.

– Eu entendo perfeitamente – disse o Dr. Clay. – Altura e peso, e ela cuida dos cortes dele, que tal?

Depois de um segundo, a Mãe fez que sim.

Eu não queria que a Dra. Kendrick me tocasse, mas não me importei em ficar em pé na máquina que mostrava o meu peso. Quando encostei na parede sem querer, a Mãe me endireitou. Aí parei encostado nos números, igualzinho ao que a gente fazia do lado da Porta, só que tinha mais números e as linhas eram mais retas.

– Você está indo muito bem – disse o Dr. Clay.

A Dra. Kendrick anotou uma porção de coisas. Apontou aparelhos para os meus olhos e os meus ouvidos e a minha boca, e disse:

– Parece estar tudo brilhando.

– Nós escovamos os dentes toda vez que comemos.

– Perdão, o que disse?

– Fale devagar e alto – a Mãe mandou.

– Nós escovamos os dentes depois de comer.

A Dra. Kendrick disse:

– Quisera eu que todos os meus pacientes se cuidassem tão bem.

A Mãe me ajudou a tirar a camiseta pela cabeça. Isso fez a máscara cair e eu botei ela de volta. A Dra. Kendrick me fez mexer todos os meus pedaços. Disse que meus quadris estavam excelentes, mas que em algum momento seria bom eu fazer uma densitometria óssea, que é um tipo de raio X. Tinha marcas de arranhão no lado de dentro das minhas mãos e nas minhas pernas, que eram de quando eu pulei da picape. O joelho direito estava todo cheio de sangue seco. Dei um pulo quando a Dra. Kendrick tocou nele.

– Desculpe – ela disse.

Encostei na barriga da Mãe, o papel fazia preguinhas.

– Os micróbios vão pular pra dentro do buraco e eu vou morrer.

– Não se preocupe – disse a Dra. Kendrick –, eu tenho um lenço especial que tira todos eles.

Ardeu. Ela também cuidou do meu dedo mordido, na mão esquerda, onde o cachorro bebeu o meu sangue. Aí botou uma coisa no meu joelho, parecia uma fita adesiva, mas tinha carinhas, eram a Dora e o Botas dando adeusinho pra mim.

– Oh, oh...

– Está doendo?

– A senhora o fez ganhar o dia – disse a Mãe para a Dra. Kendrick.

– Você é fã da Dora? – perguntou o Dr. Clay. – A minha sobrinha e o meu sobrinho também.

Os dentes dele sorriam feito neve.

A Dra. Kendrick pôs outra Dora com o Botas no meu dedo, ficou apertado.

O Dente continuou bem guardado no lado da minha meia direita. Quando eu estava de novo de camiseta e cobertor, os médicos ficaram falando tudo baixinho, e aí o Dr. Clay perguntou:

– Você sabe o que é uma agulha, Jack?

A Mãe deu um resmungo:

– Ora, faça-me o favor!

– Assim o laboratório pode fazer um hemograma completo logo de manhã cedo. Indicadores de infecções, deficiências nutricionais... Tudo isso são provas aceitáveis e, o que é mais importante, vai nos ajudar a saber do que o Jack precisa de imediato.

A Mãe olhou pra mim.

– Você pode ser um super-herói por mais um minuto e deixar a dra. Kendrick espetar o seu braço?

– Não.

Escondi os dois embaixo do cobertor.

– Por favor.

Mas não, já gastei toda a minha valentia.

– Só preciso de um pouquinho assim – disse a Dra. Kendrick, exibindo um tubo.

Era muito mais do que o cachorro ou o mosquito, não ia me sobrar quase nenhum.

– E depois, você vai ganhar... Do que ele gostaria? – ela perguntou pra Mãe.

– Eu gostaria de ir pra Cama.

– Ela está falando de uma guloseima – a Mãe me disse. – Como um bolo ou coisa parecida.

– Hmm, acho que não temos bolo neste momento, as cozinhas estão fechadas – disse o Dr. Clay. – Que tal um chupa-chupa?

A Pilar trouxe um pote cheio de pirulitos, era isso que era chupa-chupa. Mas tinha muitos demais, tinha amarelo e verde e vermelho e azul e laranja. Eram todos chatos feito círculos, não bolas como o do Velho Nick que a Mãe jogou na Lixeira e eu comi assim mesmo. A Mãe escolheu pra mim, foi um vermelho, mas abanei a cabeça, porque o dele tinha sido vermelho e eu achei que ia chorar de novo. A Mãe escolheu um verde. A Pilar tirou o plástico. O Dr. Clay espetou a agulha dentro do meu cotovelo e eu gritei e tentei fugir, mas a Mãe me segurou, pôs o pirulito na minha boca e eu chupei, mas a dor não passou nada.

– Está quase acabando – ela disse.

– Não gosto disso.

– Olhe, a agulha já saiu.

– Bom trabalho – disse o Dr. Clay.

– Não, o pirulito.

– Você está com o seu pirulito – a Mãe disse.

– Não gosto dele, não gosto do verde.

– Não tem problema, cuspa-o.

A Pilar segurou ele.

– Experimente um laranja, é do laranja que eu mais gosto – ela disse.

Eu não sabia que podia ganhar dois. A Pilar abriu um laranja pra mim e era gostoso.

Primeiro fez calor, depois ficou frio. O calor foi bom mas o frio era úmido. A Mãe e eu estávamos na Cama, só que ela tinha encolhido e estava ficando gelada, o lençol embaixo de nós e o lençol em cima também, e o Edredom tinha perdido o branco, estava todo azul...

Isso não era o Quarto.

O Pênis bobo ficou em pé.

– Estamos no Lá Fora – cochichei pra ele. – Mãe...

Ela deu um pulo como se fosse um choque elétrico.

– Eu fiz xixi.

– Tudo bem.

– Não, mas tá tudo molhado. Minha camiseta no pedaço da barriga também.

– Esqueça.

Tentei esquecer. Fiquei olhando pra lá da cabeça dela. O chão era parecido com o Tapete, mas felpudo, sem desenho e sem bordas, meio cinza, cobria tudo até as paredes, eu não sabia que as paredes eram verdes. Tinha um desenho de um monstro, mas, quando olhei direito, era uma onda enorme do mar. Uma forma parecida com a Claraboia, só que na parede, eu sabia o que era aquilo, era uma janela para o lado, com centenas de tiras de madeira atravessadas, mas entrava luz entre elas.

– Continuo lembrando – eu disse à Mãe.

– É claro que sim – ela disse. Achou minha bochecha e deu um beijo.

– Não consigo esquecer porque eu ainda estou todo molhado.

– Ah, isso – ela disse, com uma voz diferente. – Eu não quis dizer que você tinha que esquecer que fez xixi na cama, era só para não se preocupar com isso. – Ela foi se levantando, ainda estava com o vestido de papel, todo amarrotado. – As enfermeiras vão trocar os lençóis.

Não vi as enfermeiras.

– Mas as minhas outras camisetas...

Elas estavam na Cômoda, na gaveta de baixo. Estavam lá ontem, por isso achei que também estariam lá agora. Mas será que o Quarto continuava lá, se a gente não estava nele?

– Nós vamos dar um jeito – disse a Mãe. Ela estava na janela, fez as tiras de madeira ficarem mais separadas e entrou uma porção de luz.

– Como você fez isso? – Corri pra lá e a mesa bateu na minha perna, *bum*.

A Mãe fez carinho para a dor passar.

– Com a corda, está vendo? É a corda dessa peça que tapa a janela.

– Por que ela tapa...?

– É a corda que abre e fecha a persiana – disse a Mãe. – Isso é uma proteção da janela, chama-se persiana... ela tapa porque impede você de ver.

– Por que ela me impede de ver?

– *Você* quer dizer *qualquer um*.

Por que eu quero dizer qualquer um?

– Ela impede as pessoas de olharem para dentro ou para fora – disse a Mãe.

Mas eu estava olhando pra fora, era igual à TV. Tinha grama e árvores e um pedaço de um prédio branco e três carros, um azul e um marrom e um prateado com uns negocinhos listrados.

– Na grama...

– O quê?

– Aquilo é um abutre?

– Acho que é só uma gralha.

– Mais uma...

– Aquilo é um... como é que se chama? Um pombo. Alzheimer precoce! Muito bem, vamos nos lavar.

– Nós não tomamos café – eu disse pra Mãe.

– Podemos fazer isso depois.

Abanei a cabeça.

– O café vem antes do banho.

– Não tem que ser assim, Jack.

– Mas...

– Não temos que fazer as mesmas coisas que fazíamos – disse a Mãe –, a gente pode fazer o que quiser, aquilo de que gostar.

– Eu gosto do café antes do banho.

Mas ela tinha feito uma curva e não a vi mais, corri atrás dela. Achei ela num outro quartinho dentro deste, o chão virou uma porção de quadrados brilhantes, brancos e frios, e as paredes também ficaram brancas. Tinha um vaso sanitário que não era o Vaso e uma pia que era o dobro da Pia e um boxe alto invisível que devia ser um chuveiro, feito os da TV, em que as pessoas se borrifam todas.

– Onde se escondeu a banheira?

– Não tem banheira.

A Mãe empurrou a frente do boxe pro lado e ele abriu. Ela tirou o vestido de papel, amassou e jogou numa cesta que acho que era uma lixeira, mas não tinha tampa de fazer *plim*.

– Vamos nos livrar dessa coisa imunda também – disse. Minha camiseta puxou meu rosto na hora de sair. A Mãe amarrotou ela e jogou na lixeira.

– Mas...

– É um trapo.

– Não é, não, é a minha camiseta.

– Você vai ganhar outra, uma porção delas.

Mal consegui escutar, porque ela ligou o chuveiro, todo barulhento.

– Entre.

– Não sei como.

– É uma delícia, eu juro. – A Mãe esperou. – Então está bem, eu não demoro.

Ela entrou e começou a fechar a porta invisível.

– Não.

– Tenho que fechar, senão a água vai espirrar do lado de fora.

– Não.

– Você pode me olhar pelo vidro, eu estou bem aqui – ela disse. Deslizou a porta, *bangue*, e não vi mais ela, só borrada, não igual à Mãe real, mas como um fantasma que fazia sons esquisitos.

Bati na porta, não consegui descobrir como era, aí descobri e abri com um tranco.

– Jack...

– Não gosto quando você fica dentro e eu fora.

– Então, entre aqui.

Eu estava chorando.

A Mãe enxugou meu rosto com a mão, isso espalhou as lágrimas.

– Desculpe – ela disse –, desculpe. Acho que estou indo depressa demais. – Me deu um abraço que me molhou todo. – Não há mais nenhum motivo para chorar.

Quando era bebê, eu só chorava por uma boa razão. Mas a Mãe entrar no chuveiro e me fechar do lado errado era uma boa razão.

Dessa vez eu entrei, fiquei todo achatado no vidro, mas mesmo assim fui respingado. A Mãe pôs o rosto na cascata barulhenta e deu um gemido comprido.

– Você está sentindo dor? – gritei.

– Não, só estou tentando desfrutar da minha primeira chuveirada em sete anos.

Tinha um pacotinho que dizia *Xampu*, a Mãe abriu ele com os dentes e foi usando todo, não sobrou quase nenhum. Passou séculos molhando o cabelo e pôs mais um negócio de outro pacotinho que dizia *Condicionador*, pra fazer ficar sedoso. Ela quis passar isso na minha cabeça, mas eu não quero ser sedoso e não quis botar o rosto embaixo do jato. Ela me lavou com as mãos, porque não tinha esponja. Uns pedaços das minhas pernas tinham ficado roxos, de quando eu pulei da picape marrom, fazia séculos. Meus cortes doíam em toda parte, especialmente no joelho, embaixo do meu curativo da Dora e do Botas, onde estava ficando tudo ondulado, e a Mãe disse que isso queria dizer que o corte estava melhorando. Não sei por que doer quer dizer melhorar.

Tinha uma toalha branca superfelpuda para cada um de nós, não uma só pra dividir. Eu preferia dividir, mas a Mãe disse que isso era bobagem. Ela enrolou uma terceira toalha na cabeça, que ficou toda grandona e pontuda feito sorvete de casquinha, e nós rimos.

Eu estava com sede.

– Agora posso tomar um pouco?

– Ah, daqui a pouquinho. – Ela estendeu uma coisa grande pra mim, com mangas e um cinto, feito uma fantasia. – Use este roupão, por enquanto.

– Mas é pra um gigante.

– Vai servir.

Ela dobrou as mangas até ficarem mais curtas e todas gorduchas. Ela estava com um cheiro diferente, acho que era o condicionador. Amarrou o roupão na minha cintura. Levantei os pedaços compridos para andar.

– Ta-rá! – ela disse. – O Rei Jack.

Pegou outro roupão igualzinho no guarda-roupa que não era o Guarda--Roupa, e ele desceu até os tornozelos dela.

– Eu vou ser rei, la-ri la-rá, você pode ser rainha – cantei.

A Mãe estava toda cor-de-rosa e risonha, com o cabelo preto por estar molhado. O meu estava preso no rabo de cavalo, mas meio embaraçado, porque não tinha o Pente, nós deixamos ele no Quarto.

– Você devia ter trouxido o Pente – eu disse.

– Trazido – ela falou. – Eu estava meio apressada para ver você, lembra?

– É, mas nós precisamos dele.

– Daquele pente velho de plástico, com metade dos dentes quebrados? Precisamos tanto dele quanto de um buraco na cabeça.

Achei minhas meias do lado da cama e já ia calçar elas, mas a Mãe me mandou parar, porque elas estavam todas imundas da rua, de quando eu corri, corri, corri, e tinham buracos. A Mãe também jogou as duas na lixeira, estava desperdiçando tudo.

– Mas o Dente, esquecemos dele!

Corri pra tirar as meias da lixeira e achei o Dente na segunda.

A Mãe revirou os olhos.

– Ele é meu amigo – falei, botando o Dente no bolso do roupão. Passei a língua nos dentes, porque eles estavam com uma sensação engraçada.

– Ah, não, não escovei os dentes depois do pirulito!

Apertei eles com os dedos com força, pra eles não caírem, mas não com o dedo mordido.

A Mãe abanou a cabeça.

– Ele não era de verdade.

– Tinha um gosto de verdade.

– Não, eu quero dizer que era sem açúcar, eles são feitos com um tipo de açúcar que não é de verdade e não faz mal aos dentes.

Isso era confuso. Apontei para a outra cama.

– Quem dorme ali?

– É para você.

– Mas eu durmo com você.

– Bem, as enfermeiras não sabiam disso.

A Mãe olhou pela janela. A sombra dela ficou toda comprida no chão cinza macio, eu nunca tinha visto uma tão comprida. – Aquilo lá no estacionamento é um gato? – ela perguntou.

– Deixa eu ver. – Corri pra olhar, mas meus olhos não acharam nada.

– Vamos fazer uma exploração?

– Onde?

– Lá fora.

– Nós já estamos no Lá Fora.

– É, mas vamos sair ao ar livre e procurar o gato – a Mãe disse.

– Legal.

Ela achou dois pares de chinelos pra gente, mas não cabiam em mim e eu fiquei caindo pra frente, então ela disse que eu podia andar descalço por enquanto. Quando olhei de novo pela janela, uma coisa chegou zunindo perto dos outros carros, era uma van que dizia "Clínica Cumberland".

– E se ele chegar? – cochichei.

– Quem?

– O Velho Nick, e se ele chegar na picape dele?

Eu estava quase esquecendo dele, como podia esquecer?

– Ah, ele não poderia vir, não sabe onde estamos – disse a Mãe.

– Nós somos segredo de novo?

– Mais ou menos, só que do tipo bom.

Do lado da cama tinha um... eu sabia o que era, era um telefone. Levantei a parte de cima, disse "Alô", mas não tinha ninguém falando, só uma espécie de zumbido.

– Ah, Mãe, ainda não tomei um pouco.

– Mais tarde.
Hoje está tudo de trás pra frente.
A Mãe mexeu na maçaneta da porta e fez careta, devia ser o pulso ruim. Mexeu com a outra mão. Saímos num cômodo comprido, com paredes amarelas e janelas num lado todo e portas do outro lado. Cada parede tinha uma cor diferente, devia ser essa a regra. Nossa porta era a que dizia "Sete", tudo dourado. A Mãe falou que a gente não podia entrar nas outras portas, porque elas são de outras pessoas.
– Que outras pessoas?
– Ainda não as conhecemos.
Então, como é que ela sabe?
– Podemos olhar pra fora pelas janelas de lado?
– Ah, sim, elas são para qualquer um.
– Qualquer um somos nós?
– Nós e qualquer outra pessoa – disse a Mãe.
Qualquer outra pessoa não estava lá, então éramos só nós. Essas janelas não tinham persianas pra tapar a visão. Era um planeta diferente, mostrava mais outros carros, como um verde e um branco e um vermelho, e um lugar de pedra, e tinha umas coisas andando que eram pessoas.
– Elas são pequenininhas que nem fadas.
– Não, é só porque estão muito longe – a Mãe disse.
– Elas são reais de verdade?
– Tão reais quanto você e eu.
Tentei acreditar, mas foi difícil.
Tinha uma mulher que não era de verdade, eu sei porque ela era cinza, era uma estátua e estava toda nua.
– Venha, estou morrendo de fome – disse a Mãe.
– Eu só...
Ela me puxou pela mão. Aí não deu mais pra gente continuar porque tinha degraus pra baixo, uma porção deles.
– Segure no corrimão.
– No quê?
– Nessa coisa aqui, esse apoio.

Segurei.
– Desça um degrau de cada vez.
Eu ia cair. Sentei.
– Tudo bem, assim também funciona.

Desci de bumbum, um degrau depois outro depois outro, e o roupão gigante se soltou. Uma pessoa grande subiu correndo os degraus, depressinha depressinha, como se estivesse voando, mas não estava, era uma humana real toda de branco. Botei o rosto no roupão da Mãe pra ficar invisível.
– Ah – disse a ela –, a senhora devia ter tocado a campainha...
Como nas casas?
– A campainha juntinho da sua cama, sabe?
– Nós demos um jeito – a Mãe disse pra ela.
– Eu sou a Noreen, vou lhe dar um par de máscaras novas.
– Ah, desculpe, eu me esqueci – disse a Mãe.
– É claro, que tal se eu levá-las para o seu quarto?
– Não precisa, nós vamos descer.
– Ótimo. Jack, quer que eu bipe um atendente para carregá-lo na escada?
Não entendi, escondi a cara de novo.
– Assim está bom – disse a Mãe –, ele está descendo do jeito dele.

Continuei de bumbum descendo os onze degraus seguintes. Lá embaixo, a Mãe amarrou meu roupão de novo e continuamos a ser o rei e a rainha, como na cantiga "Lavender's Blue". A Noreen me deu outra máscara que eu tenho que usar, ela disse que é enfermeira e vem de um outro lugar que se chama Irlanda, e gostou do meu rabo de cavalo. Entramos num treco grandão que tinha tudo que é mesa, nunca vi tantas, com pratos e copos e facas, e uma delas me espetou na barriga, uma mesa, quero dizer. Os copos são invisíveis como os nossos, mas os pratos são azuis, um nojo.

Foi como um planeta da TV todo falando da gente, com pessoas dizendo "Bom dia" e "Bem-vindos a Cumberland" e "Parabéns", não sei por quê. Uns estavam de roupão igualzinho ao nosso e uns de pijama, e uns de uniformes diferentes. Quase todos eram enormes, mas não tinham o cabelo comprido como a gente, andavam depressa e de repente estavam por todo lado, até atrás. Chegaram perto e tinham um montão de dentes e um cheiro ruim. Um ele com barba por todo lado disse:

— Bem, parceiro, você é uma espécie de herói.

Era de mim que ele estava falando. Não olhei.

— O que está achando do mundo até agora?

Não falei nada.

— É bem legal?

Fiz que sim. Apertei com força a mão da Mãe, mas meus dedos estavam escorregando, tinham feito xixi. Ela estava engolindo uns comprimidos que a Noreen deu pra ela.

Reconheci uma cabeça bem no alto, com cabelo pequeno e felpudo, era o Dr. Clay sem a máscara. Ele apertou a mão da Mãe com a dele, de plástico branco, e perguntou se dormimos bem.

— Eu estava agitada demais — a Mãe disse.

Outras pessoas de uniforme chegaram perto, o Dr. Clay disse nomes, mas eu não entendi. Uma tinha curvas no cabelo, que era todo cinza, e foi chamada de Diretora da Clínica, que quer dizer a chefe, mas ela riu e disse que não realmente, não sei qual foi a graça.

A Mãe apontou uma cadeira pra eu sentar do lado dela. Tinha a coisa mais incrível no prato, era prateado e azul e vermelho, acho que era um ovo, mas não de verdade, de chocolate.

— Ah, é, feliz Páscoa — a Mãe disse. — Isso me escapou completamente.

Segurei o ovo de faz de conta. Nunca sube que o Coelho entrava nos edifícios.

A Mãe baixou a máscara até o pescoço e bebeu um suco de cor engraçada. Levantou minha máscara na cabeça pra eu provar o suco, mas tinha uns trequinhos invisíveis nele, feito germes descendo pela minha garganta, aí eu tossi tudo de volta no copo, bem quietinho. Tinha uns alguéns muito perto, comendo uns quadrados estranhos com quadradinhos por cima e pedaços ondulados de bacon. Como é que eles podem botar a comida nos pratos azuis e deixar ela pegar toda a cor? O cheiro era gostoso mesmo, mas era muito forte e as minhas mãos começaram a escorregar de novo. Devolvi a Páscoa pro meio exatinho do prato e esfreguei as mãos no roupão, menos o dedo mordido. As facas e os garfos também estavam errados, não tinha nenhum branco no cabo, só o metal, aquilo devia machucar.

As pessoas tinham olhos enormes, tinham rostos de tudo que é forma diferente, com bigodes e joias penduradas e uns pedaços pintados.

— Não tem crianças — cochichei pra Mãe.

— O que foi?

— Cadê as crianças?

— Acho que não há nenhuma.

— Você disse que tinha milhões no Lá Fora.

— A clínica é só um pedacinho do mundo — a Mãe disse. — Beba o seu suco. Ei, olhe, tem um menino lá.

Dei uma espiada pra onde ela apontou, mas ele era comprido feito um homem, com pregos no nariz e no queixo e no em cima dos olhos. Será que era um robô?

A Mãe bebeu um negócio marrom fumegante, depois fez careta e baixou a xícara.

— O que você gostaria de comer? — perguntou.

A enfermeira Noreen estava bem do meu lado, dei um pulo.

— Temos um bufê — ela disse — e você pode escolher, deixe-me ver, waffles, omelete, panquecas...

Cochichei:

— Não.

— Diga *Não, obrigado* — a Mãe falou —, isso são boas maneiras.

Pessoas não amigas minhas me olhavam com raios invisíveis, *zap*, e encostei o rosto na Mãe.

— Do que você gostaria, Jack? — perguntou a Noreen. — Salsicha, torradas?

— Eles estão olhando — eu disse à Mãe.

— Todos só estão sendo amáveis.

Eu queria que parassem.

O Dr. Clay também estava ali de novo e se inclinou pra perto de nós.

— Isso deve ser meio atordoante para o Jack, para vocês dois. Será que não é meio ambicioso para o dia um?

O que é Dia Um?

A Mãe bufou.

— Queríamos ver o jardim.

Não, isso era a Alice.
- Não há nenhuma pressa - ele falou.
- Dê umas mordidas em alguma coisa - ela me disse. - Você vai se sentir melhor se tomar pelo menos o seu suco.

Abanei a cabeça.
- Que tal se eu preparar dois pratos e levá-los lá em cima para vocês, no quarto? - perguntou a Noreen.

A Mãe repôs a máscara no nariz com um estalo.
- Então, vamos.

Estava zangada, eu acho.

Fiquei agarrado à cadeira.
- E o Páscoa?
- O quê?

Apontei.

O Dr. Clay roubou o ovo e quase dei um grito.
- Aqui está - ele disse, e deixou o ovo cair no bolso do meu roupão.

A escada era mais difícil de subir, por isso a Mãe me carregou.

A Noreen disse:
- Deixe que eu o levo, pode ser?
- Nós estamos ótimos - disse a Mãe, quase gritando.

Ela fechou bem fechada a porta do Número Sete depois que a Noreen saiu. Podemos tirar as máscaras quando somos só nós dois, porque temos os mesmos micróbios. A Mãe tentou abrir a janela, deu socos, mas ela não quis abrir.
- Posso tomar um pouco agora?
- Você não quer o seu café da manhã?
- Depois.

Aí a gente deitou e eu tomei um pouco, do esquerdo, foi gostoso.

A Mãe disse que os pratos não são problema, o azul não sai na comida, e me fez esfregar um com o dedo pra ver. Os garfos e as facas também, o metal dá uma sensação esquisita sem o cabo branco, mas não machuca mesmo. Tinha um xarope pra pôr nas panquecas, mas eu não quis molhar as minhas. Comi um pouquinho de todas as comidas e era tudo bom, menos o molho dos ovos mexidos. O chocolate, o da Páscoa, era derretido por dentro. Era o dobro mais chocolático que os chocolates que às vezes a gente ganhava de presente de domingo, foi a melhor coisa que eu já comi.

– Ah! Esquecemos de dar graças ao Menino Jesus – eu disse à Mãe.

– Daremos agora, ele não se incomoda por nos atrasarmos.

Aí eu soltei um arrotão.

Depois fomos dormir de novo.

Quando a porta fez *toc toc*, a Mãe deixou o Dr. Clay entrar e pôs de novo a máscara dela e a minha. Agora ele já não dá tanto medo.

– Como é que vai, Jack?

– Bem.

– Dá os dedos e toca aqui?

Ele estava com a mão de plástico levantada e balançando os dedos, e eu fingi que não vi. Não ia dar meus dedos pra ele, preciso deles pra mim.

Ele e a Mãe falaram de coisas como por que ela não conseguia dormir, *taquicardia* e *revivenciar*.

– Experimente estes, só um antes de dormir – ele disse, escrevendo alguma coisa no bloco. – E talvez um anti-inflamatório funcione melhor para a sua dor de dente...

– Será que eu posso ficar com os meus remédios, por favor, em vez de as enfermeiras me darem a medicação, como se eu fosse uma pessoa doente?

– Ah, isso não deve ser problema, desde que a senhora não os deixe espalhados pelo quarto.

– O Jack sabe que não é para mexer em comprimidos.

– Na verdade, eu estava pensando em alguns pacientes nossos que têm histórico de abuso de drogas. Agora, para você, eu tenho um adesivo mágico.

– Jack, o dr. Clay está falando com você – disse a Mãe.

O adesivo era pra pôr no meu braço, pra fazer um pedaço dele parecer que não existia. O Dr. Clay também trouxe uns óculos escuros legais pra gente usar quando ficar muito claro nas janelas, os meus são vermelhos e os da Mãe são pretos.

– Que nem astros do rap – eu disse pra ela.

Eles ficam mais escuros se a gente estiver do lado de fora do Lá Fora e mais claros se estiver do lado de dentro do Lá Fora. O Dr. Clay disse que os meus olhos são superaguçados, mas ainda não estão acostumados a olhar para muito longe, eu preciso fazer alongamento com eles na janela. Eu nunca sube que tinha músculos dentro dos olhos, botei os dedos neles pra apertar, mas não consegui sentir nenhum.

– Como é que vai esse adesivo, você já está dormente? – perguntou o Dr. Clay. Ele tirou o adesivo e tocou por baixo, e eu vi o dedo dele em mim mas não senti. Aí veio a coisa ruim, ele tinha agulhas e disse que sentia muito, mas eu precisava de seis injeções pra não deixar eu ter doenças terríveis, era pra isso que servia o adesivo, pra fazer as agulhas não doerem. Seis não era possível, saí correndo para o pedaço do banheiro do quarto.

– Elas podem matar você – disse a Mãe, me puxando de volta para o Dr. Clay.

– Não!

– Estou falando das doenças, não das agulhas.

Continuava a ser não.

O Dr. Clay disse que eu sou valente mesmo, mas eu não sou, usei todo o meu valente fazendo o Plano B. Gritei sem parar. A Mãe me segurou no colo enquanto ele espetava as agulhas, uma atrás da outra, e elas doeram sim, porque ele tirou o adesivo, e eu gritei pedindo por ele e no fim a Mãe botou ele em mim de novo.

– Por ora acabou tudo, eu juro – disse o Dr. Clay, pondo as agulhas numa caixa na parede chamada *Perfurocortantes*. Ele tinha um pirulito pra mim no bolso, um laranja, mas eu estava muito cheio. Ele disse que eu podia guardar para outra hora.

– ...ele é como um recém-nascido em muitos aspectos, apesar da aceleração notável no desenvolvimento numérico e de leitura e escrita – ele estava dizendo à Mãe. Escutei com muita atenção, porque o ele era eu. – Além das questões de imunidade, é provável que haja desafios, vejamos, nas áreas de adaptação social, é óbvio, de modulação sensorial, que consiste em filtrar e selecionar todos os estímulos com que ele é bombardeado, além de dificuldades com a percepção espacial...

A Mãe perguntou:

– É por isso que ele anda esbarrando nas coisas?

– Exato. Ele se familiarizou tanto com o ambiente confinado que não precisou aprender a avaliar distâncias.

A Mãe segurou a cabeça nas mãos.

– Eu pensei que ele estivesse bem. Mais ou menos.

Não estou bem?

– Outra maneira de ver isso...

Mas ele parou porque houve uma batida, e quando ele abriu era a Noreen com mais uma bandeja.

Dei um arroto, ainda estava com a barriga lotada do café da manhã.

– O ideal, seria um terapeuta ocupacional de saúde mental, com formação em ludoterapia e arteterapia – disse o Dr. Clay –, mas, na nossa reunião desta manhã, concordamos que a prioridade imediata é ajudá-lo a se sentir seguro. Vocês dois, aliás. É uma questão de ir ampliando bem devagar o círculo de confiança. – As mãos dele ficaram no ar, mexendo mais largo. – Como eu tive a sorte de ser o psiquiatra de plantão que os admitiu ontem à noite...

– Sorte? – ela disse.

– Escolha infeliz de palavra – fez ele, com uma espécie de sorriso. – Vou continuar trabalhando com vocês dois, por enquanto...

Que trabalhando? Eu não sabia que criança tinha que trabalhar.

– ...com a colaboração, é claro, de meus colegas da psiquiatria infantil e da adolescência, do nosso neurologista, nossos psicoterapeutas, vamos trazer um nutricionista, um fisio...

Outra batida. Era a Noreen de novo com um polícia, um ele, mas não o de cabelo amarelo de ontem de noite.

Agora eram três pessoas no quarto e mais nós dois, o que era igual a cinco, estava quase cheio de braços e pernas e peitos. E todos falando até eu doer.

– Para de falar todo mundo ao mesmo tempo! – eu disse, mas só no botão mudo. Espremi os dedos nas orelhas.

– Você quer uma surpresa?

Era comigo que a Mãe estava falando, eu não sabia. A Noreen tinha ido embora e o polícia também. Abanei a cabeça.

O Dr. Clay disse:

– Não sei bem se isso é o mais aconselhável...

– Jack, é a melhor notícia do mundo – a Mãe interrompeu e levantou umas fotografias. Vi quem era sem nem chegar perto, era o Velho Nick. O mesmo rosto de quando eu espiei ele na Cama de noite naquela vez, só que com uma placa no pescoço e encostado em números iguais aos que a gente marcava o meu alto nos aniversários, ele estava quase no seis, mas não todo. Tinha uma foto em que ele olhava pro lado e outra em que olhava pra mim.

– De madrugada, a polícia o apanhou e o pôs na cadeia, e é lá que ele vai ficar – disse a Mãe.

Fiquei pensando se a picape marrom também estava na cadeia.

– Olhá-las desencadeia algum dos sintomas de que estávamos falando? – o Dr. Clay perguntou pra ela.

A Mãe revirou os olhos.

– Depois de sete anos da coisa real, ao vivo e em cores, você acha que vou desmoronar com uma foto?

– E você, Jack, qual é a sensação?

Eu não sabia a resposta.

– Vou lhe fazer uma pergunta – ele disse –, mas você só tem que responder se quiser, está bem?

Olhei para ele e de novo para as fotos. O Velho Nick estava preso nos números e não podia sair.

– Algum dia esse homem fez alguma coisa de que você não gostou?

Fiz que sim.

– Pode me contar o que ele fez?

– Ele cortou a energia e os legumes ficaram gosmentos.

– Certo. Alguma vez ele o machucou?

A Mãe disse:

– Não...

O Dr. Clay levantou a mão.

– Ninguém está duvidando da sua palavra. Mas pense em todas as noites em que a senhora estava dormindo. Eu não estaria fazendo o meu trabalho se não perguntasse ao próprio Jack, não é?

A Mãe soltou uma respiração muito comprida.

– Tudo bem – ela me disse –, você pode responder. Algum dia o Velho Nick o machucou?

– Sim – respondi –, duas vezes.

Os dois me encararam.

– Quando eu estava fazendo a Fuga do Inferno, ele me deixou cair na picape e na rua também, a segunda foi a que doeu mais.

– Tudo certo – disse o Dr. Clay. Ele estava sorrindo, não sei por quê. – Vou para o laboratório agora mesmo, para ver se eles precisam de outra amostra de vocês para o DNA – ele disse pra Mãe.

– DNA? – Ela estava com a voz maluca de novo. – O senhor acha que eu recebi *outros visitantes*?

– Acho que é assim que os tribunais funcionam, é preciso ticar todos os quadradinhos.

A Mãe chupou a boca toda pra dentro e ficou com os lábios invisíveis.

– Todos os dias há monstros que são soltos por detalhes técnicos. – Ele pareceu todo feroz. – Está bem?

– Está bem.

Quando ele saiu, arranquei a máscara e perguntei:

– Ele está zangado com a gente?

A Mãe abanou a cabeça.

– Está zangado com o Velho Nick.

Eu nem sabia que o Dr. Clay conhecia ele. Pensava que éramos só nós.

Fui olhar a bandeja que a Noreen tinha trouxido. Eu não estava com fome, mas, quando perguntei à Mãe, ela disse que era mais de uma hora, já era até tarde para o almoço, o almoço devia ser ao meio-dia e pouco, mas ainda não tinha espaço na minha barriga.

– Relaxe – a Mãe me disse. – Aqui é tudo diferente.

– Mas qual é a regra?

– Não existe regra. Podemos almoçar às dez horas, ou à uma, ou às três, ou no meio da madrugada.

– Não quero almoçar no meio da madrugada.

A Mãe bufou.

– Vamos criar uma regra nova, de que vamos almoçar... em qualquer horário entre meio-dia e duas horas. E, se não estivermos com fome, é só pularmos o almoço.

– Como é que a gente pula?

– Não comendo nada. Zero.

– Está bem. – Não me incomodo em comer zero. – Mas o que a Noreen vai fazer com toda essa comida?

– Jogar fora.

– Isso é desperdício.

– É, mas ela tem que ir para o lixo, porque é... é como se estivesse suja. Olhei para a comida toda multicor nos pratos azuis.

– Ela não parece suja.

– Na verdade não está, mas ninguém mais aqui ia querê-la depois de ela ficar no nosso prato. Não se preocupe com isso.

A Mãe fica repetindo isso, mas eu não sei não me preocupar.

Dei um bocejo tão grande que ele quase me derrubou. Meu braço ainda doía do lugar onde não estava dormente. Perguntei se a gente podia dormir de novo e a Mãe disse que é claro, mas ela ia ler o jornal. Não sei por que ela queria ler o jornal em vez de ficar dormindo comigo.

Quando acordei, a luz estava no lugar errado.

– Tudo bem – a Mãe disse, encostando o rosto no meu –, está tudo bem.

Botei meus óculos legais pra ver o rosto amarelo de Deus na nossa janela, a luz se inclinava e atravessava todo o carpete cinza felpudo.

A Noreen entrou com sacolas.

– Você poderia bater – a Mãe quase gritou, pondo a máscara em mim e nela.

– Desculpe – disse a Noreen. – Eu bati, na verdade, mas da próxima vez me certifico de bater mais alto.

– Não, me desculpe, eu não... eu estava conversando com o Jack. Pode ser que eu tenha ouvido, mas não sabia que era a porta.

— Não tem importância — disse a Noreen.

— Há sons que vêm dos... dos outros quartos, eu ouço coisas e não sei se são... não sei o que são nem onde estão.

— Tudo deve parecer meio estranho.

A Mãe deu uma espécie de risada.

— E quanto a esse rapazinho... — os olhos da Noreen estavam todos brilhantes. — Você gostaria de ver suas roupas novas?

Não eram as nossas roupas, eram diferentes, nas sacolas e, se não servissem ou se a gente não gostasse, a Noreen ia levar tudo de volta pra loja e pegar outras. Experimentei tudo, o que eu gostei mais foi do pijama, que era felpudo e tinha astronautas. Parecia uma fantasia de um menino da televisão. Tinha sapatos de fechar com um negócio áspero que grudava, chamado velcro. Gostei de ficar abrindo e fechando ele, *rrrrrppp rrrrrppp*. Mas andar foi difícil, deu uma sensação pesada, parecia que eles iam me derrubar. Prefiro calçar eles quando estou deitado, balanço os pés no ar e os sapatos brigam um com o outro e depois fazem as pazes.

A Mãe vestiu uma calça jeans muito apertada.

— É assim que eles usam hoje em dia — disse a Noreen —, e Deus sabe que você tem corpo para isso.

— Quem são eles?

— Os jovens.

A Mãe sorriu, não sei por quê. Vestiu uma blusa que também era muito apertada.

— Essas não são as suas roupas de verdade — cochichei pra ela.

— Agora são.

A porta fez *toc toc*, era outra enfermeira, o mesmo uniforme, mas o rosto diferente. Ela disse que devíamos pôr as máscaras porque tínhamos visita. Nunca tive visita antes, não sei como é.

Uma pessoa entrou e correu para a Mãe, eu dei um pulo de punhos fechados, mas a Mãe estava rindo e chorando ao mesmo tempo, devia ser tristealegre.

— Ah, mamãe — foi o que a Mãe falou. — Ah, mamãe.

— Minha filhinha...

– Eu voltei.

– É, voltou – disse a pessoa mulher. – Quando telefonaram, eu podia jurar que era mais um trote...

– Você sentiu saudade de mim? – A Mãe começou a rir de um jeito esquisito.

A mulher também estava chorando, com uma porção de escorridos pretos embaixo dos olhos, fiquei pensando por que as lágrimas dela saíam pretas. A boca era toda cor de sangue, como as mulheres da TV. O cabelo era amarelado e curto, mas não todo curto, e tinha umas bolotas douradas grandes presas embaixo do buraco das orelhas. Ela continuou com a Mãe toda presa nos braços, era três vezes mais redonda que ela. Eu nunca tinha visto a Mãe abraçar outra pessoa.

– Deixe-me vê-la sem essa coisa idiota um instante.

A Mãe puxou a máscara pra baixo, sorrindo sem parar.

Aí a mulher olhou pra mim.

– Nem posso acreditar, não consigo acreditar em nada disso.

– Jack – a Mãe disse –, esta é a sua vovó.

Então, eu tenho uma mesmo.

– Que tesouro!

A mulher abriu os braços como se fosse pra balançar, mas não balançou. Andou na minha direção. Fui pra trás da cadeira.

– Ele é muito carinhoso – disse a Mãe –, só que não está acostumado com ninguém além de mim.

– É claro, é claro. – A Vovó chegou um pouco mais perto. – Ah, Jack, você foi o mocinho mais valente do mundo, você trouxe a minha menina de volta.

Que menina?

– Levante a máscara um segundo – disse a Mãe.

Levantei, depois botei depressa no lugar.

– Ele tem o seu queixo – a Vovó disse.

– Você acha?

– É claro que você sempre foi louca por crianças, servia de babá de graça...

Elas ficaram falando sem parar. Olhei embaixo do meu band-aid pra ver se o meu dedo ainda ia cair. Agora os pontos vermelhos tinha casquinhas.

Entrou um ar. Tinha um rosto na porta, um rosto com barba por todo canto, nas bochechas e no queixo e embaixo do nariz, mas nenhuma na cabeça.

– Eu disse à enfermeira que não queríamos ser interrompidas – disse a Mãe.

– Na verdade, esse é o Leo – disse a Vovó.

– Oi – ele falou, balançando os dedos.

– Quem é Leo? – a Mãe perguntou, sem sorrir.

– Era para ele ter ficado no corredor.

– Não tem problema – disse o Leo, e aí não estava mais lá.

– Cadê o papai? – a Mãe perguntou.

– No momento está em Camberra, mas a caminho daqui – a Vovó respondeu. – Houve muitas mudanças, querida.

– Camberra?

– Ah, meu bem, provavelmente é coisa demais para você absorver...

O negócio é que a pessoa Leo cabeluda não era meu Avô de verdade, o real tinha voltado a morar na Austrália, depois de pensar que a Mãe tinha morrido e fazer um funeral pra ela, e a Vovó se zangou com ele porque ela nunca perdeu a esperança. Sempre disse a si mesma que a sua menina preciosa devia ter tido suas razões para desaparecer e, um belo dia, ia entrar em contato de novo.

A Mãe ficou olhando pra ela.

– Um belo dia?

– Bem, e não é? – a Vovó acenou para a janela.

– Que espécie de *razões* eu teria...?

– Ah, nós quebramos a cabeça. Uma assistente social nos disse que às vezes a garotada da sua idade simplesmente vai embora, sem mais aquela. Drogas, possivelmente, e eu vasculhei o seu quarto...

– Eu tinha quase média A.

– Tinha, sim, você era nosso orgulho e nossa alegria.

– Eu fui raptada na rua.

– Bem, *agora* nós sabemos disso. Colamos cartazes pela cidade toda, o Paul criou um site na internet. A polícia falou com todo mundo que você conhecia na faculdade e no colegial também, para saber com quem mais você poderia ter andado que nós não soubéssemos. Eu vivia pensando que tinha visto você, era uma tortura – disse a Vovó. – Eu parava o carro do lado de garotas e metia a mão na buzina, mas aí via que eram estranhas. No seu aniversário, eu sempre fazia o seu bolo favorito, para o caso de você aparecer, lembra do meu bolo de banana com chocolate?

A Mãe fez que sim. Tinha lágrimas descendo pelo rosto todo.

– Eu não conseguia dormir sem comprimidos. Não saber me corroía por dentro, aquilo realmente não foi justo com o seu irmão. Você sabia... ora, como poderia saber? O Paul tem uma menina, ela tem quase três anos e já aprendeu a usar o troninho. A companheira dele é um encanto, é radiologista.

As duas falaram muito mais, minhas orelhas ficaram cansadas de ouvir. Aí a Noreen entrou com comprimidos pra nós e um copo de suco que não era de laranja, era de maçã e o melhor que eu já tomei.

Agora a Vovó ia pra casa. Fiquei pensando se ela dormia na rede.

– Será que eu... o Leo podia dar um pulo aqui para dar um alozinho rápido? – ela disse, quando estava na porta.

A Mãe não falou nada. Depois:

– Da próxima vez, quem sabe.

– Como você quiser. Os médicos disseram para levar as coisas com calma.

– Levar que coisas com calma?

– Tudo.

A Vovó se virou pra mim.

– Pois então. Jack. Você conhece a palavra *adeusinho*?

– Na verdade, eu conheço todas as palavras – respondi.

Isso fez ela dar risadas e mais risadas.

Ela beijou a própria mão e soprou pra mim.

– Pegou?

Achei que ela queria que eu brincasse de pegar o beijo, e aí fiz isso e ela ficou contente, com mais lágrimas.

– Por que ela riu de eu conhecer todas as palavras, se eu não estava brincando? – perguntei depois à Mãe.

– Ah, não tem importância, é sempre bom fazer as pessoas rirem.

Às 6:12 a Noreen trouxe outra bandeja toda diferente, que era o jantar, nós podemos jantar às cinco e pouco ou às seis e pouco ou até às sete e pouco, a Mãe disse. Tinha uma coisa verde crocante chamada rúcula, que tinha um gosto muito picante, eu gostei das batatas com as bordas crocantes e das carnes todas cheias de listras. O pão tinha uns negocinhos que arranhavam a minha garganta, que eu tentei catar, mas aí fez buracos, e a Mãe disse para eu deixar pra lá. Havia morangos que ela disse que tinham um sabor celestial, como é que ela sabe que gosto tem o céu? Não conseguimos comer tudo. A Mãe disse que a maioria das pessoas se empanturra de qualquer jeito, e que era pra gente comer só o que queria e deixar o resto.

Meu pedaço favorito do Lá Fora é a janela. Toda vez ela é diferente. Passou um passarinho, *zum*, não sei qual era. Agora as sombras estão todas compridas de novo, a minha faz ondas lá do outro lado do quarto, na parede verde. Fiquei vendo o rosto de Deus cair bem devagarinho, ainda mais laranja, e as nuvens são de todas as cores, e depois tem uns riscos, e o escuro chega tão de pouquinho em pouquinho que só vejo quando ele já está lá.

A Mãe e eu passamos a noite esbarrando um no outro. Na terceira vez que acordei, eu queria o Jipe e o Controle Remoto, mas eles não estão aqui.

Agora não tem ninguém no Quarto, só coisas, tudo superquieto, com a poeira caindo, porque a Mãe e eu estamos na Clínica e o Velho Nick está na cadeia. Ele tem que ficar trancado pra sempre.

Lembrei que estou com o pijama dos astronautas. Toquei na minha perna por cima do tecido, não pareceu a minha. Todas as coisas da gente que eram nossas estão trancadas no Quarto, menos a minha camiseta que a Mãe jogou no lixo aqui e que agora sumiu, eu olhei na hora de dormir, a moça da limpeza deve ter levado. Pensei que isso queria dizer uma pessoa mais limpa do que todo mundo, mas a Mãe falou que é a que faz a limpeza. Acho que elas são invisíveis, que nem os elfos. Eu queria que a moça da limpeza trazesse de volta a minha camiseta velha, mas a Mãe só ia ficar mal-humorada de novo.

Nós temos que ficar no mundo, nunca mais vamos voltar para o Quarto, a Mãe disse que é isso aí e que eu devia ficar contente. Fiquei pensando se temos que ficar sempre no pedaço da Clínica ou se podemos entrar em outros do Lá Fora, que nem a casa da rede, só que o Vovô de verdade está na Austrália, que é muito longe.

– Mãe?

Ela deu um gemido.

– Jack, eu estava finalmente pegando no sono...

– Quanto tempo nós ficamos aqui?

– Faz só vinte e quatro horas. Só parece mais tempo.

– Não, mas... quanto tempo ainda ficamos aqui depois de agora? Quantos dias e noites?

– Na verdade, não sei.

Mas a Mãe sempre sabe as coisas.

– Me fala.

– Pssssiu.

– Mas quanto tempo?

– Só um pouco – ela disse. – Agora fique quietinho, há outras pessoas aí do lado, lembre-se, e você as está incomodando.

Não vi as pessoas, mas elas existem assim mesmo, são as do refeitório. No Quarto eu nunca incomodava ninguém, só a Mãe, às vezes, quando o Dente doía muito. Ela disse que as pessoas estão aqui em Cumberland porque estão meio doentes da cabeça, mas não muito. Não conseguem dormir, talvez por preocupação, ou então não conseguem comer, ou lavam demais as mãos, eu não sabia que lavar podia ser demais. Umas bateram com a cabeça e não sabem mais quem elas são, e umas ficam tristes o tempo todo, ou arranham os braços até com facas, não sei por quê. Os médicos e as enfermeiras e a Pilar e as moças invisíveis da limpeza não estão doentes, estão aqui pra ajudar. A Mãe e eu também não estamos doentes, só estamos aqui pra descansar, e também não queremos ser chateados pelos paparazzi, que são os abutres com as câmeras e microfones, porque agora somos famosos que nem estrelas do rap, mas não fizemos isso de propósito. A Mãe disse que basicamente só precisamos de um pouquinho de ajuda enquanto resolvemos as coisas. Não sei que coisas.

Enfiei a mão embaixo do travesseiro pra ver se o Dente tinha virado dinheiro, mas não. Acho que a Fada não sabe onde é a Clínica.
— Mãe?
— O que é?
— Nós estamos trancados?
— Não. — Ela quase latiu. — É claro que não. Por quê, você não gosta daqui?
— Mas eu quero dizer, nós *temos* que ficar?
— Não, não, somos livres como um pássaro.

─────

Pensei que todas as coisas estranhas tinham acontecido ontem, mas hoje teve muito mais.

Foi difícil empurrar o meu cocô pra fora, porque a minha barriga não está acostumada com tanta comida.

Não temos que lavar os lençóis no chuveiro, porque as moças invisíveis da limpeza também fazem isso.

A Mãe fica escrevendo num caderno que o Dr. Clay deu pra ela para o dever de casa. Pensei que só as crianças que vão pra escola faziam isso, quer dizer trabalho pra fazer em casa, mas a Mãe disse que a Clínica não é a casa pra valer de ninguém, todo mundo vai pra casa no final.

Detesto a minha máscara, não consigo respirar por ela, mas a Mãe diz que eu consigo, sim.

Tomamos o café da manhã no refeitório, que é só para comer, as pessoas do mundo gostam de ir a um lugar diferente para cada coisa. Eu lembrei dos bons modos, que é quando as pessoas ficam com medo de deixar outras pessoas zangadas. Aí eu disse:
— Por favor, posso comer mais panqueca?
A moça de avental disse:
— Ele é um bonequinho.

Não sou boneco, mas a Mãe cochichou que isso quer dizer que a mulher gosta de mim, então eu devo deixar ela me chamar de boneco.

Experimentei o xarope, que é superextradoce, e bebi um potinho quase todo, até a Mãe me parar. Ela disse que ele é só pra botar na panqueca, mas isso eu acho nojento.

As pessoas ficaram chegando perto dela com garrafas de café e ela disse não. Comi tantos pedaços de bacon que perdi a conta, e quando eu disse "Obrigado, Menino Jesus", as pessoas me olharam, porque acho que não conhecem ele no Lá Fora.

A Mãe disse que quando uma pessoa faz coisas engraçadas, que nem o garoto comprido com os trecos de metal no rosto, que se chama Hugo e fica cantarolando, ou então a sra. Garber, que coça o pescoço o tempo todo, a gente não ri, a não ser por dentro, por trás do rosto, se tiver que rir.

Nunca sei quando os sons vão acontecer e me fazer pular. Numa porção de vezes, não consigo ver o que produz eles, uns são pequenos feito insetinhos choramingando, mas uns fazem a minha cabeça doer. Mesmo sendo tudo sempre tão alto, a Mãe vive me dizendo pra não gritar, que é pra não incomodar as pessoas. Mas muitas vezes elas não me escutam quando eu falo.

A Mãe perguntou:

– Onde estão os seus sapatos?

Voltamos e achamos eles no refeitório, embaixo da mesa, um com um pedaço de bacon em cima, que eu comi.

– Micróbios – disse a Mãe.

Carreguei os sapatos pelas tiras de velcro. Ela me mandou calçar eles.

– Eles machucam meus pés.

– Não são do tamanho certo?

– São muito pesados.

– Sei que você não está acostumado com eles, mas não pode andar por aí de meias, pode ser que você pise em alguma coisa cortante.

– Não piso, eu prometo.

Ela me esperou calçar os sapatos. Estávamos num corredor, mas não o do alto da escada, a Clínica tem tudo quanto é pedaço diferente. Acho que não tínhamos ido ali antes, será que estávamos perdidos?

A Mãe olhou por uma nova janela.

– Hoje a gente podia ir lá fora para ver as árvores e as flores, talvez.

– Não.

– Jack...

– Quer dizer, não, obrigado.

– Ar puro!

Gosto do ar do Quarto Número Sete e a Noreen nos levou de volta pra lá. Da nossa janela podemos ver carros estacionando e desestacionando, e pombos e aquele gato, às vezes.

Depois fomos brincar com o Dr. Clay numa outra sala nova, que tem um tapete de pelo comprido, diferente do Tapete, que é todo chato, com o seu desenho de zigue-zague. Fico pensando, será que o Tapete sente saudade de nós, será que ainda está na traseira da picape na cadeia?

A Mãe mostrou o dever de casa pro Dr. Clay e eles falaram mais de coisas não muito interessantes, como *despersonalização* e *jamais vu*. Depois eu ajudei o Dr. Clay a esvaziar o baú dele de brinquedos, a coisa mais genial. Ele falou num celular que não era de verdade:

– Que ótimo ter notícias suas, Jack. Neste momento eu estou na clínica. Onde você está?

Tinha uma banana de plástico e eu disse, falando nela:

– Eu também.

– Que coincidência! Está gostando daqui?

– Estou gostando do bacon.

Ele riu, eu não sabia que tinha feito uma piada de novo.

– Também gosto de bacon. Até demais.

Como gostar pode ser demais?

No fundo do baú achei uns bonequinhos, como um cachorro todo pintado e um pirata e uma lua e um garoto botando a língua pra fora, o meu favorito é o cachorro.

– Jack, ele está lhe fazendo uma pergunta.

Pisquei os olhos para a Mãe.

– E do que você não gosta muito aqui? – perguntou o Dr. Clay.

– De gente olhando.

– Hmm.

Ele diz muito isso, em vez de palavras.

– Também de coisas de repente.

– Coisas do ambiente? Quais?

– Coisas de repente – eu disse. – Que vêm depressa depressa.
– Ah, sim. "O mundo é mais súbito do que supomos."
– Hã?
– Desculpe, é só um verso de um poema. – O Dr. Clay sorriu para a Mãe.
– Jack, você sabe descrever onde vivia antes da clínica?

Ele nunca foi lá no Quarto, então eu contei tudo sobre todos os pedaços dele, o que a gente fazia todo dia e coisa e tal, e a Mãe falou tudo que eu esqueci de dizer. Ele tinha uma gosma que eu via na TV, de todas as cores, e foi fazendo bolas e minhocas enquanto a gente conversava. Enfiei o dedo num pedaço amarelo, mas ficou um pouco na minha unha e eu não gosto dela amarela.

– Você nunca teve massinha de presente de domingo? – ele perguntou.
– Ela resseca. – Foi a Mãe que interrompeu. – Nunca pensou nisso? Mesmo que a gente a reponha no tubo, assim, religiosamente, depois de algum tempo ela começa a parecer couro.
– Imagino que sim – disse o Dr. Clay.
– Era pela mesma razão que eu pedia lápis de cera e lápis de cor, não hidrocor, e fraldas de pano e... tudo que durasse, para não ter que pedir de novo uma semana depois.

Ele foi concordou com a cabeça.

– Nós fazíamos massa de farinha de trigo, mas era sempre branca. – A Mãe parecia zangada. – O senhor acha que eu não teria dado ao Jack uma cor diferente de massinha todos os dias, se pudesse?

O Dr. Clay disse o outro nome da Mãe.

– Ninguém está formulando nenhum julgamento sobre as suas escolhas e estratégias.
– A Noreen disse que ela funciona melhor quando se põe a mesma quantidade de sal e de farinha de trigo, o senhor sabia? Eu não sabia disso, como poderia saber? Nunca pensei nem mesmo em pedir corante alimentício. Se ao menos eu tivesse a menor porcaria de pista...

Ela ficou dizendo pro Dr. Clay que estava bem, mas não parecia bem. Ela e ele falaram de *distorções cognitivas* e fizeram um exercício de respiração, eu brinquei com os fantoches. Depois acabou a nossa hora, porque ele tinha que brincar com o Hugo.

– Ele também estava num galpão? – perguntei.

O Dr. Clay abanou a cabeça.

– O que aconteceu com ele?

– Cada um tem uma história diferente.

Quando voltamos para o nosso quarto, a Mãe e eu deitamos na cama e eu tomei um montão. Ela ainda está com o cheiro errado por causa do condicionador, sedosa demais.

✏︎_____

Mesmo depois do cochilo, continuei cansado. Meu nariz fica pingando e meus olhos também, parece que estão derretendo por dentro. A Mãe disse que eu peguei o meu primeiro resfriado, só isso.

– Mas eu usei minha máscara.

– Mesmo assim, os micróbios entram de fininho. Amanhã, provavelmente eu terei pegado de você.

Eu chorei.

– Nós não acabamos de brincar.

Ela me abraçou.

– Eu ainda não quero ir pro Céu.

– Amorzinho... – A Mãe nunca me chamou disso antes. – Está tudo bem, se nós ficarmos doentes, os médicos nos farão melhorar.

– Eu quero.

– Quer o quê?

– Quero que o Dr. Clay me melhore agora.

– Bom, na verdade, ele não pode curar o resfriado. – A Mãe mordeu a boca. – Mas daqui a uns dias vai passar tudo, eu prometo. Ei, você quer aprender a assoar o nariz?

Só precisei de quatro tentativas, quando eu botei o muco todo pra fora ela bateu palmas.

A Noreen trouxe o almoço, que foi sopa e kebab e um arroz que não é de verdade, chamado quinoa. Pra depois tinha salada de frutas e eu adivinhei todas elas, maçã e laranja, e as que eu não conhecia eram abacaxi e manga e mirtilo e kiwi e melancia, quer dizer, duas certas e cinco erradas, isso dá menos três. Não tinha banana.

Eu quis ver os peixes de novo, por isso descemos para o pedaço chamado Recepção. Eles tinham listras.

– Eles estão doentes?

– Para mim eles parecem bem animados – disse a Mãe. – Especialmente aquele grande, de jeito mandão, que está nas algas.

– Não, mas na cabeça. Eles são peixes malucos?

Ela riu.

– Acho que não.

– Só estão descansando um pouco porque são famosos?

– Na verdade, esses nasceram bem aqui nesse aquário. – Era a mulher Pilar.

Dei um pulo, não tinha visto ela sair da mesa.

– Por quê?

Ela me olhou, ainda sorrindo.

– Ah...

– Por que eles estão aqui?

– Para nós todos olharmos, eu acho. Não são bonitos?

– Vamos, Jack – disse a Mãe. – Com certeza ela tem trabalho para fazer.

No Lá Fora o tempo é todo atrapalhado. A Mãe vive dizendo "Mais devagar, Jack", e "Espere um pouco", e "Acabe já", e "Ande logo, Jack", ela fala muito *Jack*, pra eu saber que é comigo que está falando, não com outras gentes. Quase nunca sei dizer que horas são, existem relógios, mas eles têm braços pontudos, não sei o segredo, e o Relógio não está aqui com os números dele, e aí eu tenho que perguntar pra Mãe e ela fica cansada de eu perguntar. Aí ela fala:

– Você sabe que horas são? É hora de irmos lá fora.

Eu não queria, mas ela ficou repetindo:

– Vamos tentar, só tentar. Agora mesmo, por que não?

Primeiro tive que calçar os sapatos de novo. Também tivemos que usar casacos e chapéus e um negócio grudento no rosto, embaixo das máscaras e nas mãos, o sol podia queimar a nossa pele e fazer ela cair, porque nós somos do Quarto. O Dr. Clay e a Noreen iam com a gente, eles não estavam de óculos escuros nem nada.

O caminho pra fora não era uma porta, parecia uma câmara de vácuo de uma nave espacial. A Mãe não conseguiu lembrar a palavra e o Dr. Clay disse:

— Porta giratória.

— Ah, é — falei —, eu conheço ela da TV.

Gostei do pedaço de passar rodando, mas aí a luz doeu os meus óculos todos pretos, o vento bateu no meu rosto e eu quis entrar de novo.

— Está tudo bem — a Mãe ficou dizendo.

— Eu não gosto.

A giratória empacou, não queria girar, foi me espremendo pra fora.

— Segure a minha mão.

— O vento vai rasgar a gente.

— É só uma brisa — disse a Mãe.

A luz não era como na janela, vinha de todo lado em volta dos meus óculos legais, não foi assim na nossa Fuga do Inferno. Era demais de brilho horrível e ar puro.

— Minha pele está queimando.

— Você é o máximo — disse a Noreen. — Inspirações fundas, devagar, isso é que é garoto.

Por que isso era um garoto? Não tinha inspiração nenhuma ali. Tinha manchas nos meus óculos, meu peito fazia *tum tum tum* e o vento era tão alto que eu não conseguia escutar nada.

A Noreen fez uma coisa estranha, tirou minha máscara e pôs um papel diferente no meu rosto. Empurrei ele com as mãos grudentas.

O Dr. Clay disse:

— Não sei ao certo se essa é uma boa...

— Respire no saco — a Noreen me disse.

Respirei, era quente, só fiz sugar e sugar.

A Mãe estava segurando meus ombros e disse:

— Vamos entrar.

De novo no Quarto Número Sete, eu tomei um pouco na cama, ainda de sapatos e com a coisa grudenta.

Depois chegou a Vovó, dessa vez eu conheci o rosto dela. Ela trazeu livros da casa da rede, três sem figuras para a Mãe, que ela ficou toda empolgada, e cinco pra mim com figuras, e a Vovó nem sabia que cinco era o meu número mais melhor de todos. Ela disse que esses tinham sido da Mãe e do tio Paul quando eles eram pequenos, acho que ela não estava mentindo, mas é difícil ser verdade que a Mãe já foi pequena.

– Você gostaria de sentar no colo da Vovó para ela ler uma história?
– Não, obrigado.

Tinha *Uma lagarta muito comilona* e *A árvore generosa* e *Corre, cãozinho, corre* e *O Lorax* e *A história do Pedro Coelho*, vi todas as ilustrações.

– Estou falando sério, todos os detalhes – a Vovó estava dizendo pra Mãe, bem baixinho –, eu posso aguentar.
– Duvido.
– Estou preparada.

A Mãe continuou abanando a cabeça.

– Para quê, mamãe? Agora acabou, estou aqui de novo.
– Mas, meu bem...
– Eu realmente preferiria que você não ficasse pensando nessas coisas toda vez que olhasse para mim, está bem?

Tinha mais lágrimas rolando na Vovó.

– Meu amorzinho – ela disse –, a única coisa em que eu penso quando olho para você é aleluia.

Quando ela foi embora, a Mãe leu pra mim o do coelho, que é Pedro, mas não é o santo. Ele usa roupas antiquadas e é perseguido por um jardineiro, não sei por que ele se dá o trabalho de roubar legumes. Roubar é feio, mas, se eu fosse ladrão, ia roubar coisas boas, que nem carros e chocolate. Não é um livro muito excelente, mas é excelente ter tanto livro novo. No Quarto eu tinha cinco, mas agora são mais cinco, que é igual a dez. Na verdade, agora não tenho os cinco livros antigos, então acho que tenho só os cinco novos. Os do Quarto, pode ser que eles não sejam mais de ninguém.

A Vovó só ficou um pouquinho, porque recebemos outra visita, foi o nosso advogado Morris. Eu não sabia que a gente tinha um, como no planeta do tribunal, onde as pessoas gritam e o juiz bate com o martelo. Encontramos com ele numa sala que fica no não em cima, tinha uma mesa e um cheiro parecido com doce. O cabelo dele é superondulado. Enquanto ele e a Mãe conversavam, fiquei treinando assoar o nariz.

– Esse jornal que publicou a sua foto da quinta série, por exemplo – ele disse –, nós teríamos aí uma ótima razão para alegar invasão de privacidade.

O *sua* se referia à Mãe, não a mim, estou ficando bom em saber a diferença.

– Você quer dizer num processo? Essa é a última coisa que me passa pela cabeça – a Mãe disse pra ele. Mostrei pra ela o meu lenço com a minha assoada dentro e ela levantou o polegar.

O Morris balançava muito a cabeça.

– Só estou dizendo que você precisa pensar no futuro, no seu e no do menino. – Esse sou eu, o menino. – Sim, Cumberland está abrindo mão dos honorários a curto prazo e eu criei um fundo para os seus fãs, mas preciso dizer que, mais cedo ou mais tarde, haverá contas em que você nem vai acreditar. Reabilitação, terapias sofisticadas, moradia, custos educacionais para vocês dois...

A Mãe esfregou os olhos.

– Não quero apressá-la.

– Você disse "meus fãs"?

– É claro – respondeu o Morris. – Estão chegando torrentes de donativos, mais ou menos um saco por dia.

– Um saco de quê?

– Do que vocês imaginarem. Peguei algumas coisas ao acaso...

Ele levantou uma sacolona de plástico de trás da cadeira e foi tirando embrulhos.

– Você os abriu – disse a Mãe, olhando para os envelopes.

– Acredite, vocês precisam que o material seja selecionado. F-E-Z-E-S, e isso é só o começo.

– Por que alguém mandou cocô pra nós? – perguntei pra Mãe.

O Morris ficou olhando.

– Ele sabe soletrar bem – a Mãe disse pra ele.

– Ah, você perguntou por quê, Jack? Porque há uma porção de birutas por aí.

Eu achava que os birutas estavam aqui na Clínica, recebendo ajuda.

– Mas a maior parte do que vocês têm recebido vem de gente que quer o seu bem – ele disse. – Chocolate, brinquedos, esse tipo de coisa.

Chocolate!

– Pensei em lhes trazer primeiro as flores, já que elas estavam dando enxaqueca na minha assistente – e levantou uma porção de flores dentro de um plástico invisível, era disso que vinha o cheiro.

– Que brinquedos são os brinquedos? – cochichei.

– Olhe, temos um aqui – disse a Mãe, tirando ele de um envelope. Era um trenzinho de madeira. – Vá com calma!

– Desculpe.

Fiz chique-chique piuííí com ele pela mesa toda e desci a perna dela e atravessei o piso até o outro lado e subi na parede, que nessa sala é azul.

– Um interesse enorme de várias redes de televisão – dizia o Morris –, talvez mais adiante você possa pensar em escrever um livro...

A boca da Mãe não estava amistosa.

– Você acha que devemos nos vender antes que alguém nos venda.

– Eu não diria isso. Imagino que você tenha muito que ensinar ao mundo. Toda essa questão de viver com menos, isso não poderia ser mais adequado à nossa época.

A Mãe caiu na gargalhada.

Morris abriu as mãos, viradas pra cima.

– Mas é você quem decide, é óbvio. Um dia de cada vez.

Ela estava lendo algumas cartas.

– "Jack, seu menininho maravilhoso, aproveite cada momento, porque você merece, porque você literalmente foi ao inferno e voltou!"

– Quem disse isso? – perguntei.

A Mãe virou a página do outro lado.

– Nós não a conhecemos.

– Por que ela disse que eu sou maravilhoso?

– Ela só ouviu falar de você na televisão.

Fiquei olhando os envelopes mais gordos, procurando mais trens.

– Tome, isso parece gostoso – disse a Mãe, segurando uma caixinha de chocolates.

– Tem mais. – Eu tinha achado uma caixa bem grandona.

– Não, isso é demais, ia nos deixar doentes.

Já estou doente com meu resfriado, então não ia me incomodar.

– Daremos esses para alguém.

– Quem?

– As enfermeiras, talvez.

– Os brinquedos e coisas assim eu posso repassar para um hospital infantil – disse o Morris.

– Ótima ideia. Escolha alguns com que você queira ficar – ela me disse.

– Quantos?

– Quantos você quiser. – Foi lendo outra carta:

– "Deus abençoe você e essa sua doçura de filho que é um santo, eu rezo para que vocês descubram todas as belezas que este mundo tem a oferecer, que todos os seus sonhos se realizem e que o seu caminho na vida seja coberto de felicidade e de ouro." – Ela pôs a carta na mesa. – Como vou encontrar tempo para responder a tudo isso?

O Morris abanou a cabeça.

– Aquele sac... o acusado, vamos dizer assim, ele já roubou os melhores sete anos da sua vida. Pessoalmente, eu não desperdiçaria nem mais um minuto.

– Como sabe que eles seriam os melhores sete anos da minha vida?

Ele encolheu os ombros.

– Eu só quis dizer... você tinha dezenove anos, não é?

Tinha uns negócios supergeniais, um carro com rodas que faziam *zzzzzzhhhhhmmm*, um apito que parecia um porco e que eu soprei.

– Puxa! Esse é barulhento – disse o Morris.

– Barulhento demais – a Mãe concordou.

Apitei mais uma vez.

– Jack...

Larguei o apito. Achei um crocodilo aveludado, comprido feito a minha perna, um chocalho com um sino, uma cara de palhaço que quando eu aperto o nariz ela diz *ha ha ha ha ha*.

– Esse também não, ele me dá arrepios – disse a Mãe.

Cochichei tchauzinho para o palhaço e o botei de novo no envelope. Tinha um quadrado com uma espécie de caneta presa em que eu podia desenhar, mas era de plástico duro, não de papel, e uma caixa de macacos com braços e rabos de pelo encaracolado pra gente fazer uma corrente de macacos. Tinha um caminhão de bombeiro e um ursinho com um boné que não saía, mesmo quando eu puxei com força. Na etiqueta tinha o desenho do rosto de um bebê com um risco por cima e 0-3, será que isso queria dizer que ele matava os bebês em três segundos?

– Ora, vamos, Jack, você não precisa de tantos assim – disse a Mãe.

– De quantos eu preciso?

– Não sei...

– Se você puder assinar aqui, ali e ali – o Morris disse pra ela.

Fiquei roendo o dedo embaixo da máscara. A Mãe não fala mais pra eu não fazer isso.

– De quantos eu preciso?

Ela levantou os olhos dos papéis que estava escrevendo.

– Escolha, hmm, escolha cinco.

Contei o carro e os macacos e o quadrado de escrever e o trem de madeira e o chocalho e o crocodilo, isso dava seis, não cinco, mas a Mãe e o Morris estavam falando sem parar. Achei um envelopão vazio e botei todos os seis dentro.

– Está bem – disse a Mãe, jogando o resto todo dos pacotes na sacola enorme.

– Espere – eu disse. – Eu posso escrever na sacola, posso botar "Presentes do Jack para as crianças doentes".

– Deixe o Morris cuidar disso.

– Mas...

A Mãe bufou.

– Temos muito que fazer, e temos que deixar as pessoas fazerem parte disso para nós, senão a minha cabeça vai explodir.

Por que a cabeça dela ia explodir se eu escrevesse na sacola?

Tirei o trenzinho de novo, botei dentro da camiseta, ele era o meu bebê e pulou pra fora e eu beijei ele todinho.

– Em janeiro, talvez, no mínimo em outubro para isso ir a julgamento – o Morris estava dizendo.

Existe um julgamento das tortas, o Bill o Lagarto tem que escrever com o dedo e, quando a Alice derruba a bancada do júri, sem querer ela bota ele de volta de cabeça pra baixo, ha ha.

– Não, mas... quanto tempo ele vai ficar preso? – a Mãe perguntou.

Ela queria dizer ele, o Velho Nick.

– Bem, a promotoria me disse que espera conseguir de vinte e cinco anos a prisão perpétua, e nos crimes regidos pela legislação federal não há liberdade condicional – disse o Morris. – Temos sequestro com motivação sexual, cárcere privado, múltiplas acusações de estupro, agressão... – Ele ia contando nos dedos, em vez da cabeça.

A Mãe concordou com a cabeça.

– E quanto ao bebê?

– O Jack?

– O primeiro. Isso não conta como um tipo de homicídio?

Eu nunca ouvi essa história.

O Morris torceu a boca.

– Não se ele não nasceu vivo.

– Ela.

Não sei quem é a *ela*.

– *Ela*, desculpe. O melhor que podemos esperar é negligência criminosa, talvez até imprudência...

Tentam expulsar a Alice do tribunal por ela ter mais de uma milha de altura. Tem um poema que é confuso:

Se acaso em toda essa questão
Ela ou eu andássemos metidos,
Ele sabe que os livrarias da prisão
Plenamente absolvidos.

A Noreen estava lá sem eu ver e perguntou se queríamos jantar sozinhos ou no refeitório.

Carreguei todos os meus brinquedos no envelope grande. A Mãe não sabe que são seis, em vez de cinco. Umas pessoas deram tchau quando chegamos e eu acenei de volta, que nem a garota sem cabelo e toda tatuada no pescoço. Não me incomodo muito com as pessoas quando elas não encostam em mim.

A mulher do avental disse que ouviu que eu tinha ido lá fora, não sei como ela me ouviu.

– Você adorou?

– Não – respondi. – Quer dizer, não, obrigado.

Estou aprendendo mais uma porção de bons modos. Quando uma coisa tem um gosto nojento, a gente diz que é interessante, que nem arroz selvagem, que é duro como se não estivesse cozido. Quando assoo o nariz, eu dobro o lenço pra ninguém ver o muco, é segredo. Quando eu quero que a Mãe me escute e não uma outra pessoa, eu digo "Com licença", às vezes digo "Com licença, com licença" durante séculos, e aí quando ela pergunta o que é eu não lembro mais.

Quando estávamos de pijama e sem máscara, tomando um pouco na cama, eu lembrei e perguntei:

– Quem é o primeiro bebê?

A Mãe olhou pra mim.

– Você disse ao Morris que teve uma ela que fez um assassinato.

A Mãe abanou a cabeça.

– Eu quis dizer que ela foi assassinada, mais ou menos.

O rosto dela ficou virado pra longe de mim.

– Fui eu que fiz isso?

– Não! Você não fez nada, foi um ano antes de você nascer – a Mãe disse. – Lembra que eu dizia que, quando você chegou da primeira vez, na Cama, você era uma menina?

– Lembro.

– Então, era dela que eu estava falando.

Fiquei ainda mais confuso.

– Acho que ela estava tentando ser você. O cordão... – a Mãe pôs o rosto nas mãos.

– O cordão da persiana?

Olhei pra lá, só tinha escuro entrando pelas tiras.

– Não, não, lembra do cordão que vai até o umbigo?

– Você cortou ele com a tesoura e aí eu fiquei solto.

A Mãe fez que sim.

– Mas, com a neném, ele se enrolou quando ela estava saindo, por isso ela não conseguiu respirar.

– Não gosto dessa história.

Ela apertou as sobrancelhas.

– Deixe-me acabar.

– Eu não...

– Ele estava bem ali, olhando – a Mãe quase gritou. – Ele não entendia nada de nascimento de bebês, nem se dera o trabalho de procurar no Google. Senti o topo da cabeça dela todo escorregadio, fiz força e mais força para empurrar, eu gritava "Me ajude, eu não consigo, me ajude"... E ele só ficou lá, parado.

Esperei.

– Ela ficou na sua barriga? A neném?

A Mãe passou um minuto sem dizer nada.

– Ela saiu azul.

Azul?

– Não chegou nem a abrir os olhos.

– Você devia pedir remédio pra ela pro Velho Nick, de presente de domingo.

A Mãe abanou a cabeça.

– O cordão estava todo enroscado no pescoço dela.

– Ela ainda ficou amarrada em você?

– Até ele cortar o cordão.

– E aí ela ficou solta?

Havia lágrimas caindo no cobertor. A Mãe balançava a cabeça e chorava, mas com o som desligado.

– Agora acabou? A história?

– Quase.

Os olhos dela estavam fechados, mas a água continuava escorrendo.

— Ele a levou embora e a enterrou embaixo de um arbusto no quintal. Só o corpo dela, eu quero dizer.

Ela era azul.

— A parte *ela* dela, essa subiu de volta, direto para o Céu.

— Ela foi reciclada?

A Mãe quase sorriu.

— Gosto de pensar que foi isso que aconteceu.

— Por que você gosta de pensar isso?

— Talvez fosse mesmo você, e, um ano depois, você tentou de novo e tornou a descer, como menino.

— Era eu de verdade dessa vez. Eu não voltei pro Céu.

— De jeito nenhum. — As lágrimas estavam caindo de novo e a Mãe tirou elas, esfregando. — Dessa vez eu não deixei que ele entrasse no Quarto.

— Por quê?

— Ouvi a Porta, o bipe, e dei um rugido: "Sai daqui".

Aposto que isso deu raiva nele.

— Eu estava preparada, dessa vez queria que fôssemos só eu e você.

— De que cor eu era?

— Rosa vivo.

— Eu abri os olhos?

— Você nasceu de olhos abertos.

Dei o bocejo mais enorme.

— Agora podemos dormir?

— Ah, se podemos — disse a Mãe.

De madrugada, *bum*, eu caí no chão. Meu nariz escorria muito, mas não sei assoar ele no escuro.

— Esta cama é muito pequena para dois — a Mãe disse de manhã. — Seria mais confortável para você na outra.

— Não.

— E se tirarmos o colchão e o pusermos bem aqui, ao lado da minha cama, para podermos ficar até de mãos dadas?

Abanei a cabeça.

– Ajude-me a resolver isso, Jack.

– Vamos ficar os dois numa, mas com os cotovelos pra dentro.

A Mãe assoou alto o nariz, acho que o resfriado pulou de mim pra ela, mas também ainda estou com ele.

Fizemos um trato que eu entro no chuveiro com ela, mas fico com a cabeça pra fora. O band-aid do meu dedo caiu e não consegui achar. A Mãe escovou meu cabelo, os embaraçados doeram. Nós temos uma escova de cabelo e duas escovas de dentes e toda a nossa roupa nova e o trenzinho de madeira e outros brinquedos, a Mãe ainda não contou, então não sabe que eu peguei seis em vez de cinco. Não sei onde é pra botar as coisas, umas no roupeiro, umas na mesa do lado da cama, umas no guarda-roupa, tenho que ficar perguntando pra Mãe onde ela guarda tudo.

Ela estava lendo um dos seus livros sem figuras, mas eu levei pra ela os de figuras. A *Lagarta muito comilona* é uma tremenda desperdiçadora, só come buracos nos morangos e salames e tudo, e deixa o resto. Posso enfiar o dedo de verdade nos buracos, achei que alguém tinha rasgado o livro, mas a Mãe falou que ele foi feito assim de propósito, pra ser superdivertido. Gosto mais de *Corre, cãozinho, corre*, especialmente quando eles brigam com raquetes de tênis.

A Noreen bateu, carregando umas coisas muito animadoras, a primeira eram sapatos macios de esticar, feito meias, mas que são de couro, e a segunda era um relógio de pulso só com números, para eu poder ler como no Relógio. Eu disse:

– A hora certa é nove e cinquenta e sete.

Ele é muito pequeno para a Mãe, é só meu, a Noreen me mostrou como amarrar a correia no pulso.

– Presentes todo dia, ele vai ficar mimado – disse a Mãe, levantando a máscara para assoar o nariz outra vez.

– O dr. Clay falou em qualquer coisa que dê ao guri um pouco de senso de controle – disse a Noreen. Quando ela sorri, os olhos franzem. – Provavelmente você está com uma certa saudade de casa, não é?

– Saudade de casa? – a Mãe a encarou.

– Desculpe, eu não quis...
– Não era *casa*, era uma cela à prova de som.
– Eu me expressei mal, peço que me desculpe – disse a Noreen.
Foi embora apressada. A Mãe não disse nada, só escreveu no caderno. Se o Quarto não era nossa casa, isso quer dizer que não temos casa?
Hoje de manhã eu fiz toca-aqui com o Dr. Clay, ele adorou.
– Parece meio ridículo continuarmos usando essas máscaras, quando já estamos resfriados e com uma coriza horrorosa – disse a Mãe.
– Bem, há coisas piores por aí – disse o Dr. Clay.
– É, mas de qualquer jeito nós temos que ficar levantando a máscara para assoar o nariz...
Ele encolheu os ombros.
– Em última análise, a decisão é sua.
– Fora com as máscaras, Jack – a Mãe me disse.
– Viva!
Pusemos as duas no lixo.
Os lápis de cera do Dr. Clay moram numa caixa especial de papelão que diz 120, é isso que tem de cores, todas diferentes. Elas têm nomes incríveis, escritos miudinho do lado, como Tangerina Atômica e Ursinho Carapinha e Lagarta-Mede-Palmos e Espaço Sideral, que eu nunca sube que tinha cor, e Majestade da Montanha Lilás e Espalhafato e Amarelo sem Caramelo e Longínquo Azul Silvestre. Uns são escritos errado de propósito, pra fazer brincadeira, como Malvavilhoso, que não tem muita graça, acho que não. O Dr. Clay disse que eu podia usar qualquer um, mas só escolhi os cinco que eu sei colorir, iguais aos do Quarto, um azul e um verde e um laranja e um vermelho e um marrom. Ele pediu se eu podia desenhar o Quarto, quem sabe, mas eu já estava fazendo um foguete espacial com o marrom. Tem até um lápis de cera branco, ele não seria invisível?
– E se o papel fosse preto, ou vermelho? – disse o Dr. Clay. Ele achou uma página preta para eu experimentar e tinha razão, deu pra ver o branco nela. – O que é esse quadrado em toda a volta do foguete?
– Paredes – eu disse. Tinha a neném eu dando tchauzinho e o Menino Jesus e João Batista, eles não estavam de roupa nenhuma porque fazia sol, com o rosto amarelo de Deus.

– Sua mamãe está nesse desenho?

– Está aqui embaixo, tirando um cochilo.

A Mãe real riu um pouco e assoou o nariz. Isso me fez lembrar de assoar o meu, porque ele estava pingando.

– E o homem que você chama de Velho Nick, ele está em algum lugar?

– Ah, ele pode ficar aqui nesse canto, na jaula dele.

Desenhei ele com a grade muito grossa, ele mordendo as barras. Eram dez barras, que é o número mais forte que existe, nem mesmo um anjo era capaz de fazer elas abrirem com seu maçarico, e a Mãe disse que anjo nenhum ia mesmo acender o maçarico pra um bandido. Mostrei ao Dr. Clay quantos números eu sei contar, até 1.000.029 e mais até, se eu quisesse.

– Um garotinho que eu conheço conta as mesmas coisas, uma vez atrás da outra, quando fica nervoso, não consegue parar.

– Que coisas? – perguntei.

– Linhas na calçada, botões, esse tipo de coisa.

Acho que esse menino devia era contar os dentes, porque eles estão sempre no lugar, a não ser que caiam.

– O senhor vive falando em angústia de separação – a Mãe disse ao Dr. Clay –, mas eu e o Jack não vamos nos separar.

– Mesmo assim, já não são só vocês dois, não é?

Ela mastigou a boca. Os dois falaram de *reintegração social* e *autoculpabilização*.

– A melhor coisa que a senhora fez foi tirá-lo de lá cedo – disse o Dr. Clay. – Aos cinco anos, eles ainda têm muita plasticidade.

Mas eu não sou de plástico, sou um menino real.

– ...provavelmente, pequeno o bastante para esquecer – ele continuou –, o que será uma grande graça.

Isso é *obrigado* em espanhol, eu acho.

Eu queria continuar brincando com o fantoche do garoto de língua de fora, mas acabou o tempo, o Dr. Clay tinha que brincar com a sra. Garber. Ele falou que eu podia levar o boneco emprestado até amanhã, mas o brinquedo continuava a ser do Dr. Clay.

– Por quê?

– Bem, tudo no mundo pertence a alguém.

Como os meus seis brinquedos novos e os meus cinco livros novos, e o Dente é meu, eu acho, porque a Mãe não quis mais ele.

– Menos as coisas que todos nós compartilhamos – disse o Dr. Clay –, como os rios e as montanhas.

– A rua?

– Isso mesmo, todos usamos as ruas.

– Eu corri na rua.

– Quando estava fugindo, certo.

– Porque a gente não pertencia a ele.

– Isso mesmo – o Dr. Clay sorriu. – Sabe a quem você pertence, Jack?

– Sei.

– A você mesmo.

Na verdade ele está errado, eu pertenço à Mãe.

A Clínica vive tendo mais coisas dentro dela, como uma sala com uma TV giganorme, e eu fiquei dando pulos, torcendo pra estar na hora da *Dora* ou do *Bob Esponja*, faz séculos que não vejo eles, mas era só golfe, e três pessoas velhas que eu não sei o nome estavam assistindo.

No corredor eu lembrei e perguntei:

– Por que era a *graça*?

– Hã?

– O Dr. Clay disse que eu era de plástico e ia esquecer.

– Ah – fez a Mãe. – Ele acha que em pouco tempo você não vai mais se lembrar do Quarto.

– Vou, sim. – Olhei bem pra ela. – É pra eu esquecer?

– Não sei.

Agora ela vive dizendo isso. Já ia andando na minha frente, estava na escada, tive que correr pra alcançá-la.

Depois do almoço, a Mãe disse que estava na hora de tentar ir Lá Fora de novo.

– Se ficarmos fechados aqui dentro o tempo todo, será como se nunca tivéssemos feito a nossa Fuga do Inferno.

Ela pareceu de mau humor, já estava amarrando o sapato.

Depois do chapéu e dos óculos e dos sapatos e do negócio grudento de novo, fiquei cansado.

A Noreen estava esperando por nós do lado do aquário.

A Mãe me deixou rodar na porta cinco vezes. Me empurrou e saímos.

Estava tão claro que achei que ia gritar. Aí meus óculos ficaram mais escuros e não consegui ver. O ar tinha um cheiro esquisito no meu nariz machucado e meu pescoço ficou todo duro.

– Finja que você está vendo isso na TV – disse a Noreen no meu ouvido.

– Hã?

– Experimente. – Ela fez uma voz especial. – Aí está um menino chamado Jack, saindo para passear com a Mãe e com uma amiga deles, a Noreen.

Fiquei assistindo.

– O que o Jack está usando no rosto? – ela perguntou.

– Óculos vermelhos superlegais.

– Pois está mesmo. Vejam, eles todos estão atravessando o estacionamento, num dia ameno de abril.

Tinha quatro carros, um vermelho e um verde e um preto e um meio dourado, meio marrom. Siena Queimado, é esse o lápis de cera dele. Dentro das janelas eles pareciam casinhas com bancos. Tinha um ursinho pendurado no vermelho, no espelho. Alisei o pedaço do nariz do carro, todo liso e frio feito um cubo de gelo.

– Cuidado, você pode fazer o alarme disparar – disse a Mãe.

Eu não sabia, tornei a botar as mãos embaixo dos cotovelos.

– Vamos até a grama. – Ela me puxou um pouquinho.

Achatei as hastes verdes embaixo dos sapatos. Abaixei e esfreguei, elas não cortaram meus dedos. O meu que o Rajá tentou comer já quase fechou os buracos. Olhei de novo para a grama, tinha um graveto e uma folha que era marrom e uma coisa amarela.

Um zumbido, aí olhei pra cima, o céu é tão grande que quase me derrubou.

– Mãe, outro avião!

– Trilha de condensação – ela disse, apontando. – Acabei de me lembrar, é esse o nome daquele risco.

Pisei numa flor sem querer, tinha centenas, não era um ramo como o que os birutas mandam pra nós na correspondência, elas crescem direto no chão, que nem o cabelo na minha cabeça.

– Narcisos – disse a Mãe, apontando –, magnólias, tulipas, lilases. Aquilo são flores de maçã?

Ela cheirou tudo, botou meu nariz numa flor, mas era doce demais, me deixou tonto. Escolheu um lilás e me deu.

De perto as árvores são gigantes gigantescos, têm uma coisa feito pele, mas com mais nós quando a gente passa a mão. Achei uma coisa meio triangular do tamanho do meu nariz, que a Noreen disse que era uma pedra.

– Ela tem milhões de anos – disse a Mãe.

Como é que ela sabe? Olhei embaixo, não tinha etiqueta.

– Ei, olhe – a Mãe se ajoelhou.

Era uma coisa rastejando. Uma formiga.

– Não! – gritei, pondo as mãos em volta dela feito uma armadura.

– O que foi? – perguntou a Noreen.

– Por favor, por favor, por favor – eu disse à Mãe –, essa não.

– Está tudo bem, é claro que eu não vou esmagá-la – ela disse.

– Promete.

– Prometo.

Quando tirei as mãos, a formiga tinha sumido e eu chorei.

Mas aí a Noreen achou outra e mais outra, tinha duas carregando um negocinho entre elas que era dez vezes mais grande que o tamanho delas.

Uma outra coisa veio rodando do céu e pousou na minha frente, eu dei um pulo.

– Puxa, uma sâmara de bordo – disse a Mãe.

– Por quê?

– É a semente desse bordo, que vem numa coisinha... uma espécie de par de asas que a ajudam a voar bem longe.

Era tão fina que dava pra enxergar através das linhazinhas secas, e era mais grossa e marrom no meio. Tinha um buraquinho. A Mãe jogou ela pra cima e ela desceu rodopiando de novo.

Mostrei pra ela uma outra, que tinha alguma coisa errada.

– É só uma asa, perdeu a outra.

Quando joguei ela pro alto, ela continuou a voar direito, aí eu botei ela no bolso.

Mas a coisa mais genial foi que teve um zumbidão grande e, quando eu olhei pra cima, era um helicóptero, muito maior que o avião...

– Vamos levá-lo para dentro – disse a Noreen.

A Mãe me agarrou pela mão e me puxou com força.

– Espera... – eu disse, mas perdi o fôlego todo, elas foram me puxando entre as duas, meu nariz escorria.

Quando pulamos pra dentro pela porta giratória, eu estava zonzo na cabeça. O tal helicóptero estava cheio de paparazzi querendo roubar fotos de mim e da Mãe.

Depois do nosso cochilo, meu resfriado ainda não consertou direito. Fiquei brincando com meus tesouros, a minha pedra e a minha sâmara machucada e o meu lilás, que ficou molengo. A Vovó bateu na porta com mais visitas, mas esperou do lado de fora pra não ficar uma multidão muito grande. As pessoas eram duas, elas se chamam meu Tio Paul, que tem o cabelo escorrido só até as orelhas, e Deana, que é minha Tia de óculos retangulares e um milhão de trancinhas pretas feito cobras.

– Nós temos uma filhinha chamada Bronwyn, que vai ficar doida para conhecer você – ela me disse. – Ela nem sabia que tinha um primo... bem, nenhum de nós sabia de você até dois dias atrás, quando a sua avó telefonou com a novidade.

– Nós queríamos pegar o carro e vir correndo, só que os médicos disseram...

O Paul parou de falar e botou o punho nos olhos.

– Está tudo certo, meu bem – disse a Deana, e esfregou a perna dele.

Ele deu um pigarro muito barulhento.

– É só que isso fica me batendo.

Não vi nada batendo nele.

A Mãe pôs o braço em volta dos ombros dele.

– Durante todos esses anos, ele pensou que a irmãzinha caçula estava morta – ela me disse.

– A Bronwyn? – perguntei sem som, mas ela ouviu.

– Não, eu, lembra? O Paul é meu irmão.

– É, eu sei.

– Eu não sabia o que... – a voz dele parou de novo e ele assoou o nariz. Foi muito mais alto do que eu, que nem um elefante.

– Mas onde está a Bronwyn? – a Mãe perguntou.

– Bem, nós achamos... – a Deana disse e olhou para o Paul.

Ele disse:

– Você e o Jack podem conhecê-la outro dia, logo, logo. Ela está na creche Li'l Leapfrogs.

– O que é isso? – perguntei.

– Um prédio para onde os pais mandam os filhos quando eles estão ocupados fazendo outras coisas – disse a Mãe.

– Por que os filhos ficam ocupados...?

– Não, quando os pais estão ocupados.

– Na verdade, a Bronwyn adora ir para lá – disse a Deana.

– Ela está aprendendo linguagem de sinais e hip-hop – disse o Paul.

Ele quis tirar umas fotos pra mandar por e-mail para o Vovô na Austrália, que vai pegar o avião amanhã.

– Não se preocupe, ele ficará ótimo quando encontrar com ele – o Paul disse à Mãe. Não sei quem são todos os *eles*. Também não sei entrar em fotos, mas a Mãe disse que a gente só olha pra câmera como se ela fosse uma amiga e sorri.

Depois o Paul me mostrou na telinha e perguntou qual eu achava melhor, a primeira ou segunda ou a terceira, mas elas eram iguais.

Meus ouvidos ficaram cansados de toda a conversa.

Quando eles foram embora, pensei que éramos só nós dois de novo, mas a Vovó voltou e deu um abraço demorado na Mãe e me jogou outro beijo só um pouquinho de longe, deu pra sentir o sopro.

– Como vai o meu neto favorito?

– Esse é você – a Mãe me disse. – O que é que se diz quando alguém nos pergunta como vamos?

Bons modos de novo.

– Obrigado.

As duas riram, fiz outra piada sem querer.

– "Muito bem" e "obrigado" – disse a Vovó.

– Muito bem e obrigado.

– A menos que você não vá bem, é claro, aí pode dizer: "Hoje eu não estou me sentindo cem por cento". – Ela se virou de novo para a Mãe. – Ah, a propósito, a Sharon, o Michael Keelor, a Joyce não me lembro de quê, todos eles têm telefonado.

A Mãe concordou com a cabeça.

– Estão doidos para recebê-la de volta.

– Eu... os médicos dizem que ainda não estou muito preparada para visitas – disse a Mãe.

– Certo, é claro.

O homem Leo estava na porta.

– Ele pode entrar só por um minuto? – a Vovó perguntou.

– Não me importa – disse a Mãe.

Ele é meu avô postiço, por isso a Vovó disse que eu podia chamá-lo de Vopô, eu não sabia que ela sabia saladas de palavras. Ele tem um cheiro engraçado, parece fumaça, os dentes são meio tortos e as sobrancelhas vão pra todo lado.

– Como é que o cabelo dele fica todo no rosto, e não na cabeça?

Ele riu, apesar de eu ter cochichado pra Mãe.

– Vai saber – ele disse.

– Nós nos conhecemos num fim de semana de massagem indiana na cabeça – disse a Vovó – e eu o escolhi por ser a superfície mais lisa para trabalhar.

Eles riram, mas a Mãe não.

– Posso tomar um pouco? – perguntei.

– Daqui a um minuto – disse a Mãe –, depois que eles saírem.

A Vovó perguntou:

– O que ele quer?

– Está tudo bem.

– Posso chamar a enfermeira.

A Mãe abanou a cabeça.

– Ele se refere a mamar.

A Vovó olhou fixo pra ela.

– Você não quer dizer que ainda...

– Não havia razão para parar.

– Bem, confinados naquele lugar, acho que tudo era... mas assim mesmo, cinco anos...

– Você não sabe nada sobre isso.

A boca da Vovó ficou toda espremida pra baixo.

– Não é por falta de perguntar.

– Mamãe...

O Vopô levantou.

– Devemos deixar essa turma descansar.

– Acho que sim – disse a Vovó. – Então, adeusinho, até amanhã...

A Mãe leu de novo pra mim *A árvore generosa* e *O Lorax*, mas baixinho, porque estava com dor de garganta e de cabeça também. Tomei um pouco, tomei um montão em vez de jantar, a Mãe caiu no sono no meio. Gosto de olhar para o rosto dela quando ela nem sabe.

Achei um jornal dobrado, as visitas deviam ter trouxido. Na frente tinha uma foto de uma ponte partida ao meio, fiquei pensando se aquilo era verdade. Na página seguinte tinha a de mim e da Mãe e da polícia na hora que ela me carregou para a Delegacia. Dizia "ESPERANÇA PARA O MENINO BONSAI". Demorei um pouco pra entender todas as palavras.

Ele é o "Jack Milagre" para a equipe da exclusiva Clínica Cumberland, que já se perdeu de amores pelo herói mirim que despertou na noite de sábado para um admirável mundo novo. O assombroso Principezinho de cabelos longos é fruto dos abusos sucessivos sofridos por sua linda e jovem mãe nas mãos do Ogro do Galpão do Jardim (capturado pela polícia em um confronto dramático, às duas horas da madrugada de domingo). Jack diz que tudo é "legal" e adora ovos de Páscoa, mas ainda sobe e desce as escadas de quatro, como um macaco. Ele passou todos os seus cinco anos de vida enclausurado num calabouço decrépito, revestido de cortiça, e os especialistas ainda não sabem dizer que tipo ou grau de retardo do desenvolvimento a longo prazo...

A Mãe estava de pé e tirou o jornal da minha mão.
– Que tal o seu livro do *Pedro Coelho*?
– Mas esse sou eu, o Menino Bonsai.
– Menino o quê?
Ela tornou a olhar para o jornal e tirou o cabelo do rosto, meio que gemendo.
– O que é bonsai?
– É uma árvore bem pequenininha. As pessoas as conservam em vasos em ambientes fechados e as podam todos os dias, para elas ficarem todas enroscadas.
Pensei na Planta. Nunca a podamos, deixamos ela crescer quanto quisesse, mas em vez disso ela morreu.
– Eu não sou árvore, eu sou um menino.
– É só uma figura de linguagem.
Ela espremeu o jornal dentro da lata de lixo.
– Aí diz que eu sou assombrado, mas quem assombra é fantasma.
– Essa gente de jornal entende mal uma porção de coisas.
Gente de jornal, isso parecia as pessoas da *Alice*, que na verdade são um baralho de cartas.
– Eles dizem que você é linda.
A Mãe riu.
Ela é mesmo. Agora eu já vi muitos rostos de pessoas de verdade e o dela é o mais lindo de bonito.
Tive que assoar o nariz de novo, a pele está ficando vermelha e dolorida. A Mãe tomou os mata-dores, mas eles não sumiram num instante com a dor de cabeça. Eu não achava que ela ia continuar a sentir dor no Lá Fora. Fiz carinho no cabelo dela no escuro. Não é tudo preto no Quarto Número Sete, o rosto prateado de Deus fica na janela, e a Mãe tem razão, ele não é nada de círculo, é pontudo em cima e embaixo.

De madrugada tinha micróbios vampiros flutuando no ar com máscaras, por isso a gente não podia ver o rosto deles, e um caixão vazio que virou um vaso sanitário enorme e puxou a descarga e fez o mundo inteiro sumir por água abaixo.

– Shhh, shhh, é só um sonho. – Era a Mãe.

Aí o Ajeet ficou todo biruta e botou o cocô do Rajá num embrulho pra mandar pra gente porque eu fiquei com seis brinquedos, e tinha alguém quebrando meus ossos e espetando pinos neles.

Acordei chorando e a Mãe me deixou tomar um montão, foi o direito, mas estava cremoso à beça.

– Eu fiquei com seis brinquedos em vez de cinco – contei pra ela.

– O quê?

– Os brinquedos que os fãs malucos mandaram, eu fiquei com seis.

– Não tem importância – ela disse.

– Tem, sim, eu fiquei com o sexto, não mandei ele pras crianças doentes.

– Eles eram para você, eram presentes seus.

– Então por que eu só podia ficar com cinco?

– Você pode ficar com quantos quiser. Agora durma.

Não consegui.

– Alguém tapou meu nariz.

– É só o muco ficando mais grosso, isso quer dizer que logo, logo você vai ficar bom.

– Mas eu não posso ficar bom se não conseguir respirar.

– Foi por isso que Deus lhe deu uma boca para respirar. É o Plano B – disse a Mãe.

Quando começou a clarear, contamos os nossos amigos no mundo, a Noreen e o Dr. Clay e a Dra. Kendrick e a Pilar e a mulher do avental que eu não sei o nome e o Ajeet e a Naisha.

– Quem são esses?

– O homem e a neném e o cachorro que chamaram a polícia – eu disse pra ela.

– Ah, é.

– Só que eu acho que o Rajá é inimigo, porque ele mordeu o meu dedo. Ah, e a Policial Oh e o homem polícia que eu não sei o nome e o capitão. São dez e um inimigo.

– A vovó e o Paul e a Deana – disse a Mãe.

– A minha prima Bronwyn, só que ela eu ainda não vi. E o Leo, que é o Vopô.

– Ele tem quase setenta anos e fede a erva – a Mãe disse. – Ela deve ter feito isso por despeito.

– O que é despeito?

Em vez de responder, ela perguntou:

– Em que número estamos?

– Quinze e um inimigo.

– O cachorro estava assustado, sabe? Foi uma boa razão.

Os percevejos picam sem razão nenhuma. Boa noite, durma bem, não deixe os percevejos picarem ninguém, a Mãe não lembra mais de dizer isso.

– Tá – eu disse –, dezesseis. Mais a sra. Garber e a garota das tatuagens e o Hugo, só que a gente não fala com eles nunca, eles contam?

– Ah, é claro.

– Então, são dezenove.

Precisei pegar outro lenço de papel, eles são mais macios que o papel higiênico, mas às vezes rasgam quando molham. Aí eu já estava de pé e a gente apostou corrida pra ver quem se vestia mais depressa e eu ganhei, só que eu esqueci os sapatos.

Agora eu sei descer a escada depressa mesmo no meu bumbum, *pou, pou, pou*, meus dentes chegam até a bater. Não acho que eu sou igual a um macaco, como disse a gente de jornal, mas não sei, os macacos do planeta da natureza selvagem não têm escadas.

No café, comi quatro rabanadas.

– Eu estou crescendo?

A Mãe me olhou de cima a baixo.

– A cada minuto.

Quando fomos ver o Dr. Clay, a Mãe me fez falar dos meus sonhos.

Ele achou que, provavelmente, o meu cérebro estava fazendo uma faxina geral.

Fiquei olhando pra ele.

– Agora que você está seguro, ele está recolhendo todas aquelas ideias assustadoras de que você não precisa mais e jogando-as no lixo, sob a forma de pesadelos.

As mãos dele fizeram o gesto de jogar fora.

Não falei nada por causa dos bons modos, mas na verdade ele entendeu ao contrário. No Quarto eu ficava seguro e o Lá Fora é que assusta.

Aí o Dr. Clay conversou com a Mãe sobre como ela queria dar uns tapas na Vovó.

– Tapa não pode.

Ela piscou os olhos pra mim.

– Não quero dar uns tapas de verdade. Só às vezes.

– Algum dia você teve vontade de bater nela, antes de ser sequestrada? – o Dr. Clay perguntou.

– Ora, é claro. – A Mãe olhou para ele, depois riu, meio gemendo. – Ótimo, resgatei minha vida.

Achamos uma outra sala com duas coisas que eu sabia o que eram, eram computadores. A Mãe disse:

– Excelente, vou mandar um e-mail para uns amigos.

– Quem dos dezenove?

– Ah, velhos amigos meus na verdade, você ainda não os conhece.

Ela sentou e passou um tempo fazendo *tec tec tec* no negocinho das letras, eu fiquei olhando. Ela franziu o rosto para a tela.

– Não consigo me lembrar da minha senha.

– O que é...?

– Eu sou mesmo uma... – Ela tapou a boca. Soltou uma bufada barulhenta pelo nariz. – Deixa pra lá. Ei, Jack, vamos achar alguma coisa divertida para você, tá?

– Onde?

Ela mexeu um pouco no mouse e, de repente, tinha um desenho da Dora. Cheguei perto pra olhar, ela me mostrou os negócios pra clicar com a setinha pra eu poder fazer o jogo sozinho. Botei todas as peças do foguete mágico de volta no lugar e a Dora e o Botas bateram palmas e cantaram uma música para agradecer. Foi melhor até que a TV.

A Mãe ficou no outro computador olhando um livro de rostos que ela disse que era uma invenção nova, ela teclava os nomes e o livro mostrava eles sorrindo.

– Eles são mesmo velhos de verdade? – perguntei.
– A maioria tem vinte e seis anos, como eu.
– Mas você disse que eles são velhos amigos.
– Isso significa apenas que eu os conheci há muito tempo. Eles parecem tão diferentes... – Ela chegou os olhos mais perto das fotos e resmungou coisas como "Coreia do Sul" ou "Já divorciado, não é possível..."

Tinha outro site novo que ela achou, com vídeos de músicas e coisas, ela me mostrou dois gatos dançando com sapatilhas de balé, foi engraçado. Depois foi pra outros sites que só tinham palavras feito *confinamento* e *tráfico* e pediu pra eu deixar ela ler um pouco, então eu experimentei o meu jogo da Dora de novo e dessa vez ganhei uma Estrela Troca-Troca.

Tinha alguém parado na porta, eu dei um pulo. Era o Hugo, ele não estava sorrindo.

– Eu entro no Skype às duas.
– Hã? – a Mãe disse.
– Eu entro no Skype às duas.
– Desculpe, eu não faço ideia do que...
– Eu ligo para a minha mãe pelo Skype todo dia às duas horas da tarde, ela deve estar me esperando há dois minutos, está escrito no horário, bem ali na porta.

De volta pro nosso quarto, na cama, tinha uma maquininha com um bilhete do Paul, a Mãe disse que era igual à que ela estava escutando no dia que o Velho Nick a roubou, só que essa tinha desenhos que a gente podia mover com os dedos, e não só mil músicas, mas milhões. Ela pôs os negocinhos de botão nos ouvidos e balançou a cabeça pra uma música que eu não ouvia, e cantou com uma vozinha fina sobre ser um milhão de pessoas diferentes da noite para o dia.

– Deixa eu ver.
– Chama-se "Bitter Sweet Symphony", eu a escutava o tempo todo quando tinha treze anos.
Ela pôs um botão no meu ouvido.
– Muito alto.
Arranquei ele do ouvido.
– Tenha cuidado com ele, Jack, é o meu presente do Paul.
Eu não sabia que era dela-não-meu. No Quarto era tudo nosso.
– Espere, esses são os Beatles, esse é um clássico de que você talvez goste, de uns cinquenta anos atrás – ela disse. – "All You Need Is Love", tudo que você precisa é amor.
Fiquei confuso.
– As pessoas não precisam de comida e outras coisas?
– Sim, mas nada disso adianta se você também não tiver alguém para amar – a Mãe disse alto demais, ainda correndo pelos nomes com o dedo.
– Por exemplo, houve um experimento com filhotes de macaco, um cientista os afastou das mães e manteve cada um deles sozinho numa gaiola, e sabe de uma coisa? Eles não cresceram direito.
– Por que eles não cresceram?
– Não, eles aumentaram de tamanho, mas ficaram esquisitos, por não terem recebido carinho.
– Que tipo de esquisito?
Ela desligou o aparelho.
– Na verdade, desculpe, Jack, não sei por que eu toquei nesse assunto.
– Que tipo de esquisito?
A Mãe mordeu o lábio.
– Doentes da cabeça.
– Como os birutas?
Ela fez que sim.
– Eles se mordiam e outras coisas.
O Hugo corta os braços, mas acho que ele não se morde.
– Por quê?
A Mãe soprou o ar pra fora.

– Olhe, se as mães deles estivessem lá, teriam aninhado os macaquinhos no peito, mas, como o leite vinha só de tubos, eles... Acontece que eles precisavam tanto de amor quanto de leite.

– Essa história é ruim.

– Desculpe. Eu sinto muito mesmo. Não devia ter lhe contado.

– Devia, sim – eu disse.

– Mas...

– Não quero que existe história ruim que eu não conheço.

A Mãe me deu um abraço apertado.

– Jack, eu estou meio estranha esta semana, não estou?

Eu não sabia, porque estava tudo estranho.

– Eu ando estragando tudo. Sei que você precisa que eu seja sua mãe, mas também estou tendo que me lembrar de como é ser eu, ao mesmo tempo, e é...

Mas eu achava que a ela e a Mãe eram iguais.

Eu queria sair no Lá Fora de novo, mas a Mãe estava muito cansada.

– Que dia é hoje?

– Quinta-feira – a Mãe disse.

– Quando é domingo?

– Sexta, sábado, domingo...

– Faltam três, como no Quarto?

– Sim, a semana tem sete dias em todos os lugares.

– O que vamos pedir de presente de domingo?

A Mãe abanou a cabeça.

De tarde, saímos na van que diz "Clínica Cumberland", saímos direto pelo portão grande para o resto do mundo. Eu não queria ir, mas temos que mostrar pro dentista os dentes da Mãe, que continuam doendo.

– Lá vai ter gente não amiga nossa?

– Só a dentista e um assistente – disse a Mãe. – Eles mandaram todas as outras pessoas embora, é uma visita especial só para nós.

Estávamos de chapéu e com os óculos legais, mas não o filtro solar, porque os raios malvados batem no vidro e voltam. Ela me deixou calçar meus sapatos que esticam. Na van tinha um motorista de boné, acho que ele estava no botão do mudo. Tinha um banco especial de aumentar no outro banco, que fazia eu ficar mais alto, para o cinto não esmigalhar meu pescoço se a gente freasse de repente. Não gostei do cinto apertado. Olhei pela janela e assoei o nariz, hoje está mais verde.

Tinha um montão de eles e elas na calçada, nunca vi tantos, fiquei pensando se todos eram reais de verdade ou só alguns.

– Algumas mulheres têm o cabelo comprido feito o nosso – eu disse à Mãe –, mas os homens não.

– Ah, alguns têm, os astros do rock. Não é uma regra, é só uma convenção.

– O que é uma...?

– Um hábito bobo que todo mundo tem. Você gostaria de cortar o cabelo? – a Mãe perguntou.

– Não.

– Não dói. Eu usava o cabelo curto antes... no tempo em que eu tinha dezenove anos.

Abanei a cabeça.

– Não quero perder o meu muque.

– Seu o quê?

– Meus músculos, que nem o Sansão da história.

Isso fez ela rir.

– Olha, Mãe, um homem botando fogo nele!

– Está só acendendo um cigarro. Antigamente eu fumava.

Olhei fixo pra ela.

– Por quê?

– Não consigo me lembrar.

– Olha, olha!

– Não grite.

Apontei pra onde tinha todo mundo pequenininho andando pela rua.

– Crianças amarradas.

– Elas não estão amarradas, acho que não – disse a Mãe, e encostou mais o rosto na janela. – Não, só estão segurando a corda para não se perderem.

E olhe, os menorzinhos estão naqueles carrinhos, seis em cada um. Devem ser de uma creche, como a da Bronwyn.

– Eu quero ver a Bronwyn. Você pode ir com a gente, por favor, para o lugar das crianças, onde estão as crianças e a minha prima Bronwyn? – falei para o motorista.

Ele não me ouviu.

– No momento, a dentista está nos esperando – disse a Mãe.

As crianças sumiram, olhei por todas as janelas.

A dentista era a Dra. Lopez, quando ela baixou a máscara um segundo, o batom dela era roxo. Ela ia me examinar primeiro, porque eu também tenho dentes. Deitei numa cadeirona que se mexia. Fiquei olhando, com a boca bem aberta, e ela me pediu pra contar o que eu estava vendo no teto. Tinha três gatos e um cachorro e dois papagaios e...

Cuspi o treco de metal.

– É só um espelhinho, Jack, está vendo? Estou contando os seus dentes.

– Vinte – eu disse pra ela.

– Isso mesmo. – A Dra. Lopez sorriu. – Nunca vi uma criança de cinco anos que soubesse contar os próprios dentes – ela disse, e pôs o espelhinho de novo. – Hmm, bem espaçados, é isso que eu gosto de ver.

– Por que você gosta de ver isso?

– Porque significa... bastante espaço de manobra.

A Mãe ia demorar muito na cadeira, enquanto a broca tirava a eca dos dentes dela. Eu não queria esperar na sala de espera, mas o assistente Yang me disse:

– Venha dar uma olhada nos nossos brinquedos maneiros.

Ele me mostrou um tubarão num pauzinho que fazia *clact clact*, e tinha um banco pra sentar que também tinha forma de dente, não um dente humano, mas um dente gigante todo branco e sem podre. Vi um livro sobre Transformers e outro sem capa sobre tartarugas mutantes que dizem não às drogas. Depois ouvi um barulho engraçado.

O Yang bloqueou a porta.

– Acho que talvez a sua mamãe prefira...

Passei por baixo do braço dele e lá estava a Dra. Lopez com uma máquina que guinchava na boca da Mãe.

– Larga ela!

– Está tudo bem – a Mãe disse, mas como se a boca tivesse quebrado, o que foi que a dentista fez com ela?

– Se ele se sentir mais seguro aqui, tudo bem – disse a Dra. Lopez.

O Yang trazeu o banco de dente para o canto e eu fiquei olhando, foi horrível, mas era melhor do que não olhar. Uma hora a Mãe se remexeu na cadeira e deu um gemido e eu levantei, mas a Dra. Lopez disse "Um pouco mais de anestesia?" e enfiou uma agulha e a Mãe ficou quieta de novo. Demorou centenas de horas. Eu precisava assoar o nariz, mas a pele está descascando, por isso só encostei o lenço de papel no rosto.

Quando a Mãe e eu voltamos para o estacionamento, a luz toda ficou batendo na minha cabeça. O motorista estava lá de novo, lendo jornal, saiu e abriu as portas pra nós.

– O-i-á-da – a Mãe disse.

Fiquei pensando se ela agora vai falar errado o tempo todo. Eu preferia ficar com dor de dente do que falar assim.

No caminho todo para a Clínica olhei a rua passar chispando e cantei a música da tira de estrada e do céu infinito.

O Dente ainda está embaixo do nosso travesseiro, dei um beijo nele. Devia ter levado ele, vai ver que a Dra. Lopez podia ter consertado ele também.

Comemos o jantar numa bandeja, o nome era estrogonofe de filé, com pedacinhos que eram de carne e pedacinhos que pareciam carne mas eram cogumelo, tudo em cima de um arroz soltinho. A Mãe ainda não podia comer a carne, só chupar pedacinhos do arroz, mas já está falando quase direito de novo. A Noreen bateu na porta pra dizer que tinha uma surpresa pra nós, o pai da Mãe que veio da Austrália.

A Mãe começou a chorar e deu um pulo.

Perguntei:

– Posso levar meu estrogonofe?

– Que tal eu descer com o Jack daqui a pouco, quando ele tiver terminado? – perguntou a Noreen.

A Mãe nem disse nada, só saiu correndo.

– Ele fez um enterro pra nós – contei pra Noreen –, mas a gente não estava no caixão.

– Que bom.

Persegui os grãozinhos de arroz.

– Esta deve ser a semana mais cansativa da sua vida – ela disse, sentando do meu lado.

Pisquei os olhos pra ela.

– Por quê?

– Bem, é tudo estranho, porque você é como um visitante de outro planeta, não é?

Abanei a cabeça.

– Não somos visitas, a Mãe disse que temos que ficar aqui pra sempre, até morrer.

– Ah, acho que eu quis dizer... um recém-chegado.

Quando acabei tudo, a Noreen achou a sala onde a Mãe estava sentada, de mãos dadas com uma pessoa de boné. Ele deu um pulo e disse pra Mãe:

– Eu falei para a sua mãe que não queria...

A Mãe interrompeu:

– Papai, este é o Jack.

Ele abanou a cabeça.

Mas eu sou o Jack, ele estava esperando outro diferente?

Ele ficou olhando para a mesa, todo suado no rosto.

– Não me leve a mal.

– O que você quer dizer com "Não me leve a mal"? – a Mãe falou, quase gritando.

– Não posso ficar no mesmo cômodo. Isso me dá arrepios.

– Não existe *isso*. Ele é um menino. Tem cinco anos – ela rugiu.

– Estou me expressando mal, eu... é a diferença de fuso horário. Eu telefono depois, do hotel, está bem?

O homem que é o Vovô passou por mim sem olhar, estava quase na porta.

Veio um barulhão, a Mãe tinha dado um soco na mesa.

— Não está bem.
— Certo, certo.
— Sente-se, papai.
Ele não se mexeu.
— Ele é tudo para mim — a Mãe disse.
O pai dela? Não, acho que o *ele* sou eu.
— É claro, é muito natural. — O homem Vovô enxugou a pele embaixo dos olhos. — Mas tudo que eu consigo pensar é naquele monstro e no que ele...
— Ah, então você preferia pensar em mim morta e enterrada?
Ele abanou a cabeça de novo.
— Pois então, trate de conviver com isso — disse a Mãe. — Eu estou de volta...
— É um milagre — ele disse.
— Eu estou de volta, e com o Jack. São dois milagres.
Ele pôs a mão na maçaneta.
— Neste momento, eu simplesmente não consigo...
— Última chance — a Mãe disse. — Sente-se.
Ninguém fez nada.
Aí o Vovô voltou pra mesa e sentou. A Mãe apontou a cadeira do lado dele e eu fui, mesmo não querendo ir. Fiquei olhando para os sapatos, eles são todos franzidos na borda.
O Vovô tirou o boné e olhou pra mim.
— É um prazer conhecê-lo, Jack.
Eu não sabia quais eram os bons modos, por isso falei:
— De nada.
Mais tarde, a Mãe e eu ficamos na cama e eu tomei um pouco no escuro. Perguntei:
— Por que ele não queria me ver? Foi outro engano, feito o caixão?
— Mais ou menos. — A Mãe bufou. — Ele acha... ele achava que eu estaria melhor sem você.
— Em outro lugar?
— Não, se você não tivesse nascido. Imagine.

Tentei, mas não consegui.

– Aí você ainda ia ser a Mãe?

– Bem, não, não seria. Portanto, é mesmo uma ideia idiota.

– Ele é o Vovô de verdade?

– Receio que sim.

– Por que você receia...?

– Quero dizer, sim, é.

– É o seu papai de quando você era pequena na rede?

– Desde que eu era um bebê de seis semanas – ela disse. – Foi quando eles me levaram do hospital para casa.

– Por que ela deixou você lá, a mãe da barriga? Foi um engano?

– Acho que ela estava cansada. Ela era jovem – disse a Mãe. Sentou para assoar o nariz, fazendo muito barulho. – Daqui a pouco o papai põe a cabeça no lugar.

– Onde é o lugar dela?

A Mãe meio que riu.

– Eu quero dizer que ele vai se portar melhor. Mais como um avô de verdade.

Como o Vopô, só que ele não é de verdade.

Foi fácil pegar no sono, mas acordei chorando.

– Tudo bem, tudo bem – disse a Mãe, beijando minha cabeça.

– Por que eles não fizeram carinho nos macaquinhos?

– Quem?

– Os cientistas, por que eles não fizeram carinho nos filhotes?

– Ah. – Depois de um segundo, ela disse:

– Talvez tenham feito. Talvez os filhotes tenham aprendido a gostar dos carinhos humanos.

– Não, mas você disse que eles são esquisitos e se mordem.

A Mãe não falou nada.

– Por que os cientistas não trazem as mães macacas de volta e pedem desculpa?

– Não sei por que lhe contei essa história antiga, tudo isso aconteceu há séculos, antes de eu nascer.

Tossi e não tinha nada pra assoar o nariz.
– Não pense mais nos filhotes de macaco, sim? Agora eles estão bem.
– Acho que eles não estão bem.
A Mãe me apertou com tanta força que meu pescoço doeu.
– Ai.
Ela se mexeu.
– Jack, há uma porção de coisas no mundo.
– Zilhões?
– Zilhões e mais zilhões. Se você tentar fazer todas caberem na sua cabeça, ela vai estourar.
– Mas e os filhotes de macaco?
Ouvi ela respirar engraçado.
– É, algumas coisas são ruins.
– Como os macacos.
– E outras piores – disse a Mãe.
– Quais piores?
Tentei pensar numa coisa pior.
– Hoje não.
– Quando eu tiver seis anos, pode ser?
– Pode ser.
Ela deitou juntinho, feito duas colheres.
Ouvi suas respirações, contei dez, depois dez das minhas.
– Mãe.
– Hã.
– Você pensa nas coisas piores?
– Às vezes. Às vezes, tenho que pensar.
– Eu também.
– Mas depois eu as tiro da cabeça e vou dormir.
Contei nossa respiração de novo. Tentei me morder no ombro, e doeu. Em vez de pensar nos macacos, pensei em todas as crianças do mundo, em como elas não são da televisão, são reais, elas comem e dormem e fazem xixi e cocô feito eu. Se eu tivesse uma coisa afiada e espetasse elas, elas sangravam, se eu fizesse cócegas, elas riam. Eu queria ver as crianças, mas fico tonto por elas serem tantas, e eu sou um só.

– E então, entendeu? – a Mãe perguntou.

Eu estava deitado na nossa cama no Quarto Número Sete, mas ela só sentou na beirada.

– Eu aqui, tirando meu cochilo, e você na televisão.

– Na verdade, a eu real vai estar lá embaixo, no consultório do dr. Clay, conversando com o pessoal da televisão. É só a minha imagem que estará na câmera e, logo mais, à noite, vai aparecer na TV.

– Por que você quer conversar com os abutres?

– Acredite, eu não quero – ela disse. – Só preciso responder às perguntas deles de uma vez por todas, para que eles parem de perguntar. Eu volto num instante, está bem? Na hora de você acordar, é quase certo.

– Tá bem.

– E depois, amanhã vamos sair para uma aventura. Lembra de onde o Paul e a Deana e a Bronwyn vão nos levar?

– Ao Museu de História Natural, para ver os dinossauros.

– Isso mesmo.

Ela levantou.

– Uma música.

A Mãe sentou e cantou "Swing Low, Sweet Chariot", mas foi muito depressa e ela ainda está rouca do resfriado. Puxou meu pulso pra ver o meu relógio dos números.

– Mais uma.

– Eles estão esperando...

– Quero ir também.

Sentei e abracei a Mãe.

– Não, eu não quero que eles vejam você – ela disse, me pondo de novo no travesseiro. – Agora durma.

– Não estou com sono sozinho.

– Você vai ficar exausto se não tirar uma soneca. Solte-me, por favor. – A Mãe tentou tirar minhas mãos de cima dela. Apertei o nó em volta dela com mais força, pra ela não conseguir. – Jack!

– Fica.

Também enrosquei as pernas nela.

– Saia de cima de mim. Já estou atrasada. – As mãos dela apertaram meus ombros, mas eu me agarrei mais ainda. – Você não é um bebê. Eu disse para me largar...

A Mãe empurrou com tanta força que eu me soltei de repente, o empurrão dela deu com a minha cabeça na mesinha, *craaaaque*.

Ela botou a mão na boca.

Comecei a gritar.

– Ah – ela disse –, ah, Jack, ah, Jack, me desculpe...

– Como vão as coisas? – disse a cabeça do Dr. Clay na porta. – A equipe está toda a postos, pronta para você.

Gritei mais alto que nunca, segurando a cabeça quebrada.

– Acho que isso não vai funcionar – disse a Mãe, afagando o meu rosto molhado.

– Você ainda pode desistir – disse o Dr. Clay, chegando mais perto.

– Não, não posso, é para a poupança da faculdade do Jack.

Ele torceu a boca.

– Nós já conversamos sobre essa ser ou não uma razão suficiente...

– Não quero ir pra faculdade – eu disse –, quero ir pra televisão com você.

A Mãe deu uma bufada comprida.

– Mudança de planos. Você pode descer só para olhar, se ficar absolutamente quieto, está bem?

– Tá.

– Nem uma palavra.

O Dr. Clay disse à Mãe:

– Você acha mesmo que é uma boa ideia?

Mas eu fui calçando meus sapatos de esticar depressa depressa, com a cabeça ainda bamba.

O consultório estava todo mudado, cheio de pessoas e luzes e máquinas. A Mãe me pôs numa cadeira no canto, beijou o pedaço socado da minha cabeça e cochichou uma coisa que não escutei. Foi para uma cadeira maior e um homem prendeu um grampinho preto no casaco dela. Veio uma mulher com uma caixa de cores e começou a pintar o rosto da Mãe.

Reconheci o nosso advogado, o Morris, que estava lendo páginas.

– Precisamos ver o material editado, além da edição off-line – ele disse a alguém. Olhou pra mim e agitou os dedos. – Pessoal!

Disse mais alto:

– Atenção, com licença! O menino está na sala, mas não deve ser mostrado pela câmera, nada de fotos, instantâneos para uso pessoal, nada, estamos entendidos?

Aí todo mundo olhou pra mim e eu fechei os olhos.

Quando abri, uma pessoa diferente estava apertando a mão da Mãe, uau!, era a mulher de cabelo estufado do sofá vermelho. Mas o sofá não estava. Nunca vi uma pessoa real da televisão até hoje, mas eu preferia que fosse a Dora.

– A introdução é a sua abertura em cima das imagens aéreas do galpão – um homem dizia pra ela –, depois fazemos um fade-out num close dela, e aí vem a tomada dupla.

A mulher do cabelo estufado me deu um sorriso superlargo. Todo mundo falava e andava pra lá e pra cá, e eu fechei os olhos de novo e apertei os buracos do ouvido como o Dr. Clay disse pra eu fazer quando for demais. Alguém contou "Cinco, quatro, três, dois, um..." Vai ter um foguete?

A mulher do cabelo estufado fez uma voz especial, com as mãos postas pra rezar.

– Primeiro, deixe-me expressar minha gratidão e a gratidão de todos os nossos telespectadores por você conversar conosco apenas seis dias depois da sua libertação. Por se recusar a continuar a ser silenciada.

A Mãe deu um sorrisinho.

– Você poderia começar por nos dizer do que mais sentiu falta, nesses sete longos anos de cativeiro? Além da sua família, é claro.

– Dos dentistas, na verdade. – A voz da Mãe estava toda aguda e rápida. – O que é irônico, porque eu detestava até fazer limpeza nos dentes.

– Você emergiu em um mundo novo. Uma crise econômica e ambiental global, um novo presidente...

– Nós assistimos à posse pela televisão – a Mãe disse.

– Bem, mas muita coisa deve ter mudado.

A Mãe encolheu os ombros.

– Nada parece tão totalmente diferente assim. Se bem que ainda não saí de verdade, a não ser para ir à dentista.

A mulher sorriu, como se fosse uma piada.

– Não, quer dizer, tudo traz uma sensação diferente, mas é porque eu estou diferente.

– Mais forte nos lugares destroçados?

Esfreguei a cabeça, que ainda estava destroçada pela mesa.

A Mãe fez uma careta.

– Antes... eu era tão comum. Sabe, não era vegetariana, nunca cheguei nem mesmo a ter uma fase gótica.

– E agora você é uma jovem extraordinária, com uma história extraordinária para contar, e nós estamos honrados por ser nós, por sermos nós... – A mulher desviou os olhos para uma das pessoas com as máquinas. – Vamos tentar isso de novo. – Tornou a olhar para a Mãe e fez a voz especial. – E é uma honra para nós que você tenha escolhido este programa para contá-la. Agora, sem necessariamente falar, digamos, em síndrome de Estocolmo, muitos de nossos telespectadores estão curiosos, bem, interessados em saber se de algum modo você se descobriu... emocionalmente dependente do seu captor.

A Mãe abanou a cabeça.

– Eu o odiava.

A mulher acenou com a cabeça.

– Eu dava pontapés e gritava. Uma vez, acertei-o na cabeça com a tampa do vaso sanitário. Eu não tomava banho, e durante muito tempo me recusei a falar.

– Isso foi antes ou depois da tragédia do seu filho que nasceu morto?

A Mãe pôs a mão em cima da boca.

O Morris interrompeu, folheando as páginas:

– Cláusula... ela não quer falar sobre isso.

– Ah, não vamos entrar em nenhum detalhe – disse a mulher do cabelo estufado –, mas parece crucial estabelecer a sequência...

– Não, na verdade, o crucial é cumprir o contrato – ele disse.

As mãos da Mãe estavam todas tremendo, ela botou as duas embaixo das pernas. Não estava olhando pra mim, será que esqueceu que eu estava ali? Falei com ela na minha cabeça, mas ela não ouviu.

– Acredite – a mulher disse pra Mãe –, só estamos tentando ajudar *você* a contar a *sua* história ao mundo. – Olhou para o papel no seu colo. – Pois bem. Você se descobriu grávida pela segunda vez, naquele buraco infernal em que, àquela altura, tinha sobrevivido a duras penas durante dois anos da sua preciosa juventude. Houve dias em que você sentiu que estava sendo, hã, forçada a suportar o que esse homem...

A Mãe interrompeu:

– Na verdade, eu me senti salva.

– *Salva*. Isso é lindo.

A Mãe torceu a boca.

– Não posso falar por outras pessoas. Por exemplo, eu fiz um aborto aos dezoito anos e nunca me arrependi.

A mulher do cabelo estufado ficou com a boca meio aberta. Depois, baixou os olhos para o papel e tornou a olhar para a Mãe.

– Naquele dia frio de março, cinco anos atrás, você deu à luz sozinha um bebê saudável, em condições medievais. Foi a coisa mais difícil que você já fez?

A Mãe abanou a cabeça.

– A melhor coisa.

– Bem, isso também, é claro. Toda mãe diz...

– É, mas para mim, sabe, o Jack era tudo. Eu voltei à vida, passei a ter importância. Assim, depois disso comecei a ser gentil.

– Gentil? Ah, você quer dizer com...

– Era tudo uma questão de manter o Jack em segurança.

– Era uma agonia terrível ser, como você disse, gentil?

A Mãe abanou a cabeça.

– Eu funcionava no piloto automático, sabe? Tipo *Mulheres perfeitas*.

A mulher do cabelo estufado balançava muito a cabeça.

– Agora, descobrir como criá-lo sozinha, sem livros nem profissionais especializados, e nem ao menos parentes, deve ter sido terrivelmente difícil.

A Mãe deu de ombros.

– Acho que o que os bebês querem, basicamente, é ter a mãe presente. Não, eu só tinha medo de que o Jack adoecesse... e eu também, ele precisava que eu estivesse bem. Por isso, eram só as coisas que eu recordava das aulas de higiene, como lavar as mãos, cozinhar tudo muito bem...

A mulher fez que sim.

– Você o amamentou. Na verdade, e talvez isso surpreenda alguns dos nossos telespectadores, eu soube que ainda o amamenta, não é?

A Mãe riu.

A mulher olhou fixo pra ela.

– Em toda essa história, esse é o detalhe chocante?

A mulher tornou a baixar os olhos para o papel.

– Lá estavam você e o seu bebê, condenados ao confinamento solitário...

A Mãe abanou a cabeça.

– Nenhum de nós dois jamais esteve só, nem por um minuto.

– Bem, sim. Mas é preciso uma aldeia para criar um filho, como dizem na África...

– Quando você tem a aldeia. Mas, quando não tem, talvez bastem apenas duas pessoas.

– Duas? Você quer dizer você e o seu...

O rosto da Mãe ficou todo duro.

– Eu me refiro a mim e ao Jack.

– Ah.

– Nós fizemos isso juntos.

– Encantador. Posso perguntar... sei que você o ensinou a rezar para Jesus. Sua fé era muito importante para você?

– Era... parte do que eu tinha para transmitir a ele.

– Também entendo que a televisão ajudou a fazer os dias de tédio passarem um pouco mais depressa, não é?

– Nunca fiquei entediada com o Jack. Nem ele comigo, acho que não.

– Que maravilha. Agora, você tomou o que alguns especialistas têm considerado uma decisão estranha, ao ensinar ao Jack que o mundo media onze pés por onze, e que tudo o mais, tudo o que ele via na televisão, ou de que ouvia falar em seu punhado de livros, era apenas fantasia. Você se sentia mal por enganá-lo?

A Mãe fez uma cara não amistosa.

– O que eu devia dizer a ele? "Ei, há um mundo inteiro de diversão lá fora, e você não pode ter nada dele"?

A mulher chupou os lábios.

– Bem, tenho certeza de que todos os nossos telespectadores estão familiarizados com os detalhes emocionantes do seu resgate...

– Fuga – disse a Mãe e sorriu direto pra mim.

Fiquei surpreso e sorri de volta, mas ela não estava mais olhando.

– "Fuga", certo, e da prisão do, hmm, do suposto sequestrador. Agora, ao longo dos anos, você teve a sensação de que esse homem, em algum nível humano básico, mesmo que de maneira deturpada, se importava com o filho?

Os olhos da Mãe ficaram apertados:

– O Jack não é filho de ninguém a não ser eu.

– Isso é a mais pura verdade, num sentido muito real – disse a mulher. – Eu só estava pensando se, na sua opinião, a relação genética, biológica...

– Não havia *relação* nenhuma – ela falou entre os dentes.

– E você nunca achou que olhar para o Jack lhe trazia uma lembrança dolorosa da origem dele?

Os olhos da Mãe se espremeram ainda mais.

– Ele não me lembra nada a não ser ele mesmo.

– Hmm – disse a mulher da TV. – Quando você pensa agora no seu captor, isso a deixa corroída de ódio? – Ela esperou. – Depois que o tiver enfrentado no tribunal, você acha que algum dia conseguirá encontrar disposição para perdoá-lo?

A boca da Mãe se contorceu.

– Isso não é, digamos, uma prioridade. Penso nele o mínimo possível.

– Você se dá conta do facho de luz em que se transformou?

– O... desculpe, o que disse?

– Um facho de esperança – disse a mulher, sorrindo. – Assim que anunciamos que faríamos esta entrevista, nossos telespectadores começaram a telefonar, enviar e-mails, mandar mensagens de texto, dizendo-nos que você é um anjo, um talismã de bondade...

A Mãe fez uma careta.

– Tudo o que eu fiz foi sobreviver, e fiz um belo trabalho criando o Jack. Um trabalho bastante bom.

– Você é muito modesta.

– Não, o que eu estou é irritada, na verdade.

A mulher do cabelo estufado piscou os olhos duas vezes.

– Toda essa postura reverente... Eu não sou santa. – A voz da Mãe foi ficando alta de novo. – Gostaria que as pessoas parassem de nos tratar como se fôssemos os únicos que já sobreviveram a algo terrível. Tenho encontrado coisas na internet em que você nem acreditaria.

– Outros casos como o seu?

– Sim, mas não só... quer dizer, é claro que, quando acordei naquele galpão, achei que ninguém nunca tinha sofrido tanto quanto eu. Mas a questão é que a escravidão não é uma invenção nova. E o confinamento solitário... Você sabia que, nos Estados Unidos, temos mais de vinte e cinco mil prisioneiros em celas isoladas? Alguns há mais de vinte anos.

A mão dela apontou para a mulher do cabelo estufado e ela continuou:

– Quanto às crianças, há lugares em que ficam cinco bebês em cada berço nos orfanatos, com a chupeta presa na boca com fita adesiva, há crianças sendo estupradas pelo pai toda noite, crianças em presídios, sei lá, fazendo tapetes até ficarem cegas...

Teve um grande silêncio por um minuto. Aí a mulher disse:

– As suas experiências lhe deram, ahn, uma enorme empatia pelas crianças que sofrem no mundo.

– Não só crianças – disse a Mãe. – Há pessoas trancafiadas de todas as maneiras.

A mulher pigarreou e olhou para o papel no colo.

– Você disse que *fez*, fez "um belo trabalho" na criação do Jack, embora, é claro, esse trabalho esteja longe de terminar. Mas agora você tem uma enorme ajuda da família e de muitos profissionais dedicados.

– Na verdade, é mais difícil. – A Mãe olhou pra baixo. – Quando o nosso mundo tinha onze por onze pés, era mais fácil controlar. Agora, há uma porção de coisas deixando o Jack desnorteado. Mas detesto o modo como a mídia chama *a ele* de aberração, ou de idiot savant, ou de selvagem, essa palavra...

– Bem, ele é um menino muito especial.

A Mãe encolheu os ombros.

– Ele passou os primeiros cinco anos de vida num lugar estranho, só isso.

– Você não acha que ele foi moldado... prejudicado pela provação que sofreu?

– Para o Jack não foi uma provação, era só como as coisas eram. E, sim, pode ser, mas todo mundo é prejudicado por alguma coisa.

– Ele certamente parece estar dando passos gigantescos rumo à recuperação – disse a mulher do cabelo estufado. – Agora, você disse há pouco que era "mais fácil controlar" o Jack quando vocês estavam no cativeiro...

– Não, controlar as *coisas*.

– Você deve sentir uma necessidade quase patológica, muito compreensível, de montar uma barreira de proteção entre seu filho e o mundo.

– É, isso se chama ser mãe – a Mãe quase rosnou.

– Em algum sentido você sente falta de ficar atrás de uma porta trancada?

A Mãe virou para o Morris.

– Ela pode me fazer perguntas tão idiotas?

A mulher do cabelo estufado estendeu a mão e uma outra pessoa pôs nela uma garrafa d'água, e ela tomou um gole.

O Dr. Clay levantou a mão.

– Se me permitem... Acho que todos estamos sentindo que a minha paciente está no limite, na verdade já o ultrapassou.

– Se você precisar de uma pausa, podemos retomar a gravação mais tarde – a mulher disse à Mãe.

A Mãe abanou a cabeça.

– Vamos acabar logo.

– Então, tudo bem – disse a mulher, com outro dos seus sorrisos largos que eram falsos como os de um robô. – Há um ponto que eu gostaria de retomar, se for possível. Quando o Jack nasceu... alguns dos nossos telespectadores se perguntaram se em algum momento lhe ocorreu...

– O quê, pôr um travesseiro sobre a cabeça dele?

Era de mim que a Mãe estava falando? Mas travesseiro fica embaixo da cabeça.

A mulher agitou a mão de um lado pro outro.

– Deus nos livre. Mas algum dia você pensou em pedir ao seu captor que levasse o Jack embora?

– Embora?

– Que o deixasse na porta de um hospital, digamos, para que ele pudesse ser adotado. Como você mesma foi, e de maneira muito feliz, acredito.

Vi a Mãe engolir em seco.

– Por que eu faria uma coisa dessas?

– Bem, para que ele pudesse ser livre.

– Livre longe de mim?

– Teria sido um sacrifício, é claro, o sacrifício supremo... Mas e se o Jack pudesse ter uma infância normal e feliz, com uma família que o amasse?

– Ele teve a mim. – A Mãe disse uma palavra de cada vez. – Teve uma infância comigo, quer você a chame de *normal*, quer não.

– Mas você sabia o que ele estava perdendo – disse a mulher. – A cada dia que passava, ele precisava de um mundo mais amplo, e o único que você podia lhe oferecer ia ficando mais estreito. Você devia ser torturada pela lembrança de tudo o que o Jack nem sequer sabia que queria. Amigos, escola, os gramados, nadar, brincar no parque de diversões...

– Por que todos falam sem parar em parques de diversões? – A voz da Mãe estava toda rouca. – Quando eu era pequena, detestava parques de diversões.

A mulher deu uma risadinha.

A Mãe tinha lágrimas rolando pelo rosto, levantou as mãos pra pegar. Saí da minha cadeira e corri pra ela, alguma coisa caiu, *catapum*, eu cheguei na Mãe e abracei ela toda, e o Morris ficou gritando:

– O menino não pode ser mostrado...

Quando acordei de manhã, a Mãe estava Fora.

Eu não sabia que ela ia ter dias assim no mundo. Sacudi o seu braço, mas ela só deu um gemidinho e botou a cabeça embaixo do travesseiro. Eu estava com muita sede e me arrastei pra perto pra tentar tomar um pouco, mas ela não quis se virar pra deixar. Passei centenas de horas encolhido do lado dela.

Não sei o que fazer. No Quarto, quando a Mãe ficava Fora, eu podia levantar sozinho e fazer o café da manhã e ver televisão.

Funguei, não tem nada no meu nariz, acho que me livrei do resfriado.

Fui puxar a corda pra fazer a persiana abrir um pouco. Estava claro, a luz quicou na janela de um carro. Passou uma gralha e me assustou. Acho que a Mãe não gostou da luz, por isso puxei a corda pro lugar. Minha barriga fez *rroooom*.

Aí lembrei da campainha do lado da cama. Apertei, não aconteceu nada. Mas depois de um minuto a porta fez *toc toc*.

Abri só um pouquinho, era a Noreen.

– Oi, filhote, como vai você hoje?

– Com fome. A Mãe está Fora – cochichei.

– Bem, então vamos procurá-la, sim? Tenho certeza de que ela deu só uma saidinha por um minuto.

– Não, ela está aqui, mas não de verdade.

A cara da Noreen ficou toda confusa.

– Olha – apontei pra cama. – É um dia em que ela não acorda.

A Noreen chamou a Mãe pelo outro nome e perguntou se ela estava bem. Cochichei:

– Não fala com ela.

Ela falou ainda mais alto com a Mãe:

– Quer que eu lhe traga alguma coisa?

– Me deixe dormir.

Eu nunca tinha ouvido a Mãe dizer nada quando ela estava Fora, a voz dela parecia um monstro.

A Noreen foi até a cômoda e pegou roupa pra mim. Foi difícil no quase tudo escuro, enfiei as duas pernas numa perna só da calça por um segundo e tive que encostar nela. Não é tão ruim tocar nas pessoas de propósito, é pior quando elas me tocam, parece choque elétrico.

– Sapatos – ela cochichou.

Achei os dois pés e apertei pra entrar e fechei o velcro, não eram os de esticar que eu gosto.

– Bom menino.

A Noreen estava na porta e fez sinal pra eu ir com ela. Amarrei o rabo de cavalo que estava soltando. Achei o Dente e a minha pedra e a minha sâmara pra botar no bolso.

– Sua mãe deve estar exausta depois daquela entrevista – disse a Noreen no corredor. – O seu tio já está há meia hora na recepção, esperando vocês acordarem.

A aventura! Mas a gente não pode ir, porque a Mãe está Fora.

O Dr. Clay estava na escada e falou com a Noreen. Segurei o corrimão com força, com as duas mãos, desci um pé depois o outro, deslizei as mãos e não caí, teve só um segundo em que pareceu meio cainte, mas aí fiquei em pé no outro pé.

– Noreen.

– Só um segundo.

– Não, mas eu estou descendo a escada.

Ela sorriu pra mim.

– Ora, vejam só!

– Toque aqui – disse o Dr. Clay.

Soltei uma das mãos e bati na dele.

– E então, você ainda quer ver os dinossauros?

– Sem a Mãe?

O Dr. Clay fez que sim.

– Você vai estar com o seu tio e a sua tia o tempo todo, perfeitamente seguro. Ou será que prefere deixar para outro dia?

Sim, mas não, porque outro dia pode ser que os dinossauros tenham ido embora.

– Hoje, por favor.

– Bom menino – disse a Noreen. – Assim a sua mãe pode tirar uma soneca bem grande e, quando você voltar, pode contar a ela tudo sobre os dinossauros.

– Oi, parceiro. – Era o meu Tio Paul, eu não sabia que deixavam ele entrar no refeitório. Acho que *parceiro* é o jeito de homem dizer *amorzinho*.

Tomei café com o Paul sentado do lado, foi esquisito. Ele falou no telefoninho, disse que era a Deana do outro lado. O outro lado é o invisível. Hoje tinha suco sem pedacinhos, estava gostoso, a Noreen disse que pediu especialmente pra mim.

– Está pronto para sua primeira saída lá fora? – o Paul perguntou.

– Faz seis dias que estou no Lá Fora – contei. – Fui três vezes no ar, vi formigas e helicópteros e dentistas.

– Uau!

Depois do bolinho, botei o casaco e o chapéu e o filtro solar e os óculos legais. A Noreen me deu um saco de papel pardo, pra se eu não conseguir respirar.

– De qualquer modo – disse o Paul, quando saímos pela porta giratória –, provavelmente é melhor a sua mãe não sair conosco hoje, porque, depois daquele programa de TV de ontem, todo mundo conhece o rosto dela.

– Todo mundo no mundo inteiro?

– Mais ou menos – disse o Paul.

No estacionamento, ele pôs a mão para o lado, como se fosse pra eu segurar. Depois, baixou ela de novo.

Caiu uma coisa no meu rosto e eu gritei.

– É só um pingo de chuva – disse o Paul.

Olhei para o céu, estava cinza.

– Ela vai cair na gente?

– Está tudo bem, Jack.

Tive vontade de voltar para o Quarto Número Sete e ficar com a Mãe, mesmo ela estando Fora.

– Aqui estamos...

Era uma van verde, a Deana estava no banco que tem o volante. Balançou os dedos pra mim pela janela. Vi um rosto menor no meio. A van não abriu, deslizou um pedaço dela e eu entrei.

– Até que enfim – disse a Deana. – Bronwyn, meu bem, você sabe dizer oi para o seu primo Jack?

Era uma menina quase do meu tamanho, toda cheia de tranças feito a Deana, mas com contas brilhantes nas pontas e um elefante felpudo e cereais num pote com tampa em forma de sapo.

– Oi, Jack – ela disse, muito esganiçada.

Tinha um banco de levantar pra mim do lado da Bronwyn. O Paul me ensinou a fechar a fivela. Na terceira vez eu fiz sozinho, e a Deana bateu palmas e a Bronwyn também. Aí o Paul deslizou a porta da van e fechou ela com uma pancada alta. Dei um pulo, queria a Mãe, achei que ia chorar, mas não chorei.

A Bronwyn ficou dizendo "Oi, Jack, Oi, Jack". Ela ainda não fala direito, diz "Papá canta" e "Cachorro munito" e "Mamãe mais bicoto, pufavô", *pufavô* é como ela fala *por favor*. Papá quer dizer o Paul e Mamãe quer dizer a Deana, mas são os nomes que só a Bronwyn diz, do mesmo jeito que ninguém chama a Mãe de Mãe, só eu.

Fiquei assustoso, mas um pouco mais corajoso que assustado, porque não era tão ruim quanto fingir que eu estava morto no Tapete. Toda vez que um carro vinha pra gente eu dizia na minha cabeça que ele tinha que ficar do lado dele, senão a Policial Oh botava ele na cadeia com a picape marrom. As imagens na janela pareciam as da televisão, só que mais borradas, vi carros estacionados, uma betoneira, uma motocicleta e uma cegonha com um dois três quatro cinco carros dentro, cinco é o número que eu mais gosto. Num jardim tinha uma criança empurrando um carrinho de mão com outra criança menor, foi engraçado. Tinha um cachorro atravessando a rua com um humano numa corda, acho que ele estava amarrado mesmo, não era feito as creches, que só estavam segurando. Teve sinal de trânsito mudando pra verde e uma mulher de muletas dando pulinhos e um pássaro grandão numa lata de lixo, a Deana disse que era só uma gaivota, que elas comem qualquer coisa.

– Elas são onívoras – eu falei.

– Puxa, você sabe umas palavras difíceis!

Viramos pra onde tinha árvores e eu perguntei:

– Aqui é a Clínica de novo?

– Não, não, só temos que dar uma passada rápida no shopping para comprar um presente para uma festa de aniversário a que a Bronwyn vai hoje à tarde.

Shopping quer dizer lojas, que nem onde o Velho Nick comprava mantimentos pra gente, só que não compra mais.

Era só o Paul que ia no shopping, mas ele disse que não sabia o que escolher, então em vez dele ia a Deana, mas aí a Bronwyn começou a cantarolar "Eu quelo mamãe, eu quelo mamãe". Então, ia ser a Deana levando a Bronwyn no carrinho vermelho de puxar, e o Paul e eu íamos esperar na van.

Fiquei olhando para o carrinho vermelho.

– Posso experimentar?

– Depois, no museu – a Deana me disse.

– Escute, estou desesperado para ir ao banheiro de qualquer modo – disse o Paul –, e talvez seja mais rápido se todos dermos um pulo lá dentro.

– Não sei...

– Não deve ser tão movimentado num dia de semana.

A Deana me olhou sem sorrir.

– Jack, você gostaria de entrar no shopping dentro do carrinho, só por uns dois minutos?

– Quero, sim.

Eu fui atrás, tomando cuidado pra Bronwyn não cair, porque eu sou o primo mais velho, "como o João Batista", eu disse pra Bronwyn, mas ela não estava escutando. Quando chegamos perto das portas, elas fizeram um barulho de estalo e abriram sozinhas. Quase caí do carrinho, mas o Paul disse que eram só computadores pequenininhos que mandam recados um pro outro, era pra eu não me preocupar.

Era tudo superiluminado e giganorme, eu não sabia que o dentro podia ser tão grande quanto o Lá Fora, tinha até árvores. Ouvi música, mas não vi os músicos com os instrumentos. E tinha a coisa mais incrível, uma bolsa da Dora, e eu desci pra tocar no rosto dela, que sorria e dançava pra mim.

– Dora – cochichei pra ela.

– Ah, sim – disse o Paul –, a Bronwyn também só queria saber dela, mas agora é a Hannah Montana.

– Hannah Montana – a Bronwyn cantarolou –, Hannah Montana.

A bolsa da Dora tinha alças compridas, parecia o Mochila, mas com a Dora nela, em vez do rosto do Mochila. Tinha também uma alça de mão, quando segurei nela ela puxou pra cima, pensei que eu tinha quebrado, mas aí ela saiu rolando, era uma bolsa de rodinhas e uma mochila ao mesmo tempo, aquilo era mágica.

– Você gostou? – Era a Deana falando comigo. – Quer ficar com ela para guardar suas coisas?

– Talvez uma que não seja cor-de-rosa – o Paul disse pra ela. – Que tal esta aqui, Jack, é ou não é legal? – perguntou, segurando uma bolsa do Homem Aranha.

Dei um abraço apertado na Dora, acho que ela cochichou *Hola, Jack!*

A Deana tentou me tirar a bolsa da Dora, mas eu não deixei.

– Está tudo bem, só tenho que pagar à moça, você vai tê-la de volta em dois segundos...

Não foram dois segundos, foram trinta e sete.

– O banheiro é ali – disse o Paul e saiu correndo.

A moça embrulhou a bolsa num papel, aí não deu mais pra eu ver a Dora, e botou ela numa caixa de papelão grande que a Deana me entregou, balançando ela pelas alças. Tirei a Dora e enfiei os braços nas alças e fiquei vestindo ela, vestindo mesmo a Dora.

– O que é que se diz? – perguntou a Deana.

Eu não sabia o que dizer.

– Bolsa munita Bronwyn – disse a Bronwyn, balançando uma de lantejoulas, cheia de corações pendurados em cordas.

– Sim, meu bem, mas você tem uma porção de bolsas bonitas em casa.

A Deana pegou a bolsa brilhante, a Bronwyn gritou e um dos corações caiu no chão.

– Será que algum dia conseguiremos dar mais de vinte passos antes do primeiro piti? – perguntou o Paul, que tinha voltado.

– Se você estivesse aqui, podia ter distraído a Bronwyn – disse a Deana.

– Bolsa muniiiiiita Bronwyn!

A Deana levantou ela e botou de novo no carrinho.

– Vamos.

Peguei o coração e botei no meu bolso com os outros tesouros, e fui andando do lado do carrinho.

Aí mudei de ideia e botei todos os meus tesouros na minha bolsa da Dora, no zíper da frente. Meus sapatos estavam machucando e eu tirei eles.

– Jack! – o Paul me chamou.

– Não fique berrando o nome dele, lembra? – disse a Deana.

– Ah, certo.

Vi uma maçã gigantesca de madeira.

– Eu gosto daquilo.

– Louco, não é? – disse o Paul. – Que tal esse tambor para a Shirelle? – ele perguntou pra Deana.

Ela revirou os olhos.

– Risco de concussão. Nem pensar.

– Posso ficar com a maçã, obrigado? – perguntei.

– Acho que ela não caberia na sua bolsa – disse o Paul, rindo.

Depois achei um negócio prata e azul parecido com um foguete.

– Eu quero isso, obrigado.

– Isso é um bule de café – disse a Deana, e devolveu ele para a prateleira. – Já compramos uma bolsa para você, por hoje é só, está bem? Só estamos procurando um presente para a amiga da Bronwyn, e aí podemos sair daqui.

– Com licença, será que isto é da sua filha mais velha?

Era uma senhora segurando os meus sapatos.

A Deana olhou fixo pra ela.

– Jack, meu chapa, o que está havendo? – disse o Paul, apontando para minhas meias.

– Muito obrigada – disse a Deana, tirando os sapatos da mulher e se ajoelhando. Ela empurrou meu pé para dentro do direito e depois do esquerdo. – Você continua dizendo o nome dele – falou entre os dentes para o Paul.

Fiquei pensando qual era o problema com o meu nome.

– Desculpe, desculpe – disse o Paul.

– Por que ela disse filha mais velha? – perguntei.

– Ah, é o seu cabelo comprido e a sua bolsa da Dora – respondeu a Deana.

A mulher idosa desapareceu.

– Ela era um bandido?

– Não, não.

– Mas, se ela descobrisse que você é *aquele* Jack – disse o Paul –, talvez tirasse uma fotografia sua com o celular, ou algo assim, e a sua mãe nos mataria.

Meu peito começou a bater.

– Por que a Mãe ia...?

– Quer dizer, desculpe...

– Ela ia ficar muito zangada, é só isso que ele quis dizer – a Deana falou.

Pensei na Mãe deitada no escuro, Fora.

– Não gosto que ela fica zangada.

– Não, é claro que não.

– Pode me devolver pra Clínica agora, por favor?

– Logo, logo.

– Agora.

– Você não quer ver o museu? Já vamos para lá num minuto. Um bichinho de pelúcia – a Deana disse, virando para o Paul –, isso deve ser bastante seguro. Acho que há uma loja de brinquedos logo depois da praça de alimentação...

O tempo todo eu puxei minha bolsa nas rodinhas, o velcro do meu sapato estava muito apertado. A Bronwyn estava com fome, aí a gente comeu pipoca, que é a coisa mais crocante que eu já comi, grudou na minha garganta e me fez tossir. O Paul comprou café expresso com leite pra ele e pra Deana na cafeteria. Quando caíram umas pipocas do meu saco de pipoca, a Deana disse pra eu deixar lá mesmo, porque a gente tinha bastante e ninguém sabia o que tinha estado naquele chão. Fiz uma sujeira, a Mãe vai ficar zangada. A Deana me deu um lencinho úmido pra tirar o grude dos dedos e eu botei ele na minha bolsa da Dora. Estava claro demais e eu achei que a gente tinha se perdido, queria estar no Quarto Número Sete.

Precisei fazer xixi e o Paul me levou num banheiro que tinha umas pias fundas engraçadas, penduradas na parede. Ele apontou pra elas:

– Vá em frente.

– Onde é o vaso sanitário?

– Estes aqui são especiais, só para nós, homens.

Abanei a cabeça e saí de novo.

A Deana disse que eu podia ir com ela e a Bronwyn e me deixou escolher o cubículo.

– Muito bem, Jack, nenhum respingo.

Por que eu ia respingar?

Quando ela tirou a calcinha da Bronwyn, não era igual ao Pênis nem à vagina da Mãe, era um pedacinho gordo de corpo, dobrado no meio e sem pelo. Botei o dedo nele e apertei, era mole.

A Deana tirou minha mão com um tapa.

Não consegui parar de gritar.

– Calma, Jack. Será que eu... a sua mão está machucada?

Era tudo sangue saindo do meu pulso.

– Desculpe – disse a Deana –, eu sinto muito, deve ter sido o meu anel. – Ela olhou para o anel com os negocinhos de ouro. – Mas, escute, a gente não pode tocar nos órgãos genitais das pessoas, não é legal. Está bem?

Não conheço órgãos genitais.

– Acabou, Bronwyn? Deixe a mamãe enxugar.

Ela esfregou o mesmo pedaço da Bronwyn que eu, mas depois não se deu um tapa.

Quando lavei as mãos, o sangue doeu mais. A Deana ficou procurando um band-aid na bolsa. Dobrou um pedaço de toalha de papel marrom e me disse pra apertar no corte.

– Tudo bem aí? – perguntou o Paul do lado de fora.

– Nem pergunte – respondeu a Deana. – Será que podemos ir embora daqui?

– E o presente da Shirelle?

– Podemos embrulhar alguma coisa da Bronwyn que pareça nova.

– Coisa minha não! – a Bronwyn gritou.

Eles discutiram. Eu queria estar na cama com a Mãe no escuro, e ela toda macia, e sem música invisível e gente grandona de cara vermelha passando, e garotas rindo de braço dado feito um nó, e pedaços delas aparecendo pela roupa. Apertei o corte pro meu sangue parar de cair, fui andando de olhos fechados, dei uma topada num vaso de planta, que não era uma planta de verdade como a Planta tinha sido até morrer, era de plástico.

Aí vi um alguém sorrindo pra mim, era o Dylan! Corri e dei um abração nele.

– Um livro – disse a Deana. – Perfeito, me dê dois segundos.

– É o Dylan, o Escavador, ele é meu amigo do Quarto – contei pro Paul. – "Chegooooou o Dylan, o escavador truncudo! Cada pazada dele faz um monte mais bojudo. Veja o braço longo na terra mergulhar..."

– Genial, meu chapinha. Agora, você pode colocá-lo de volta no lugar?

Fiquei fazendo carinho na capa do Dylan, que tinha ficado toda lisa e brilhante, como é que ele foi parar no shopping?

– Cuidado para não sujá-lo de sangue. – O Paul botou um lenço de papel na minha mão, meu papel marrom devia ter caído. – Por que você não escolhe um livro diferente, que nunca tenha lido?

– Mamãe, mamãe!

A Bronwyn estava tentando tirar um enfeite da capa de um livro.

– Vá pagar – disse a Deana, pondo um livro na mão do Paul, e correu para a Bronwyn.

Abri minha bolsa da Dora, guardei o Dylan lá dentro e fechei o zíper pra ele ficar seguro.

Quando a Deana e a Bronwyn voltaram, andamos perto do chafariz pra escutar o esguicho mas sem levar respingos. A Bronwyn disse "Dinhelo, dinhelo", aí a Deana deu uma moeda pra ela e a Bronwyn jogou ela na água.

– Quer uma? – Foi a Deana falando comigo.

Devia ser uma lixeira especial pra dinheiro muito sujo. Peguei a moeda, joguei na fonte e peguei o lenço úmido pra limpar os dedos.

– Você fez um pedido? – a Deana perguntou.

Eu nunca tinha feito pedido com lixo.

– De quê?

– De qualquer coisa que você mais queira no mundo.

O que eu mais queria era estar no Quarto, mas acho que isso não fica no mundo.

Tinha um homem falando com o Paul e apontando pra minha Dora.

O Paul veio, abriu o zíper e tirou o Dylan.

– Ja... Parceiro!

– Eu sinto muito – disse a Deana.

– Ele tem um exemplar em casa, sabe – disse o Paul –, e achou que esse era o dele.

Ele estendeu o Dylan para o homem.

Corri e peguei ele de volta, e disse:

– "Chegooooou o Dylan, o escavador troncudo! Cada pazada dele faz um monte mais bojudo."

– Ele não entende – o Paul disse.

– "Veja o braço longo na terra mergulhar..."

– Jack, amorzinho, esse é da loja – a Deana disse e puxou o livro da minha mão.

Agarrei com mais força ainda e enfiei ele dentro da camiseta.

– Eu sou de outro lugar – eu disse pro homem. – O Velho Nick deixou eu e a Mãe trancados e agora ele está na cadeia com a picape dele, mas o anjo não vai estourar a grade pra ele sair porque ele é bandido. Nós somos famosos, se você tirar uma foto nossa, nós matamos você.

O homem piscou os olhos.

– Ah, quanto custa o livro? – o Paul perguntou.

O homem disse:

– Preciso passar o leitor...

O Paul estendeu a mão e eu me enrosquei no chão em volta do Dylan.

– Que tal eu pegar outro exemplar para você consultar o preço? – ele disse e voltou correndo pra loja.

A Deana olhava em volta e gritava:

– Bronwyn? Querida? – Ela correu para a fonte e olhou em todo o comprimento dela. – Bronwyn?

Na verdade, a Bronwyn estava atrás de uma vitrine de vestidos, mostrando a língua pro vidro.

– Bronwyn? – a Deana gritou.

Também botei a língua pra fora, a Bronwyn riu atrás do vidro.

Quase peguei no sono na van verde, mas não de verdade.

A Noreen disse que a minha bolsa da Dora era magnífica, e o coração brilhante também, e que o *Dylan, o escavador* parecia um ótimo livro.

– Como foram os dinossauros?

– Não deu tempo de ver.

– Ah, que pena! – ela disse. Pegou um band-aid para o meu pulso, mas não tinha nenhum desenho. – A sua mamãe passou o dia inteiro dormindo, vai adorar ver você. – Ela bateu e abriu a Porta Número Sete.

Tirei o sapato, mas não a roupa, e finalmente deitei com a Mãe. Ela estava macia e quentinha e eu me aninhei, mas com cuidado. O travesseiro estava com um cheiro ruim.

– Vejo vocês no jantar – a Noreen cochichou e fechou a porta.

O ruim era vômito, eu lembrei da nossa Fuga do Inferno.

– Acorda – eu disse pra Mãe. – Você fez vomitado no travesseiro.

Ela não acendeu, nem gemeu nem virou de lado, não se mexeu quando eu puxei. Estava mais Fora do que eu nunca vi.

– Mãe, Mãe, Mãe.

Ela é um zumbi, pensei.

– Noreen – gritei e corri para a porta. Não era pra eu incomodar as pessoas, mas... – Noreen! – Ela estava no fim do corredor e se virou. – A Mãe fez um vomitado.

– Não faz mal, nós limpamos em dois segundos. Deixe-me só buscar o carrinho...

– Não, vem já.

– Está bem, está bem.

Quando ela acendeu a luz e olhou pra Mãe, ela não disse tudo bem, pegou o telefone e falou:

– Código azul, quarto sete, código azul...

Não sei o que era... Aí eu vi os vidros de comprimidos da Mãe abertos na mesa, parecia quase tudo vazio. Nunca mais de dois, essa é a regra, como é que eles podiam estar quase todos vazios, onde os comprimidos foram? A Noreen apertou o lado do pescoço da Mãe e disse o outro nome dela:

– Você está me ouvindo? Está me ouvindo?

Mas acho que a Mãe não conseguia ouvir, acho que não conseguia ver. Dei um grito:

– Má ideia má ideia má ideia.

Entrou uma porção de gente correndo, um deles me puxou pra fora, para o corredor. Fui gritando "Mãe" o mais alto que podia, mas não foi alto o bastante pra ela acordar.

Viver

E stou na casa da rede. Olhei pela janela pra ver onde ela estava, mas a Vovó disse que ela estaria nos fundos, não na frente, e de qualquer jeito ainda não está pendurada, porque hoje é só o dia 10 de abril. Tem arbustos e flores e a calçada e a rua e os outros jardins da frente e as outras casas, contei onze, é nelas que moram os vizinhos. Chupei pra sentir o Dente, que está bem no meio da minha língua. O carro branco do lado de fora não se mexeu, eu vim nele da Clínica, mesmo não tendo banco de levantar. O Dr. Clay queria que eu ficasse lá, para ter *continuidade* e *isolamento terapêutico*, mas a Vovó gritou que ele não podia ficar comigo feito um prisioneiro, quando eu tenho família. A minha família é a Vovó, o Vopô, a Bronwyn, o Tio Paul, a Deana e o Vovô, só que ele se arrepia comigo. E também a Mãe. Mudei o Dente pra bochecha.

– Ela morreu?

– Não, eu fico repetindo isso para você. Definitivamente não.

A Vovó apoiou a cabeça na madeira em volta do vidro.

Às vezes, quando as pessoas dizem *definitivamente*, na verdade parece menos verdadeiro.

– Você está dizendo que ela está viva só de brincadeira? – perguntei pra Vovó. – Porque, se ela não estiver, também não quero estar.

Tinha uma porção de lágrimas descendo de novo pelo rosto todo dela.

– Eu não... eu não posso lhe dizer mais do que eu sei, amorzinho. Eles disseram que telefonariam assim que tivessem uma atualização.

– O que é atualização?

– É como ela está neste exato momento.

– Como ela está?

– Bom, não está bem, porque ela tomou um excesso do remédio ruim, como eu lhe disse, mas é provável que agora eles já tenham bombeado tudo do estômago dela, ou a maior parte.

– Mas por que ela...?

– Porque ela não anda bem. Da cabeça. Estão cuidando dela, você não precisa se preocupar.

– Por quê?

– Bem, porque não adianta nada.

O rosto de Deus estava todo vermelho e espetado numa chaminé. Foi ficando mais escuro. O Dente ficou escavando a minha gengiva, ele é um dente malvado que dói.

– Você não tocou na sua lasanha – a Vovó disse. – Quer um copo de suco, ou alguma coisa?

Abanei a cabeça.

– Está cansado? Você deve estar cansado, Jack. Deus sabe que eu estou. Vamos descer e ver o quarto sobressalente.

– Por que ele é sobressalente?

– Isso quer dizer que nós não o usamos.

– Por que vocês têm um quarto que não usam?

A Vovó encolheu os ombros.

– A gente nunca sabe quando pode precisar.

Ela esperou eu descer a escada de bumbum, porque não tem corrimão pra eu segurar. Puxei a minha bolsa da Dora atrás de mim, *pact pact*. Passamos pela sala que se chama sala de estar, não sei por quê, pois a Vovó e o Vopô sempre estão em todos os cômodos, menos no sobressalente.

Começou um *trim trim* horroroso, tapei os ouvidos.

– É melhor eu atender – disse a Vovó.

Voltou num minuto e me levou pra dentro de um quarto.

– Você está pronto?

– Pra quê?

– Para dormir, meu bem.
– Aqui não.
Ela apertou o pedaço em volta da boca onde ficam os rachadinhos.
– Sei que você está com saudade da mamãe, mas, só por enquanto, precisa dormir sozinho. Você vai ficar bem, o vopô e eu estaremos logo aqui em cima. Você não tem medo de monstros, tem?
Depende do monstro, se é de verdade ou não e se está onde eu estou.
– Hmm. O quarto antigo da sua mamãe fica ao lado do nosso – a Vovó disse –, mas nós o convertemos numa sala de ginástica, não sei se haveria espaço para um colchão inflável...
Subi a escada com os pés dessa vez, só fazendo pressão nas paredes, e a Vovó carregou minha bolsa da Dora. Tinha esteiras azuis parecidas com esponjas e halteres e pranchas de abdominais como eu via na televisão.
– A cama dela era aqui, bem onde ficava o berço quando ela era neném – disse a Vovó, apontando para uma bicicleta, só que presa no chão. – As paredes eram cobertas de cartazes, sabe, das bandas de que ela gostava, e havia um leque gigante e um filtro de sonhos...
– Por que ele filtrava os sonhos dela?
– O quê?
– O leque.
– Ah, não, eles eram apenas objetos decorativos. Eu me sinto péssima por ter largado tudo na Goodwill, foi um orientador do grupo de apoio ao luto que recomendou isso...
Dei um bocejão e o Dente quase caiu, mas peguei ele na mão.
– O que é isso? – perguntou a Vovó. – É uma conta ou coisa assim? Nunca ponha coisas pequenas na boca, a sua mãe não...
Ela tentou abrir meus dedos para pegar o Dente. Minha mão bateu com força na barriga dela.
Ela me olhou fixo.
Repus o Dente embaixo da língua e cerrei os dentes.
– Vamos fazer assim: que tal eu colocar um colchão inflável do lado da nossa cama, só esta noite, até você se instalar?
Puxei minha bolsa da Dora. A porta ao lado é onde a Vovó e o Vopô dormem. O colchão inflável é um negócio grandão feito uma bolsa, a bom-

ba ficou pulando do buraco e a Vovó teve que gritar pro Vopô ajudar. Aí ele ficou todo cheio como um balão, mas um retângulo, e ela pôs lençóis em cima. Quem são os *eles* que bombearam o estômago da Mãe? Onde eles põem a bomba? Ela não vai explodir?

– Eu perguntei: onde está sua escova de dentes, Jack?

Achei ela na minha bolsa da Dora, que tem tudo que é meu. A Vovó me disse pra vestir o pj, que quer dizer pijama. Apontou para o inflável e disse "Pula pra lá", as pessoas vivem dizendo *pular* ou *saltar*, quando é uma coisa que elas querem fingir que é engraçada. A Vovó se debruçou com a boca pra fora, como pra dar um beijo, mas botei a cabeça embaixo do edredom.

– Desculpe – ela disse. – Que tal uma história?

– Não.

– Cansado demais para uma história. Então, está bem. Boa noite.

Ficou tudo escuro. Sentei.

– E os Percevejos?

– Os lençóis estão perfeitamente limpos.

Eu não via a Vovó, mas conheço a voz dela.

– Não, os *Percevejos*.

– Jack, eu estou quase caindo de...

– Os Percevejos que não deixam picar.

– Ah – disse a Vovó. – Boa noite, durma bem... É mesmo, eu costumava dizer isso quando a sua mãe era...

– Diz tudo.

– Boa noite, durma bem, não deixe os percevejos picarem ninguém.

Entrou um pouco de luz, foi a porta abrindo.

– Onde você vai?

Vi a forma toda preta da Vovó no buraco.

– Só vou lá para baixo.

Saí rolando do inflável, ele balançou.

– Eu também.

– Não, eu vou ver os meus programas, eles não são para crianças.

– Você falou que era você e o Vopô na cama e eu do lado no inflável.

– Isso é depois, ainda não estamos cansados.

– Você disse que estava cansada.

– Estou cansada de... – a Vovó quase gritou. – Não estou com sono, só preciso ver televisão e não pensar em nada por algum tempo.

– Você pode não pensar em nada aqui.

– Procure apenas se deitar e fechar os olhos.

– Não consigo, sozinho não.

– Ah – disse a Vovó. – Ah, pobre criaturinha.

Por que eu sou pobre e criaturinha?

Ela se curvou do lado do inflável e tocou o meu rosto.

Escapuli.

– Eu só ia fechar seus olhos para você.

– Você na cama. Eu no inflável.

Ouvi a Vovó bufar.

– Está bem. Vou me deitar só por um minuto...

Vi a forma dela em cima do edredom. Caiu uma coisa, *ploft*, foi o sapato dela.

– Quer uma cantiga de ninar?

– Hã?

– Uma música?

A Mãe cantava músicas pra mim, mas agora não tem mais nada disso. Ela deu com a minha cabeça na mesa do Quarto Número Sete. Tomou o remédio ruim, acho que estava cansada demais pra continuar brincando, ficou com pressa de ir pro Céu e aí não esperou, por que ela não me esperou?

– Você está chorando?

Não falei nada.

– Ah, meu bem! Bom, é melhor para fora que para dentro.

Eu queria um pouco, queria muito muito tomar um pouco, não consigo dormir sem isso. Chupei o Dente que é a Mãe, pelo menos um pedaço dela, as células dela, todo marrom e podre e duro. O Dente machucava ela ou era machucado, mas não dói mais. Por que é melhor pra fora que pra dentro? A Mãe disse que seríamos livres, mas isso não parecia livre.

A Vovó cantou muito baixinho, eu conhecia essa música, mas ela parecia errada.

– A roda do ônibus roda, roda...
– Não, obrigado – eu disse, e ela parou.

Eu e a Mãe no mar, eu enroscado no cabelo dela, todo amarrado com nós e me afogando...

Só um pesadelo. É isso que a Mãe diria se estivesse aqui, mas não está.

Fiquei deitado, contando cinco dedos da mão, cinco dedos da mão, cinco dedos do pé, cinco dedos do pé, balancei todos eles, um por um. Tentei conversar na cabeça, *Mãe? Mãe? Mãe?*, não ouvi ela responder.

Quando começou a ficar mais claro, cobri a cabeça com o edredom pra fazer escuro. Acho que deve ser essa a sensação de ficar Fora.

Tinha gente andando pra lá e pra cá, cochichando.

– Jack? – fez a Vovó perto do meu ouvido, e eu me enrosquei pra ficar longe. – Como você está?

Lembrei das boas maneiras.

– Hoje eu não estou cem por cento, obrigado.

Isso eu resmunguei, porque o Dente estava preso na minha língua.

Quando ela saiu, sentei e contei minhas coisas na minha bolsa da Dora, minhas roupas e os sapatos e a sâmara e o trem e o quadrado de desenhar e o chocalho e o coração cintilante e o crocodilo e a pedra e os macacos e o carro e seis livros, o sexto é o *Dylan, o escavador* da loja.

Uma porção de horas depois, o *trim trim* significou o telefone. A Vovó subiu.

– Era o dr. Clay, a mamãe está estável. Parece bom, não é?

Parecia coisa de cavalo.

– Também temos panqueca de mirtilo para o café.

Fiquei deitado muito quieto, feito um esqueleto. O edredom tinha cheiro de poeira.

Dindom dindom e ela desceu de novo.

Vozes embaixo de mim. Contei os dedos dos pés, depois das mãos, depois os dentes, tudo de novo. Acertei o número todas as vezes, mas não tenho certeza.

A Vovó subiu de novo, sem fôlego, pra dizer que o meu Avô tinha chegado pra se despedir.

– De mim?

– De todos nós, ele vai voltar para a Austrália. Agora levante-se, Jack, não vai adiantar nada você ficar refestelado aí.

Não sei o que é isso.

– Ele quer me desnascer.

– Quer o quê?

– Ele disse que eu não devia existir, pra Mãe não ter que ser a Mãe.

A Vovó não disse nada, por isso achei que tinha descido. Pus a cara pra fora pra ver. Ela continuava lá, de braços cruzados com força.

– Não ligue para aquele sacana.

– O que é...?

– Desça logo e vá comer uma panqueca.

– Não posso.

– Olhe só para você – disse a Vovó.

Como é que eu podia fazer isso?

– Você está respirando e andando e falando e dormindo sem a sua mãe, não está? Então, aposto que também pode comer sem ela.

Guardei o Dente na bochecha por segurança. Demorei um tempão na escada.

Na cozinha, o Vovô de verdade estava com a boca roxa. A panqueca dele estava toda numa poça de xarope com mais roxo, era o mirtilo.

Os pratos eram brancos normais, mas os copos tinham a forma errada, com cantos. Tinha uma tigela grande de salsicha. Eu não sabia que estava com fome. Comi uma salsicha, depois mais duas.

A Vovó disse que não tinha o suco sem polpa, mas eu precisava beber alguma coisa, senão ia engasgar com a salsicha. Bebi o polposo, com os germes descendo rebolando pela minha garganta. A geladeira é enorme, cheia de caixas e garrafas. Os armários têm tantas comidas que a Vovó tem que subir numa escadinha pra olhar todas elas.

Ela disse que agora eu devia ir pro chuveiro, mas fingi que não ouvi.

– O que é estável? – perguntei pro Vovô.

– Estável? – Uma lágrima saiu do olho dele e ele enxugou. – Nem melhor nem pior, eu acho. – Ele juntou a faca e o garfo no prato.

Nem melhor nem pior que o quê?

O Dente ficou todo azedo do suco. Subi de novo pra dormir.

– Amorzinho – disse a Vovó –, você não vai passar mais um dia inteiro na frente desse aparelho de TV.

– Hã?

Ela desligou a televisão.

– O dr. Clay acabou de telefonar sobre as suas necessidades em matéria de desenvolvimento, e eu tive que dizer a ele que nós estávamos jogando damas.

Pisquei e esfreguei os olhos. Por que ela mentiu pra ele?

– A Mãe está...?

– Ela continua estável, ele disse. Você gostaria de jogar damas de verdade?

– As suas peças são pra gigante e ficam caindo.

Ela deu um suspiro.

– Eu já disse que são peças normais, e o mesmo acontece com o xadrez e o baralho. O conjunto magnético em miniatura que você e sua mãe tinham era para viagem.

Mas a gente não viajava.

– Vamos à pracinha.

Abanei a cabeça. A Mãe disse que a gente ia junto, quando ficasse livre.

– Você já esteve do lado de fora uma porção de vezes.

– Isso foi na Clínica.

– É o mesmo ar, não é? Vamos, a sua mãe me disse que você gosta de subir em coisas.

– É, eu subo na Mesa e nas nossas cadeiras e na Cama milhares de vezes.

– Não, senhor, na minha mesa não.

Eu quis dizer no Quarto.

A Vovó amarrou meu rabo de cavalo apertado e enfiou ele por baixo do meu casaco, eu puxei pra fora de novo. Ela não falou nada do negócio grudento e do meu chapéu, será que a pele não queima nesse pedaço do mundo?

– Ponha seus óculos, ah, e calce os sapatos adequados. Aquela coisa que parece um chinelo não tem apoio nenhum.

Meus pés ficaram espremidos pra andar, mesmo quando eu soltei o velcro. A gente fica seguro desde que ande na calçada, mas, se andar na rua sem querer, morre. A Mãe não está morta, a Vovó disse que não ia mentir pra mim. Ela mentiu para o Dr. Clay sobre o jogo de damas. A calçada ficava parando e a gente tinha que atravessar a rua, mas estaremos bem, desde que andemos de mãos dadas. Não gosto de me tocarem, mas a Vovó só disse que pena. O ar ficou todo ventando nos meus olhos e o sol ofuscou muito na beirada dos meus óculos. Tinha uma coisa cor-de-rosa que era um elástico de cabelo, e uma tampa de garrafa e uma roda não de carro de verdade, mas de brinquedo, e um saco de nozes, mas sem nozes, e uma caixa de suco em que ainda dava pra ouvir o suco chacoalhando, e um cocô amarelo. A Vovó disse que não era de um ser humano, mas de algum cachorro nojento, puxou meu casaco e falou "Fique longe disso". O lixo não devia estar lá, a não ser as folhas, que a árvore não pode deixar de soltar. Na França eles deixam os cachorros sujarem por toda parte, um dia eu posso ir lá.

– Pra ver o cocô?

– Não, não – disse a Vovó –, a Torre Eiffel. Um dia, quando você for craque mesmo em subir escadas.

– A França é no Lá Fora?

Ela me olhou esquisito.

– No mundo? – repeti.

– Todos os lugares são no mundo. Pronto, chegamos!

Eu não podia ir na pracinha, porque tinha crianças não amigas minhas. A Vovó revirou os olhos.

– Vocês só brincam ao mesmo tempo, é isso que as crianças fazem.

Deu pra enxergar pela cerca, nos losangos de arame. Parecia a cerca secreta das paredes e do Piso que a Mãe não conseguiu escavar, mas nós saímos, eu salvei ela, só que aí ela não quis mais ficar viva. Tinha uma menina grande pendurada de cabeça pra baixo num balanço. Dois garotos naquele treco que eu não lembro o nome, que sobe e desce, eles batiam com ele e riam e caíam, acho que era de propósito. Contei meus dentes até vinte e contei mais uma vez. Segurar a cerca fez listras brancas nos meus dedos. Vi uma mulher levar um bebê para o trepa-trepa e ele engatinhou pelo túnel, aí a mulher fez caretas pra ele pelos buracos dos lados e fingiu que não sabia onde ele estava. Olhei para a garota grande, mas ela só balançava, às vezes com o cabelo quase na lama, às vezes de cabeça pra cima. Os meninos brincaram de pegar e fizeram bangue com a mão que nem revólver, e um deles caiu e chorou. Saiu correndo pelo portão e entrou numa casa, a Vovó disse que ele devia morar lá, como é que ela sabe? Ela sussurrou:

– Por que você não vai brincar com o outro menino agora?

Aí, ela chamou:

– Olá!

O menino olhou pra gente, eu entrei numa moita e ela me espetou a cabeça.

Depois de um tempo, a Vovó disse que estava mais frio do que parecia e talvez fosse bom a gente voltar pra casa pra almoçar.

Levou centenas de horas e minhas pernas ficaram quebradas.

– Pode ser que você goste mais da próxima vez – disse a Vovó.

– Foi interessante.

– É isso que a sua mãe manda você dizer quando você não gosta de alguma coisa? – Ela deu um sorrisinho. – Eu ensinei isso a ela.

– Agora ela está morrendo?

– Não – a Vovó quase gritou. – O Leo teria ligado, se houvesse alguma novidade.

Leo é o Vopô, esses nomes todos me confundem. Eu queria só o meu nome, Jack.

Na casa da Vovó, ela me mostrou a França no globo, que é feito uma estátua do mundo e roda o tempo todo. A cidade inteirinha em que nós estamos é só um pontinho, e a Clínica também está nesse ponto. O Quarto também, mas a Vovó disse que eu não preciso mais pensar naquele lugar, que é pra tirar ele da cabeça.

No almoço, comi um montão de pão com manteiga, era pão francês, mas não tinha cocô, acho que não. Meu nariz estava vermelho e quente, e as minhas bochechas também, e o pedaço no alto do meu peito e os braços e o dorso das mãos e os tornozelos, acima das meias.

O Vopô disse pra Vovó não se afligir.

– Nem estava tão ensolarado assim – ela ficou repetindo, enxugando os olhos.

– A minha pele vai cair? – perguntei.

– Só uns pedacinhos – disse o Vopô.

– Não assuste o menino – a Vovó falou. – Você vai ficar bem, Jack, não se preocupe. Passe mais um pouco deste creme friozinho pós-sol, vamos...

Foi difícil alcançar atrás, mas não gosto dos dedos de outras pessoas, por isso dei um jeito.

A Vovó disse que devíamos telefonar de novo pra Clínica, mas ela não estava disposta nesse momento.

Como eu me queimei, fui deitar no sofá e ver desenhos, e o Vopô ficou na poltrona reclinável lendo a revista *World Traveler*.

De noite o Dente veio atrás de mim pulando pela rua, *craque craque craque*, grandão e todo cheio de mofo e com pedaços lascados caindo, e foi batendo nas paredes. Depois eu estava flutuando num barco todo fechado com pregos e *os vermes rastejavam pra dentro, os vermes rastejavam pra fora*...

Veio um chiado no escuro que eu não conhecia, e aí foi a Vovó:

– Jack, está tudo bem.

– Não.

– Durma de novo.

Acho que não.

No café da manhã, a Vovó tomou um comprimido. Perguntei se era a vitamina dela. O Vopô riu. Ela lhe disse:

– Olha só quem fala – depois virou pra mim:

– Todo mundo precisa de uma coisinha.

Essa casa é difícil de aprender. As portas em que eu posso entrar a qualquer hora são a da cozinha e a da sala e a da sala de ginástica e a do quarto sobressalente e a do porão, e também no pedaço fora do quarto que se chama patamar, que é feito a pista onde os aviões pousam, só que eles não pousam. Posso entrar no quarto, a não ser que a porta esteja fechada, aí eu tenho que bater e esperar. Posso entrar no banheiro, a não ser que a porta não queira abrir, isso quer dizer que tem alguém lá dentro e eu tenho que esperar. A banheira e a pia e o vaso sanitário são de um verde chamado abacate, só que o assento é de madeira e eu posso sentar em cima. Eu devo levantar a tampa e depois abaixar de novo, como cortesia para as senhoras, que é a Vovó. O vaso tem uma tampa no reservatório de água igual à que a Mãe acertou no Velho Nick. O sabonete é uma bola dura que eu tenho que esfregar à beça pra ela funcionar. As pessoas do Lá Fora não são como nós, elas têm um milhão de coisas e tipos diferentes de cada coisa, que nem todas aquelas barras de chocolate e máquinas e sapatos diferentes. Todas as coisas delas são pra fazer coisas diferentes, feito escova de unhas e escova de dentes e escova de varrer e escova do vaso sanitário e escova de roupas e escova de limpeza e escova de cabelo. Quando eu deixei cair no chão um pó chamado talco, eu varri, mas a Vovó entrou e disse que aquela era a escova do vaso e ficou zangada por eu espalhar micróbios.

A casa também é do Vopô, mas ele não faz as regras. Ele passa quase o tempo todo no estúdio, que é uma sala especial só dele.

– Nem sempre as pessoas querem estar com outras pessoas – ele me disse. – Torna-se cansativo.

– Por quê?

– Confie em mim, já fui casado duas vezes.

Da porta da frente eu não posso sair sem falar com a Vovó, mas eu não ia mesmo sair. Sentei na escada e chupei o Dente com força.

– Por que você não vai brincar com alguma coisa? – disse a Vovó, se espremendo pra passar.

Tinha uma porção de coisas, eu não sabia qual. Meus brinquedos dos fãs malucos que nos querem bem, que a Mãe pensou que eram só cinco, mas de verdade eu peguei seis. Tem gizes de todas as cores diferentes, que a Deana trouxe, só que eu não vi ela, eles borram muito os meus dedos. Tem um rolo de papel gigante e quarenta e oito canetas hidrocor num plástico invisível comprido. Uma caixa de caixas com animais desenhados, que a Bronwyn não usa mais, não sei por quê, que fazem uma pilha numa torre maior que a minha cabeça.

Em vez de ir, fiquei olhando para os meus sapatos, eram os macios. Quando eu remexo os dedos, quase dá pra ver embaixo do couro. *Mãe!* gritei bem alto na minha cabeça. Acho que ela não está. Nem melhor nem pior. A não ser que todo mundo esteja mentindo.

Tinha uma coisinha marrom embaixo do tapete, onde ele começa a ser a madeira da escada. Puxei com a unha, era um metal. Uma moeda. Tinha um rosto de homem e umas palavras, EM DEUS CONFIAMOS LIBERDADE 2004. Quando virei do outro lado, tinha um homem, vai ver que era o mesmo, mas acenando pra uma casinha, e dizia ESTADOS UNIDOS DA AMÉRICA E PLURIBUS UNUM UM CENTAVO.

A Vovó estava no primeiro degrau da escada me olhando.

Dei um pulo. Passei o Dente pra trás da gengiva.

– Tem um pedacinho em espanhol – contei.

– Tem? – Ela franziu o rosto.

Mostrei as palavras com o dedo.

– É latim. E PLURIBUS UNUM. Hmm, acho que quer dizer "A união faz a força", ou algo assim. Quer mais algumas?

– O quê?

– Deixe-me olhar na minha bolsa...

Ela voltou com uma coisa redonda achatada que, quando a gente aperta, abre de repente feito uma boca, e dentro tinha dinheiros diferentes. Uma prateada tinha um homem de rabo de cavalo como eu e CINCO CENTAVOS, mas a Vovó disse que todo mundo chama essa moeda de níquel, e a prateadinha era um *dime*, que é dez.

– Por que a de cinco é mais grandona que a de dez, se ela é de cinco?

– É assim que é.

Até a de um centavo é maior que a de dez, acho que o assim que é é burro.

Na prateada maior tinha um homem diferente, não de cara feliz, e o verso dizia NEW HAMPSHIRE 1788 VIVER LIVRE OU MORRER. A Vovó disse que New Hampshire é outro pedaço dos Estados Unidos, não este aqui.

— *Viver livre*, isso quer dizer que é de graça, não custa nada?

— Ah, não, não. Significa... ninguém mandar em você.

Tinha outra com a mesma frente, mas, quando virei do outro lado, tinha desenhos de um barco com uma pessoa pequenininha e um copo e mais espanhol, GUAM E PLURIBUS UNUM 2009 e Guahan I Tanó ManChamorro. A Vovó espremeu os olhos para a moeda e foi buscar os óculos.

— Esse é outro pedaço dos Estados Unidos?

— Guam? Não, acho que é em outro lugar.

Vai ver que é assim que as pessoas do Lá Fora escrevem Quarto.

O telefone começou a sua gritaria no corredor e eu subi correndo pra fugir.

A Vovó subiu, chorando de novo.

— Ela deu a volta por cima.

Fiquei olhando.

— A sua mãe.

— Que volta?

— Ela está se recuperando, vai ficar boa, provavelmente.

Fechei os olhos.

A Vovó me sacudiu pra eu acordar porque disse que já fazia três horas e ela ficava com medo que eu não dormisse de noite.

É difícil falar com o Dente na boca, por isso botei ele no bolso. Ainda tinha sabonete nas minhas unhas. Eu precisava de uma coisa pontuda pra tirar, como o Controle Remoto.

— Está com saudade da sua mãe?

Abanei a cabeça.

— Do Controle Remoto.

— Com saudade da sua... moto?

— Do *Controle Remoto*.

— O controle da televisão?

— Não, o meu Controle, que eu usava pro Jipe fazer *vruuum zuum*, mas aí ele quebrou no Guarda-Roupa.

– Ah – disse a Vovó –, bem, tenho certeza de que podemos pegá-los de volta.

Abanei a cabeça:

– Eles estão no Quarto.

– Vamos fazer uma listinha.

– Pra jogar pelo vaso sanitário?

A Vovó fez uma cara toda confusa.

– Não, eu vou ligar para a polícia.

– É uma emergência?

Ela abanou a cabeça.

– Eles vão trazer os seus brinquedos para cá, assim que tiverem terminado com eles.

Encarei a Vovó.

– A polícia pode entrar no Quarto?

– É provável que ela esteja lá neste exato momento – ela me disse –, colhendo provas.

– O que é prova?

– Prova do que aconteceu, para mostrar ao juiz. Fotos, impressões digitais...

Enquanto eu escrevia a lista, pensei no pretume da Pista e no buraco embaixo da Mesa, em todas as marcas que eu e a Mãe fizemos. No juiz olhando para o meu desenho do polvo azul.

A Vovó disse que era uma pena desperdiçar um dia tão bonito de primavera, por isso, se eu pusesse uma camiseta de manga comprida e o sapato certo e o chapéu e os óculos e um monte de filtro solar, eu podia ir para o quintal.

Ela espremeu filtro solar nas mãos.

– Você diz *vai* e *para*, quando quiser. Como o controle remoto.

Isso foi meio engraçado.

Ela começou a esfregar o filtro no meu dorso das mãos.

– Para!

Depois de um minuto, eu disse:

– Vai! – e ela começou de novo. – Vai.

Ela parou.

– Você quer dizer que é para eu continuar?

– É.

Ela passou no meu rosto. Não gostei do filtro perto dos olhos, mas ela tomou cuidado.

– Vai.

– Na verdade, já terminamos, Jack. Está pronto?

A Vovó saiu primeiro pelas duas portas, a de vidro e a de tela, acenou pra eu sair e a luz fazia zigue-zague. Paramos no deque, que é todo de madeira feito convés de navio. Tinha penugem nele, uns tufinhos. A Vovó disse que era uma espécie de pólen de uma árvore.

– Qual? – Fiquei olhando pra todas as diferentes.

– Nisso eu acho que não posso ajudá-lo.

No Quarto a gente sabia como tudo se chamava, mas no mundo tem tanta coisa que as pessoas nem sabem os nomes.

A Vovó sentou numa das cadeiras de madeira, requebrando o bumbum pra se ajeitar. Tinha gravetos que quebravam quando eu pisava neles e umas folhas amarelas pequenininhas e umas marrons meladas que ela disse que pediu pro Leo cuidar delas desde novembro.

– O Vopô tem emprego?

– Não, nós nos aposentamos cedo, mas é claro que agora as nossas ações estão arrasadas...

– O que isso quer dizer?

Ela estava com a cabeça inclinada pra trás no alto da cadeira, de olhos fechados.

– Nada, não se preocupe com isso.

– Ele vai morrer logo?

A Vovó abriu os olhos pra mim.

– Ou vai ser você primeiro?

– Eu gostaria que o senhor soubesse que eu só tenho cinquenta e nove anos, rapazinho.

A Mãe só tem vinte e seis. Ela deu a volta por cima, será que isso quer dizer que ainda vai voltar?

– Ninguém vai morrer – disse a Vovó –, não se aflija.

– A Mãe diz que todo mundo vai morrer um dia.

Ela espremeu a boca, que tem linhas em volta feito raios de sol.

– Você acabou de conhecer a maioria de nós, mocinho, portanto não tenha pressa de se despedir.

Olhei para o pedaço verde do quintal.

– Cadê a rede?

– Acho que podemos desencavá-la do porão, já que você faz tanta questão disso.

Ela levantou com um resmungo.

– Eu também acho.

– Fique sentadinho aí, aproveite o sol, eu volto num instante.

Mas não fiquei sentado, fiquei em pé.

Fez silêncio quando ela saiu, menos por uns sons estridentes nas árvores, acho que eram passarinhos, mas não vi. O vento fazia fru-fru nas folhas. Ouvi uma criança gritar, talvez em outro quintal atrás da sebe grande, ou então ela era invisível. O rosto amarelo de Deus estava com uma nuvem em cima. Ficou mais frio de repente. O mundo vive mudando de claridade e calor e som, nunca sei como vai ser no minuto seguinte. A nuvem parecia meio cinza-azulada, fiquei pensando se tinha chuva dentro dela. Se a chuva começar a pingar em mim, eu corro pra dentro de casa antes que ela afogue a minha pele.

Tinha um negócio fazendo *bzzzzz*, fui olhar nas flores e era a coisa mais incrível, uma abelha viva grandona, com uns pedacinhos amarelos e pretos, e ela dançava dentro da flor.

– Oi – eu disse. Estendi o dedo pra fazer carinho e...

Aaaaaaii.

A minha mão explodiu no pior machucado do mundo.

– Mãe! – eu gritei, e *Mãe* na minha cabeça, mas ela não estava no quintal e nem na minha cabeça e nem em lugar nenhum, eu estava sozinho na dor na dor na dor na...

– O que você fez? – a Vovó perguntou, correndo pelo deque.

– Não fui eu, foi a abelha.

Quando ela espalhou a pomada especial, não doeu tanto, mas ainda foi muito.

Tive que usar a outra mão pra ajudar ela. A rede ficou pendurada em ganchos em duas árvores bem no fundo do quintal, uma meio baixinha, só o dobro do meu tamanho e curvada, a outra era um milhão de vezes mais alta e com folhas meio prateadas. Os negocinhos de corda estavam meio amassados de ficar no porão, a gente precisou puxar até os buracos ficarem do tamanho certo. Também tinha duas cordas arrebentadas que faziam buracos extras onde era pra gente não sentar.

– Foram as traças, provavelmente – disse a Vovó.

Eu não sabia que as traças cresciam tanto que arrebentavam cordas.

– Para ser franca, faz anos que não a penduramos.

A Vovó disse que não queria se arriscar a subir e, de qualquer jeito, preferia um apoio nas costas.

Eu me estiquei e enchi a rede toda. Remexi os dedos dentro dos sapatos, enfiei eles pelos buracos, e as mãos também, mas não a direita, porque essa ainda estava atormentada por causa da abelha. Pensei na Mãe pequenininha e no Paul pequenininho que balançavam na rede, era esquisito, onde eles estavam agora? O Paul grande devia estar com a Deana e a Bronwyn, eles disseram que íamos ver os dinossauros outro dia, mas acho que estavam mentindo. A Mãe grande estava na Clínica dando a volta por cima.

Empurrei as cordas, virei uma mosca presa numa rede. Ou então eu era um Homem Aranha ladrão apanhado. A Vovó empurrou e eu balancei e fiquei tonto, mas foi um jeito legal de tonto.

– Telefone!

Era o Vopô no deque, gritando.

A Vovó saiu correndo pela grama, me deixou sozinho de novo no lado de fora do Lá Fora. Pulei da rede e quase caí, porque um sapato ficou preso. Tirei o pé, o sapato caiu. Saí correndo atrás, sou quase tão veloz quanto ela.

Na cozinha, a Vovó falava no telefone:

– É claro, o mais importante vem primeiro, ele está bem aqui. Há uma pessoa que quer falar com você.

Foi pra mim que ela disse isso, e estendeu o telefone, mas eu não peguei.

– Adivinhe quem é?

Pisquei os olhos pra ela.
– É a sua mãe.
Era verdade, foi a voz da Mãe no telefone.
– Jack?
– Oi.
Não ouvi mais nada, aí devolvi o telefone pra Vovó.
– Sou eu de novo, como é que você está, de verdade? – a Vovó perguntou. Balançou a cabeça e balançou mais e disse:
– Ele está aguentando firme.
Tornou a me dar o telefone, escutei a Mãe pedir um monte de desculpas.
– Você não está mais envenenada com o remédio ruim? – perguntei.
– Não, não, eu estou melhorando.
– Você não está no Céu?
A Vovó tapou a boca.
A Mãe fez um som que eu não sei se foi chorar ou rir.
– Bem que eu queria.
– Por que você queria estar no Céu?
– Não quero realmente, eu só estava brincando.
– É uma brincadeira sem graça.
– É.
– Não queira.
– Está bem. Eu estou aqui na clínica.
– Você ficou cansada de brincar?
Não escutei nada, achei que ela tinha sumido.
– Mãe?
– Eu estava cansada – ela disse. – Cometi um erro.
– Não está mais cansada?
Ela não falou nada. Depois, disse:
– Estou, mas tudo bem.
– Você pode vir aqui balançar na rede?
– Logo, logo – ela disse.
– Quando?
– Não sei, depende. Está tudo bem aí com a vovó?
– E o Vopô.

– Certo. O que é que há de novo?

– Tudo – eu disse.

Isso fez ela rir, não sei por quê.

– Você tem se divertido?

– O sol queimou minha pele e uma abelha me picou.

A Vovó revirou os olhos.

A Mãe disse uma coisa que eu não escutei.

– Agora eu tenho que desligar, Jack, preciso dormir mais um pouco.

– Depois você vai acordar?

– Eu prometo. Eu peço... – A respiração dela ficou toda esfarrapada. – Eu volto logo a falar com você, está bem?

– Tá bem.

Não teve mais fala, aí eu desliguei o telefone. A Vovó disse:

– Cadê o outro pé do seu sapato?

Fiquei olhando as chamas dançarem, tudo laranja, embaixo da panela de macarrão. O fósforo estava na bancada, com a ponta toda preta e enroladinha. Encostei ele no fogo, ele fez um chiado e ficou com uma chama grande de novo, aí larguei em cima do fogão. A chaminha ficou quase invisível, foi roendo o fósforo de pouquinho em pouquinho, até ele ficar todo preto e subir uma fumacinha parecida com uma fita prateada. O cheiro foi mágico. Tirei outro fósforo da caixa, acendi a ponta no fogo e dessa vez fiquei segurando, mesmo quando ele chiou. Era a minha chaminha que eu podia carregar comigo. Balancei ela num círculo e achei que tinha apagado, mas ela voltou. Foi ficando maior e toda bagunçada no fósforo, aí tinha duas diferentes e uma linhazinha vermelha na madeira entre elas...

– Ei!

Dei um pulo, era o Vopô. Eu não estava mais com o fósforo.

Ele pisou no meu pé.

Soltei um uivo.

– Estava na sua meia – ele disse, e mostrou o fósforo todo enrolado, aí esfregou a minha meia onde tinha um negocinho preto. – A sua mãe nunca lhe ensinou a não brincar com fogo?

– Não tinha.
– Não tinha o quê?
– Fogo.
Ele me olhou fixo.
– Acho que o fogão de vocês era elétrico. Ora, vejam só!
– O que houve? – A Vovó entrou.
– O Jack está só aprendendo sobre os utensílios de cozinha – disse o Vopô, mexendo o macarrão. Ele levantou uma coisa e olhou pra mim.
– Ralador – lembrei.
A Vovó pôs a mesa.
– E isso?
– Amassador de alho.
– *Socador* de alho. Muito mais violento que amassar.
Ele riu pra mim. Não falou do fósforo com a Vovó, foi uma espécie de mentira, mas não me meter em encrenca era uma boa razão. Ele segurou mais uma outra coisa.
– Outro ralador?
– Raspador de frutas cítricas. E isso?
– Ah... batedor de ovos.
O Vopô pendurou no ar um fio comprido de macarrão e sugou ele.
– Meu irmão mais velho virou uma panela de arroz em cima dele quando tinha três anos, e até hoje tem o braço ondulado feito uma batata chip.
– Ah, é, elas eu vi na televisão.
A Vovó me olhou fixo.
– Não me diga que você nunca comeu batatas chips!
Aí ela subiu na escadinha e mexeu nas coisas de um armário.
– Chegada prevista para daqui a dois minutos – disse o Vopô.
– Ah, um punhado não vai fazer mal – a Vovó disse e desceu com um saquinho amarrotado e abriu.
As batatas eram todas cheias de linhas, peguei uma e comi a beirada.
– Não, obrigado – eu disse, e botei ela de volta no saco.
O Vopô riu, não sei qual foi a graça.
– O menino está se guardando para o meu tagliatelle carbonara.

– Posso ver a pele?

– Que pele? – perguntou a Vovó.

– A do irmão.

– Ah, ele mora no México. Ele é seu... seu tio-avô, eu acho.

O Vopô jogou a água toda na pia e ela fez uma nuvem grande de ar molhado.

– Por que ele é tio?

– Isso quer dizer apenas que ele é irmão do Leo. Todos os nossos parentes, agora você também é parente deles – disse a Vovó. – O que é nosso é seu.

– Lego – disse o Vopô.

– O quê? – ela perguntou.

– É como o Lego. Pedacinhos de famílias grudados uns nos outros.

– Isso eu também vi na televisão – contei.

A Vovó me encarou outra vez.

– Crescer sem Lego – ela disse ao Vopô –, eu simplesmente não consigo imaginar.

– Aposto que há uns dois bilhões de crianças no mundo que dão um jeito, de algum modo – ele respondeu.

– Acho que você tem razão. – Ela fez uma cara confusa. – Mas devemos ter uma caixa rolando lá embaixo, no porão...

O Vopô quebrou um ovo com uma das mãos e ele fez *ploc* em cima do macarrão.

– O jantar está servido.

Estou andando à beça na bicicleta que não se mexe, consigo alcançar os pedais com a ponta dos dedos, se eu me esticar. Eu corro nela milhares de horas, pras minhas pernas ficarem superfortes e eu poder fugir correndo pra Mãe e salvar ela de novo. Deitei nas esteiras azuis, com as pernas cansadas. Levantei os pesos livres, não sei o que eles têm de livres. Botei um em cima da barriga, gosto do jeito como ele me prende no chão, pra eu não cair do mundo giratório.

Dindom, a Vovó gritou porque tinha uma visita pra mim, era o Dr. Clay. Sentamos no deque, ele ficou de me avisar se tivesse alguma abelha. Os seres humanos e as abelhas devem só acenar, não se tocar. Nada de fazer festinha em cachorro, a não ser que o humano dele diga que tudo bem, nada de atravessar a rua correndo nem tocar nos órgãos genitais, exceto nos meus, em particular. Aí tem os casos especiais, por exemplo, a polícia pode disparar armas, mas só nos bandidos. Eram regras demais pra caber na minha cabeça, então fizemos uma lista com a caneta dourada superpesada do Dr. Clay. Depois, outra lista de todas as coisas novas, como pesos livres e batatas chips e passarinhos.

– É emocionante vê-los de verdade, em vez de apenas na televisão? – ele perguntou.

– É. Só que na televisão nada nunca me picou.

– Bem pensado – disse o Dr. Clay, concordando com a cabeça. – "A humanidade não suporta realidade em demasia."

– Isso é uma poesia de novo?

– Como você adivinhou?

– Você faz uma voz esquisita – eu disse. – O que é humanidade?

– A raça humana, todos nós.

– Eu também?

– Ah, é claro, você é um de nós.

– E a Mãe.

O Dr. Clay fez que sim.

– Ela também é.

Mas o que eu queria dizer era que pode ser que eu seja humano, mas também sou um eu-e-a-Mãe. Não conheço uma palavra pra nós dois. Quartistas?

– Ela vem me buscar logo?

– Assim que puder – ele disse. – Você se sentiria mais à vontade ficando na clínica, em vez de estar aqui, na casa da sua avó?

– Com a Mãe no Quarto Número Sete?

Ele abanou a cabeça.

– Ela está na outra ala, precisa passar algum tempo sozinha.

Achei que ele estava errado. Se eu ficasse doente, ia precisar ainda mais da Mãe comigo.

– Mas ela está trabalhando duro para melhorar – ele me contou.

Eu achava que as pessoas só ficavam doentes ou melhoravam, não sabia que era trabalho.

Na hora de dar tchau, eu e o Dr. Clay fizemos toca-aqui de uma porção de jeitos.

Quando eu estava no banheiro, ouvi ele na varanda com a Vovó. A voz dela era o dobro mais alta que a dele.

– Ora, tenha santa paciência, só estamos falando de uma queimadura insignificante e uma picada de abelha – ela disse. – Eu criei dois filhos, não me venha com *padrão aceitável de cuidados*.

De noite teve um milhão de computadores minúsculos falando de mim uns com os outros. A Mãe tinha subido no pé de feijão e eu estava no chão, embaixo, sacudindo e sacudindo ele pra ela cair...

Não. Isso foi só sonhar.

– Tive uma ideia brilhante – disse a Vovó no meu ouvido, debruçada em mim, com a metade de baixo do corpo ainda na cama dela. – Vamos de carro até a pracinha antes do café, para não haver outras crianças por lá.

Nossas sombras ficaram compridas e esticadas pra valer. Agitei meus punhos gigantes. A Vovó quase sentou num banco, mas tinha umidade nele, então ela encostou na cerca. Tinha um molhadinho em tudo, ela disse que era orvalho, que parece chuva mas não vem do céu, é uma espécie de suor que acontece de madrugada. Desenhei um rosto no escorregador.

– Não faz mal se você molhar a roupa, sinta-se à vontade.

– Na verdade, estou sentindo é frio.

Tinha um negócio todo cheio de areia e a Vovó disse que eu podia sentar lá e brincar.

– De quê?

– Hã?

– Brincar de quê?

– Não sei, faça um buraco nela, ou tire uns punhados, qualquer coisa. Botei a mão, mas arranhava, eu não queria aquilo tudo em cima de mim.
– Que tal o trepa-trepa, ou o balanço? – perguntou a Vovó.
– Você também vai?
Ela deu um risinho, disse que provavelmente quebraria alguma coisa.
– Por que você ia...?
– Ah, não de propósito, só por eu ser pesada.

Subi uns degraus, em pé feito um menino, não um macaco, eram de metal, com uns negocinhos ásperos cor de laranja que se chamam ferrugem, e a barra de segurar deixou minhas mãos geladas. E no final tinha uma casinha que nem de elfos, aí eu sentei à mesa e o teto ficou bem em cima da minha cabeça, era vermelho e a mesa era azul.

– U-u!

Dei um pulo, era a Vovó dando adeusinho pela janela. Aí ela deu a volta pro outro lado e acenou de novo. Dei adeusinho de volta, ela gostou.

Na quina da mesa vi uma coisa se mexer, era uma aranha pequenininha, fiquei pensando se a Aranha ainda estava no Quarto, se a teia dela está ficando cada vez maior. Tamborilei umas melodias, como no Cantarolar, mas só batendo os dedos, e na minha cabeça a Mãe teve que adivinhar, ela adivinhou certo a maioria. Quando fiz as músicas no chão com o sapato, foi um som diferente, porque ele era de metal. A parede dizia umas coisas que não consegui ler, tudo rabiscado, e tinha um desenho que eu acho que era um pênis, mas era grande que nem a pessoa.

– Experimente o escorregador, Jack, ele parece divertido.

Era a Vovó me chamando. Saí da casinha e olhei pra baixo, o escorrega era prata com umas pedrinhas em cima.

– Upa! Venha, eu seguro você aqui embaixo.

– Não, obrigado.

Tinha uma escada de corda que nem a rede, mas que descia toda solta e era muito doída para os meus dedos. Tinha uma porção de barras pra gente se pendurar, se os meus braços fossem mais fortes ou se eu fosse mesmo um macaco. Tinha um pedaço que eu mostrei pra Vovó onde os ladrões deviam ter levado os degraus.

– Não, olhe, ali há um poste de bombeiros, em vez da escada – ela disse.
– Ah, é, eu vi isso na televisão. Mas por que eles moram lá no alto?
– Quem?
– Os bombeiros.
– Ah, esse não é um dos postes deles de verdade, é só para brincar.

Quando eu tinha quatro anos, eu achava que tudo na TV era só TV, aí eu fiz cinco e a Mãe desdizeu que uma porção de coisas eram só imagens do real e falou que o Lá Fora era totalmente real. Agora eu estou no Lá Fora, mas acontece que um monte dele não tem nada de real.

Voltei para a casa dos elfos. A aranha tinha ido pra algum lugar. Tirei os sapatos embaixo da mesa e estiquei os pés.

A Vovó foi para os balanços. Dois eram chatos, mas o terceiro tinha um balde borrachudo com buracos pra pôr as pernas.

– Você não tem como cair deste aqui – ela disse. – Quer experimentar?

Ela teve que me levantar, e foi estranho as mãos dela me apertando nas axilas. Ela me empurrou por trás do balde, mas eu não gostei, fiquei virando pra trás pra olhar, aí ela me empurrou pela frente. Eu balancei mais depressa mais depressa mais alto mais alto, foi a coisa mais estranha que eu já vi.

– Ponha a cabeça para trás.
– Por quê?
– Confie em mim.

Botei a cabeça pra trás e virou tudo de cabeça pra baixo, o céu e as árvores e as casas e a Vovó e tudo, foi incrível.

Tinha uma menina no outro balanço, nem vi ela chegar. Ela balançava não ao mesmo tempo que eu, ia pra trás quando eu ia pra frente.

– Como é seu nome? – ela perguntou.

Fingi que não ouvi.

– Esse é o Ja... Jason – disse a Vovó.

Por que ela me chamou disso?

– Eu sou a Cora e tenho quatro anos e meio – disse a menina. – Ela é bebê?

– Ele é um menino e tem cinco anos, na verdade – a Vovó falou.

– Então, por que ela está no balanço de bebê?

Nessa hora eu quis sair, mas minhas pernas estavam presas na borracha e eu dei pontapés e puxei as correntes.
– Calma, calma – disse a Vovó.
– Ela está tendo um ataque? – perguntou a menina Cora.
Meu pé chutou a Vovó sem querer.
– Pare com isso.
– O irmãozinho da minha amiga tem ataques.
A Vovó me arrancou por baixo dos braços, o meu pé torceu, depois eu saí.
Ela parou no portão e disse:
– Os sapatos, Jack.
Fiz força pra lembrar.
– Estão na casinha.
– Então, dê uma corrida lá e vá buscá-los. – Ela esperou. – A garotinha não vai incomodar você.
Mas eu não conseguia subir quando ela podia estar olhando.
Aí, a Vovó subiu e o bumbum dela entalou na casa dos elfos, ela ficou zangada. Fechou o velcro do meu pé esquerdo muito apertado, aí eu tirei ele de novo e o outro também. Fui de meias pro carro branco. A Vovó disse que eu ia espetar um vidro no pé, mas não espetei.
Minha calça estava molhada do orvalho e minhas meias também. O Vopô estava na poltrona com uma caneca enorme e disse:
– Como foram as coisas?
– Pouco a pouco – disse a Vovó, subindo a escada.
Ele me deixou provar o café, que me deu um arrepio.
– Por que os lugares pra comer se chamam cafeterias? – perguntei.
– Bem, o café é a coisa mais importante que eles vendem, porque quase todos nós precisamos dele para continuar funcionando, como se fosse gasolina para o carro.
A Mãe só bebe água e leite e suco, que nem eu, e fiquei pensando no que faz ela funcionar.
– O que as crianças tomam?
– Ah, as crianças já são cheias de energia, como sementes de feijão.

Feijão me faz funcionar, é verdade, mas vagem é a minha comida inimiga. Outro dia a Vovó fez vagem pro jantar e eu só fingi que não vi ela no meu prato. Agora que estou no mundo, nunca mais vou comer vagem.

Fiquei sentado na escada, escutando as senhoras.
– Mmm. Sabe mais matemática que eu, mas não consegue andar de escorregador – disse a Vovó.
Isso era eu, eu acho.
Elas eram o clube do livro da Vovó, mas não sei por quê, pois não estavam lendo livro nenhum. Ela esqueceu de cancelar a reunião, aí chegaram todas às 3:30, com pratos de bolo e outras coisas. Ganhei três bolos num pratinho, mas era pra eu não atrapalhar. A Vovó também me deu cinco chaves num chaveiro que diz "Casa de pizzas do pozzo", eu queria saber como é que uma casa pode ser de pizza, ela não ia despencar? Na verdade elas não são chaves de lugar nenhum, mas fazem tlim-tlim, e eu ganhei elas porque prometi não tirar mais a chave do armário de bebidas. O primeiro bolo se chama coco, é uma eca. O segundo é de limão e o terceiro eu não sei, mas é o que eu gosto mais.
– Você deve estar exausta até os ossos – disse uma das senhoras da voz mais aguda.
– Uma heroína – disse outra.
Também fiquei com a máquina de fotografia emprestada, não a toda incrementada do Vopô, com aquele círculo gigante, mas a que fica escondida no olho do celular da Vovó, se ele tocar eu tenho que chamar ela e não atender. Até agora tirei dez fotos, a um do meu sapato molinho, a dois da luz do teto da sala de ginástica, a três do escuro no porão (só que a foto saiu muito clara), a quatro da palma da minha mão com as linhas, a cinco de um buraco do lado da geladeira que eu torci pra ser um buraco de camundongo, a seis do meu joelho de calças, a sete do tapete da sala, bem de pertinho, a oito era pra ser da Dora quando ela apareceu na TV hoje de manhã, mas saiu toda cheia de zigue-zague, a nove é do Vopô não sorrindo, a dez do lado de fora da janela do quarto com uma gaivota passando,

só que a gaivota não aparece na foto. Eu ia tirar uma de mim no espelho, mas aí eu ia ser um paparazzi.

– Bem, nas fotos ele parece um anjinho – disse uma das senhoras.

Como é que ela viu minhas dez fotos? E eu não pareço nada com um anjo, eles são enormes e têm asas.

– Você está falando daquele filme todo cheio de chuviscos, na frente da delegacia de polícia? – a Vovó perguntou.

– Oh, não, das fotos em close de quando fizeram a entrevista com...

– Minha filha, sei. Mas closes do *Jack*?

Ela pareceu furiosa.

– Ah, meu bem, a internet está cheia delas – disse outra voz.

Aí uma porção delas ficou falando, tudo ao mesmo tempo.

– Você não sabia?

– Hoje em dia tudo vaza.

– O mundo é uma grande concha.

– Terrível.

– Todos esses horrores no noticiário todos os dias, às vezes só tenho vontade de ficar na cama, com a cortina fechada.

– Ainda mal consigo acreditar – disse a voz grave. – Eu me lembro de ter comentado com o Bill, há sete anos, como é que uma coisa dessas podia acontecer com uma moça que nós *conhecíamos*.

– Todos achávamos que ela estava morta. É claro que ninguém gostava de falar...

– E você tinha tanta fé!

– Quem poderia imaginar...?

– Alguém quer mais chá? – Essa foi a Vovó.

– Bem, não sei. Uma vez passei uma semana num mosteiro na Escócia – disse outra voz –, foi muito tranquilizador.

Meus bolos acabaram, menos o de coco. Deixei o prato no degrau e subi pro quarto pra ver meus tesouros. Botei o Dente de novo na boca pra chupar. Ele não tem gosto da Mãe.

A Vovó achou uma caixa grande de Lego no porão, que era do Paul e da Mãe.

– O que você gostaria de fazer? – ela me perguntou. – Uma casa? Um arranha-céu? Uma cidade, quem sabe?

– Talvez seja bom você baixar um pouco as expectativas – disse o Vopô atrás do jornal.

Havia uma porção de pedacinhos de todas as cores, parecia uma sopa.

– Bem – disse a Vovó –, pode fazer a festa. Tenho roupa para passar.

Olhei para os Legos, mas não botei a mão pra não quebrar.

Depois de um minuto, o Vopô baixou o jornal.

– Faz tempo demais que não mexo nisso.

Começou a pegar pecinhas de qualquer jeito e a espremer uma na outra pra elas grudarem.

– Por que faz tempo...?

– Boa pergunta, Jack.

– Você brincava de Lego com os seus filhos?

– Não tenho nenhum filho.

– Como é que pode?

O Vopô encolheu os ombros.

– Só não aconteceu.

Olhei para as mãos dele, eram caroçudas mas espertas.

– Existe uma palavra para os adultos quando eles não são pais?

O Vopô riu.

– Gente com outras coisas para fazer?

– Que coisas?

– Trabalho, eu acho. Amigos. Viagens. Hobbies.

– O que são hobbies?

– Maneiras de passar o fim de semana. Por exemplo, eu colecionava moedas, moedas antigas do mundo inteiro, que eu guardava em caixas forradas de veludo.

– Por quê?

– Bem, elas eram mais fáceis que crianças, não tinham fraldas fedorentas.

Isso me fez rir.

Ele me entregou os pedacinhos de Lego, magicamente transformados num carro. Tinha uma duas três quatro rodas que giravam e um teto e um motorista e tudo.

– Como você fez isso?
– Uma peça de cada vez. Agora você escolhe uma – ele disse.
– Qual?
– Qualquer uma.

Escolhi um quadradão vermelho.

O Vopô me deu um negocinho com uma roda.

– Prenda essa aí.

Botei o caroço embaixo do buraco do caroço do outro e apertei com força.

Ele me entregou outro negocinho de roda, que eu prendi.

– Bonita bicicleta. *Vruum!*

Ele falou tão alto que eu deixei o Lego cair no chão e uma roda soltou.

– Desculpe.
– Não há necessidade de desculpas. Deixe-me lhe mostrar uma coisa.

Ele pôs o carro no chão e pisou em cima, *craque*. Ficou todo em pedaços.

– Viu? – disse o Vopô. – Sem problemas. Vamos começar de novo.

A Vovó disse que eu estava cheirando mal.

– Eu tomo banho com a esponja.
– É, mas a sujeira se esconde nas frestas. Por isso, vou preparar um banho de banheira e você vai entrar.

Ela fez a água ficar muito alta e cheia de vapor e derramou um negócio de bolhas pra fazer morros cintilantes. O verde da banheira ficou quase escondido, mas eu sabia que ainda estava lá.

– Tirando a roupa, amoreco. – Ela parou com as mãos nos quadris. – Não quer que eu olhe? Prefere que eu fique do lado de fora?

– Não!

– Qual é o problema? – Ela esperou. – Você acha que, sem a sua mãe na banheira, vai se afogar, ou coisa assim?

Eu não sabia que as pessoas podiam se afogar na banheira.

– Vou sentar bem aqui o tempo todo – ela disse, dando um tapinha na tampa do vaso.

Abanei a cabeça.

– Você também entra no banho.

– Eu? Ah, Jack, eu tomo minha chuveirada de manhã. Que tal se eu me sentar bem aqui na beirada da banheira, assim?

– Dentro.

A Vovó me olhou. Aí, deu um resmungo e disse:

– Está certo, se é isso que é preciso, só dessa vez... Mas eu vou usar meu maiô de natação.

– Eu não sei nadar.

– Não, na verdade nós não vamos nadar, eu só... eu prefiro não ficar nua, se estiver bom para você.

– Você fica com medo?

– Não, eu só... eu prefiro não ficar nua, se você não se incomoda.

– Eu posso ficar nu?

– É claro, você é criança.

No Quarto, às vezes a gente ficava nu, às vezes vestido, a gente nunca se incomodava.

– Jack, será que dá para entrar nesse banho antes que ele esfrie?

Não estava nem perto de frio, ainda tinha vapor voando. Comecei a tirar a roupa. A Vovó disse que voltava num segundo.

As estátuas podem ficar nuas mesmo quando são adultas, ou vai ver que têm que ficar. O Vopô diz que é porque elas querem parecer com as estátuas antigas, que ficavam sempre nuas, porque os antigos romanos achavam que o corpo era a coisa mais linda que existe. Encostei na banheira, mas a parte dura do lado de fora fez frio na minha barriga. Na *Alice* tem um pedaço que diz

Soube que de mim com ela falaste
E com ele foste me intrigar,
Ela disse que tenho engenho e arte,
Só é pena que não sei nadar.

Meus dedos eram mergulhadores. O sabonete caiu na água e brinquei que era um tubarão. A Vovó chegou usando uma coisa listrada, parecia uma roupa de baixo e uma camiseta presas com contas, e também um saco plástico na cabeça que ela disse que se chama touca para chuveiro, mesmo a gente estando na banheira. Não ri dela, só por dentro.

Quando ela entrou na banheira a água subiu mais alto, e eu também entrei e ela quase transbordou. A Vovó ficou no canto liso, a Mãe sempre sentava no da torneira. Procurei não encostar nas pernas da Vovó com as minhas pernas. Dei com a cabeça numa torneira.

– Cuidado.

Por que as pessoas só dizem isso depois do machucado?

A Vovó não lembra de nenhuma brincadeira de banheira, só "Rema, Rema, Rema o Barco" e, quando a gente experimentou, esparramou água no chão.

A Vovó não tinha nenhum brinquedo. Brinquei que a escova de unhas era um submarino que escovava o fundo do mar, e ele achou o sabonete, que era uma alga gosmenta.

Depois que nos secamos, cocei o nariz e saiu um pedacinho dele na minha unha. No espelho tinha umas rodinhas feito escamas onde a pele estava descascando.

O Vopô entrou pra buscar os chinelos.

– Eu adorava isso... – ele disse e tocou no meu ombro, e de repente saiu uma tira toda fina e branca, eu não senti ela se soltar. O Vopô segurou ela pra mim. – Essa é das boas.

– Pare com isso – disse a Vovó.

Esfreguei o negócio branco e ele enrolou, uma bolinha minúscula de mim.

– De novo – eu disse.

– Espere aí, deixe eu achar um pedaço comprido nas suas costas...

– Homens – disse a Vovó, fazendo careta.

Hoje de manhã a cozinha estava vazia. Peguei a tesoura na gaveta e cortei todo o meu rabo de cavalo.

A Vovó entrou e ficou olhando.

– Bom, terei que dar uma ajeitadinha em você, se me permite – disse –, e depois você pode pegar a escova e a pá. Nós devíamos guardar um pedaço, já que é o seu primeiro corte de cabelo...

Foi quase tudo pro lixo, mas ela pegou três pedaços compridos e fez uma trança que era uma pulseira pra mim, com linha verde na ponta.

Ela disse pra eu me olhar no espelho, mas primeiro chequei meus músculos, ainda tinha meu muque.

Em cima o jornal dizia "Sábado, 17 de abril", o que quer dizer que estou na casa da Vovó e do Vopô faz uma semana inteira. Antes eu passei uma semana na Clínica, o que soma duas semanas que eu estou no mundo. Fico somando pra conferir, porque parece que faz um milhão de anos e a Mãe ainda não voltou pra mim.

A Vovó disse que tínhamos que sair de casa. Ninguém me reconheceria, agora que o meu cabelo está todo curto e ficando encaracolado. Ela me disse pra tirar os óculos, porque agora meus olhos devem estar acostumados com o Lá Fora e, além disso, os óculos só iam chamar atenção.

Atravessamos uma porção de ruas de mãos dadas e sem deixar os carros esmigalharem a gente. Não gosto de andar de mão dada, aí finjo que é de outro garoto que ela está segurando a mão. Aí a Vovó teve uma boa ideia, eu podia segurar na corrente da bolsa dela, em vez de dar a mão.

Tem uma porção de coisas de todos os tipos no mundo, mas tudo custa dinheiro, até coisas pra jogar fora, que nem o homem da fila na nossa frente na loja de conveniência, que comprou um negócio numa caixa e rasgou a caixa e botou no lixo na mesma hora. Os cartõezinhos com um montão de números se chamam loteria, e os idiotas compram eles na esperança de virarem milionários por mágica.

No correio nós compramos selos, mandamos pra Mãe um desenho que eu fiz de mim num foguete espacial.

Entramos num arranha-céu que era o escritório do Paul, ele disse que estava numa correria louca, mas fez um xerox das minhas mãos e comprou pra mim uma barra de chocolate da máquina automática. Na descida do elevador, apertando os botões, fiz de conta que eu estava dentro de uma máquina automática.

Fomos em um negócio do governo buscar um cartão novo da Previdência Social para a Vovó porque ela perdeu o antigo, tivemos que esperar anos e anos. Depois ela me levou pra uma lanchonete onde não tinha vagem e eu escolhi um doce maior do que o meu rosto.

Tinha um bebê tomando um pouco, eu nunca tinha visto isso.

– Eu gosto do esquerdo – eu disse, apontando. – Você gosta mais do esquerdo?

Mas o bebê não escutou.

A Vovó me puxou pra longe.

– Peço desculpas por isso.

A mulher botou o lenço dela em cima pra eu não ver o rosto do bebê.

– Ela queria ter privacidade – a Vovó cochichou.

Eu não sabia que as pessoas podiam ter privacidade no mundo.

Entramos numa lavanderia só pra olhar. Eu queria subir numa máquina que rodava, mas a Vovó disse que ela me mataria.

Fomos passear no parque pra dar comida aos patos com a Deana e a Bronwyn. A Bronwyn jogou todos os pães dela de uma vez e o saco plástico também, e a Vovó teve que pescar ele com um pauzinho. A Bronwyn quis os meus pães e a Vovó falou que eu tinha que dar metade pra ela porque ela é pequena. A Deana disse que sentia muito pelos dinossauros, que definitivamente a gente vai ao Museu de História Natural um dia desses.

Havia uma loja que só tinha sapatos do lado de fora, sapatos de esponja de cores vivas, com furos pra todo lado, e a Vovó me deixou experimentar um par, eu escolhi amarelo. Não tinha cordão e nem mesmo velcro, eu só enfiei o pé. Eles eram tão leves que parecia que eu não estava calçado. Nós entramos e a Vovó pagou cinco papéis de dólares pelos sapatos, o que é igual a vinte moedas de vinte e cinco centavos, e eu disse a ela que adorei o sapato.

Quando saímos, tinha uma mulher sentada no chão, com o chapéu do lado. A Vovó me deu duas moedas de vinte e cinco centavos e apontou para o chapéu.

Botei uma no chapéu e corri atrás da Vovó.

Quando ela estava prendendo o meu cinto de segurança, ela falou:

– O que é isso na sua mão?

Mostrei a segunda moeda.

– É NEBRASKA, vou guardar ela nos meus tesouros.

Ela estalou a língua e pegou a moeda de volta.

– Você devia ter dado isso à moradora de rua, como eu o mandei fazer.

– Está bem, eu vou...

– Agora é tarde.

Ela ligou o carro. Só consegui ver a parte de trás do seu cabelo amarelado.

– Por que ela é moradora de rua?

– Porque é lá que ela mora, na rua. Não tem nem cama.

Aí eu me senti mal por não ter dado a segunda moeda pra ela.

A Vovó disse que isso se chama ter consciência.

Numa vitrine de loja eu vi quadrados iguais aos do Quarto, placas de cortiça, a Vovó me deixou entrar pra passar a mão numa delas e cheirar, mas não quis comprar.

Entramos num lava-rápido, as escovas assobiaram em volta da gente toda, mas a água não entrou nas nossas janelas fechadas, foi hilário.

No mundo, eu noto que as pessoas vivem quase sempre tensas e não têm tempo. Até a Vovó sempre diz isso, mas ela e o Vopô não têm emprego, então eu não sei como as pessoas empregadas fazem o trabalho e toda a vida também. No Quarto, eu e a Mãe tínhamos tempo pra tudo. Acho que o tempo é espalhado muito fino em cima do mundo todo, feito manteiga, nas ruas e nas casas e nas pracinhas e nas lojas, por isso só tem um tiquinho de tempo espalhado em cada lugar, e aí todo mundo tem que correr pro pedaço seguinte.

Além disso, em todo lugar que eu olho para as crianças, os adultos quase todos parecem não gostar delas, nem mesmo os pais. Eles chamam os filhos de lindos e tão bonitinhos, mandam as crianças fazerem tudo de novo pra eles poderem tirar fotos, mas não querem de verdade brincar com elas, preferem tomar café conversando com outros adultos. Às vezes tem um bebezinho chorando e a Mãe dele nem ouve.

Na biblioteca moram milhões de livros que a gente não tem que pagar dinheiro nenhum por eles. Tem insetos gigantes pendurados, não reais, mas de papel. A Vovó procurou a *Alice* na letra C e ela estava lá, no formato errado, mas com as mesmas palavras e figuras, foi muito esquisito. Mostrei pra Vovó o desenho que dá mais medo, com a Duquesa. Sentamos no sofá pra ela ler pra mim *O flautista de Hamelin*, eu não sabia que ele era um livro, além de uma história. O pedaço que eu mais gosto é quando os pais escutam as risadas dentro do rochedo. Eles ficam gritando para as crianças voltarem, mas as crianças estão num país encantador, acho que talvez seja o Céu. A montanha nunca abre pra deixar os pais entrarem.

Tinha um menino grande fazendo um computador do Harry Potter, a Vovó disse pra eu não ficar muito perto, não estava na minha vez.

Tinha um mundo pequenininho numa mesa, com trilhos de trem e edifícios, e um garotinho estava brincando com um caminhão verde. Cheguei perto, peguei uma locomotiva vermelha, zuni ela um pouquinho no caminhão do menino e ele riu. Fiz de novo, mais depressa, pro caminhão sair do trilho, e o garoto riu mais.

– Muito bem, tem que dividir, Walker. – Foi um homem na poltrona, que estava olhando pra uma coisa igual ao BlackBerry do tio Paul.

Acho que o garoto devia ser o Walker.

– De novo – ele disse.

Dessa vez, equilibrei minha locomotiva no caminhãozinho, peguei um ônibus laranja e bati com ele nos dois.

– Devagar – disse a Vovó, mas o Walker ficou dizendo "De novo" e dando pulos.

Chegou outro homem e beijou o primeiro e depois o Walker.

– Dê tchau ao seu amigo – disse pra ele.

Esse era eu?

– Tchau – disse o Walker, balançando a mão pra cima e pra baixo.

Pensei em dar um abraço nele. Foi muito depressa e derrubei ele, e ele bateu na mesa dos trenzinhos e chorou.

– *Mil* desculpas – a Vovó ficou repetindo –, o meu neto não... ele está aprendendo a reconhecer os limites...

– Não faz mal nenhum – disse o primeiro homem. Eles foram embora com o menininho fazendo *um dois três upa*, balançando entre os dois, não estava mais chorando. A Vovó ficou olhando pra eles com ar confuso.

– Lembre-se – ela disse, no caminho pro carro branco –, não se abraça os estranhos. Nem mesmo os bonzinhos.

– Por quê?

– Porque não, nós guardamos nossos abraços para as pessoas de quem gostamos.

– Eu gosto daquele menino Walker.

– Jack, você nunca o tinha visto na vida.

Hoje de manhã, passei um pouco de xarope na minha panqueca. Fica bom mesmo, um junto com o outro.

A Vovó foi riscando em volta de mim, disse que não fazia mal desenhar no deque, porque, da próxima vez que chover, a água vai lavar todo o giz. Olhei para as nuvens, se elas começarem a chover, eu corro pra dentro de casa supersônico de rápido, antes que uma gota bata em mim.

– Não me suje de giz – eu disse pra ela.

– Ora, pare de ser tão encucado.

Ela me puxou pra eu ficar em pé e tinha uma forma de criança no deque, era eu. Tinha uma cabeça enorme, não tinha rosto nem nada por dentro, as mãos eram um borrão.

– Entrega para você, Jack.

Foi o Vopô gritando, o que ele queria dizer?

Quando entrei em casa, ele estava cortando uma caixa grande. Tirou uma coisa enorme e disse:

– Bem, isso pode ir para o lixo, para começar.

Ele se desenrolou.

– Tapete! – eu disse e lhe dei um grande abraço. – É o nosso Tapete, meu e da Mãe.

O Vopô levantou as mãos e disse:

– Como quiser.

A cara da Vovó foi torcendo.

– Talvez se você o levar lá para fora e der umas boas batidas, Leo...

– Não! – gritei.

– Está bem, eu uso o aspirador, mas nem gosto de pensar no que tem aí dentro... – Ela esfregou o Tapete entre os dedos.

Tenho que manter o Tapete em cima do colchão inflável no quarto, não posso arrastar ele pela casa toda. Então fico sentado com ele cobrindo a minha cabeça, feito uma tenda, o cheiro é igualzinho ao que eu lembro e a sensação também. Embaixo dele eu tenho outras coisas que a polícia também trazeu. Dei um beijão especial no Jipe e no Controle Remoto e na Colher Derretida. Queria que o Controle não estivesse quebrado, pra ele fazer o Jipe andar. A Bola de Palavras é mais chata do que eu lembrava e o Balão Vermelho quase nem é balão. Não tem o Forte nem o Labirinto, vai ver que eles eram grandes demais pra caber nas caixas. Tenho meus cinco livros, até o *Dylan*. Peguei o outro *Dylan*, o novo que eu tirei do shopping porque achei que era o meu, mas o novo brilha muito mais. A Vovó disse que há milhares de cada livro no mundo, para milhares de pessoas poderem ler o mesmo livro no mesmo minuto, isso me deixou zonzo. O Novo Dylan disse:

– Olá, Dylan, é um prazer conhecê-lo.

– Eu sou o Dylan do Jack – disse o Velho Dylan.

– Eu também sou do Jack – disse o Novo.

– É, mas acontece que eu era do Jack primeiro.

Aí o Velho e o Novo bateram um no outro com os cantos até uma página do Novo rasgar, e eu parei porque rasguei um livro e a Mãe vai ficar zangada. Ela não está aqui pra ficar zangada, ela nem sabe, eu chorei sem parar e guardei os livros na minha bolsa da Dora com o zíper pra eles não ficarem chorados. Os dois Dylans se aninharam lá dentro e pediram desculpa.

Achei o Dente embaixo do colchão e chupei até ele parecer um dos meus.

As janelas estavam fazendo barulhos engraçados, eram gotas de chuva. Cheguei perto, não sinto muito medo quando o vidro fica no meio. Encostei o nariz nele, estava todo embaçado da chuva, as gotas derreteram juntas e viraram rios compridos, descendo descendo descendo pelo vidro.

Eu e a Vovó e o Vopô íamos sair os três no carro branco, numa viagem surpresa.

– Mas como é que você sabe o caminho? – perguntei pra Vovó quando ela foi dirigir.

Ela piscou pra mim no espelho.

– Só é surpresa para *você*.

Olhei pela janela pra procurar coisas novas. Uma menina numa cadeira de rodas, com a cabeça pra trás entre duas coisas de almofada. Um cachorro cheirando o bumbum de outro, isso foi engraçado. Tinha uma caixa de metal pra botar a correspondência. Um saco plástico voando.

Acho que dormi um pouco, mas não sei direito.

Paramos num estacionamento com um negócio feito poeira que cobria todas as linhas.

– Adivinhe – disse o Vopô, apontando.

– Açúcar?

– Areia – ele disse. – Está esquentando?

– Não, estou com frio.

– Ele quer saber se você está descobrindo onde estamos. Um lugar a que eu e o seu avô costumávamos trazer sua mãe e o Paul quando eles eram pequenos, hein?

Olhei pra bem longe.

– Montanhas?

– Dunas de areia. E entre aquelas duas, aquela coisa azul?

– Céu.

– Não, na parte de baixo. Aquele azul mais escuro no fundo.

Meus olhos doíam, até olhando pelos óculos.

– O mar! – disse a Vovó.

Fui atrás deles na trilha de madeira, carreguei o balde. Não era o que eu tinha pensado, o vento ficou jogando pedrinhas nos meus olhos. A Vovó estendeu um tapete florido grande, ele ia ficar cheio de areia, mas ela disse que tudo bem, era uma toalha de piquenique.

– Cadê o piquenique?

– Ainda é meio cedo para isso no ano.

O Vopô perguntou que tal a gente ir até a água. Fiquei com areia nos sapatos, um deles saiu.

– Boa ideia – disse o Vopô. Tirou os dois dele e pôs as meias dentro, e foi balançando os dois pelos cordões.

Também botei minhas meias nos sapatos. A areia era toda úmida e estranha nos meus pés, tinha uns negocinhos que espetavam. A Mãe nunca disse que a praia era assim.

– Vamos – disse o Vopô, e começou a correr para o mar.

Fiquei atrás, porque tinha uns negócios enormes crescendo com uma coisa branca no alto, e rugiam e quebravam. O mar nunca para de rosnar e é grande demais, não era pra gente estar ali.

Voltei para a Vovó na toalha de piquenique. Ela estava balançando os dedos dos pés descalços, que estavam todos enrugados.

Tentamos construir um castelo de areia, mas era a areia errada, ficou desmoronando.

O Vopô voltou com as calças arregaçadas e pingando.

– Não teve vontade de entrar?

– Tem cocô em tudo.

– Onde?

– No mar. Os cocôs da gente descem pelos canos para o mar, não quero andar neles.

O Vopô riu.

– A sua mãe não entende muito de encanamentos, não é?

Fiquei com vontade de bater nele.

– A Mãe entende de tudo.

– Existe uma espécie de grande fábrica para onde vão os canos de todos os vasos sanitários. – Ele sentou na toalha, com os pés todos cheios de areia. – Os caras de lá retiram todo o cocô e esfregam cada gotinha d'água até ela ficar boa para beber, depois a repõem nos canos para ela tornar a jorrar pelas nossas torneiras.

– Quando é que ele vai para o mar?

O Vopô abanou a cabeça.

– Acho que o mar é só chuva e sal.

– Você já provou uma lágrima? – a Vovó perguntou.

– Já.

– Bem, ela é igual ao mar.

Continuei não querendo pisar nele, se era de lágrimas.

Mas voltei pra perto da água com o Vopô pra procurar tesouros. Achamos uma concha branca feito um caramujo, mas, quando enfiei meu dedo lá dentro, ele tinha saído.

– Fique com ela – disse o Vopô.

– Mas e quando ele voltar pra casa?

– Bem, acho que ele não a deixaria jogada por aí, se ainda precisasse dela.

Vai ver que um passarinho comeu ele. Ou um leão. Botei a concha no bolso, e depois uma cor-de-rosa e uma preta, e uma comprida e perigosa que se chama concha navalha. Eles me deixaram levar todas pra casa, porque achado não é roubado.

Almoçamos numa lanchonete, que não quer dizer só lanchar, mas comer a qualquer hora. Comi um sanduíche quente de alface e tomate com bacon escondido lá dentro.

Na volta pra casa, eu vi a pracinha, mas estava tudo errado, os balanços ficavam do lado oposto.

– Ah, Jack, essa é outra – disse a Vovó. – Existem pracinhas em todas as cidades.

Parece que uma porção de coisas no mundo é repetição.

– A Noreen me contou que você cortou o cabelo. – A voz da Mãe era pequenininha no telefone.

– É. Mas ainda tenho o meu muque.

Eu estava sentado embaixo do Tapete com o telefone, tudo no escuro, pra fingir que a Mãe estava bem ali.

– Agora eu tomo banho sozinho – contei. – Brinquei de balanço e conheço o dinheiro e o fogo e os moradores de rua, e tenho dois *Dylans, os escavadores* e uma consciência e sapatos de esponja.

– Uau!

– Ah, e eu vi o mar, não tem cocô nele, você estava me enganando.

– Você fazia muitas perguntas – disse a Mãe. – E eu não sabia todas as respostas, então tive que inventar algumas.

Ouvi a respiração dela de chorar.

– Mãe, você pode me buscar logo de noite?

– Não, ainda não.

– Por quê?

– Eles ainda estão mexendo na minha dose, tentando descobrir do que eu preciso.

De mim, ela precisava de mim.

✎﹏﹏﹏

Eu queria comer meu talharim à tailandesa com a Colher Derretida, mas a Vovó disse que era anti-higiênico.

Depois, eu estava na sala surfando pelos canais, que quer dizer olhar pra todos os planetas depressa que nem um surfista, e escutei meu nome, não no real, mas na TV.

– ...é preciso escutar Jack.

– Somos todos Jack, em certo sentido – disse outro homem sentado na mesa grande.

– É óbvio – disse outro.

Eles também se chamavam Jack, eram alguns do milhão?

– A criança interior, aprisionada em nosso Quarto 101 pessoal – disse outro homem, concordando com a cabeça.

Acho que nunca fui nesse quarto.

– Mas então, perversamente, ao sermos libertados, descobrimo-nos sozinhos na multidão...

– Atordoados pela sobrecarga sensorial da modernidade – disse o primeiro.

– *Pós*-modernidade.

Também tinha uma mulher.

– Mas, num nível simbólico, Jack certamente é o filho sacrificial – ela disse –, cimentado nos alicerces para aplacar os espíritos.

Hã?

– Eu diria que o arquétipo mais pertinente nesse caso é Perseu: nascido de uma virgem emparedada, posto ao largo num caixote de madeira, a vítima que retorna como herói – disse um dos homens.

– É claro que é famosa a afirmação de Kaspar Hauser de que tinha sido feliz em seu calabouço, mas talvez ele realmente pretendesse dizer que a sociedade alemã do século XIX era apenas um calabouço maior.

– Ao menos Jack tinha a televisão.

Outro homem riu.

– A cultura como uma sombra na parede da caverna de Platão.

A Vovó entrou e desligou na mesma hora, fechando a cara.

– Era sobre mim – eu disse.

– Esses sujeitos passam tempo demais na faculdade.

– A Mãe diz que eu tenho que ir pra faculdade.

A Vovó revirou os olhos.

– Tudo a seu tempo. Agora, pijaminha e dentes.

Ela leu pra mim *O coelhinho fujão*, mas hoje eu não gostei. Fiquei pensando, e se fosse a mamãe coelha que fugisse e se escondesse e o coelhinho não conseguisse achá-la?

A Vovó ia comprar pra mim uma bola de futebol, era superempolgante. Fui olhar para um homem de plástico com uma roupa preta de borracha e nadadeiras, depois vi uma pilha grande de malas de todas as cores, como rosa e verde e azul, aí vi uma escada rolante. Só pisei nela um segundo, mas não consegui voltar pra cima, ela me zuniu pra baixo pra baixo pra baixo, e foi a coisa mais bacana e também assustadora, bacadora, isso é um sanduíche de palavras, a Mãe ia gostar. No fim eu tive que dar um pulo pra sair, fiquei sem saber como subir de novo pra Vovó. Contei meus dentes cinco vezes, uma vez contei dezenove em vez de vinte. Tinha cartazes por todo lado, todos dizendo a mesma coisa: "Só faltam três semanas para o Dia das Mães, ela não merece o melhor?" Olhei para pratos e fogões e cadeiras, aí fiquei todo mole e deitei numa cama.

Uma mulher disse que eu não podia, aí eu sentei.
- Onde está a sua mamãe, baixinho?
- Ela está na Clínica, porque ela tentou ir pro Céu mais cedo.
A mulher ficou me olhando.
- Eu sou um bonsai.
- Você é o quê?
- Nós estávamos trancados, agora nós somos estrelas do rap.
- Ah, meu De... você é aquele menino! Aquele... Lorana! - ela gritou.
- Venha cá. Você não vai acreditar. É o menino, o Jack, aquele da televisão, do galpão.

Outra pessoa chegou perto, abanando a cabeça.
- O do galpão é menor, com o cabelo comprido amarrado, e é todo meio corcunda.
- É ele - a mulher disse -, eu juro que é ele.
- Nem vem - disse a outra.
- Neném - eu disse.

Ela riu sem parar.
- Isso é inacreditável. Você pode me dar um autógrafo?
- Lorana, ele não vai saber assinar o nome.
- Vou, sim - eu disse -, eu sei escrever tudo que existe.
- Você é o máximo - ela me disse. - Ele não é o máximo? - disse pra outra.

O único papel que tinha eram umas etiquetas velhas das roupas, e eu estava escrevendo JACK numa porção, para as mulheres darem para os amigos, quando a Vovó veio correndo com uma bola embaixo do braço, e eu nunca tinha visto ela com tanta raiva. Ela gritou com as mulheres sobre *o procedimento com crianças perdidas* e picou meus autógrafos em pedacinhos. Me puxou pela mão. Quando a gente ia saindo correndo da loja, a porta fez *piiiiiiii piiiiiiii* e a Vovó largou a bola de futebol no tapete.

No carro, ela não queria olhar pra mim pelo espelho. Eu perguntei:
- Por que você jogou fora a minha bola?
- Ela estava fazendo o alarme disparar, porque eu não havia pago.
- Você estava roubando?

– Não, Jack – ela gritou –, eu estava correndo pela loja feito uma maluca, procurando você! – Depois ela disse, mais baixinho:

– Podia ter acontecido alguma coisa.

– Como um terremoto?

A Vovó me olhou fixo pelo espelhinho.

– Um estranho poderia raptá-lo, Jack, é disso que estou falando.

Um estranho é um não amigo, mas as mulheres eram minhas novas amigas.

– Por quê?

– Porque talvez ele quisesse um garotinho só para ele, está bem?

Não achei que estava bem.

– Ou até para machucá-lo.

– Você está falando dele? – Do Velho Nick, mas não consegui dizer.

– Não, ele não pode sair da cadeia, mas alguém parecido com ele – disse a Vovó.

Eu não sabia que tinha alguém parecido com ele no mundo.

– Agora você pode voltar e pegar minha bola? – perguntei.

Ela ligou o motor e saiu do estacionamento tão depressa que as rodas cantaram.

No carro, fui ficando cada vez mais bravo.

Quando chegamos em casa, botei tudo na minha bolsa da Dora, menos o sapato que não cabe, aí joguei ele no lixo, e enrolei o Tapete e saí arrastando ele pela escada atrás de mim.

A Vovó apareceu no corredor.

– Você lavou as mãos?

– Vou voltar pra Clínica – eu gritei com ela –, e você não pode me impedir, porque você é uma... você é uma estranha!

– Jack – ela disse –, ponha esse tapete fedido de volta onde ele estava.

– Fedida é você! – eu rugi.

Ela apertou o peito.

– Leo – disse, olhando pra trás –, eu juro que estou por aqui...

O Vopô subiu a escada e me levantou.

Larguei o Tapete. O Vopô chutou minha bolsa da Dora pra tirar ela da frente. Foi me carregando, eu gritei e bati nele, porque era permitido, era um caso especial, eu podia até matar ele, fui matando e matando...

– Leo – a Vovó gemeu lá embaixo –, Leo...

Fa fi fo fum, ele vai me rasgar em pedaços, vai me enrolar no Tapete e me enterrar e *os vermes rastejam pra dentro, os vermes rastejam pra fora...*

O Vopô me largou no colchão de inflar, mas não doeu.

Sentou na beirada, e aí subiu tudo, feito uma onda. Continuei chorando e tremendo e com o meu muco caindo no lençol.

Parei de chorar. Tateei embaixo do colchão à procura do Dente, botei ele na boca e chupei com força. Não tinha mais gosto de nada.

A mão do Vopô estava no lençol bem do meu lado, tinha pelos nos dedos. Os olhos deles estavam esperando os meus.

– Tudo nos conformes, são águas passadas?

Passei o Dente pra bochecha.

– O quê?

– Quer comer torta no sofá e assistir ao jogo?

– Tá.

Peguei galhos caídos das árvores, até os pesados e enormes. Eu e a Vovó fizemos feixes com eles e amarramos com barbante pra cidade levar.

– Como é que a cidade...?

– Eu me refiro aos funcionários municipais, aos homens que fazem esse trabalho.

Quando eu crescer, vou trabalhar de gigante, não daqueles que comem, mas dos que pegam crianças que estão caindo no mar, por exemplo, e botam de volta na terra.

Gritei "Dente-de-leão à vista!" e a Vovó tirou ele com a pá, para a grama poder crescer, porque não tem lugar pra tudo.

Quando ficamos cansados, fomos pra rede, até a Vovó.

– Eu me sentava assim com a sua mãe quando ela era neném.

– Você dava um pouco pra ela?

- Um pouco de quê?
- Do seu peito.

A Vovó abanou a cabeça.

- Ela costumava virar meus dedos para trás enquanto tomava a mamadeira.
- Cadê a mãe da barriga?
- A... ah, você sabe dela? Não faço ideia, infelizmente.
- Ela teve outro bebê?

A Vovó não disse nada. Depois falou:

- Está aí uma bonita ideia.

Eu estava pintando na mesa da cozinha, com o avental velho da Vovó que tem um crocodilo e diz "Comi jacaré no pantanal". Não estava fazendo desenhos direitos, só borrões e listras e espirais, e usei todas as cores, até misturei elas em poças. Gosto de fazer um pedacinho molhado e dobrar o papel como a Vovó me mostrou, e aí quando eu desdobro ele é uma borboleta.

A Mãe estava na janela.

O vermelho entornou. Tentei enxugar, mas ficou tudo no meu pé e no chão. O rosto da Mãe não estava mais lá, corri pra janela, mas ela tinha sumido. Será que eu só estava imaginando? Botei vermelho na janela e na pia e na bancada.

- Vovó! – gritei. – Vovó!

Aí a Mãe parou bem atrás de mim.

Corri pra quase junto dela. Ela ia me abraçar, mas eu disse:

- Não, eu estou todo pintado.

Ela riu, desamarrou meu avental e jogou ele na mesa. Me apertou todo com muita força, mas eu fiquei com as mãos e os pés grudentos longe dela.

- Eu nem reconheceria você – ela disse pra minha cabeça.
- Por que você não ia...?
- Acho que é o seu cabelo.
- Olha, eu tenho um pedaço comprido numa pulseira, mas ela vive prendendo nas coisas.

– Posso ficar com ela?
– Claro.
A pulseira sujou um pouco de tinta quando deslizou pelo meu pulso. A Mãe botou no dela. Ela estava diferente, mas não sei como.
– Desculpe eu ter feito seu braço vermelho.
– É tudo lavável – disse a Vovó, entrando.
– Você não contou a ele que eu vinha? – a Mãe perguntou, dando um beijo nela.
– Achei melhor não contar, para o caso de haver algum contratempo.
– Não há nenhum contratempo.
– É bom saber. – A Vovó enxugou os olhos e começou a limpar a tinta. – O Jack tem dormido num colchão inflável no nosso quarto, mas posso fazer a cama para você no sofá...
– Na verdade, é melhor irmos andando.
A Vovó ficou parada um minuto.
– Vocês não vão ficar para comer uma coisinha?
– É claro – disse a Mãe.
O Vopô fez costeletas de porco com risoto, não gostei dos pedaços de osso, mas comi o arroz todo e raspei o molho com o garfo. O Vopô roubou um pedaço da minha costeleta.
– Raposo, não roube.
Ele resmungou:
– Puxa vida!
A Vovó me mostrou um livro pesado com crianças que ela disse que eram a Mãe e o Paul quando pequenos. Fiz força pra acreditar, aí vi uma da menina numa praia, a praia onde a Vovó e o Vopô me levaram, e o rosto dela era igualzinho ao da Mãe. Mostrei a foto pra Mãe.
– É, sou eu mesma – ela disse, virando a página. Tinha uma do Paul acenando de uma janela numa banana gigantesca, que na verdade era uma estátua, e uma deles dois tomando sorvete de casquinha com o Vovô, mas ele parecia diferente e a Vovó também, o cabelo dela era preto na foto.
– Onde tem uma da rede?
– Vivíamos nela o tempo todo, por isso é provável que ninguém nunca tenha pensado em tirar uma foto – disse a Mãe.

– Deve ser terrível não ter nenhuma – a Vovó disse pra ela.

– Nenhuma o quê?

– Foto do Jack quando era neném, quando estava aprendendo a andar. Quer dizer, só para lembrar dele.

O rosto da Mãe ficou todo branco.

– Eu não me esqueço de um único dia – ela disse. Olhou para o relógio de pulso, eu não sabia que ela tinha um, e ele tinha dedos pontudos.

– A que horas eles estão esperando vocês na clínica? – perguntou o Vopô.

A Mãe abanou a cabeça.

– Já dei isso por encerrado.

Ela tirou uma coisa do bolso e sacudiu, era uma chave num chaveiro.

– Adivinhe só, Jack, você e eu temos o nosso próprio apartamento.

A Vovó falou o outro nome dela.

– Será que isso é mesmo uma boa ideia?

– A ideia foi minha. Está tudo bem, mamãe. Lá eles têm orientadores vinte e quatro horas por dia.

– Mas você nunca viveu longe de casa antes...

A Mãe olhou fixo para a Vovó, e o Vopô também. Aí ele soltou uma grande gargalhada.

– Não tem graça – disse a Vovó, dando um tapa no peito dele. – Ela sabe o que eu quero dizer.

A Mãe me levou lá pra cima, pra empacotar minhas coisas.

– Fecha os olhos – eu disse pra ela –, tem surpresas. – Levei ela pra dentro do quarto. – Ta-rá! – Esperei. – É o Tapete, e uma porção de outras coisas que a polícia devolveu.

– Estou vendo – disse a Mãe.

– Olha, o Jipe e o Controle...

– Não vamos sair por aí arrastando coisas quebradas – ela disse. – Leve só aquilo de que você realmente precisar e coloque tudo na sua bolsa nova da Dora.

– Eu preciso de tudo.

A Mãe bufou.

– Faça do seu jeito.

Qual é o meu jeito?

– Tem caixas onde veio tudo.

– Eu disse que tudo bem.

O Vopô pôs todas as nossas coisas no porta-mala do carro branco.

– Preciso renovar minha carteira – disse a Mãe, quando a Vovó saiu dirigindo.

– Talvez você se descubra meio enferrujada.

– Ah, estou enferrujada em tudo.

Eu perguntei:

– Por que você está...?

– Como o Homem de Lata – disse a Mãe por cima do ombro. Levantou o cotovelo e fez um rangido. – Ei, Jack, será que um dia vamos comprar nosso próprio carro?

– Vamos. Ou então um helicóptero. Um helicóptero-trem-carro-submarino superveloz.

– Puxa, isso é que é passeio.

Foram horas e horas no carro.

– Por que está demorando tanto? – perguntei.

– Porque é do outro lado da cidade – respondeu a Vovó. – É praticamente em outro estado.

– Mamãe...

O céu foi escurecendo.

A Vovó estacionou onde a Mãe mandou. Tinha um letreiro grande: "Instituição residencial vida independente". Ela nos ajudou a carregar todas as nossas caixas e sacolas para o prédio, que era de tijolo marrom, só que eu botei a minha Dora nas rodinhas dela. Entramos numa porta grande com um homem chamado porteiro, que sorriu.

– Ele tranca a gente aqui dentro? – cochichei pra Mãe.

– Não, só outras pessoas do lado de fora.

Tinha três mulheres e um homem que se chamavam Equipe de Apoio, era pra ficarmos à vontade pra tocar a campainha lá embaixo quando precisássemos de ajuda com qualquer coisa, tocar a campainha era feito ligar pelo telefone. Havia uma porção de andares e apartamentos em cada andar, o meu e da Mãe ficava no seis. Puxei a manga dela e cochichei:

– Cinco.

– O que é?

– Podemos ficar no cinco?

– Desculpe, a escolha não é nossa – ela disse.

Quando a porta do elevador bateu com força, a Mãe tremeu.

– Você está bem? – perguntou a Vovó.

– É só mais uma coisa com que me acostumar.

A Mãe teve que teclar o código secreto para o elevador se mexer. Minha barriga ficou estranha quando ele subiu. Aí as portas abriram e já estávamos no seis, voamos sem saber. Tinha uma portinhola que dizia INCINERADOR, quando a gente põe lixo dentro ele cai cai cai e vira fumaça. Nas portas não havia números, eram letras, a nossa era B, o que quer dizer que moramos no Seis B. Seis não é um número ruim como o nove, é ele de cabeça pra baixo na verdade. A Mãe pôs a chave na fechadura e fez uma careta quando girou, por causa do pulso ruim. Ela ainda não está toda consertada.

– Lar – ela disse, empurrando a porta pra abrir.

Como podia ser lar, se eu nunca fui lá?

Apartamento é que nem casa, mas tudo achatado. Tinha cinco cômodos, isso foi sorte, um era um banheiro com banheira, então a gente podia tomar banho nela e não no chuveiro.

– Podemos tomar um agora?

– Primeiro vamos nos instalar – a Mãe disse.

O fogão soltava chamas que nem o da casa da Vovó. O do lado da cozinha era a sala, que tinha um sofá e uma mesinha baixa e uma televisão supergrande.

A Vovó ficou na cozinha desembalando uma caixa.

– Leite, roscas, não sei se você já recomeçou a tomar café... Ele gosta do cereal de letrinhas, outro dia escreveu *vulcão*.

A Mãe pôs os braços em volta da Vovó e fez ela parar de se mexer um instante.

– Obrigada.

– Quer que eu dê uma corrida lá fora para trazer mais alguma coisa?

– Não, acho que você pensou em tudo. Boa noite, mamãe.

O rosto da Vovó estava torcido.

– Sabe...

– O quê? – A Mãe esperou. – O que é?

– Eu também não esqueci nem um dia seu.

Elas não estavam falando nada, então fui experimentar as camas pra ver qual quicava mais. Quando estava dando cambalhotas, ouvi as duas falarem muito. Saí abrindo e fechando tudo.

Depois que a Vovó voltou pra casa dela, a Mãe me mostrou como usar o trinco, que é feito uma chave que só nós do lado de dentro podemos abrir ou fechar.

Na cama eu lembrei e levantei a camiseta dela.

– Ah – disse a Mãe –, acho que não tem mais nada aí.

– Deve ter, sim.

– Bom, a questão dos seios é que, quando ninguém bebe neles, eles deduzem: *Certo, ninguém mais precisa do nosso leite, vamos parar de produzi-lo.*

– Bobocas. Aposto que posso encontrar algum...

– Não – a Mãe disse, pondo a mão entre nós. – Desculpe. Acabou por completo. Venha cá.

A gente se aninhou bem apertado. O peito dela fez *bum bum bum* no meu ouvido, era o coração dela.

Levantei a camiseta.

– Jack...

Dei um beijo no direito e disse "tchau". Beijei o esquerdo duas vezes, porque ele sempre foi mais cremoso. A Mãe apertou tanto a minha cabeça que eu disse "Não consigo respirar", aí ela me soltou.

O rosto de Deus apareceu todo vermelho pálido nos meus olhos. Pisquei e fiz a luz chegar e sumir. Esperei a respiração da Mãe ligar.

– Quanto tempo vamos ficar aqui na Vida Independente?

Ela bocejou.

– Quanto quisermos.

– Eu queria ficar uma semana.

Ela espichou o corpo todo.

– Então, vamos ficar uma semana, e depois disso a gente vê.

Enrolei o cabelo dela feito um barbante.

– Eu podia cortar o seu, e aí a gente ficava igual de novo.

A Mãe abanou a cabeça.

– Acho que vou deixar o meu comprido.

Quando estávamos desfazendo as malas, teve um grande problema, não consegui achar o Dente.

Olhei nas minhas coisas todas e depois em todo canto, para o caso de ter deixado ele cair de noite. Tentei lembrar quando tinha ficado com ele na mão ou na boca. Não tinha sido na noite anterior, mas talvez na noite antes dessa, na casa da Vovó, onde acho que eu tinha chupado ele. Pensei uma coisa terrível: vai ver que eu tinha engolido ele sem querer enquanto dormia.

– O que acontece com as coisas que a gente come que não são comida?

A Mãe estava guardando meias na gaveta.

– Como o quê?

Eu não podia contar que vai ver que eu tinha perdido um pedaço dela.

– Como uma pedrinha, ou coisa assim.

– Ah, aí ela vai só descendo até sair.

Nesse dia não descemos no elevador nem vestimos a roupa. Ficamos na nossa Vida Independente e aprendemos todas as coisinhas.

– Podemos dormir neste quarto – disse a Mãe –, mas você poderia brincar no outro, que recebe mais luz do sol.

– Com você.

– Bem, sim, mas em alguns momentos eu estarei fazendo outras coisas, então talvez durante o dia o nosso quarto de dormir possa ser o meu quarto.

Que outras coisas?

A Mãe serviu nosso cereal, nem contou. Agradeci ao Menino Jesus.

– Na faculdade, li um livro que dizia que todos devem ter um quarto todo seu – ela disse.

– Pra quê?

– Para poder pensar lá dentro.

– Eu posso pensar num quarto com você. – Esperei. – Por que você não pode pensar num quarto comigo?

A Mãe fez uma careta.

– Eu posso, na maior parte do tempo, mas seria bom ter um lugar para ir que fosse só meu, de vez em quando.

– Eu não acho.

Ela respirou fundo.

– Vamos experimentar, só por hoje. Podíamos fazer placas com os nomes e colá-las nas portas.

– Legal.

Fizemos letras de cores todas diferentes nas páginas, elas diziam QUARTO DO JACK e QUARTO DA MÃE, depois colamos com durex, usamos tudo o que quisemos.

Tive que fazer cocô e espiei lá dentro, mas não vi o Dente.

Ficamos sentados no sofá olhando pro vaso em cima da mesa, que era de vidro, mas não invisível, tinha tudo quanto era azul e verde.

– Não gosto das paredes – eu disse pra Mãe.

– O que há de errado com elas?

– São muito brancas. Ei, sabe de uma coisa, a gente podia comprar quadrados de cortiça na loja e colar em todo lugar.

– Nem vem, neném. – Depois de um minuto, ela disse:

– Isso é um novo começo, lembra?

Ela fala em *lembrar*, mas não quer lembrar do Quarto.

Pensei no Tapete, corri pra tirar ele da caixa e vim arrastando atrás de mim.

– Onde vai ficar o Tapete, do lado do sofá ou do lado da nossa cama?

A Mãe abanou a cabeça.

– Mas...

– Jack, ele está todo esfiapado e manchado, depois de sete anos de... eu sinto o cheiro dele daqui. Tive que ver você aprender a engatinhar nesse tapete, aprender a andar, ele fazia você tropeçar o tempo todo. Uma vez você fez cocô nele, noutra a sopa derramou, nunca consegui limpá-lo direito.

Os olhos dela estavam todos brilhando e muito grandes.

– É, e eu nasci nele e também morri nele.

– É, e por isso o que eu gostaria mesmo de fazer era jogá-lo no incinerador.

– Não!

– Se pelo menos uma vez na sua vida você pensasse em mim e não...

– Eu penso! – gritei. – Pensei em você o tempo todo quando você ficou Fora!

A Mãe fechou os olhos, só um segundo.

– Vamos fazer assim: você pode ficar com ele no seu quarto, mas enrolado no guarda-roupa. Está bem? Não quero ter que vê-lo.

Ela foi pra cozinha, ouvi quando espirrou água. Peguei o vaso, joguei na parede e ele ficou em um zilhão de pedaços.

– Jack... – A Mãe ficou parada lá.

Berrei:

– Não quero ser o seu coelhinho!

Corri para o QUARTO DO JACK, puxando o Tapete atrás de mim, ele prendeu na porta, eu arrastei ele pra dentro do guarda-roupa e botei ele todo em volta de mim, e fiquei sentado lá horas e horas, e a Mãe não veio.

Meu rosto ficou todo duro onde as lágrimas secaram. O Vopô disse que é assim que fazem sal, eles prendem as ondas em laguinhos, depois o sol seca tudo.

Veio um som de assustar, *bzz bzz bzz*, aí escutei a Mãe falando.

– É, acho que sim, é uma hora tão boa quanto qualquer outra.

Depois de um minuto, ouvi a voz dela do lado de fora do guarda-roupa:

– Temos visitas.

Eram o Dr. Clay e a Noreen. Eles trazeram uma comida chamada pra viagem, que era macarrão e arroz e uns negócios amarelos gostosos que escorregavam.

Os cacos todos do vaso tinham sumido, a Mãe devia ter desaparecido eles no incinerador.

Tinha um computador pra nós, que o Dr. Clay montou, pra gente poder fazer jogos e mandar e-mails. A Noreen me ensinou a fazer desenhos direto na tela, fazendo a setinha virar um pincel. Fiz um de mim e da Mãe na Vida Independente.

— O que é todo esse negócio branco rabiscado? — perguntou a Noreen.

— É o espaço.

— O espaço sideral?

— Não, todo o espaço dentro, o ar.

— Bem, a fama é um trauma secundário — o Dr. Clay estava dizendo pra Mãe. — Você já pensou melhor em novas identidades?

A Mãe abanou a cabeça.

— Não consigo imaginar... eu sou eu e o Jack é o Jack, certo? Como é que eu poderia começar a chamá-lo de Michael, ou Zane, ou seja o que for?

Por que ela ia me chamar de Michael ou Zane?

— Bem, que tal um novo sobrenome, pelo menos, para ele chamar menos atenção quando começar a frequentar a escola? — disse o Dr. Clay.

— Quando eu começar a escola?

— Só quando você estiver pronto — a Mãe disse —, não se preocupe.

Acho que nunca vou ficar pronto.

De noite, tomamos banho de banheira e eu deitei a cabeça na barriga da Mãe na água e quase dormi.

Treinamos ficar nos dois quartos e chamar um pelo outro, mas não muito alto, porque tem outras pessoas que moram nas outras Vidas Independentes que não são o Seis B. Quando eu estou no QUARTO DO JACK e a Mãe no QUARTO DA MÃE, não é tão ruim, só quando ela está em outros cômodos que eu não sei quais, disso eu não gosto.

— Está tudo bem, eu sempre vou ouvir você — ela disse.

Comemos mais comida pra viagem, esquentada de novo no nosso micro-ondas, que é o fogãozinho que funciona super-rápido com raios mortais invisíveis.

— Não consigo achar o Dente — contei pra Mãe.

— O meu dente?

— É, o seu Dente Ruim que caiu e eu guardei, fiquei com ele o tempo todo, mas agora acho que perdi. A não ser que eu tenha engolido ele, sei lá, mas ele ainda não está saindo no meu cocô.

– Não se preocupe com isso – disse a Mãe.
– Mas...
– As pessoas circulam tanto pelo mundo que o tempo todo se perdem coisas.
– O Dente não é só uma coisa, eu preciso dele.
– Confie em mim, você não precisa.
– Mas...
Ela segurou os meus ombros.
– Tchauzinho, dente velho estragado. Fim da história.
Ela estava quase rindo, mas eu não.
Acho que vai ver que eu engoli ele sem querer. Pode ser que ele não saia no meu cocô, pode ser que fique escondido num canto dentro de mim pra sempre.

De noite eu cochichei:
– Ainda estou aceso.
– Eu sei – disse a Mãe. – Eu também.
O nosso quarto de dormir é o QUARTO DA MÃE, que fica na Vida Independente, que fica nos Estados Unidos, que fica preso no mundo, que é uma bola azul e verde de um milhão de milhas e vive sempre rodando. Fora do mundo existe o Espaço Sideral. Não sei por que a gente não cai. A Mãe diz que é a gravidade, que é uma força invisível que nos mantém grudados no chão, mas eu não consigo sentir.
O rosto amarelo de Deus apareceu, ficamos olhando pela janela.
– Você notou que ele vem um pouco mais cedo a cada manhã? – a Mãe perguntou.
Tem seis janelas na nossa Vida Independente, todas mostram imagens diferentes, mas umas são das mesmas coisas. A minha favorita é a do banheiro, porque tem um prédio em construção e eu posso olhar lá pra baixo e ver os guindastes e as escavadeiras. Eu digo pra eles todas as palavras do *Dylan*, eles gostam.
Na sala eu estava fechando o velcro, porque a gente ia sair. Vi o espaço onde o vaso ficava até eu jogar ele na parede.

– Podíamos pedir outro de presente de domingo – eu disse pra Mãe, depois lembrei.

Os sapatos dela tinham cordões que ela estava amarrando. Ela me olhou, não estava zangada.

– Sabe, você nunca mais terá que vê-lo.

– O Velho Nick.

Eu disse o nome pra ver se dava medo, e deu, mas não muito.

– Eu terei que vê-lo, só mais uma vez, quando for ao tribunal – a Mãe disse. – Isso ainda vai demorar meses e meses.

– Por que você vai ter que ver?

– O Morris disse que eu poderia fazer isso por videoconferência, mas a verdade é que eu quero encarar aquele olhinho perverso dele.

Qual era esse? Tentei lembrar dos olhos dele.

– Talvez *ele* peça um presente de domingo a *nós*, isso seria engraçado.

A Mãe deu uma risada não boazinha. Estava olhando no espelho, botando linhas pretas em volta dos olhos e roxo na boca.

– Você parece um palhaço.

– É só maquiagem – ela disse –, para eu ficar mais bonita.

– Você sempre fica mais bonita – eu disse.

Ela sorriu pra mim no espelho. Encostei o nariz no cantinho e botei os dedos nas orelhas e balancei elas.

Saímos de mãos dadas, mas o ar estava quente mesmo hoje e elas ficaram escorregando. Olhamos as vitrines das lojas, mas não entramos, só passeamos. A Mãe ficou dizendo que as coisas estão ridiculamente caras, ou então são uma porcaria.

– Eles vendem homens e mulheres e crianças ali – eu disse.

– O quê? – ela virou pra trás. – Ah, não, olhe, é uma loja de roupas, então quando diz *Homens, Mulheres, Crianças*, significa apenas roupas para todas essas pessoas.

Quando temos que atravessar uma rua, apertamos o botão e esperamos o homenzinho prateado, que nos manterá seguros. Tinha uma coisa que parecia só concreto, mas lá tinha crianças dando gritinhos e pulando pra se molhar, isso se chama plataforma de esguicho. Passamos um tempo olhando, mas não muito, porque a Mãe disse que podíamos parecer esquisitos.

Jogamos I Spy. Compramos sorvete, que é a melhor coisa do mundo, o meu era de baunilha e o da Mãe de morango. Da próxima vez podemos provar sabores diferentes, tem centenas. Um pedação desceu gelado até embaixo e o meu rosto doeu, aí a Mãe me ensinou a tapar o nariz com a mão e inspirar o ar quente. Faz três semanas e meia que estou no mundo, ainda nunca sei o que vai doer.

Eu tinha umas moedas que o Vopô me deu, aí comprei pra Mãe um prendedor de cabelo com uma joaninha, mas só de mentira.

Ela disse obrigada uma porção de vezes.

– Você pode ficar com ele pra sempre, mesmo quando morrer – eu disse.

– Você vai morrer antes de mim?

– A ideia é essa.

– Por que a ideia é essa?

– Bem, quando você tiver cem anos, eu terei cento e vinte e um, e acho que o meu corpo vai estar bem acabadinho. – Ela sorriu. – Estarei no Céu arrumando o seu quarto.

– Nosso quarto – eu disse.

– Certo, nosso quarto.

Aí eu vi uma cabine telefônica e entrei pra brincar de Super-Homem botando a roupa dele, dei adeusinho pra Mãe pelo vidro. Tinha uns cartõezinhos com fotografias de gente sorrindo que diziam "Loira Peituda 18" e "Traveca Filipina", eram nossos, porque achado não é roubado, mas quando mostrei eles pra Mãe, ela disse que eram sujos e me mandou jogar os dois no lixo.

A gente se perdeu por algum tempo, aí ela viu o nome da rua onde fica a Vida Independente, então não estávamos perdidos de verdade. Meus pés estavam cansados. Acho que as pessoas do mundo devem ficar cansadas o tempo todo.

Na Vida Independente eu ando descalço, nunca vou gostar de sapatos.

As pessoas do Seis C são uma mulher e duas meninas crescidas, maiores do que eu, mas não todas grandes. A mulher usa óculos escuros o tempo todo, até no elevador, e tem uma muleta pra pular; as meninas não falam, eu acho, mas acenei com os dedos pra uma e ela sorriu.

Tem coisas novas todo santo dia.

A Vovó me trazeu um jogo de aquarelas, são dez cores de ovais numa caixa com tampa invisível. Eu lavo o pincelzinho depois de cada uma, pra elas não misturarem, e quando a água fica suja é só pegar mais. Na primeira vez que levantei meu desenho pra mostrar pra Mãe, ele pingou, então depois disso nós secamos eles deitados na mesa.

Fomos na casa da rede e eu fiz Legos incríveis de um castelo e um superautomóvel com o Vopô.

Agora a Vovó só vem nos visitar de tarde, porque de manhã está trabalhando numa loja onde as pessoas compram cabelos e seios novos depois que os delas caem. A Mãe e eu fomos dar uma espiada nela pela porta da loja, a Vovó não parecia a Vovó. A Mãe disse que todo mundo tem alguns eus diferentes.

O Paul foi na nossa Vida Independente com uma surpresa pra mim, que era uma bola de futebol igual à que a Vovó jogou fora na loja. Fui no parque com ele, não com a Mãe, porque ela ia pra uma lanchonete encontrar um dos velhos amigos.

– Ótimo – ele disse. – De novo.

– Não, você – eu falei.

O Paul deu um chutão, a bola quicou no prédio e foi pra longe, lá nuns arbustos.

– Vá buscar – ele gritou.

Quando eu chutei, a bola foi pro lago e eu chorei.

O Paul tirou ela com um galho. Depois chutou longe longe.

– Quer me mostrar se você sabe correr bem depressa?

– A gente tinha a Pista em volta da Cama – contei. – Eu sei, eu fazia três ida e volta em dezesseis passos.

– Puxa! Aposto que agora você pode ser ainda mais rápido.

Abanei a cabeça.

– Eu vou cair.

– Acho que não – disse o Paul.

– Eu vivo caindo hoje em dia, o mundo é tropecento.

– É, mas essa grama é bem macia, por isso, se você cair, não vai se machucar.

Lá vinham a Bronwyn e a Deana, que eu avistei com os meus olhos aguçados.

Todo dia fica um pouco mais quente, a Mãe disse que isso é inacreditável para abril.

Aí choveu. Ela disse que podia ser divertido comprar dois guarda-chuvas e a gente sair com a chuva quicando em cima deles, e não se molhar nada, mas eu acho que não.

No dia seguinte ficou seco de novo, então a gente saiu, tinha poças, mas delas eu não tenho medo, fui de sapato esponjoso e meus pés ficaram respingados pelos buracos, mas tudo bem.

Eu e a Mãe fizemos um trato, vamos experimentar tudo uma vez, pra saber do que gostamos.

Já gosto de ir no parque com a minha bola de futebol e dar comida pros patos. Agora gosto mesmo da pracinha, menos quando aquele garoto desceu no escorrega bem atrás de mim e chutou minhas costas. Gosto do Museu de História Natural, só que os dinossauros são só dinossauros mortos com ossos.

No banheiro eu ouvi gente falando espanhol, só que a Mãe disse que a palavra pra aquilo era chinês. Existem centenas de maneiras estrangeiras diferentes de falar, isso me deixa tonto.

Fomos olhar outro museu, que era de pinturas, meio parecidas com as nossas obras-primas que vinham nos flocos de aveia, só que muito maiores, e também deu pra gente ver o grude da tinta. Gostei de passar pela sala toda delas, mas depois tinha uma porção de outras salas e eu deitei no banco, e o homem de uniforme chegou perto com uma cara não amigável, aí eu saí correndo.

O Vopô foi na Vida Independente com uma coisa supergenial pra mim, uma bicicleta que eles estavam guardando pra Bronwyn, mas que eu ganhei primeiro porque eu sou maior. Ela tem caras brilhantes nos aros das rodas. Tive que usar capacete e protetores de joelho e de pulso quando fui andar no parque, para o caso de eu cair, mas eu não caí, tenho equilíbrio, o Vopô disse que eu sou um talento natural. Na terceira vez que fomos, a Mãe deixou eu não usar os protetores, e numas duas semanas ela vai tirar as rodinhas, porque eu não vou mais precisar delas.

A Mãe achou um concerto que era num parque, não no nosso parque perto, mas num que temos que ir de ônibus. Gostei muito de andar de ônibus, ficamos olhando pra cabeça cabeluda de pessoas diferentes na rua. No concerto, a regra era que as pessoas da música fazem todo o barulho e nós não podemos dar nem um pio, exceto bater palmas no final.

A Vovó perguntou por que a Mãe não me levava no zoológico, mas a Mãe disse que não podia aguentar as jaulas.

Fomos em duas igrejas diferentes. Gostei da que tem os vidros multicoloridos, mas o órgão é muito alto.

Também fomos em uma peça, que é quando os adultos se fantasiam e brincam feito criança e todos os outros assistem. Foi em outro parque e se chamava *Noite de verão*. Sentei na grama com os dedos na boca pra ela lembrar de ficar fechada. Tinha umas fadas brigando por causa de um garotinho, elas falavam tantas palavras que todas se misturavam. Às vezes as fadas desapareciam e umas pessoas todas de preto mudavam os móveis de lugar.

– Como a gente fazia no Quarto – cochichei pra Mãe, ela quase riu.

Mas aí as pessoas sentadas perto de nós começaram a gritar "Olá, espírito, para onde vais?" e "Salve, Titânia!", e eu me zanguei e fiz psssiu, depois gritei mesmo com elas pra ficarem quietas. A Mãe me puxou pela mão, de volta pro pedaço das árvores, e me disse que aquilo se chama participação da plateia, era permitido, era um caso especial.

Na volta para a Vida Independente, a gente escreve tudo que já experimentou, a lista está ficando comprida. Tem também as coisas que podemos tentar, quando tivermos mais coragem.

Andar de avião
Receber alguns dos velhos amigos da Mãe para jantar
Dirigir um carro
Ir ao Polo Norte
Ir para a escola (eu) e para a faculdade (a Mãe)
Encontrar nosso próprio apartamento, que não seja um da Vida Independente
Inventar alguma coisa
Fazer novas amizades
Morar em outro país, não nos Estados Unidos
Ir brincar na casa de outra criança, como o Menino Jesus e João Batista
Fazer aulas de natação
A Mãe sair para dançar de noite e eu ficar na casa do Vopô e da Vovó, no colchão de inflar
Ter empregos
Ir à lua

O mais importante é *Arranjar um cachorro chamado Sortudo,* todo dia eu estou pronto, mas a Mãe diz que já tem o bastante pra fazer no momento, talvez quando eu fizer seis anos.

– Isso é quando eu tiver um bolo com velas?

– Seis velas, eu juro – ela disse.

De noite, na nossa cama que não é a Cama, apalpei o edredom, que é mais gordo do que era o Edredom. Quando eu tinha quatro anos, não sabia do mundo, ou achava que era tudo história. Aí a Mãe me falou dele de verdade e eu achei que sabia tudo. Mas, agora que estou no mundo o tempo todo, de verdade não sei muita coisa, estou sempre confuso.

– Mãe?

– Sim?

Ela ainda tem o cheiro dela, mas não os seios, agora eles são só seios.

– Às vezes você queria que a gente não tivesse fugido?

Não ouvi nada. Depois, ela disse:

– Não, eu nunca desejo isso.

– É uma coisa perversa – a Mãe disse pro Dr. Clay. – Durante todos aqueles anos, eu ansiei por companhia. Mas agora pareço incapaz de lidar com isso.

Ele concordou com a cabeça, os dois estavam bebendo o café fumegante, que agora a Mãe bebe como os adultos pra poder funcionar. Eu continuo a beber leite, mas às vezes é leite achocolatado, que tem gosto de chocolate, mas é permitido. Eu estava no chão fazendo um quebra-cabeça com a Noreen, era superdifícil, com vinte e quatro peças de um trem.

– Na maioria dos dias... o Jack me basta.

– "A Alma escolhe sua própria Companhia... Depois... fecha a Porta..." Era a voz dele dos poemas.

A Mãe fez que sim.

– É, mas não é assim que eu me lembro de mim mesma.

– Você teve que mudar para sobreviver.

A Noreen levantou os olhos.

– Não se esqueça de que você teria mudado de qualquer maneira. Entrar na casa dos vinte anos, ter um filho... Você não continuaria a mesma.

A Mãe só bebeu o café.

Um dia, eu quis saber se as janelas abriam. Experimentei a do banheiro, descobri a alavanca e empurrei o vidro. Fiquei com medo do ar, mas estava assustoso, debrucei pra fora e passei as duas mãos pela janela. Estava metade dentro e metade fora, foi a coisa mais incrível...

– Jack!

A Mãe me puxou todo pra dentro pelas costas da camiseta.

– Ai!

– É uma queda de seis andares. Se você caísse, ia quebrar a cabeça.

– Eu não estava caindo – eu disse –, estava ficando dentro e fora ao mesmo tempo.

– Você estava sendo um biruta ao mesmo tempo – ela me disse, mas estava quase sorrindo.

Fui pra cozinha atrás dela. Ela estava batendo ovos numa tigela pra fazer rabanada. As cascas estavam amassadas, só jogamos elas no lixo, tchauzinho. Fiquei pensando se elas viravam ovos de novo.

– Depois do Céu, a gente volta?

Achei que a Mãe não tinha escutado.

– A gente cresce de novo na barriga?

– Isso se chama reencarnação – ela falou, cortando o pão. – Algumas pessoas acham que podemos voltar como burros ou caramujos.

– Não, humanos nas mesmas barrigas. Se eu crescer dentro de você de novo...

A Mãe acendeu o fogo.

– Qual é a sua pergunta?

– Você ainda vai me chamar de Jack?

Ela me olhou.

– Tudo bem.

– Promete?

– Eu sempre o chamarei de Jack.

Amanhã é 1º de maio, Festa da Primavera, o que significa que o verão está chegando e vai haver um desfile. Podemos ir só pra olhar.

– Só é Festa da Primavera no mundo? – perguntei.

Estávamos comendo granola nas nossas tigelas no sofá, sem derramar.

– O que você quer dizer? – a Mãe perguntou.

– Também é Festa da Primavera no Quarto?

– Acho que sim, mas não tem ninguém lá para comemorar.

– A gente podia ir lá.

Ela bateu com a colher na tigela.

– Jack.

– Pode?

– Você quer mesmo ir, de verdade?

– Quero.

– Por quê?

– Não sei – eu disse.
– Você não gosta do lado de fora?
– Sim. Não de tudo.
– Bem, não, mas da maior parte? Gosta mais dele que do Quarto?
– Quase sempre.

Comi o resto da minha granola e o pouquinho da Mãe que ela deixou na tigela.

– Nós podemos voltar lá, um dia?
– Não para morar.

Abanei a cabeça.

– Só pra visitar um minuto.

A Mãe apoiou a boca na mão.

– Acho que eu não consigo.
– Consegue, sim. – Esperei. – É perigoso?
– Não, mas a simples ideia faz com que eu tenha vontade de...

Ela não disse do quê.

– Eu seguro a sua mão.

A Mãe me encarou.

– Que tal você ir sozinho, talvez?
– Não.
– Quero dizer, com alguém. Com a Noreen?
– Não.
– Ou a Vovó?
– Com você.
– Eu não posso...
– Estou escolhendo por nós dois – eu disse.

Ela levantou, acho que ficou zangada. Pegou o telefone do QUARTO DA MÃE e falou com alguém.

Mais tarde, nessa manhã, o porteiro tocou a campainha e disse que tinha um carro da polícia esperando por nós.

– Você ainda é a Policial Oh?
– Com certeza – a Policial Oh falou. – Quanto tempo, hein?

Havia pontinhos nas janelas do carro da polícia, acho que era chuva. A Mãe roeu o polegar.

– Má ideia – eu disse e puxei a mão dela.

– É. – Ela pegou o polegar de novo e tornou a roer. – Eu queria que ele estivesse morto – disse. Estava quase cochichando.

Eu sabia de quem ela estava falando.

– Mas não no Céu.

– Não, fora dele.

– Toc, toc, toc, mas ele não pode entrar.

– É.

– Ha ha.

Passaram dois carros de bombeiro com sirenes.

– A Vovó disse que tem mais dele.

– O quê?

– Pessoas como ele, no mundo.

– Ah – disse a Mãe.

– É verdade?

– Sim. Mas o segredo é que há muito mais gente no meio.

– Onde?

A Mãe ficou olhando pela janela, mas não sei pra quê.

– Em algum lugar entre o bom e o mau – ela disse. – Pedacinhos dos dois, grudados um no outro.

Os pontos na janela se juntaram em riozinhos.

Quando paramos, eu só vi que tínhamos chegado porque a Policial Oh disse "Chegamos". Eu não lembrava de que casa a Mãe tinha saído na noite da nossa Fuga do Inferno, todas as casas tinham garagem. Nenhuma parecia especialmente um segredo.

A Policial Oh disse:

– Eu devia ter trazido guarda-chuvas.

– Só está chuviscando – disse a Mãe. Ela desceu do carro e me estendeu a mão.

Não soltei meu cinto de segurança.

– A chuva vai cair na gente...

– Vamos acabar logo com isso, Jack, porque eu não vou mais voltar aqui.

Abri o cinto. Baixei a cabeça e espremi os olhos meio fechados, e a Mãe foi me levando. A chuva caiu em mim, meu rosto foi ficando molhado, meu casaco, minhas mãos um pouquinho. Não doeu, foi só esquisito.

Quando chegamos perto da porta da casa, vi que era a casa do Velho Nick, porque tinha uma faixa amarela que dizia em letras pretas "cena do crime, proibida a entrada". Havia um adesivo grande com uma cara de lobo de meter medo, que dizia "cuidado com o cachorro". Apontei pra ela, mas a Mãe disse:

– É só fingimento.

Ah, é, o truque do cachorro que estava passando mal no dia que a Mãe tinha dezenove anos.

Um polícia que eu não conhecia abriu a porta por dentro, a Mãe e a Policial Oh se abaixaram embaixo da fita amarela, eu só tive que andar meio de lado.

A casa tinha uma porção de cômodos, com tudo quanto é coisa, como cadeiras gordas e a televisão mais enorme que eu já vi. Mas nós passamos direto, tinha outra porta nos fundos, e aí vinha o gramado. A chuva continuava a cair, mas eu fiquei de olhos abertos.

– Uma cerca viva de quinze pés de altura em toda a volta – a Policial Oh estava dizendo à Mãe –, e os vizinhos não viram nada demais. "Um homem tem direito a privacidade", e assim por diante.

Havia arbustos e um buraco com mais fita amarela, presa em pedaços de pau em toda a volta. Lembrei de uma coisa.

– Mãe, é ali que...?

Ela ficou parada, olhando.

– Acho que não posso fazer isso.

Mas eu fui andando para o buraco. Tinha umas coisas marrons na lama.

– São vermes? – perguntei à Policial Oh, com o peito fazendo *tum-tum, tum-tum, tum-tum*.

– Só raízes de árvores.

– Cadê a neném?

A Mãe estava do meu lado, ela fez um barulho.

– Nós a desenterramos – disse a Policial Oh.

– Eu não queria mais que ela ficasse aqui – a Mãe disse, com a voz toda arranhada. Ela pigarreou e perguntou pra Policial Oh:

– Como vocês descobriram onde...?

– Nós temos sondas de investigação do subsolo.

– Vamos colocá-la num lugar melhor – a Mãe me disse.

– No jardim da Vovó?

– Sabe o que eu acho? Nós podíamos... podíamos transformar os ossos dela em cinzas e espalhar embaixo da rede.

– Aí ela vai crescer de novo e ser minha irmã?

A Mãe abanou a cabeça. Seu rosto estava todo cheio de riscas molhadas. Caiu mais chuva em mim. Não era igual ao chuveiro, era mais macio.

A Mãe girou o corpo e ficou olhando pra um galpão cinza no canto do quintal.

– É ali – disse.

– O quê?

– O Quarto.

– Nãão...

– É, Jack, só que você nunca o viu pelo lado de fora.

Seguimos a Policial Oh, passamos por cima de mais fita amarela.

– Repare que o aparelho de refrigeração e aquecimento central fica escondido nessas moitas – ela disse pra Mãe. – E a entrada é nos fundos, fora de qualquer linha de visão.

Vi um metal prateado, era a Porta, eu acho, mas o lado dela que eu nunca tinha visto, e ela já estava meio aberta.

– Devo entrar com vocês? – a Policial Oh perguntou.

– Não! – gritei.

– Tudo bem.

– Só eu e a Mãe.

Mas a Mãe tinha largado minha mão e estava dobrada, fazendo um barulho estranho. Tinha um negócio na grama e nela também, na boca, era vômito, eu senti o cheiro. Ela estava envenenada de novo?

– Mãe, Mãe...

– Eu estou bem. – Ela limpou a boca com um lenço que a Policial Oh deu pra ela.

– A senhora prefere...? – perguntou a Policial Oh.

– Não – a Mãe disse, e tornou a pegar a minha mão. – Venha.

Atravessamos a Porta e estava tudo errado. Menor do que o Quarto e mais vazio, e com um cheiro esquisito. O Piso estava nu, isso é porque não tinha o Tapete, ele estava no meu guarda-roupa na nossa Vida Independente, esqueci que ele não podia estar lá e cá ao mesmo tempo. A Cama estava, mas não tinha lençóis nem o Edredom em cima. A Cadeira de Balanço estava, e a Mesa e a Pia e a Banheira e o Armário, mas sem pratos nem talheres em cima, e a Cômoda e a TV e o Coelhinho com o laço roxo, e a Prateleira, mas não havia nada nela, e as nossas cadeiras dobradas, mas estava tudo diferente. Nada me dizia nada.

– Acho que não é aqui – cochichei pra Mãe.

– É, sim.

Nossas vozes não pareciam as nossas.

– Ele encolheu?

– Não, sempre foi assim.

O Móbile de Espaguete tinha sumido, e o meu desenho do polvo, e as obras-primas e todos os brinquedos e o Forte e o Labirinto. Olhei embaixo da Mesa, mas não tinha teia.

– Ficou mais escuro.

– Bem, hoje está um dia chuvoso. Você pode acender a luz. – A Mãe apontou para o Abajur.

Mas eu não quis pôr a mão. Olhei mais de perto, tentando ver o Quarto do jeito que ele era. Achei meus números de aniversário marcados do lado da Porta, encostei neles e botei a mão deitada no alto da cabeça e estou mais alto do que o 5 preto. Tinha um escuro fininho em cima de tudo.

– Isso é a poeira da nossa pele? – perguntei.

– Pó para levantar impressões digitais – disse a Policial Oh.

Dobrei o corpo e olhei no Embaixo da Cama pra procurar a Cobra de Ovos, enroscada como se estivesse dormindo. Não consegui ver a língua dela, aí estiquei a mão com todo cuidado até sentir a espetadinha da agulha.

Endireitei o corpo.

– Onde era a Planta?

– Você já esqueceu? Bem aqui – disse a Mãe, dando um tapinha no meio da Cômoda, e aí eu vi um círculo com mais cor do que o resto.

Lá estava a marca da Pista em volta da Cama. O buraquinho afundado no Piso, onde nossos pés costumavam ficar embaixo da Mesa. Achei que aquilo tinha mesmo sido o Quarto, um dia.

– Mas não é mais – eu disse pra Mãe.

– O quê?

– Agora não é o Quarto.

– Você acha que não? – Ela fungou. – Ele tinha um cheiro ainda mais rançoso. Agora a porta está aberta, é claro.

Vai ver que era isso.

– Pode ser que ele não seja o Quarto quando a Porta está aberta.

A Mãe deu um sorrisinho.

– Você quer...? – Ela deu um pigarro. – Gostaria de fechar a porta um instante?

– Não.

– Está bem. Agora eu preciso ir embora.

Fui até a Parede da Cama e encostei um dedo nela, a cortiça não tinha sensação de nada.

– Boa noite é no dia?

– Hã?

– A gente pode dizer boa noite quando não é de noite?

– Acho que seria adeus.

– Adeus, Parede.

Aí eu disse isso para as outras três paredes, depois:

– Adeus, Piso.

Dei um tapinha na Cama.

– Adeus, Cama.

Botei a cabeça no Embaixo da Cama pra dizer:

– Adeus, Cobra de Ovos.

Dentro do Guarda-Roupa eu cochichei:

– Adeus, Guarda-Roupa. – No escuro estava o desenho de mim que a Mãe fez no meu aniversário, eu parecia muito pequeno. Fiz sinal pra ela e apontei o desenho.

Beijei o rosto dela onde estavam as lágrimas, é esse o gosto do mar.

Puxei o desenho de mim, enfiei no casaco e fechei o zíper. A Mãe estava quase na Porta, fui atrás.

– Você me levanta?

– Jack...

– Por favor.

A Mãe me sentou no quadril, eu estiquei a mão pra cima.

– Mais alto.

Ela me segurou pelas costelas e me levantou alto alto alto, e eu toquei no começo do Teto. E disse:

– Adeus, Teto.

A Mãe me desceu, *tum*.

– Adeus, Quarto. – Dei adeusinho para a Claraboia. – Diz adeus – falei pra Mãe. – Adeus, Quarto.

A Mãe disse, mas estava sem som.

Olhei pra trás mais uma vez. Parecia uma cratera, um buraco onde aconteceu alguma coisa. Aí saímos pela porta.

Impresso no Brasil pelo Sistema Digital Instant Duplex da Divisão Gráfica da
DISTRIBUIDORA RECORD DE SERVIÇOS DE IMPRENSA S.A.